O que pesa no Norte

O que pesa no Norte

TIAGO GERMANO

© Moinhos, 2022.
© Tiago Germano, 2022.

Edição: Camila Araujo & Nathan Matos
Assistente Editorial: Vitória Soares
Revisão: Ana Kércia Falconeri
Capa: Sergio Ricardo
Projeto Gráfico e Diagramação: Luís Otávio Ferreira

Nesta edição, respeitou-se o Novo Acordo Ortográfico da Língua Portuguesa.
Dados Internacionais de Catalogação na Publicação (CIP) de acordo com ISBD

G373q Germano, Tiago
O que pesa no Norte / Tiago Germano. - Belo Horizonte : Moinhos, 2022.
296 p. ; 15,5cm x 22,5cm.
Inclui índice.
ISBN: 978-65-5681-110-9
1. Literatura brasileira. 2. Romance. I. Título.
2022-1094 CDD 869.89923 CDU 821.134.3(81)-31
Elaborado por Odilio Hilario Moreira Junior – CRB-8/9949

Todos os direitos desta edição reservados à Editora Moinhos
www.editoramoinhos.com.br
contato@editoramoinhos.com.br
Facebook.com/EditoraMoinhos
Twitter.com/EditoraMoinhos
Instagram.com/EditoraMoinhos

*Para meus pais,
Beto e Sinha*

Pois o que pesa no Norte,
pela lei da gravidade —
disso Newton já sabia! —,
cai no Sul, grande cidade.

(Fotografia 3x4, *Belchior*)

1.

COMO SE FOSSE UM POEMA, a morte chegaria pelo interurbano em longas espirais metálicas, mas todo o resto não fugiria ao seu velho e conhecido clichê. A madrugada flagraria Ricardo com os pés descalços, perambulando pela casa depois que Ana acordasse de mais um pesadelo com o filho. Atenderiam o telefone, e não precisariam interpretar o silêncio do outro lado da linha para adivinhar a má notícia. Ela já teria despertado o casal incontáveis vezes ao longo das semanas, nos cinco anos de vida nômade em que Guilherme morou sozinho, longe dos pais, em cidades distantes e apartamentos diferentes que ninguém da família jamais havia visitado porque ninguém nunca soubera dos endereços. Ela já estaria anunciada na palidez de Ana, na magreza excessiva, nos vincos das rugas que se formavam no rosto e desenhavam os contornos da tragédia. Ela já estaria escrita na própria espiral do telefone, que insistia em se enrolar como uma pequena jiboia e devorar as noites insones daquela mãe, plantada no sofá ou na cama, brigando com os sintomas do Transtorno e esperando pela ligação. Ela já teria gritado como Ana certamente faria, de dentro do quarto, ouvindo pela extensão o marido repetir em eco a frase que tantas vezes se condenava a repetir para si mesmo em silêncio, calando os impropérios que turvavam a lembrança do filho. "Ele morreu. Guilherme está morto."

Precisavam estar preparados para o pior, era o que tentavam se convencer a cada noite que passava e a ligação, essa que poria fim aos cinco anos de incertezas apenas para inaugurar uma outra época de novos sofrimentos, parecia muito mais provável de acordá-los que as chamadas melancólicas que o filho fazia para a mãe de madrugada. Ana agora era obrigada a confessar: conversava com o filho à revelia de Ricardo, breves contatos telefônicos que foram interrompidos de súbito há alguns meses, sem nenhuma justificativa. Era tentador pensar que tais contatos logo seriam retomados da mesma forma que começaram, há cerca de um ano, quando as coisas pareciam realmente ter melhorado para Guilherme e ele decidira se fixar de vez em São Paulo. Tentava se encontrar fazendo enfim o que gostava: teatro. E quem sabe ficaria mesmo para sempre ali, vai saber, ninguém é dono do próprio destino — foram essas as últimas palavras antes da chamada que, na verdade, os surpreendeu não de madrugada, como esperavam, mas no fim de uma tarde cinzenta em que ambos saíram mais cedo do trabalho e foram direto para casa.

Como de costume naqueles dias, encontraram a casa vazia porque Gustavo, o filho mais novo, ainda não voltara da universidade. Deixara um pedaço de papel na mesa da sala. Um bilhete dizendo que iria chegar mais tarde e que portanto não o esperassem para o jantar. Nas últimas semanas, bilhetes como aquele apareciam debaixo do arranjo de flores, presos aos ímãs da geladeira, colados com fita adesiva na porta do quarto. Era como se Gustavo precisasse lembrar aos pais de que havia outro filho em suas vidas e que esse, diferente de Guilherme, ainda morava ali sob o mesmo teto. E nunca seria capaz de abandoná-los.

O toque do telefone alcança Ana na cozinha, passando o café, e Ricardo no banheiro, apenas começando o ritual que passa a cumprir sempre que chega em casa e vem demorando cada vez mais, à medida que os anos passam. Ricardo desconhece sua imagem ao espelho, com a porta trancada atrás dele para que a mulher não o flagre usando o xampu com que vem escurecendo os cabelos, a tesoura que corta os pelos que vão surgindo em lugares cada vez mais indesejados. É uma adolescência tardia, ou uma adolescência pelo avesso que Ricardo tenta frear, como num outro tempo estourava as espinhas da cara ou respondia aos seus impulsos com as mãos. Contrai-se de vergonha cada vez que o mundo lá fora intervém, seja alguém batendo na porta ou o telefone tocando, alertando que é preciso parar de uma vez por todas com aquilo e terminar finalmente o banho.

Com Ricardo demorando-se daquela forma, resta a Ana atender o telefone. Abandona a garrafa térmica na mesa do escritório num gesto impensado, deixando um halo escuro na fórmica. O semicírculo pegajoso, ela mais tarde vai tentar limpar com a mesma obstinação com que agora, puxando o aparelho do gancho, tenta desembaraçar o fio do telefone. A pequena jiboia se enrola em suas mãos e parece querer sufocá-la com a voz do outro lado. A voz que vem mesmo entrecortada por silêncios, com uma vacilação que não precede o abismo de uma desgraça, mas um golpe funesto que irá se revelar após as apresentações e os eufemismos de praxe. A voz que não é a de Guilherme, mas de uma outra pessoa: um mensageiro desconhecido, portador de uma sentença à qual Ana se julga de antemão condenada todas as madrugadas, com os ouvidos apurados para uma trepidação mínima, capaz de alterar o torvelinho da insônia. A voz que Ana escuta do outro lado da linha no fim de uma tarde cinzenta, e que não diz para ela nada além do óbvio. Estão preparados para o pior, para o clichê do pior, mas não estão preparados para o que de fato acontece e que é o clichê da incerteza. O clichê de Guilherme.

Ricardo conserva o corpo ainda molhado do chuveiro, o calor residual da ducha quente ruborizando o peito e eriçando os pelos que também já começam a ficar grisalhos por ali. Encontra Ana tremendo ao telefone, num sismo que percorre o corpo e tem o epicentro entre o ombro e a mão. O ombro que sustenta debilmente o telefone, esticando o fio até quase desconectá-lo da base. A mão que tenta anotar alguma coisa num pedaço de papel com uma caligrafia escassa, quase tão falha quanto a tinta da caneta ou a própria voz de Ana esmaecida entre a sequência dos números que lhe são ditados.

Ricardo quer interrompê-la. Tomar o telefone da mão e pedir que falem diretamente com ele. Que seja qual for a notícia, poupem a mulher de um fardo que vai torturá-la pelo resto da vida que Deus talvez ainda tenha o destempero de lhe dar. Mas permanece ali imóvel, com a toalha na cintura, admirado por Ana ter perdido ainda mais a cor, mas não ainda o equilíbrio. Sua mulher se mantém de pé nesta forma tão frágil, tão débil, repentinamente presa ao fio do telefone. Está prestes a desabar assim que largar o aparelho, como um títere, uma boneca desconjuntada tão logo as mãos que a manipulam soltam as cordas às quais está presa.

"Desapareceu", diz a voz do outro lado da linha. "Eu estou dizendo que ele sumiu", repete alguém que ligou não para dar notícias do filho, mas para saber o que aconteceu. "Alguma informação... algum e-mail ou celular, afinal vocês são os pais...". E os pais naturalmente sabem dos filhos. Mesmo que neste caso se trate tanto de um filho quanto de um problema. Uma questão que se arrasta em suas vidas e da qual eles não têm notícias há vários meses. "Três meses", a voz do outro lado estima. O limite legal do despejo está se aproximando e o dono do apartamento de Guilherme precisa saber afinal quem vai pagar o aluguel atrasado, todo esse tempo já. "Um apartamento de dois quartos nesta região não pode ficar assim dando sopa", ele diz e confirma. "Sim, dois quartos." Dois quartos que Guilherme dividia com um casal de amigos que Ana, a princípio, não tem ideia de quem são. "Mas se mudou há muito tempo já, o casal", diz o locador e Ana enfim se lembra de que o filho havia tocado, sim, no nome daqueles amigos, uma vez. Mas nunca dissera que continuavam a morar juntos ou mesmo que dividia apartamento atualmente com mais alguém. "Ele segurou a vaga e disse que ia tentar arranjar mais uma pessoa pra dividir o aluguel", diz o dono do apartamento. "Foi visto pela última vez por um vizinho saindo com uma mochila nas costas, como fazia todos os dias, e não voltou desde então. Eu até achei que podia ter viajado praí pro Nordeste e voltaria depois das férias, mas nunca mais apareceu."

E é neste momento que a voz de Ana também some do outro lado da linha, o silêncio da mãe materializando ainda mais concretamente o sumiço do filho. A gravidade não escapa ao entendimento daquele homem que ligou de longe. Que tinha o contato deles num formulário padrão de locação com o campo *Telefone de Emergência* preenchido. Ele entende que esta talvez seja uma emergência real. Que talvez haja naquele problema alguma sombra perene, algum fantasma que pode ser maior do que o vulto fugidio dos três meses de aluguel atrasados, que os pais afinal podem muito bem pagar com um simples depósito.

"Claro que vamos pagar", Ana gagueja, ainda incapaz de pedir desculpas. De resolver as questões práticas que o locador agora hesita em levantar de imediato, num tom severo de cobrança, já testado em outros casos. Nunca se deparou com um caso tão específico como este, e se obriga a desistir da tática, a assumir um novo tom mais pertinente. É um tom de infortúnio não muito destoante do daquela mãe. Um tom solene e apropriado para a situação, que é mais respeitosamente circunspecto que genuinamente preocupado. Que enfim revela a verdadeira natureza daquela ligação que percorre quase três mil quilômetros de cabos de fibra ótica se embaraçando e se esticando até os ouvidos de Ana.

Aquela mãe, sim, tem agora um grande problema nas mãos. Está desesperada, sem notícias do filho. Lidando com um caso de polícia, talvez. Que Deus os livrasse daquele problema, mas ninguém some assim numa cidade como São Paulo. Ninguém desparece assim em São Paulo, sem que alguma coisa grave tenha acontecido.

O homem dita o número do telefone e pede que Ana ligue para ele numa outra hora. "Com a cabeça mais fria", ele diz e desliga o telefone. Ana então repete tudo a Ricardo.

"Sumiu", explica ao marido. "Desapareceu de novo."

E só então Ricardo vira as costas para a mulher e esbraveja.

"Melhor que dessa vez tenha sido homem pra acabar de uma vez com a própria vida", Ricardo diz, e Ana avança cravando unhas de onça em suas costas. E ele se desvencilha da mulher enquanto ela ainda berra, e fecha a porta antes que Ana entre no quarto e volte a preenchê-lo com aquele berro. E é em meio ao silêncio que Ricardo veste a cueca e abotoa as calças, e escolhe a camisa, e sai de casa ainda sem compreender a verdadeira pena à qual ele também está condenado. Uma pena que um homem que deixou o número do seu telefone agora os condenou, porque foi preciso um estranho entrar na jaula em que ele e a mulher estão confinados como animais, em noites de insônia, para enfim se darem conta de que o espaço naquela casa era pequeno demais sem Guilherme, impossível permanecerem por mais tempo ali trancados, esperando que o outro filho os liberte. Alguma coisa tem que ser feita diante daquele drama que acontece de novo, mas que desta vez acontece muito longe, e pode ter um desfecho bem diferente das outras.

Guilherme os deixou como há exatos cinco anos os deixava, é certo, mas desta vez poderia ainda demorar muito ou nunca mais voltar a acontecer — aquele fatídico dia em que teriam de volta a certeza da existência do filho porque ele reapareceria, numa carta ou num telefonema ou mesmo em pessoa, arrependido.

Guilherme, o filho perdido que abandonou a casa dos pais.

Guilherme, o filho que agora só voltaria em sonho para garantir que foi embora para sempre.

2.

GUILHERME TINHA APENAS SEIS ANOS quando descobriu que desaparecer podia ser uma brincadeira interessante. Escondeu-se no quintal, numa clareira aberta entre os troncos das bananeiras, e ficou ali tentando identificar os ruídos que chegavam do interior da casa. Era fascinante imaginar a vida que as pessoas levavam sem que ele estivesse por perto para acompanhá-la. Ouvia de longe o barulho das panelas e imaginava a mãe na cozinha, preparando o almoço. Ouvia de longe o barulho da televisão e imaginava o irmão na sala, assistindo ao desenho animado. Era quase possível adivinhar os gestos, enxergar o que cada um estava fazendo enquanto ele escutava, os ouvidos atentos a cada fragmento sonoro que captava com a mão em concha, formando uma nova orelha ao redor da primeira.

Mais fascinante ainda era comprovar que ali, sozinho, ele, Guilherme, também podia ter uma vida completamente dissociada do cotidiano da mãe e do irmão. Uma existência à parte, à qual eles não teriam acesso a não ser que Guilherme quisesse e se manifestasse. Ali, encolhido entre os troncos das bananeiras, Guilherme permaneceu por quase meia hora sem chamar por ninguém. Rapidamente constatou que não queria mesmo ser encontrado. Mas logo concluiu que, ainda que não fosse achado, não se importaria se, em sua ausência, alguém desse por sua falta e começasse a procurá-lo.

Isso demorou a acontecer. Quando Ana chamou por Guilherme, as primeiras letras daquele nome escrito nos troncos das bananeiras já escureciam, nas marcas que o menino fazia com o fundo quebrado de uma garrafa desenterrada do centro da clareira. Ver a planta sangrar seu nome do caule, até a raiz, era a única distração que Guilherme tinha em seu exílio. Não havia mais nada para fazer naquela casa. A mãe o chamava, o pai não demoraria muito a chegar do trabalho, e a fome já era maior que o desejo de resistir ao cheiro da comida, um aroma que Guilherme sentia se espalhar pelo quintal como os anéis internos de um dos troncos derrubados da bananeira.

Correu até a mesa e imediatamente foi repreendido por Ana. Não por ter deixado Gustavo sozinho na sala ou porque demorou a aparecer, mas porque sua camisa ostentava o desenho de três grandes nódoas de bananeira que não largariam nem com querosene.

Um ano depois daquela primeira vez, Guilherme já estava mais experimentado na arte de se tornar invisível. O quintal era um refúgio cheio de limitações. Havia, para além de seus muros, toda uma cidade e seus desafios. E, desta vez, Guilherme não iria sucumbir aos riscos da monotonia ou da fome. Fugiu com a mochila da escola cheia de brinquedos e de potes de iogurte que encontrou na geladeira. Saiu novamente sem ser visto pela mãe e pelo irmão.

Na rua, por mais que tentasse se esconder com as mãos dentro dos bolsos, a cabeça enfiada na gola levantada da camisa e os olhos fixos no caminho que pretendia seguir, sempre era abordado por alguém que o conhecia e que perguntava pelos pais. A cidade de Moreno era ainda pacata, de cadeiras na frente das casas e gente velha contando os carros e somando os números das placas, rindo à toa quando algum motorista se esquecia de frear e o veículo se desmanchava em algum quebra-molas.

Guilherme se aferrou em sua timidez e não respondeu a ninguém. Tentou desviar do caminho, dando voltas no quarteirão do banco a fim de despistar os bisbilhoteiros. Mas cada vez que virava a esquina encontrava alguém que sabia quem ele era, era inevitável. Nada poderia impedir que o rastreassem quando fosse enfim procurado.

Pulou a cerca do campo de aviação e o arame lhe arranhou a perna, abrindo um buraco de meio centímetro no calção. Se a mãe se incomodava tanto com as manchas de bananeira que apareciam nas roupas, que diria de um rasgão daquele tamanho? Embrenhou-se na área das plantações, buscando abrigo entre os pés de amora preta que começavam a florescer. Ainda não tinha um pingo de fome, então sacou da mochila os bonecos do He-Man e perfilou-os na sua retaguarda, ganhando proteção junto a uma das amoreiras que estava mais cheia. Pendurou a mochila num dos galhos e ficou observando o campo, vigiando a trilha que conduzia a uma pista de pouso há muito desativada, às margens do terreno da universidade em que o pai, professor, começara a trabalhar.

As pessoas utilizavam aquela pista para caminhar e aprender a dirigir. Eventualmente alguém parava no meio da trilha e colhia alguns frutos. Guilherme fechava os olhos nessas horas. Suspendia a respiração e tentava não se mexer. Os arbustos tinham mais ou menos a sua altura, o que lhe permitia vez ou outra levantar e esticar as pernas. O arranhão da perna sangrava um pouco, nada que o preocupasse. Quando bateu a fome, tomou um a um todos os iogurtes, mergulhando as amoras azedas que ia retirando do pé. Esquecera de trazer uma colher, e os dedos ficaram lambuzados do iogurte e da terra onde apoiava a mão para se sentar. Começou a ter asco daquela mistura preta e rosa que lhe grudava nas unhas. Começou a sentir o peso da solidão.

Voltou para casa já escurecendo, os moradores guardando as cadeiras de volta no terraço e fechando o ferrolho das janelas. Então a cidade começava no seu quarto e terminava no campo de aviação. Era somente um quintal maior, com cercas de arame farpado em vez de muros de concreto. Se havia algo além daqueles dois pontos, só pretendia saber depois que pudesse lavar as mãos e fazer alguma refeição decente.

Chegou em casa quase na hora do jantar. Ouviu a voz alterada do pai e hesitou antes de abrir a porta. Cobriu o buraco do calção com a mochila e entrou com os ombros curvados, preparando-se desde já para as represálias. Ricardo e Ana estavam no meio de outra briga violenta. Gustavo acuava-se no sofá, intimidado pela troca de tapas. Quando Ricardo cruzou com Guilherme na porta, as pernas do menino fraquejaram em vão. A briga não tinha nada a ver com ele, afinal. O pai bateu a porta da frente com força e se foi. Mãe e filhos comeram em silêncio na mesa, sem a presença dele, e o castigo que Guilherme recebeu, quando Ana descobriu o rasgão e a perna arranhada, foi levar a lancheira vazia por uma semana para a escola. Não restaram mais potes de iogurte na geladeira.

Nas viagens com a família para João Pessoa, Guilherme desaparecia na praia, em parques, nos shoppings... Nem sempre por diversão ou por ousadia, às vezes por simples distração da parte dele ou dos pais. Diferente de Gustavo, era em geral uma criança obediente, temerosa, acanhada e dependente, mas se calhava de soltar a mão de Ana para olhar uma vitrine por mais de meio minuto, era fácil perdê-lo de vista para encontrá-lo pouco depois, diante de outra vitrine, o nariz encostado no vidro olhando para dentro da loja daquele jeito seu, concentrado, tentando esgotar a visão dos objetos à primeira mirada.

Uma única vez foi preciso chamá-lo pelos alto-falantes. Guilherme se sentiu inibido, mas ao mesmo tempo importante: um misto de euforia e de medo, reconhecendo a pronúncia do seu nome entre o burburinho do supermercado. Sabia que, além dele, todos os outros clientes ouviam e agora se perguntavam quem poderia ser aquela criança cujo pai estava esperando por ela na recepção. Toda a possível diversão acabava ali: seu pai o estava esperando, e dessa vez seria a gota d'água.

Ricardo agradeceu ao funcionário do setor e levou Guilherme ao banheiro, conduzindo-o pelo ombro, exercendo uma pressão em seus ossos inimaginável para quem os visse caminhando ali, pai e filho, entre as gôndolas do supermercado.

No banheiro, longe das vistas dos demais, deu-lhe uma tapa no rosto.

"Se chorar, chore com o nariz colado ao espelho como você gosta de fazer, olhando bem fundo nos próprios olhos pra ver se enxerga onde foi que errou."

Depois foi até o reservado e mijou ruidosamente.

Guilherme ouvia o barulho da urina caindo feito pedra no fundo do vaso, furando a água e espumando na superfície.

"Agora pare de soluçar feito uma menina", disse Ricardo ao sair do banheiro, sem lavar as mãos, ainda puxando Guilherme pelo ombro.

Encontraram Ana e Gustavo na seção de calçados, experimentando o novo par de sandálias que precisavam comprar para o caçula, agora que seu pé crescera mais dois números, durante o verão.

Foi a última vez que Guilherme desapareceu na infância.

Todos guardavam poucas memórias desses episódios quinze anos mais tarde, quando Guilherme voltou da capital como um jovem estudante de Direito em férias pelo interior. O futuro bacharel parecia um tanto rebelde para caber no nó de uma gravata. Andava feito um hippie ou um mendigo, carregando O *Processo*, de Kafka, debaixo do braço, e o *Vade Mecum* ainda intacto dentro do plástico, na bagagem. Estava decidido a abandonar o curso e foi o que fez, sumindo do mapa depois de se desentender com o pai. Guilherme era agora tão adulto quanto Ricardo e o pai ameaçou repetir a cena da infância, dando-lhe outro tapa na cara, quando soube da decisão. Era o último tapa que Guilherme jurou jamais receber na vida.

Não voltou para casa tão cedo dessa vez.

A cidade de Moreno era ainda do tamanho de um quintal, mas seus moradores já não colocavam mais as cadeiras para fora e por ali ninguém mais conhecia Guilherme. Ele já sabia exatamente o que havia para além das cercas de arame farpado do campo de aviação. Na última infância, a família mudou-se para Minas Gerais e, na adolescência, voltaram para a Paraíba e Guilherme passou quatro anos vivendo na casa dos tios, na capital, antes de entrar para a faculdade escolhendo o único curso de Humanas que não fosse incomodar a família.

Os pais e o irmão permaneceram no interior, indo eventualmente visitá-lo nas férias. Morou todo o período da faculdade com colegas, num pensionato perto da universidade. Pensaram que era para lá que voltaria depois de interromper precocemente as férias daquele ano. Meses depois do episódio, porém, a faculdade retomaria as aulas e Guilherme não apareceria para renovar a matrícula. Nem daria qualquer notícia aos seus pais que foram obrigados a avisar a polícia, preocupados com o seu paradeiro e o estado psicológico de alguém que tivera que fazer pequenas tatuagens no braço para cobrir duas suspeitas cicatrizes nos pulsos. Aquela era uma história malcontada, que aparentemente tinha tudo a ver com a decisão dos tios de não mais acolherem o sobrinho em sua casa, depois do ensino médio. O tio Renato sugerira que os pais internassem Guilherme.

"Esse menino só pode ser esquizofrênico", dissera ao telefone. Mas aquele era só mais um dos muitos alarmes falsos.

Guilherme foi localizado na semana seguinte no Rio Grande do Norte, na praia de Pipa, integrando a comitiva de um grupo de teatro que conheceu na estrada, pegando carona até Natal. Era outra história absurda que Ricardo e Ana só acreditaram ser possível porque estavam falando do filho, e nada que surgisse dali poderia ser considerado uma surpresa. A despeito dos protestos dos pais, não voltaria à faculdade. Deixaria nas mãos deles a decisão do que fazer com os pertences que ficaram em seu quarto, na pensão. As duas caixas com roupas e livros foram deixadas na casa dos tios, onde permaneceram trancadas numa garagem até que todos compreenderam que Guilherme não voltaria mais para buscá-las. Doaram as roupas para a igreja e venderam os livros ao sebo. Era provável que Guilherme tivesse voltado a João Pessoa e se mantido sozinho em algum lugar, juntando dinheiro de formas que ninguém saberia dizer quais eram. Até que soube da mudança definitiva dos pais para perto dele, preocupados com o futuro de Gustavo e os rumos que a vida do outro filho estava tomando.

Fugiu então para São Paulo, que logo se tornaria um outro elo perdido nessa corrente. Por alguma razão, algum magnetismo insensato que só podia escapar à compreensão do pai de Guilherme, São Paulo era exatamente o tipo de cidade que atraía desgarrados como seu filho. Gente capaz de abandonar o esteio da terra natal e desistir de um projeto de vida em busca de um sonho indefinido até para eles mesmos. Lunáticos, idealistas, *degenerados* — era o tipo de palavra que passava pela cabeça de Ricardo, e que o fazia preferir o filho morto a imaginar o que ele fazia naquela cidade, dono do próprio nariz, ainda que recorresse periodicamente ao socorro financeiro da mãe, como ela mesmo confessou quando pressionada a falar sobre o assunto.

Ana evitava mencionar o nome do filho na mesa porque sabia o efeito que a mera referência a Guilherme produzia em Ricardo. Ela vinha se deprimindo e se tornando cada vez mais refém do Transtorno, um problema pelo qual Gustavo culpava o irmão mais velho, mas também começava a responsabilizar o pai. Todos sabiam que tudo aquilo só seria resolvido quando os dois fizessem as pazes, e Guilherme enfim retornasse ao lar ou pelo menos desse alguma garantia de que estava estabelecido em algum lugar, seguro e a salvo ao menos dos riscos que o mundo — e não apenas ele próprio — representavam à sua vida. Mas as poucas ligações que fazia para a mãe pararam e as recaídas vieram com força, sem que ela entendesse o porquê daquela nova ausência.

Com muita relutância, Ricardo voltou a falar no nome do filho, e cinco anos de silêncio eram enfim rompidos pela pronúncia daquele nome — Guilherme —, e pela constatação final daquele telefonema: sumiu novamente, abandonou agora a si mesmo porque não tinha mais a quem abandonar. Como anos atrás, Ricardo poderia seguir negando Guilherme, mas aguardando secretamente o seu retorno, o cumprimento da parábola ancestral do retorno de um filho nada pródigo, que voltaria buscando o perdão do pai e que talvez, sim, fosse perdoado.

Seria Ricardo capaz de perdoar aquele filho que para ele era como se tivesse morrido e que agora talvez tivesse que encarar o fato de que morrera, realmente? Era uma resposta que Ricardo não estava disposto a dar e que não importava tanto, afinal de contas. Porque ninguém mais podia esperar por uma resposta. Porque agora a parábola se invertia e era Ricardo, o pai, quem teria que buscar o filho. Vivo ou morto, achado ou perdido, onde quer que ele enfim estivesse.

São Paulo, 04 de junho de 2006

Mãe,

Não sei se é mesmo distração ou só o empenho de uma vida inteira tentando negar tudo o que acontece à sua volta. Se ainda não reparou ou prefere não reparar na marca do carimbo impressa no verso, no cabeçalho da carta que indica com todas as letras onde eu estou agora, saiba que o melhor para nós dois é que você finalmente caia em si e se convença de que eu vim mesmo para cá. E vim para ficar. (Ou para não voltar nunca mais, o que no final dá no mesmo.)

 Não preciso dizer de novo que só você pode e deve saber onde estou, por enquanto. Prometo escrever com frequência. Sei que ele não dá a mínima atenção para a correspondência e é você quem acaba recebendo até as coisas dele, sempre tão ocupado até para saber quem o procura. Não tenho muito a contar, mas acho necessário que você saiba que pelo menos estou bem, saudável (apesar de meio gripado, como sempre) e em pleno uso de minhas faculdades mentais (apesar do frio que faz aqui, que às vezes é de doer o juízo).

 Mentiria se dissesse que a viagem foi fácil. Deixar a casa da gente nunca é. No meu caso, o problema nem chega a ser esse, já que nunca me senti em casa nem aí nem em lugar nenhum do mundo (e você sabe muito bem disso, não devia se magoar). Talvez eu tenha vindo pra cá justamente para descobrir outro lugar em que eu não me sinto em casa, mas essa é uma outra história...

 Devo ter herdado o seu medo de altura, o seu medo de voar, o seu medo de tudo. Porque medo era tudo o que eu sentia antes do embarque, e foi esse medo que começou a me dar, lá do alto, a real dimensão da minha vida e das coisas que eu estava deixando para trás. Só vendo João Pessoa de cima foi que me dei conta do quanto a cidade é pequena. Pequena para tantos sonhos e ambições. Pequena para tanta gente como eu que estava naquele avião fingindo calma e tranquilidade, mas enfrentando o mesmo medo e buscando nele a coragem de ir embora pra sempre.

Fora daí a gente não se sente em casa, mas pelo menos fica um pouco mais confortável com o tamanho dos nossos sonhos. Quando a gente chega aqui, descobre que eles (os sonhos) nem são tão grandes assim e que, além do mais, nem têm tanta importância pra ninguém além de nós mesmos. Você é só mais um entre os muitos filhos das mães, netos de avós, bisnetos de bisavós e tataranetos de tataravós que vêm parar aqui, sempre pelos mesmos motivos, seja num pau de arara ou na poltrona estreita de um avião.

Mas todo esse preâmbulo, no fundo, deve ter um sentido muito claro pra você: seu filho já é adulto e capaz de fazer as próprias escolhas. Bem diferente daquele adolescente que um dia vocês acuaram com duas malas quase do tamanho dele e o aviso de que iria estudar fora. Eu ainda me lembro de quando ele disse que ia me mandar pra casa dos tios, sem qualquer preocupação diante do meu medo, sem qualquer disposição de me consultar. Eu pensei em dizer pra ele que finalmente estava me expulsando de casa como tantas vezes ameaçou e, desculpa, mãe, repetir isso de novo, mas aquilo me pareceu de uma violência brutal, e você nem se deu conta.

Lembro, sim, de todos os argumentos que vocês fizeram questão de sublinhar para a decisão. Posso até citá-los de cor, pelo tanto que os repeti e pela certeza que eu tenho de que você também repetiu até aceitá-los, até se convencer e até corroborá-los sozinha, em silêncio. O colégio no interior não era dos melhores. João Pessoa oferecia mais condições. A casa dos meus tios estava lá para dar o suporte. Eu só pensava que ele estava me expulsando de casa, mas não tinha idade nem coragem pra dizer nada.

Não culpe, portanto, nem o tempo nem a mim, que tive a desfaçatez de crescer longe de você, por me tornar a pessoa que sou agora, sem nem avisar. Eu, que fui uma criança velha, e era um adolescente velho antes mesmo de fazer as malas, envelheci ainda mais naquele dia (e repito: você teve parte nisso). Nunca os perdoei por não terem pensado em se mudar junto comigo, por exemplo. Sabia que a transferência dele era perfeitamente possível e, afinal, não foi o que agora aconteceu, quando foi a vez de Gustavo? Tenho a esperança de que só agora você vá entender o que passei naquela época. Porque agora você será obrigada também a deixar sua cidade e quem sabe irá me perdoar por uma decisão que, como aquela, envolvia mais de uma pessoa (perceba que não consigo falar em "família" quando falo da gente; nem de "pai" quando falo dele), uma decisão com a qual quase nenhum de nós estava de acordo e só um acreditava ser a melhor alternativa.

Pois bem, mãe: hoje sou EU quem acredito que partir é a melhor alternativa. Vim pra mais longe, é certo, a possibilidade de visita é mínima, ok, mas, convenhamos, já fazia muito tempo que a coisa era exatamente assim entre a gente. Tomar essa decisão me fez crescer ainda mais. (Fiz as contas aqui e, com o recente acréscimo, devo ter obtido o dobro da minha idade real!). Mas, mãe, foi só descer do avião praquele medo passar e eu me sentir rejuvenescido e corajoso. Um adulto, talvez. Sei que até ele se dar conta de que fui embora ainda estará acreditando que ficarei por aí. De que um dia voltarei a estagiar no escritório dos tios até me tornar sócio, depois abrir o meu próprio escritório, quem sabe, e toda essa fantasia burguesa que ele deve estar construindo também pro Gustavo, coitado, que nem se dá conta de que não está vivendo a própria vida, mas a de vocês.

Vim pra cá e vou ficar por aqui, tentar uma vida que não sei como será, mas que sei que pelo menos será a minha. Afinal, a quem mais eu estava enganando? Se nem a ele eu vinha conseguindo enganar, quem dirá a mim.

Tenho dois amigos que aceitaram me hospedar por aqui num apartamento que alugaram. Diego e Laíza, um casal. A senhora os conhece, embora não se lembre muito bem. Se mudaram depois que ela passou num concurso e são de "boa família", como vocês gostam de dizer. Depois procuro outro lugar pra ficar, o meu próprio cantinho. Vou ser um pouco chato e me dar o direito de não revelar o restante dos meus planos. Envelheci ainda mais, portanto estou ainda mais chato.

Seu filho chato está na cidade com mais chatos do mundo.

O abraço que não tive tempo de lhe dar e diga para o Gustavo que das brigas dele (as que valem a pena), dessas sim eu sentirei falta.

*Do seu,
Guido.*

3.

O CORREDOR ENTRE AS POLTRONAS é estreito e a fila de passageiros estanca quando Ricardo ergue a mala para acomodá-la no compartimento de bagagens. Diante de si, uma comissária aguarda com uma cesta de balas, o semblante de quem já viu a cena se repetir tantas vezes e conhece cada possível variação do que está prestes a acontecer. Atrás de si, homens e mulheres se empurram, forçam a marcha e conferem as letras e números impressos nos bilhetes. Ricardo abandona a mala com a alça pendendo e espreme o corpo contra as costas de uma poltrona vazia, para dar passagem. A fila prossegue e as pessoas levam punhados das balas que a comissária ainda nem começou a oferecer, esgueirando-se em um espaço vazio para também não atrapalhar o trânsito no corredor.

Ricardo teme que desabem, a mala e ele, sobre a desconhecida que se senta na poltrona vizinha, do corredor. A desconhecida se levanta e recua para abrir caminho. Forma-se um novo coágulo que interrompe o fluxo aflitivo de passageiros. Quando se cruzam, ele e a desconhecida, Ricardo aspira o frescor de um perfume com cheiro de manhã, uma manhã que a madrugada lá fora ainda está longe de anunciar. Acomoda-se na cadeira paralela à asa esquerda da aeronave. Gosta de viajar ali, observando o subir e descer dos flapes na branca fuselagem. Adivinha o movimento circular da turbina cujo ruído vigoroso e constante ele consegue detectar mesmo agora, antes de decolar, por baixo da camada sonora da conversa dos passageiros e dos alto-falantes alertando para os procedimentos de segurança.

"Obrigado", diz Ricardo à desconhecida que afivela os cintos. Ela meneia a cabeça e volta à leitura da revista que ocupa o lugar vazio entre os dois. A comissária rearranja os volumes no compartimento de bagagens. A cesta de balas volta a ser atacada por crianças inquietas e adolescentes com fones de ouvido e almofadas cervicais. Pela primeira vez desde que entrou no avião, Ricardo se lembra do filho e do propósito da viagem. Do filho e do envelope vazio com o endereço que carrega no bolso do blazer, junto com os documentos e a passagem sem data de volta.

"Não volte sem notícias dele", disse Ana antes da viagem. A cada dia que passa sem novidades, a mulher vai desaparecendo um pouco a mais dentro do vestido ou debaixo dos lençóis. A data de retorno de Ricardo vai assumindo um ponto indeterminado no infinito, turvo e nebuloso como as referências que ele tem do local de destino. Compra uma viagem sem volta, e não consegue se livrar da impressão de que talvez seja nisso que se transformará sua viagem, de fato.

A comissária transfere a mala de Ricardo de um compartimento cheio para outro mais vago. Não tem dificuldades em transportar a pouca bagagem de um homem que não sabe se vai ficar fora por uma semana ou um mês, um mês ou um ano. "Melhor que caiba tudo dentro de uma mala só", disse Ana lhe arrumando a bagagem. Na noite anterior ao embarque, ela dobra as roupas de Ricardo e ele a observa dobrar, enquanto reúne os documentos espalhados dentro da gaveta da mesa de canto. Ana junta as mangas das camisas e as faz caber na mala com a geometria metódica de um abraço. Alisa o tecido com um carinho precoce, que afaga antes o corpo de quem irá vesti-las para que depois, quem sabe, elas retenham e transmitam aquele afago. Tira as peças do cabide e as carrega nos braços como a um recém-nascido.

O avião avança na pista, pronto para decolar, mas a mente de Ricardo retrocede muito mais veloz e prepara-se para levá-lo muito mais longe, muito mais alto. Ana agora segura um recém-nascido no colo, no mesmo canto da cama onde agora há um berço, o cortinado preso no teto como o antro etéreo de um fantasma. O bebê está inerte até a mãe colocá-lo nos braços do pai, que recebe o filho igualmente paralisado, os ombros e os cotovelos travados como se o bebê já tivesse no corpo o peso do futuro que vão ter que suportar juntos. "Ele parece não gostar de mim", diz Ricardo. O som da turbina atinge o seu paroxismo e o bebê solta um guincho agudo como o de um animal. "Ele logo vai se acostumar", diz Ana, ajustando a postura do pai que não oferece apoio.

Sente o avião descolar-se do chão, galgando o ar como se fossem degraus. O bebê move as pernas e Ricardo se assusta, pensa que pode derrubá-lo a qualquer momento. O avião trepida e o bebê começa a se debater em seus braços. As luzes internas estão apagadas e Ricardo fecha os olhos porque teme a queda. A queda instantânea do avião e a queda infinita do filho que chora, fustigando os tímpanos dele com uma súbita pressão que o faz parar de raciocinar. Quando o avião se estabiliza, o filho está no chão, os membros se contorcendo como os de uma barata que acaba de ser pisoteada nos azulejos do banheiro.

"O senhor está bem?", pergunta a desconhecida ao seu lado. Ricardo abre os olhos e vê o rosto por trás do título da revista da companhia aérea. *São Paulo, capital do Brasil*. A imagem da capa mostra a vista alta da cidade à noite, três mil quilômetros além e vários pés abaixo da altitude em que devem estar agora. O avião atinge a altitude de cruzeiro e os passageiros começam a cochilar. "Estou bem, eu só…", e a desconhecida não espera que ele complete para apertar o botão ao lado da luz de leitura, a figura de um boneco com um copo na mão. "Eles podem te trazer uma água", diz ela, e fecha a revista que agora repousa no colo, sobre a saia que se afunila até o início dos joelhos.

"Pois não, senhora?", diz a comissária. "Ele", aponta a desconhecida. "Senhor?", a comissária pergunta. "Só uma água, por favor", diz ele, e a comissária se afasta para atender outro chamado no painel luminoso.

"Obrigado", Ricardo diz de novo para a desconhecida. "Não há de quê", desta vez ela responde. "Bons deviam ser os tempos em que se podia tomar uns drinques nessas geringonças…", ela larga de vez a revista no assento que está vazio, tentando puxar conversa. "Também não suporto as decolagens." A água vem com cubos gêmeos de gelo que Ricardo vê derreterem no copo, milimetricamente encaixado no círculo vazado da mesinha. O voo de fato seria diferente se houvesse ali dois dedos de uísque e a natureza da expressão *quebrar o gelo* não parecesse tão insensata, quando não há uma só gota de álcool envolvida na conversa. Não sabe o que dizer à desconhecida e ela retoma a leitura. Não espera que o avião aterrisse para chegar em São Paulo, capital do Brasil.

Ainda há tempo, talvez, de Ricardo recuperar o fio da conversa. Ele costumava ser bom nesse tipo de coisa antes de Ana descobrir tudo. Ele podia dizer que os aviões hoje em dia não passam de ônibus voadores. Lembrar que também houve um tempo em que se podia fumar ali e se serviam lagostas em trechos nacionais, antes da era insípida das barrinhas hipocalóricas. A desconhecida talvez tirasse os olhos da revista e lançasse um sorriso cúmplice. Ricardo perguntaria o que ela fazia no Nordeste, ela que pelo sotaque estava claramente voltando de viagem. Era um começo. Um começo que levava sempre a um meio e depois aos fins de praxe.

"Viajando a trabalho?", ela pergunta primeiro, sem tirar os olhos da revista, como se lesse os pensamentos de Ricardo, como se eles estivessem escritos nas páginas que ela vai folheando.

"Não", ele responde, "viajo para visitar o meu filho", ele diz, sabendo que a resposta dita assim é uma mentira. Não há exatamente um filho a ser visitado nem será exatamente uma visita o que ele fará.

"Não volte sem notícias", lhe repetia Ana, a esposa insone, sempre plantada na cabeceira da cama. Ricardo colocava os documentos dentro do envelope vazio com o endereço que o locador confirmou. A vertigem retorna e Ricardo tenta disfarçar o mesmo pavor de vinte e cinco anos atrás, quando encarou o bebê no chão, a barata pisoteada no azulejo do banheiro. O filho que agora some é o filho que para ele morreu primeiro ali no chão, muitos anos atrás. E Ricardo não consegue se livrar da impressão de que viaja para procurar um filho que morreu muitas vezes antes.

"O seu filho pode estar vivo", queria poder dizer a Ana, "mas o meu está morto, sempre esteve morto." "Viajo para buscar um filho morto", queria poder dizer à desconhecida, mas se cala. Ela cruza as pernas até o limite da saia afunilada e a imagem da esposa se desvanece na mesma velocidade com que retira a aliança e guarda no bolso. Se desvanece na mesma velocidade como sempre se desvanece nessas ocasiões, para dar lugar àqueles flagrantes lúbricos, memórias eróticas que Ricardo tenta conservar na lembrança o maior tempo possível, mas que sempre se perdem depois que deixam de ser apenas flagrantes e se tornam insistências, intervenções em dias cheios de trabalho e uma mentira cada vez mais difícil de contar para uma mulher que se deixa enganar tão fácil.

"Também tenho um filho longe", diz a desconhecida, jovem demais para ter um filho longe, Ricardo pensa. "Vim visitá-lo em João Pessoa", o sotaque paulista misturando-se ao barulho do avião que o afasta milhares de quilômetros de casa. "É assim: depois de um tempo, eles se perdem da gente", suspira a desconhecida, reclinando o encosto da poltrona.

Quer corrigi-la. Dizer que o seu filho, por exemplo, *realmente* se perdeu. Quer corrigir-se: dizer que viaja *à procura* do filho. O mal-estar vai e vem, em marolas, e Ricardo beberica o resto da água gelada deixando que as pedras de gelo minúsculas, mas ainda gêmeas, permaneçam dançando ali em cima da língua.

"Você é jovem demais para ter um filho longe", Ricardo arrisca o gracejo e a desconhecida agradece, simpática. "Divórcio", ela diz, mostrando na mão a sutil marca de aliança que no dedo de Ricardo nunca se formou, porque ele raramente a usa. "Meu filho mora com o pai. Sempre que volto quero trazê-lo comigo. Nunca consegui", e volta à revista.

Ricardo se pergunta se será mesmo capaz de encontrar o filho. Se será capaz de trazê-lo de volta também. Do chão onde Guilherme caiu quando recém-nascido, não foi capaz de recolhê-lo nem gritar por socorro. No chão, onde quer que ele esteja agora, não sabe se será capaz de localizá-lo. Uma ideia tola cruza sua mente. Nunca brincou de esconde-esconde com Guilherme e a brincadeira acontece muito tarde, vinte e cinco anos depois.

"Eles nunca saem conforme os planos", Ricardo diz à desconhecida. Mas é ela agora quem está com os olhos quase fechados, a cabeça encostada na curvatura da poltrona, ligeiramente projetada para trás. Serão três longas horas de viagem, em silêncio. Ele se ajeita na cadeira e também tenta adormecer.

Acorda com o serviço de bordo lhe oferecendo um café e o dia nascendo para além da janela. Do seu ponto de vista, a aurora se transfigura de cima para baixo: acima das nuvens, o azul; abaixo, a penumbra. Parece ser possível viver, morar em uma altitude daquelas. Sente o olhar desperto da desconhecida em direção à janela, enquanto toma seu café. Constrange-se ao pensar que está incorporado à paisagem que ela vê desde mais cedo, quando abriu os olhos. Ricardo faz parte agora da penumbra de dentro do avião, a penumbra que resta quando diminuem as luzes da aeronave e começam a penetrar no cobertor de nuvens, despertando de seu interior um horizonte mais uniforme, os tons do céu lentamente se diluindo. Há sob as nuvens uma outra camada espessa de neblina ou de fumaça. Uma sutil turbulência o leva a fantasiar que a fumaça é levemente sólida, que é preciso rompê-la antes que consiga enxergar os primeiros prédios. Sente um frio denso que lhe penetra pelas narinas antes que o acuse por todo o resto do corpo. Veste o blazer que envolve o antebraço durante toda a viagem e o alto-falante confirma. Estão chegando em São Paulo.

Outra ideia tola cruza sua mente. Guilherme nunca seguiu os passos do pai, mas por toda a vida não se lembra de o filho ter pisado em um único lugar onde antes Ricardo já não esteve, preparando o caminho. Não é o caso deste aqui. Aqui, onde Ricardo nunca esteve, foi o filho quem preparou o caminho para o pai. É Ricardo quem vai seguir os passos do filho.

O avião se aproxima dos prédios e, da janela da aeronave, Ricardo esquadrinha do alto as primeiras ruas. O trânsito amanhecendo, carros e pessoas como pontos semoventes, miniaturas quase táteis de Ricardo e dos outros passageiros do avião. Sente a solidão de estar observando aquelas pessoas sem estar sendo observado por elas, como faz a mulher ao seu lado. Não é capaz de denominar aquilo como solidão, então tenta diminuir a sensação de insignificância que aquela imensa distância provoca, entre ele e as pessoas lá embaixo, elaborando frágeis identidades para cada uma.

Ricardo procura por homens e mulheres diminutos nas esquinas, tentando lhes atribuir nomes, tentando reconhecer neles histórias similares às dos homens e mulheres que conhece do lugar de onde veio. Enquanto o avião aterrissa, as pessoas lá embaixo se cruzam e se desencontram, saem de alguma parte rumo a parte alguma.

Do alto daquele avião, Ricardo ainda não se dá conta, mas já está à procura do filho.

4.

OS ÁLBUNS DE FAMÍLIA ocupam agora todo o lado da cama onde por quase trinta anos Ricardo costuma dormir. São dez grandes pilhas que vão dos mais antigos, maiores, com capas duras e sóbrias, aos mais recentes, menores, com capas feitas pela própria Ana para cobrir os temas bregas e ordinários ou as propagandas dos estúdios de revelação. Ana tem duas câmeras modernas, conjuntos de lentes acopláveis e cartões de memória vastíssimos, que dispensam o uso de filmes. Há alguns anos, antes de se mudar para São Paulo, Guilherme a ajudou a digitalizar todas as fotos na condição de que jogasse fora os álbuns, parasse de colecioná-los, desocupasse as estantes que ameaçavam ruir com o peso das lembranças. Em vez de destruí-la, Ana escondeu a coleção do filho e de todos da casa. Nos cartões de memória, as fotos ocupam um espaço ínfimo, que não é nem de perto o espaço que aquelas lembranças ocupam em sua memória.

Em sua memória, as estantes também já começam a ruir.

De joelhos no piso frio de azulejos, Ana retira as fotos dos álbuns tomando o cuidado de recortar com uma tesoura aquelas que, pelo tempo, já se prenderam ao papel transparente, já fizeram da matéria velha parte integrante da imagem. Dispõe essas fotos no lado vazio da cama (o seu lado da cama), em várias colunas simétricas. A simetria não é uma exigência sua, mas uma imposição do Transtorno. O Transtorno exige que distribua o restante das fotos embaixo dessas colunas, como num jogo de paciência que visa a reordenar cada momento da vida em família. Os álbuns mais antigos vão finalmente para o chão, caixões de onde Ana exumou algumas fases mortas, etapas de uma vida que julgava esquecidas. De algumas, ela gosta de lembrar. De outras, não. Mas todas fazem parte dela. Impossível descartá-las.

Gustavo observa a mãe da porta do quarto, sem interromper. Está faltando à faculdade para cuidar de Ana, que por sua vez está faltando ao trabalho no estúdio e recusa-se a comer qualquer coisa desde que Ricardo partiu para procurar Guilherme. Gustavo pouco sabe do irmão. Desde a última carta amargurada que escreveu para ele e entregou à mãe num envelope lacrado, pedindo que enviasse junto com a sua correspondência, tem tantas notícias de Guilherme quanto o pai teve nos últimos anos. Ou seja: nenhuma.

Gustavo se aproxima da mãe. Apenas uma das fotos Ana faz questão de afastar das demais, ele percebe agora que está perto da cama. É esta foto que a mãe elege como ponto de partida para aquele difícil jogo de combinações, que embaralha os cenários das mudanças da família por várias cidades do interior do Brasil, um jogo cujas regras Gustavo logo desiste de tentar induzir pela simples observação. Sabe que, a cada recaída do Transtorno, Ana fica mais envergonhada com as próprias manias, mas mesmo assim ele entra no quarto e tenta não se irritar quando ela procura convencê-lo de que está apenas limpando o guarda-roupa, aproveitando a ausência de Ricardo para limpar o guarda-roupa que o marido deixou todo bagunçado.

Gustavo pergunta se pode olhar aquela foto. Ana reluta um pouco em deixar que ele toque nela, que mude de posição, mas deixa, desde que tente não tirá-la da ordem. Na imagem esmaecida, a mãe aparece de pé, grávida, sob o lendário parreiral aos fundos da casa dos sogros, avós dos meninos, em Várzeas. A foto foi tirada pelo tio Renato, que nessa época não tinha se casado com a tia Miriam e ainda estava vivendo no interior. Renato é o irmão mais próximo de Ricardo, por ser apenas alguns anos mais novo que ele. É o penúltimo dos sete rebentos da orgulhosa prole do Major Afrânio e da Dona Noeli. Ana lembra que a máquina fotográfica, rara naquela época, não pertencia a nenhum dos cunhados, mas era do próprio Major, que já não podia usá-la porque, há alguns meses, havia estragado todo um filme, felizmente de doze poses, tentando fotografar o casamento arranjado às pressas entre ela e Ricardo. Era por isso que não tinham nenhuma imagem daquele dia. Naquele tempo, ninguém podia adivinhar que os tremores do velho, borrando todas as fotos em que Ana aparecia com um vestido verde, plissado desde a altura do busto para disfarçar a barriga que já despontava, eram o primeiro sinal de alguma doença mais grave que agora, no futuro, o sogro estaria enfrentando. Ficaram as piadas: Ana se casara de verde. Faltava pureza onde só restavam esperanças.

Guilherme nasceu na noite daquela outra foto, esta que Gustavo agora segura nas mãos correndo o risco de desmanchar todo o esquema que Ana tem na cabeça. Ana está grávida, e é impossível não notar o quão grávida está ou não imaginar, por exemplo, que o bebê nasceria dali a qualquer momento, caindo talvez bem no colo de Ricardo, que está agachado aos pés da esposa, mais ou menos na mesma posição em que Gustavo está agora no pé da cama, ao lado da mãe. Gustavo fica constrangido com a semelhança da pose, por estar agachado imitando involuntariamente a mesma posição do pai. Resolve se sentar no chão junto com Ana, que permanece de joelhos diante das fotos, como em oração.

Até hoje Gustavo se impressiona com aquilo: o quanto a fisionomia dele e do irmão se parece tão pouco com a do pai, ao contrário do quanto, nos dois casos, a paternidade é acusada pelos gestos, estes pequenos gestos que você não sabe que tem até vê-los espelhados numa outra pessoa. Não precisa forçar muito a lembrança para enxergar o próprio Guilherme agachado daquele jeito de Ricardo, jogando time de botão ou bola de gude em algum quintal da infância, do passado. Ana e Ricardo sorriem na foto. São um casal feliz. Não há como duvidar da felicidade de uma mulher grávida e de um homem ajoelhado aos seus pés, prostrado como que em adoração diante de uma divindade. Ricardo aproxima o rosto da barriga de Ana como se estivesse recitando uma prece ou se preparando para ouvir um mandamento e gravá-lo em pedra, para transmitir à humanidade. Que barulho terá feito Guilherme naquele instante? Que mensagem estará murmurando ao ouvido do pai, dentro daquela lua cheia que habitou por nove meses, entre marés inconstantes de líquido amniótico?

Gustavo tenta decodificar a mensagem no olhar alegre de Ricardo, na leve pressão que o pai exerce na circunferência de carne que se orgulha de ter nas mãos, espremida contra o seu rosto. É o único abraço já registrado em foto entre pai e filho. Guilherme não está ali aparente, mas escondido dentro do ovo, marco zero de sua existência, o mesmo onde dali a alguns anos estará Gustavo, numa foto que os pais se esqueceram de registrar. Um Gustavo que agora constrói uma lembrança anterior ao próprio passado e ao passado do irmão mais velho: a lembrança do abraço de um pai no primeiro filho, pouco antes de ele nascer. Gustavo não pode ouvir o irmão pela foto, mas pode dizer com certeza que ele já está gritando lá dentro.

5.

O BOLETIM DE OCORRÊNCIA FOI LAVRADO à distância e Ricardo, por pura insistência de Ana, procura a polícia assim que chega em São Paulo, se enfiando no primeiro táxi que encontra no aeroporto e indo direto para o centro antes mesmo de localizar o apartamento de Guilherme na zona sul.

Sabe que as autoridades pouco poderão lhe ajudar e que insistir naquilo será vergonhoso: com o histórico que tem, de sumiços anteriores e diferenças inconciliáveis com a família, ou mais especificamente com ele, o pai, Guilherme é o caso típico do jovem adulto independente que, no jargão de um profissional como o delegado que o atende no prédio da rua Brigadeiro Tobias, se evade por vontade própria e talvez não queira mesmo ser encontrado.

E é mais ou menos isso o que insinua aquele homem que lança um olhar comprido para Ricardo assim que ele entra na delegacia, arrastando a mala de rodinhas. Que o ouve relatar o caso se mexendo na cadeira, também ela com suas rodinhas acopladas, fazendo o barulho de um gemido que rivaliza com o da mala e dramatiza meio comicamente uma história contada da forma mais imparcial que Ricardo consegue formular. Tenta detalhar os pormenores que ouviu por telefone e que no fim das contas desconhece, confundindo com irritação ou falta de paciência o jeito enviesado que o delegado tem de concentrar-se naquilo que ele diz. O delegado se remexe na cadeira gemente, um tipo bem distinto em comparação aos que haviam atendido Ricardo na vez passada, em João Pessoa, onde ainda não havia delegacias especializadas para aquele tipo de problema.

Ricardo sai de lá com o cartão do sujeito e a recomendação de que faça sozinho o trabalho que já imaginava que a polícia não teria nem tempo nem condições nem disposição de fazer, "em hospitais e necrotérios por via das dúvidas, mas antes de tudo com as pessoas mais próximas do rapaz aqui em São Paulo, senhor Ricardo", já que o caso tem realmente todo um perfil muito bem definido e conhecido da polícia e às vezes demora, "sim, senhor, às vezes demora até mais de três meses", mas costuma ser solucionado assim mesmo, o jovem depois cai em si de alguma maneira, "sempre é mais difícil se o caso envolve problemas mentais ou drogas", e acaba voltando pras coisas ou pessoas que deixou ou aparece por conta própria numa outra cidade ou num outro estado, como aconteceu da última vez, ou em casos mais extremos, até num outro país, e manda notícias ou porque se arrepende ou porque acaba o dinheiro ou "porque têm uma mãe, senhor Ricardo, muitos sentem essa culpa porque sabem que a mãe está aflita procurando", e há ocorrências mais sérias, claro, mais urgentes, o senhor sabe, mais graves, e Ricardo entende o que o delegado diz e tem olhos para ver, é perfeitamente capaz de enxergar as fotos de crianças e adolescentes desaparecidos, que estampam os cartazes na parede da delegacia, cartazes da própria polícia e das ONGs, as fotos que deviam ilustrar carteiras de identidade, cartões de aniversário, todas fora do seu contexto original, sequestradas dos momentos que as derivaram como muitas daquelas crianças sequestradas dos seus lugares também, algumas já mortas, assassinadas a sangue frio, Ricardo não pode evitar a crueldade de supor que estejam mesmo mortas conferindo as datas impressas embaixo, datas próximas e longínquas, as longínquas algumas até remotamente longínquas, os rostos correspondentes borrados, fotos da época do desaparecimento e fotos que mostram uma progressão de idade ilusória, uma ficção criada pelo software de um computador, um retrato falado de carne, osso e pixels, pedaços de carne e osso artificialmente envelhecidos e colados, recompondo um rosto nada assemelhado ao que o gerou, tudo isso recortado e disposto sobre um fundo monocromático que, menos que atenuar a dor das famílias por não saberem que rosto procurar na multidão, só deve aumentar a aflição de buscarem agora por um desconhecido, um ente que não é mais aquele que perderam, que não mais se reconheceria no espelho que eles têm no bolso, a dor e a aflição que devem ser opostas à alegria e ao alívio de quem pôde ver aquele tipo de simulação substituída por uma tarja com a palavra *Localizado*, mantida ali talvez não para evitar que se procure por alguém já encontrado, mas para dar esperança aos que não encontraram alguém por quem se permaneceu à procura.

Na frente da delegacia, chama um outro táxi pelo número que trouxe gravado no celular. Encontrou uma imagem aérea da rua do filho nas buscas que fez pelo endereço na internet, com a ajuda de Gustavo, já que não tem notebook e só usa o computador da universidade para o trabalho. O táxi o apanha dentro de alguns minutos, na esquina da Brigadeiro com a Senador Queirós, e tem estampado no vidro traseiro o adesivo que Ricardo viu tantas vezes no Google, parece mentira ou brincadeira, mas é a primeira coisa que aparece, um adesivo idiota com uma bandeira de três cores da revolução francesa e a figura de um ovo eclodindo, que é uma associação óbvia e banal com o nome da rua: *França Pinto*, esta do endereço escrito pelo remetente no envelope vazio que recebeu de Ana, no dia em que ela foi obrigada a confessar tudo aquilo que ele já sabia e fingia não saber: os telefonemas tarde da noite, as cartas trocadas, a ajuda financeira que ela devia dar ao filho. Ricardo aperta os olhos para conferir a caligrafia mínima de Guilherme no papel, distinguindo no envelope o número do prédio que repassa ao taxista e que "é quase em frente ao ponto do táxi", o motorista informa o que Ricardo já sabe.

O homem não abriu o porta-malas para que Ricardo colocasse a bagagem, então ele carrega a mala consigo no banco de trás, no lado ausente do passageiro em que vê o adesivo de mau gosto colado no canto da janela. Percebe o olhar do motorista o examinando pelo espelho interno, enquanto trafegam por uma avenida estranhamente descongestionada para aquele horário. São Paulo por enquanto é o retrato oposto do tumulto de carros que Ricardo vê estancarem nas matérias sobre a metrópole, perpetuadas pelos telejornais em seus plantões de feriado e em revistas como a que a companhia aérea dispunha a bordo. Chega a parecer uma cidade tranquila, com a sua paz de concreto e até algumas árvores que dão um colorido à paisagem cinza, uma uniformidade entre o céu carregado de nuvens e a terra carregada de prédios que ele jamais viu em outro lugar.

O locador do apartamento de Guilherme, o homem com quem Ana falou ao telefone e com quem ele se comunicou algumas vezes desde então, o está aguardando junto com o síndico do prédio para abrirem juntos o apartamento com as chaves reservas que possui. Respeitou a privacidade do locatário, mesmo que este não merecesse respeito algum, e Ricardo fez absoluta questão de pagar imediatamente os aluguéis atrasados por meio de uma transferência bancária, adiantando os próximos seis meses previstos em um contrato que ele decidiu honrar pelo filho, para que pelo menos seu sobrenome estivesse limpo quando chegasse.

Ricardo então sugeriu que poderia ficar no apartamento enquanto estivesse em São Paulo, se o seu dono não se opusesse, e o homem foi extremamente simpático à ideia, fosse por ser de fato alguém muito gentil ou porque acabara de receber uma bolada em sua conta corrente. Ricardo pôde enfim dar entrada na licença-prêmio que a universidade lhe concederia para procurar alguma pista de Guilherme, que até então vinha conseguindo encobri-las todas, escapando das primeiras buscas empreendidas pela família à distância, com os poucos recursos que dispunham e que se resumiam à internet e ao telefone. E ao pouco que sabiam dos anos do filho em São Paulo.

Chuvisca um pouco na cidade. Ricardo pergunta ao taxista se o tempo está mesmo ruim por ali. Quer falar sobre o tempo embora o tempo sobre o qual queira mesmo falar seja aquele contado pelos anos que o taxista trabalha perto do prédio do filho. Gostaria de poder saber se o filho também já esteve alguma vez naquele táxi, quiçá fazendo o caminho anterior até o aeroporto, partindo para um outro lugar. Mas o motorista é um homem de poucas palavras e para de fitar Ricardo pelo espelho de forma repentina, tão logo ele lhe dirige a palavra, e responde que o tempo "é sempre essa droga de tempo que o senhor está vendo aí, que te obriga a pôr o casaco quando sai de casa pensando que está frio, e depois tirar o casaco quando chega na rua porque está calor, e isso é São Paulo, basicamente, todos os 365 dias do ano", isso para quem como ele, o taxista, só conseguiu alugar "essa lata-velha que nem ar-condicionado tem para trabalhar, o senhor me desculpe." E este é o tempo. E este é o taxista que leva Ricardo para o seu destino, sem dar mais nem uma palavra durante o caminho.

A França Pinto é uma rua estreita, de mão única, numa subida do bairro de Vila Mariana. No mapa urbano que Ricardo carrega dentro da mala, a primeira coisa que comprou quando desembarcou no aeroporto, a rua aparece circulada entre as duas estações de metrô que cortam o bairro, formando um perfeito triângulo que Ricardo imagina desenhado pelos passos do filho. Mapear passos, traçar sua geometria dentro da cidade, talvez seja a primeira coisa que Ricardo precisa fazer antes de começar a pensar nas perguntas que até então está evitando, a respeito do filho. As perguntas que o distraem enquanto tenta elaborar estratégias, procedimentos e métodos, isso que afinal é o seu trabalho como professor.

Há mais de vinte anos, luta para colocar na cabeça dos alunos de uma faculdade de ciências agrárias a ideia de que, se eles compreenderem que sua profissão é realmente uma ciência, jamais precisarão enfiar as mãos na terra e sujá-las como ele, há décadas, já fez. E que agora não precisa mais fazer, sempre ocupado em sua rotina de dar aulas, ir e vir de congressos, organizar projetos de extensão, eventualmente monitorar algum experimento de seus orientandos de mestrado e doutorado que parecem ter a cabeça tão nas nuvens quanto Guilherme. É essa lógica de pesquisador ou cientista, de formular hipóteses a partir de deduções e induções, tentativas e erros, que ele tenta adaptar àquele trabalho de detetive, que não deixa de ser também uma ciência de procurar por pistas, saber descartar as falsas e caminhar pelas corretas. Ricardo se orgulha da associação que acaba de fazer como de certa forma se sente orgulhoso também da rua em que o filho escolheu morar, um rapaz que nunca teve muito senso prático, mas que, à primeira vista, soube escolher bem a região.

Entre os prédios residenciais do longo trecho da rua que o táxi percorre, localiza alguns bares e restaurantes, dois pequenos supermercados e uma padaria onde tenta imaginar o filho comprando pão mais ou menos numa manhã como aquela. O motorista freia a poucos metros do ponto de táxi, diante de um prédio cujo térreo abriga uma loja de confecções com as portas começando a se abrir. Ainda é cedo para o comércio, e o barulho das portas de aço fere os ouvidos de Ricardo e preenche a atmosfera do bairro, não de todo desperto para a sua rotina. Há poucas pessoas nas calçadas e apenas três carros aguardam o sinal abrir no cruzamento. O taxista não desce para ajudá-lo com a mala. Ricardo paga a corrida e lhe pede um cartão. Sabe que precisará do serviço mais vezes, mas por enquanto pode usar o metrô para os lugares que precisa ir e para as pessoas que precisa encontrar ao longo da semana. Por enquanto, precisa resolver outras questões de ordem prática e está ansioso por isso quando desce do carro.

O edifício de seis andares tem uma fachada simples, coberta por pequenos ladrilhos em três tons de verde. É um prédio estreito, com uma área comum mínima, um corredor coberto entre dois pontos comerciais onde ficam perfilados alguns vasos de plantas. Há uma placa de *Aluga-se* próxima ao interfone. Trata-se de uma construção antiga, sem portaria, sem porteiro e sem muita segurança. Ricardo tira novamente o envelope onde anotou o número do apartamento do síndico, com a sua própria grafia. Percebe que é no mesmo andar de Guilherme. Aperta o botão 52 e a voz que o atende começa a falhar do outro lado. Ricardo se apresenta. Perguntam-lhe se o portão abriu. Como não há maçaneta, Ricardo empurra a grade e sente ela emperrar. "Abriu?", perguntam novamente. E só então ele ouve os sucessivos cliques do metal da fechadura cedendo.

Ricardo entra no prédio do filho. Arrasta o carrinho da mala e atravessa o corredor decorado com os vasos de plantas. Há uma outra porta de vidro que se abre sem dificuldade. O hall minúsculo do edifício tem um piso que parece respirar de tão fresco. Só há espaço ali para um pequeno birô de escritório encostado à porta de vidro, sem nenhuma cadeira. No tampo de madeira, vários panfletos promocionais de uma pizzaria das proximidades. No quadro de avisos pendurado na parede, nada além de prestações de contas que Ricardo verifica sem curiosidade, enquanto espera a chegada do elevador. As escadas que ele avista ao seu lado são estreitas. Escadas estreitas, num prédio estreito, de uma rua estreita. Ricardo se pergunta como os primeiros moradores foram capazes de levar os seus móveis para o alto. Dois casais que se cruzassem ali teriam que se esgueirar para dar passagem um ao outro. Ao abrir a porta do elevador, vê uma cabine também diminuta. Quase uma miniatura de cabine. Antiga. Provavelmente ainda o primeiro elevador do prédio, pintado de verde, como a fachada. O painel tem botões pretos saltados e luzinhas amarelas no formato dos números dos andares. A subida dentro da cabine, na companhia da mala, é temerosa.

No quinto andar, um homem mais ou menos da sua idade e outro mais velho, de cabelos alvos, o aguardam, o primeiro com um molho de chaves na mão esquerda, a direita se oferecendo para cumprimentar. "Prazer, Marcelo", diz o homem mais jovem. Ricardo reconhece a voz com quem falaram por telefone, esse tempo todo, da Paraíba. "Esse aqui é o seu

Elias, o síndico do prédio", Marcelo aponta para o senhor ao seu lado, que tem uma pastinha numa mão e se antecipa com a outra. "O senhor então é o pai do garoto?", ele pergunta com a voz falha do interfone, e Ricardo fixa naquela palavra: *garoto*.

Não gosta de ouvir aquele estranho se referir ao seu filho como um garoto. Recusa-se a pensar em Guilherme nesses termos, mesmo quando nutre a certeza tão íntima quanto dolorosa de que, aos vinte e cinco anos, Guilherme não passa realmente disto: um garoto inconsequente, que nunca teve grandes preocupações na vida além de eternizar a própria infância e fazer do mundo o seu maior brinquedo, um objeto que não cabe no bolso, mas que ainda assim ele pode carregar despreocupadamente, por anos a fio, até arruiná-lo, destrui-lo, triturá-lo, só pelo puro prazer de mandar a conta depois para os pais, como faz agora, como fez sempre, de um jeito ou de outro. Arruinar, destruir, triturar e depois ver a conta ser paga por outra pessoa.

Garoto. A palavra ecoa escada abaixo, desce engolfando aqueles degraus estreitos, de três em três, percorre toda a extensão da rua França Pinto e ameaça devolver Ricardo num voo de volta a João Pessoa, um pai derrotado que não conseguiu fazer do seu primogênito um varão, um homem aos olhos dos outros.

"Prazer, Ricardo", ele diz, vencido, aos dois, plantados diante do apartamento do síndico. "O seu Elias é vizinho, foi ele quem viu o seu filho saindo pela última vez", Marcelo explica, Elias balançando afirmativo a cabeça, onde nenhum dos fios brancos sai do lugar. "Ele falou pra onde estava indo?", Ricardo pergunta. "Não me avisou de nada, mas não parecia estar indo embora pra lugar nenhum, só saindo de casa como fazia quase todo dia", Elias resmunga, o cabelo penteado para trás. "Aqui estão as chaves reservas", Marcelo entrega o molho de chaves que Ricardo acolhe na palma da mão, sentindo o peso de três chaves comuns, com suas bases de plástico e suas ranhuras de metal. "Peço que o senhor faça logo uma cópia e entregue por enquanto ao seu Elias", Marcelo lança um olhar de confiança que o síndico retribui, agarrando a pastinha, orgulhoso de sua posição. "São as únicas chaves que me restam", Marcelo avisa, e Ricardo agradece ao dono do imóvel do qual agora é locatário. "Hoje mesmo faço as cópias e entrego ao senhor", diz se dirigindo a Elias, o síndico ainda satisfeito consigo mesmo. "O garoto não ia muito com a minha cara, mas espero que a gente se dê melhor como vizinhos", ele diz, e Ricardo, a contragosto, tem que dar o braço a torcer. "Guilherme é mesmo uma pessoa difícil", concorda, e pensa se não devia também usar o passado: "*era* uma pessoa difícil", e pensa mais uma vez naquela palavra *garoto*.

Teria algum dia conseguido enxergar o filho como um garoto? Teria sido essa a sua grande falta, tratá-lo sempre como um pequeno homem? Tratá-lo, afinal, como a vida sempre tratou a ele próprio? Como um homem? O homem que ontem ele foi, o embrião do homem que amanhã o seu filho será? *Garoto*. A mãe, sim, nunca deixou de encarar os filhos como dois meninos. Dois homens feitos, e ela ainda os tratando como duas crianças. Ricardo costumava reclamar, nas constantes brigas do casal sobre os filhos. Os filhos são a doença do casamento, ele conclui. Por isso apenas dois. Não sobreviveria a mais um. Os filhos consumiram o casamento por dentro até chegar neste estado de câncer em que está agora. E sua falha talvez tenha sido esta: achar que uma doença poderia curar a outra. Os filhos curarem um casamento em metástase. Um câncer dentro de outro câncer, é o que pensa quando ouve a palavra *garoto*. "Eu fiquei preocupado das coisas começarem a cheirar mal e os outros moradores reclamarem, o senhor compreende?", diz Elias, cobrindo o nariz com a palma da mão, ficando à espreita atrás de Marcelo, vendo Ricardo abrir a porta.

Ricardo pesa o molho de chaves na mão como se pudesse adivinhar qual delas encaixa na fechadura. "Com licença, tem um jeitinho", Marcelo diz apanhando as chaves e abrindo a porta. Há uma certa ansiedade na postura do síndico que parece indicar que ele também sabe qual é a chave, que ele também é possuidor de chaves reservas para todas as portas de todos os apartamentos daquele prédio, e abri-los e revistá-los, e investigar o estado de maturação das frutas na despensa, fosse um gesto tão corriqueiro e automático quanto abrir a porta do próprio apartamento, sustentando este risinho amarelado com o qual Ricardo já antipatiza, seguido de uma tosse suja que levanta algum tipo de suspeita recôndita, geralmente confirmada, de síndicos ou de alguma autoridade não merecedora de estar na posição em que está.

Marcelo entra no apartamento, e Ricardo o segue. Intercepta a intenção de Elias de também entrar e posiciona a mala no limiar da porta, a fim de barrar o síndico. Elias permanece parado junto ao limiar. Marcelo caminha fazendo uma inspeção rápida pela sala, tentando disfarçar a preocupação pelo estado do imóvel. Mas nem o teto, nem a parede, nem os móveis da sala, mostram qualquer sinal de que Guilherme ou alguém específico tenha jamais habitado o lugar. Tudo o que Ricardo consegue notar de possível dano, olhando de relance a pouca mobília que faz parte do aluguel, é uma mancha clara no sofá, no ponto em que a luz invade a sala pela cortina de um janelão cuja vista dá para outra rua mais larga, bem mais movimentada que a França Pinto.

A parede tem marcas antigas no formato de quadros, nada que uma simples demão de tinta não dê jeito quando tiver que entregar o imóvel dali a seis meses. Apesar da poeira se acumulando no chão, no tampo de vidro da mesa e na superfície de uma estante com poucos livros, não há muita sujeira. O cheiro que vem da cozinha não chega a ser insuportável e só pode realmente ser sentido de perto, não de fora do apartamento, como sugere Elias. Ou o olfato do síndico é por demais sensível ou outra coisa cheirava mal ali.

"O apartamento parece em boas condições", diz Marcelo, e sim, Ricardo admite, o apartamento parece em boas condições. É iluminado o bastante na sala e suficientemente arejado, pode-se dizer até que digno, em comparação ao sentimento de indignidade que já contamina tudo aquilo que Ricardo espera encontrar ao revolver na lama do filho. Guilherme chafurdou nessa lama até o fundo, e se quiser resgatá-lo, terá agora de colocar as mãos lá dentro, dobrando as mangas da camisa até o cotovelo. Prefere não acessar esse fundo encoberto de imediato, não ficar ali por muito tempo, sobretudo agora que Elias está na beira do poço e Marcelo está dentro dele, se revolvendo junto com Ricardo, julgando o pai em consequência do filho.

"Aqui está a cozinha", Marcelo só precisa dar alguns passos para chegar até a origem do cheiro: um cacho de bananas que apodrece em cima do balcão de inox da pia e que ele finge não notar, recuando e seguindo no corredor escuro que dá para os quartos, acionando um interruptor só para constatar o que Elias já alerta desviando da mala e entrando na sala.

"A luz foi cortada mês passado, colocaram um lacre na caixa de energia lá embaixo." E não estivesse Marcelo, o dono do imóvel, sendo tão solícito desde os telefonemas de João Pessoa, tão compreensivo desde a sua chegada em São Paulo, Ricardo teria dado um jeito de expulsar aos murros aquele outro homem de quem podia sentir a respiração ofegante marcando seus passos. "Essas são as contas e algumas correspondências que chegaram enquanto ele não estava. Eu recolhi da porta." Elias tira de dentro da pastinha uma resma de cartas e entrega a Ricardo, que as deixa na sala, sobre a mesa, sem olhar.

"Esse aqui é banheiro", Marcelo diz do corredor, abrindo a porta para um banheiro minúsculo, não tão infecto quanto se poderia supor de um banheiro que não é limpo há três meses, ou talvez outros mais. "E aqui o quarto mais amplo", diz Marcelo mostrando uma peça quase em frente ao banheiro, quase vazia, com um armário de madeira e um estrado de cama de casal apoiado na parede junto com o colchão. "Devia ser ocupado pelo casal que se mudou há uns meses", Marcelo diz, entreabrindo as persianas da janela. "Eu vou te passar o telefone do amigo dele, que achei nas minhas coisas, era com ele que eu tratava diretamente do aluguel, antes de se mudarem e seu filho ficar."

"Está faltando a cama", se intromete Elias. Ricardo se antecipa. "Eu posso pagar por ela", diz num tom que não esconde o quanto está incomodado com a presença odiosa do síndico, bafejando por ali. "Não havia cama", Marcelo esclarece, não de todo alheio ao desconforto de Ricardo. "Quando o casal saiu, eu disse ao seu filho que ele ficasse à vontade pra se mudar pra esse quarto e sublocar o outro. Ele disse que ia fazer, mas acho que preferiu deixar as coisas como estavam e ficar mesmo sozinho."

Marcelo sai da peça mais ampla e pede licença a Elias no corredor. O síndico tem que entrar no banheiro para caberem todos ali, e Ricardo mais uma vez não disfarça sua irritação, se postando no corredor sem abrir uma brecha para o síndico. Elias obstruído só consegue colocar metade do corpo para fora e tem que esticar o pescoço quando Marcelo lembra: "A cama que tem é nesse outro quarto aqui", e mostra a peça onde o corredor desemboca, mais acanhada que a anterior, esta, sim, com vestígios incontestáveis de uma presença humana que, muito além de tê-la habitado, a tornou um território seu. Guilherme é uma presença que ainda emana seu cheiro, que Ricardo reconhece, e sua força nas gavetas desarrumadas de uma cômoda. Nas roupas como línguas cuspidas para fora, espalhadas no chão, em cima da cama, na escrivaninha com livros empilhados, papéis espalhados sem nenhuma ordem, pôsteres de teatro cobrindo as paredes e quadros que correspondem às marcas vazias nas paredes da sala. "Hum... ele trouxe parte da decoração pra cá", diz Marcelo, e é sua única frase com algum vestígio de ironia diante de tudo o que entulha o quarto de Guilherme. Ele inexplicavelmente preferiu o menor espaço deste quarto. Bizarramente, trouxe toda a casa para cá e deixou o lugar com o aspecto da toca soterrada de um ermitão, que precisou sair com muita pressa. Um fugitivo cujo rastro imaginário agora esbarra nos ombros daqueles três homens apertados no corredor, sem ousarem dar um passo a mais.

"Mas tudo parece estar no lugar", diz Marcelo na porta. "Quero dizer...", e ele se interrompe sem deixar que o vírus da ironia, já inoculado, se espalhe. A sentença fica suspensa no ar, e Marcelo a arremata com um cabeceio, já se virando. Não está indiferente à bagunça, mas há algo de íntimo ali, algo privado que talvez nem Ricardo, o pai, terá direito de julgar. O apartamento é tão de Marcelo quanto de Ricardo agora, mas aquele quarto não é de nenhum dos dois: é ainda de Guilherme. "Bom, eu acho que é isso", Marcelo faz sinal para Elias, e só então Ricardo se esgueira no corredor. "Vamos deixar o senhor à vontade", diz Marcelo, conduzindo o síndico rumo à sala, os dois seguidos por Ricardo, que apanha a agenda na mala e anota o número que Marcelo lhe oferece para localizar o casal que vivia com Guilherme. "Não sei se o rapaz mudou de telefone", diz Marcelo. "Eu vou verificar", diz Ricardo. "Qualquer coisa estou aqui do lado", diz Elias antes de se despachar e voltar ao seu apartamento.

Marcelo chama o elevador, e Ricardo se vê aliviado por enfim estar a sós com o dono do imóvel. "O seu Elias", Marcelo pisca, "é um bom homem, o senhor vai ver, mas sabe como são os síndicos", Marcelo diz, os estertores do elevador apagando sua voz já um pouco mais baixa para não ser ouvida atrás da porta. Esta é uma certeza quase que palpável para Ricardo: o síndico está ouvindo a conversa atrás da porta. Ricardo fica com as chaves do apartamento na mão, sem saber mais uma vez como se desculpar com o dono do imóvel pela situação criada por Guilherme. Tenta mais uma vez agradecer, como tantas outras vezes tentou agradecer ao telefone, pela paciência daquele homem. "Olha, senhor Ricardo", Marcelo se interpõe às mesuras, "não é a primeira vez que passo por problemas com um inquilino nem vai ser a última. Eu podia deixar tudo nas mãos de uma imobiliária, mas o que elas comem do valor do aluguel não dá pra mim. E fora os últimos atrasos, esse sumiço repentino e a implicância do seu Elias, eu não tinha o que reclamar do seu filho e do casal amigo dele. Não quero parecer insensível com a situação do senhor e da sua esposa, mas o senhor me pagou até mais do que ele me devia e o apartamento está menos zoado do que eu podia imaginar. Algumas coisas fora do lugar, mas nada quebrado, nada faltando, acredite: já tirei muita coisa desse apartamento com medo de perder depois das primeiras experiências."

O elevador chega. Marcelo oferece a mão para Ricardo apertá-la antes de abrir. "Então estamos de acordo e espero que o senhor consiga alguma informação sobre o seu filho logo", Marcelo diz.

Depois entra na cabine e desaparece.

Ricardo agora está sozinho com as coisas do filho. Deixa sua mala ao lado do sofá e abre o resto do janelão que dá para a rua movimentada. Verifica a correspondência que o síndico entregou, as contas de luz dos três últimos meses, a primeira a simples cobrança de um valor irrisório, nem bem trinta reais, a segunda um pouco mais que isso e a suspensão devidamente informada na terceira conta, com instruções de como proceder para solicitar o religamento. Há também a correspondência de um banco informando o fechamento de uma conta corrente com poupança integrada pelo próprio cliente, Guilherme dos Santos Dornelles, uma carta do condomínio notificando uma dedetização nas áreas comuns do prédio e uma carta recente de Ana destinada aos amigos de Guilherme, apenas com o que tinha: seus primeiros nomes e o endereço, a certeza de que eles dividiram o apartamento por algum tempo e provavelmente o pedido de notícias do filho. Ricardo decide não violar outra intimidade e desiste de ler a carta agora.

O dia lá fora está mais ensolarado e a claridade da sala contrasta com a escuridão que vem do corredor e dos quartos. Ricardo decide também não voltar para os quartos, por ora. Da cozinha, volta a sentir o cheiro do cacho de bananas, da coisa morta que Guilherme deixou e que foi apodrecendo depois dele, na sua ausência. Ricardo lembra que não comeu nada no caminho do aeroporto à delegacia. Seu único café da manhã foi o parco serviço de bordo do avião. Abre a geladeira que está sem funcionar e vê o resto igualmente podre das comidas com que o filho se alimentava, tentando se manter vivo naquele apartamento onde toda a vida agora parece se degradar e resistir ao contato de outras vidas. Tudo parece querer se esfumaçar feito Guilherme. Ricardo começa a achar o cheiro insuportável. Quer jogar fora toda aquela comida, limpar nem que seja a poeira da sala antes de se sentar no sofá, telefonar para a mulher e avisar que chegou, esquecer por ora tudo o que o trouxe ali, tudo o que o fará permanecer, a única coisa capaz de levá-lo embora. Sente enjoo ao respirar o resto do ar do filho, o seu cheiro que vem do quarto, e segue o vento que entra pela abertura da janela. Agora o ar só o sufoca. O apartamento é um útero que o expulsa de dentro. Ricardo precisa sair dali urgentemente e caminhar pela cidade. Guilherme já veio de muito longe. Se ainda está neste mundo, não poderá ter ido mais longe ainda.

6.

ANA SOFREU ALGUMAS COMPLICAÇÕES no nascimento de Guilherme. Hoje em dia, uma simples circular de cordão é resolvida com uma manobra ingênua, executada durante o próprio parto, mas no início dos anos oitenta, numa cidade como Várzeas, o bebê enrolado no cordão umbilical era encarado como um suicida intrauterino, que tinha que ser desafiado pelo médico na faca.

A mãe foi levada às pressas para a mesa de cirurgia sob a promessa de que, caso sobrevivesse ao enforcamento, o bebê seria chamado José se fosse menino ou Maria se fosse menina. Os nomes santos iam proteger a criança de morrer tragicamente mais tarde, queimada num incêndio ou afogada num açude.

Vinte e cinco anos depois, nos pesadelos que tem com o filho sumido, Ana vê Guilherme se afastar dos seus braços e voltar como um feto natimorto retirado ora das águas, ora das cinzas. Porque Ricardo não acreditava em crendices e Guilherme era a escolha irrevogável, o nome que o pai escolheu desde o primeiro mês para o filho que gritou o que tinha que gritar dentro da barriga da mãe e agora estava ligado a um balão de oxigênio, tubos onde antes havia um cordão sufocando um silêncio roxo, que demorou a mudar de cor.

Guilherme era o nome de um tio de Ricardo que foi à guerra com o Major Afrânio, mas que só voltou nas poucas histórias contadas pelo velho, de homens saindo das trincheiras para cagar e sobrevivendo de bombas atiradas dentro delas enquanto se aliviavam numa moita. Do acaso trabalhando e fazendo seu pai retornar sozinho da Itália.

Ana ainda preferia José. Achava de mau agouro trair a promessa, ainda mais colocando o nome de um morto em um menino que quase não chegou a nascer. Era dar uma chance ao acaso, para voltar a trabalhar e repetir o mesmo erro. Mas Ricardo exigiu Guilherme, e a memória do tio-avô passou a assombrar uma vida que estava apenas começando. Ricardo exigiu o direito sobre o nome assim como sobre o local de nascimento. A criança devia nascer em Várzeas, não em Moreno. E nasceria Guilherme dos Santos Dornelles, portanto, em Várzeas, aquela terra seca para onde toda a nova geração da família Dornelles tinha voltado apenas para procriar ou enterrar os seus mortos. Onde nasceram o avô de Ricardo, o pai de Ricardo, todos os seus seis irmãos homens que cumpriam a sina de retornar àquele chão na hora do nascimento e da morte, extirpando suas raízes e amarrando ali, para sempre, os curtos fios de suas existências.

Os Dornelles se repetiam numa sucessão de filhos e netos, segundos e terceiros, seniores e juniores. No cartório, um escriturário distraído quebrava a tradição com o nome de Guilherme. "Escreva aí: Guilherme dos Santos Dornelles Segundo", disse Ricardo, "o Dornelles com dois ll. O Segundo no final." "Dornelles com dois ll?", perguntou o escriturário. "Isso mesmo. Dois ll. Não esqueça do Segundo no final." E os dois ll foram colocados no registro, mas o Segundo jamais foi, e Ricardo só percebeu o equívoco horas depois, quando já não havia mais jeito de corrigir e todos os familiares deixaram de chamar o pequeno de Segundo para chamá-lo de Guido (como ao irmão Gustavo mais tarde chamariam de Guto, mas Ricardo odiava os apelidos e se recusava a utilizá-los).

Foram três dias de festa no quintal do Major Afrânio. Todos os irmãos de Ricardo estavam lá, exceto Roberval, que morrera dois anos antes, precocemente, de um mal súbito. Uma morte que empurrou Dona Noeli nas intermitências de uma depressão que só parecia amainar nestes dias de festa pelo nascimento dos primeiros netos. As noras paparicavam a sogra numa ponta da mesa, afastada dos homens. Eram as únicas filhas mulheres que seu ventre jamais fora capaz de gerar, ela que abortou uma menina na sua penúltima gravidez e se realizava vendo aquelas jovens que lhe punham no colo seus vários bebês, todos ainda homens, algumas prometendo meninas para dali a alguns meses porque "a vida é boa, Dona Noeli, e a vida sempre tem que continuar afinal de contas, não é mesmo?"

E foram litros de uísque com rótulos enferrujados que o Major Afrânio guardava em caixas no depósito, perto do parreiral, cascos e mais cascos de cerveja e guaraná Antarctica que comprou de revendedores conhecidos, gente com quem negociava desde a época do comércio de algodão, muitos deles também ali brindando, bebendo da própria mercadoria o mijo da criança que Ana cuidava em um quarto afastado, se recuperando da cirurgia, o filho no berço ganhando cor de gente, o umbigo já devidamente enterrado na frente da comarca de Várzeas porque Guilherme dos Santos Dornelles ou seria juiz ou advogado como o seu futuro padrinho, o tio Renato, que estava se formando para ser.

Ricardo exigiu que os filhos nascessem em Várzeas, mas só Guilherme foi de fato quem nasceu lá. Gustavo, que Ricardo também insistiu em que tivesse um nome parecido com o irmão (como ele tinha quase o mesmo dos seus) se apressou e nasceu no meio da viagem porque Ana atrasou sua ida até o último mês, com o primeiro filho mal tendo saído do colo ainda, agarrado à mãe barriguda no banco traseiro da Belina, as pernas despontando do banco com aquelas botas ortopédicas, duas placas de couro em que Guilherme custou a se equilibrar e que deviam pesar muito mais do que o seu próprio peso.

Ana adiou a viagem porque se lembrava com angústia os dias do resguardo de Guilherme em Várzeas. E ela parecia ser a única a se lembrar de tudo porque todos evitavam falar sobre aquela semana, desde as complicações do parto num hospital sem estrutura até o que aconteceu depois, enquanto todos estavam comemorando no quintal. A cena que colocou as botas ortopédicas nos pés daquela criança. Que fez a tentativa de suicídio pré-parto de Guilherme, amarrando o pescoço nas entranhas da mãe, parecer de fato a premonição de um destino mais trágico. Um destino que ela agora queria evitar a todo custo com o próximo a nascer. Uma morte que ela queria livrar não do fogo ou da água, mas da terra, a terra seca de Várzeas, o chão maldito de onde Ricardo fazia questão de ver outro filho brotar e onde Ana se recusava a pisar novamente naquelas condições, demorando-se em Moreno, preparando o enxoval, adiando a viagem até que a cabeça surpreendentemente cheia de cabelos de Gustavo quase coroasse lá embaixo, entre as suas pernas, e ela enfim soubesse que teriam que parar no pronto-socorro da primeira cidadezinha que aparecesse, tão sem estrutura quanto Várzeas, mas tudo para não colocar outro filho no mundo e levá-lo para aquele mesmo quarto, ver o velho Fusca do sogro e toda a cena se repetindo na sua cabeça.

Foi tudo no terceiro dia de festa, quando Ricardo finalmente resolveu parar de beber e aparecer no quarto do filho. Durante todo o tempo, ele estava ocupado acertando o registro no cartório, a data do batismo na igreja, recebendo os amigos no quintal, bebendo e fumando como nunca antes bebeu e fumou. Para Ricardo, o quarto era uma fortaleza de crochê cercada por mulheres armadas com lembrancinhas de plástico azul laminado, enfeitadas com o nome de Guilherme e a data do nascimento. Depois de um dia de festa, Ricardo desabava no sofá da sala ou em alguma rede ou mesmo no chão, como um desvalido. Acordava na outra tarde sem lembrar a que horas tinha apagado na noite anterior. Era despertado pelo pai ou pelos irmãos, bêbados felizes, que se espalhavam do mesmo jeito, por redes penduradas na varanda ou tapetes no chão, sem disposição ou mesmo sem condições de chegar na República, uma edícula onde estavam hospedados as esposas e os filhos, dormindo em camas que invariavelmente amanheceriam com um lado sempre vazio.

Nas madrugadas, o sono dos homens espalhados pela casa não se abalava nem nessas horas em que o bebê chorava, chorava tudo o que não chorou no parto alarmando o médico, chorava até que a mãe, a avó ou alguma tia que estivesse por ali, insistindo em sacudir o marido e levá-lo para a cama, desistisse da tarefa impossível e fosse ajudar Ana. Dona Noeli era quem mais ajudava, indo e vindo de um quarto contíguo ao do bebê, cuja porta nunca estava fechada, separada somente por um cortinado do mesmo tecido que cobria o berço.

O neto vestia a batinha que a própria avó costurou — amarela, porque ela torcia para que fosse menina, "mas se for menino também pode usar amarelo, Dona Noeli, não tem problema." Até que, no terceiro dia de festa, Ricardo precisou ver o filho. Precisou levá-lo para o quintal e exibi-lo como um troféu aos tios, ao futuro padrinho, aos convidados que vieram de longe e que não podiam ir embora sem vê-lo. E não importava que houvesse a música alta de um trio de sanfona, triângulo e zabumba ou que houvesse sereno molhando a cabeça da criança, Ricardo ia levar o recém-nascido para o quintal sob o protesto de todos e beber com ele ali, do lado seu na mesa.

Aproveitou que o cerco de mulheres afrouxou em volta do quarto e penetrou na fortaleza escura, se obrigando a pisar manso porque Ana e Guilherme estavam no meio de um cochilo, sob o ruído abafado da algazarra. Aproximou-se furtivamente do berço, mas tropeçou no vazio e foi só aí que Ana se acordou e reconheceu o marido à pouca luz que entrava pela fresta das cortinas. Tonto de alegria, Ricardo fez um "shhh!" para Ana com o indicador pousado nos lábios e tentou erguer o cortinado desde as pernas do berço até o mobile de madeira que sustentava o tecido em névoa. A música lá fora já era um murmúrio distante. Guilherme estava gemendo baixinho dentro do berço, os olhos bem abertos e o cheiro de leite que aumentava cada vez que Ricardo mexia naquele ninho de panos e de pele. Ana se recuperava do susto. Tudo nela era vagaroso, exceto o perdão que veio ao ver o marido sem jeito, se interessando em cumprir a função de pai pela primeira vez.

Ana cegava aos sinais da desgraça porque queria ver Guilherme nos braços do pai, admirar as semelhanças e diferenças que já descobrira sozinha, agora vendo o rosto dos dois lado a lado. Ligou o abajur e levantou-se para ajudar com o menino. Ricardo se sabia despreparado para aquilo, mas se sentou obediente na ponta da cama, afoito para que ela acomodasse o filho no seu colo, armando aquele colo num cruzar de braços que era o arremedo desengonçado do que fazia Ana acalentando Guilherme, mantendo-o tão quieto quanto esteve no berço, imediatamente depois de acordar.

No momento em que a mãe se afastou, Guilherme se agitou, indefeso. "Ele parece não gostar de mim", Ricardo reclamou, meio contrariado com o contorcer do filho no colo. "Ele logo vai se acostumar", Ana despistou, embevecida com a cena. Ana confiava em Ricardo e na força da natureza. Guilherme reagia ao contato de um corpo paterno inseguro e vacilante, que demorava a encaixar com o dele ainda contrito, enrodilhado em posição uterina, mas era só questão de tempo até que se acostumasse e entendesse que aquele era o seu pai. Que aquele abraço era um território seguro. Ana sabia que um filho jamais escaparia dos braços de um pai. Ana sabia que Ricardo jamais deixaria o próprio filho tombar.

Mas Guilherme acaba caindo e é Ana, em pleno resguardo, quem tem que se abaixar e apanhar o filho do chão. Um filho fraturado que desatou os nós de sua barriga quando ela se abaixou. Que ela quis enfiar de novo dentro de si, regenerá-lo ali dentro, invertendo o curso da vida para protegê-lo da viagem de volta ao hospital, da gritaria que se espalhou, do Major Afrânio que tremia como nunca tremeu na guerra ao volante do Fusca, cruzando as ruas de Várzeas sem olhar para os lados, enquanto a festa no quintal terminava e o resto da família corria até o quarto encontrando um Ricardo confuso, ainda em choque ou simplesmente ainda bêbado, engatinhando no chão, procurando o filho debaixo da cama e chamando pela mulher, sem entender muito bem o que tinha acabado de acontecer.

7.

O CAFÉ VILA FRANÇA fica ao lado do prédio do filho, entre a loja de confecções e o ponto de táxi, no térreo de outro edifício residencial tão estreito quanto o de Guilherme. É um café apertado, com poucas mesas, duas barras laterais separando a parte interna do estabelecimento da calçada, coberta por um toldo. Ali, um homem que Ricardo observou desde a chegada fuma numa mesa de canto, com a mão esquerda apoiada nas barras e o cigarro queimando para fora do café, onde não há mesas.

Ricardo senta-se perto dele. Gosta da proximidade de fumantes desde que parou de fumar, mais ou menos na época em que Gustavo nasceu e começou a desenvolver um problema respiratório que já persistia em Guilherme, uma espécie de asma que os médicos associavam diretamente à convivência com aquele hábito de juventude — ele, um pai de duas crianças, fumante ativo convertido em passivo pela saúde de um filho ingrato e outro indiferente.

O homem magro, careca, de óculos e de cavanhaque, tem a compleição de um Louva-a-Deus. Escreve num caderno de capa preta e tem diante de si apenas o cigarro, um cinzeiro e uma xícara de café espresso. Ricardo folheia o pequeno cardápio em formato alongado que se equilibra entre o compartimento de guardanapos e um vaso de flores artificiais. Há um menu de café da manhã e é só repassá-lo para se dar conta de que o enjoo que teve no avião e dentro do apartamento já passou, deixando no lugar uma fome estranha, que não costuma acometê-lo assim no meio da manhã, quando só tem apetite para a papa de aveia e o ovo de gema mole que Ana prepara assim que ele acorda.

A mulher que vem atendê-lo no café parece ser a única funcionária dali. Antes de sair do balcão, ela ajeita um quadro que mostra algumas fotografias antigas do bairro, arruma o avental na cintura e se dirige às mesas de Ricardo e do Louva-a-Deus. O inseto continua rabiscando no caderno e só levanta a vista para tragar o cigarro e soprar halos de fumaça que revoluteiam para fora do café, indo morrer no toldo lá em cima. A atendente tem por volta dos quarenta anos, ou talvez uma idade próxima à de Ricardo, que o rosto maquiado não o deixa calcular. Conserva o cabelo preso em um coque, coberto por uma redinha. Ricardo pede o menu de café da manhã tradicional, com um café pingado. Carrega consigo o guia de ruas de São Paulo e uma pequena agenda que Ana preencheu com alguns nomes citados por Guilherme, nas poucas cartas que enviou para a mãe. Há endereços e telefones de lugares que Gustavo rastreou em pesquisas na internet, por redes sociais, descartando a maioria como fonte de informação depois de um dia inteiro de ligações exaustivas e mensagens privadas. As contas de luz atrasadas também estão dentro da agenda, fazendo volume. Ricardo abre o mapa do guia e localiza as ruas que precisará percorrer nos próximos dias. O papel se desdobra em várias partes, ocupando quase toda a extensão da mesa. O triângulo que desenhou na folha, com um dos vértices no exato ponto em que está agora, logo vai ganhando novas formas geométricas. Ricardo faz traços, círculos e quadrados no mapa, tentando montar um roteiro desordenado em sua cabeça, um plano de busca que não parece possível de ser executado nem quando ele passa a ponta dos dedos por aquelas linhas, varizes multicoloridas na pele de uma cidade incógnita.

Lembra-se da viagem de mudança com a família, na época do doutorado. Os quatro aboletados na Belina no último ponto alto de sua carreira — a carreira da Belina e a de Ricardo como estudante, embora àquela altura já fosse professor efetivo e estivesse em uma situação confortável: recebendo o salário em licença e ainda a bolsa, que na época não era de se jogar fora. Ana ia no banco de trás com Gustavo pequeno e Guilherme ia no banco da frente, ao seu lado. O filho mais velho não tinha idade de ir de copiloto, mas abençoado o início dos anos noventa, quando se podia até dirigir sem cinto de segurança e o sujeito que fuma ao seu lado, no café, nem se esforçaria para soprar a fumaça para fora do estabelecimento. Guilherme mais atrapalhou que ajudou com o mapa no colo, acompanhando a rota traçada até Minas Gerais para ser cumprida em três dias e duas noites. Terá sido ali que o filho aprendeu a se perder? Estaria ele agora perdido por Minas Gerais, e não por São Paulo, naquelas terras que Ricardo estudou e conhecia como a palma da mão?

O café chega e Ricardo tenta acomodar o mapa dentro do guia, sem achar a dobra. A mulher com a bandeja sorri um sorriso de batom, borrado numa linha quase que imperceptível, na ponta dos incisivos. O guia fica semiaberto em um leque sanfonado que ele tenta comprimir com a pequena agenda, para acomodar os pratos que a atendente organiza sobre a mesa. Há croissant com geleia e suco de laranja. Há torradas e salada de frutas, além do pingado. Ele agradece, e a mulher recolhe na bandeja a xícara de espresso do vizinho de mesa. O Louva-a-Deus pede a conta. Parece desenhar algo entre as linhas inexistentes do caderno. Aquilo também lembra Guilherme. Não o Guilherme que inventou de ser ator quando adulto ou poeta na adolescência, mas o Guilherme que inventou de ser desenhista na infância. Sempre uma arte. A lembrança do filho e de suas artes é mais presente do que Ricardo gostaria, mas afinal o que ele espera? Guilherme é um novo referencial para tudo que o cerca. Entende por que Guilherme escolheu se perder ali em São Paulo, e não em Minas. São Paulo é uma cidade só de Guilherme.

Come primeiro a salada de frutas, mas evita os pedaços de banana lembrando-se do cacho podre na cozinha do apartamento. Precisa voltar lá e fazer uma faxina, jogar o lixo fora. Precisa pagar as contas de luz e telefonar para a companhia elétrica. Precisa enfrentar o quarto do filho, o quarto em que evitou entrar e onde teme ver a queda de Guilherme se reproduzindo indefinidamente e acabando com o filho ali, no pé da cama, braços e pernas em espasmos agonizantes como uma barata pisoteada. O Louva-a-Deus se levanta de sua mesa e vai embora do café deixando um cigarro apagado no cinzeiro. Ricardo está em uma alucinação repleta de insetos, vários pontinhos de formiga no croissant com gergelim e na geleia de morango, formigas, baratas e um Louva-a-Deus percorrendo toda aquela comida que ele ingere e que já está apodrecendo dentro si. Volta a se sentir enjoado e pergunta à mulher do balcão onde é o banheiro. Ela percebe que algo está errado e indica a porta ao fundo do café. No banheiro, consegue colocar para fora a pouca comida que já pesa no estômago. Molha o rosto e a nuca com a água gelada que escorre. Alguma coisa se quebrou. Alguma coisa começou a dar errado quando entrou naquele avião. Alguma coisa dentro de Ricardo. Só pode estar doente e o corpo reclama a mudança, o clima desta nova cidade.

Enxuga-se. De volta à mesa, evita olhar para os pratos. Beberica apenas o café. A atendente lhe serve uma garrafa d'água. "O senhor está bem?", ela pergunta, a mesma pergunta que lhe faz a desconhecida do avião, a mulher que lhe passou o número de telefone na esteira de bagagem, depois de saírem da aeronave, com um olhar inquestionável. "Sim", ele agradece a preocupação e explica que chegou de viagem, dormiu pouco no voo, deve estar precisando de repouso, não há nada de errado com a comida, que até onde comeu estava muito gostosa. A mulher sorri já sem a ligeira mancha de batom. "O senhor…", ela interrompe o que iria dizer e observa Ricardo tentando achar novamente o ponto de dobra do mapa, que resiste e não volta ao formato original, como se tivesse sido dobrado por alguém muito hábil num origami impossível de se reproduzir. Ele olha para a mulher. "Sim, o que disse?" Ela pergunta se já pode levar o potinho de salada. "Pois não", ele diz, mas percebe que não era exatamente isso o que ela queria lhe falar. A mulher o fita com um semblante diferente, ele deve estar ainda mais pálido do que quando se viu no espelho do banheiro.

No caixa, paga pelo café da manhã e consulta a mulher antes de sair. "A senhora sabe onde encontro algum banco ou lotérica aqui perto?" Ela o acompanha até a frente do café, mostrando a direção da rua Domingos de Morais. "Uma antes da Vergueiro", ela indica, a Vergueiro sendo a mais movimentada, aquela para onde dá a vista do janelão do apartamento. Agradece a informação e se dirige à rua. Começa a se sentir melhor. Paga as guias de luz atrasadas no caixa eletrônico de um banco e retorna depois à França Pinto. Caminha até o mercado que viu do táxi, na esquina anterior à do café.

No trajeto, nota uma construção de tijolos aparentes que, do carro, não podia reconhecer como sendo uma paróquia, a cruz católica cravada no alto de uma torre invisível. Se Ana estivesse ali, entraria na igreja e rezaria pelo filho. Mas, diferente da esposa, Ricardo não é nem um pouco religioso. Só casaram na presença de um padre em consideração a Ana, porque o Major Afrânio praticamente obrigou Ricardo a não faltar com o respeito pelos pais da moça, ela que estava em Moreno, grávida de Guilherme, esperando no altar, sem direito a um vestido branco.

Ricardo ainda não ligou para casa desde que chegou. Decide ligar quando voltar ao apartamento e afasta aquele passado intrusivo da memória, junto com a decisão. Diante da paróquia, encontra um chaveiro e uma lavanderia, duas lojas, lado a lado, dividindo a parede de uma casa geminada. Entra no chaveiro e deixa o molho de chaves. Pede uma cópia de cada uma das três, as do portão e da porta de vidro do prédio, a da porta do apartamento de Guilherme. Mais adiante na rua, no mercado para o qual se dirigia, compra sacos pretos de lixo. Uma garrafa de desinfetante. O necessário para pelo menos diminuir o cheiro podre e adocicado da cozinha.

Compra também sabonete e xampu para o banho. Não vai deixar que a lama de Guilherme lhe grude na pele durante a limpeza que começa a fazer ao voltar, sob a luz cada vez mais mortiça que escapa das janelas à medida que a tarde avança. Uma faxina ligeira e pouco meticulosa, que se concentra muito mais na cozinha e no banheiro, e não ainda no quarto onde Ricardo só entra para dirimir a principal dúvida de Ana: se há por ali alguma prova que reforce a versão de que, quando saiu com a mochila, Guilherme estava de fato deixando o apartamento, sem a intenção de voltar. As provas são dúbias: as roupas estão reviradas na cômoda, mas restam muito poucas — duas bermudas e uma calça, três camisas. Certamente uma pequena parte do vestuário mesmo de alguém como Guilherme, que nunca foi muito vaidoso.

Na primeira gaveta, a gaveta em que Ricardo supõe todo que homem deve eleger para guardar suas roupas de baixo, apenas duas cuecas. Guilherme ou tinha poucas ou saiu levando várias cuecas, cancelou um cartão de banco, tudo só pode indicar que, diferente do que o síndico falou, pretendia ficar um longo tempo fora, não estava saindo para o trabalho ou para um período de folga. Além disso, não há nenhum vestígio da carteira com documentos perto do cartão bancário que encontra na escrivaninha, e de um celular que Ricardo avista, ambos aos pedaços, o celular e o cartão, entre os livros e papéis. Ricardo recompõe as peças destruídas, julgando a obra muito perspicaz, apenas para constatar que os componentes do celular não mais se encaixam e que o cartão, pelos números que aparecem no quebra-cabeças montado, ainda estava dentro da validade quando foi picotado. Era o mesmo que a correspondência atestava o cancelamento.

No banheiro, nada de escova de dentes ou creme dental, nem a nécessaire que foi presente de Ana quando o filho saiu do interior para estudar e que ela insiste em que Ricardo procure, garantindo que Guilherme a utiliza até hoje, sem nunca ter trocado. Nada. No armário do espelho, apenas uma lâmina de barbear com a gilete arrancada e uma faca de cozinha que Ricardo não entende por que está guardada ali. Não chegam a ser indícios que o levem a outra conclusão, ou àquela conclusão mais preocupante, definitiva, única e irremediável, a que ambos preferem não chegar antes de preencher o vazio de todas as inconclusões e descobrir para onde Guilherme foi, e por que não mandou mais notícias. Não. O que quer que tenha acontecido a Guilherme, aconteceu depois de abandonar aquele lugar às traças e... — e as reticências são muitas.

E é sobre elas que Ricardo reflete na cozinha, limpando, o cheiro doce da banana se misturando aos dos outros alimentos em decomposição na geladeira quente. Pão de forma. Queijo. Presunto. Requeijão. Iogurte. Produtos que ele vai colocando no balcão da pia enquanto livra a geladeira de um líquido espesso e viscoso que se aglutina à poeira que ele espana da superfície dos móveis quando varre do chão, represando com uma pá e despejando tudo nos sacos de lixo, pretos como aqueles em que se transportam defuntos.

Ricardo tem que evitar o elevador velho e estreito para depositar os sacos lá embaixo na rua. Ainda que o lixo não cheire tão mal e os sacos não ocupem toda a cabine, ele está com a camisa suja, algo daquele líquido se impregnando no tecido e se confundindo com o próprio suor. Elias, o síndico, reaparece quando está descarregando os sacos plásticos numa lixeira na frente do prédio. "A coleta costuma passar nas segundas, quartas e sextas", ele avisa, em plena terça-feira de sol escaldante que desaba sobre a cabeça de Ricardo. "Mas o senhor faz bem, sim, melhor não esperar mais tempo com todo esse lixo dentro do apartamento", o seu Elias se corrige quando o olhar de Ricardo risca no dele, arranhando suas retinas que se presumem protegidas entre as grades do portão. "Obrigado por avisar", Ricardo diz com uma ponta de cinismo, entregando a cópia das chaves que acabou de fazer e que estavam no seu bolso.

Ricardo se compraz ao notar a expressão de nojo do síndico ao receber as chaves, besuntadas do chorume que escorre invisivelmente dos seus dedos. Elias dá passagem a Ricardo no portão e se despede, saindo para a rua com as chaves agora no próprio bolso. Segue para onde quer que se enfie quando não está se metendo na vida dos condôminos. Algum lugar onde gasta seu tempo ocioso falando mal dos vizinhos, do novo vizinho que agora anda jogando lixo fora do horário da coleta. Ricardo quase pode enxergar Elias o insultando para uma gangue de velhinhos, outros síndicos velhos, feios e com os cabelos brancos impecavelmente penteados.

Sobe as escadas de volta e logo está no quinto andar. O apartamento de Guilherme está mais limpo e talvez por isso pareça ainda menos possível detectar ali algum sinal da passagem do filho, nos outros cômodos que não no seu quarto. Ricardo sente uma ponta de culpa. Talvez a sujeira do filho também lhe pertença — a ele, Ricardo. Talvez aqueles sacos de lixo que deixou lá embaixo possam falar mais sobre Guilherme que os próprios objetos guardados no quarto onde ele dormia. Os despojos que deixou no banheiro e na cozinha talvez guardem mais da sua presença que as suas roupas limpas, talvez não devessem ter sido eliminados porque eliminá-los é eliminar também Guilherme. Deveriam ter sido trancados no quarto onde Ricardo, que mal entrou, também devia se trancar, procurando para sempre o filho ali. Guilherme certamente está escondido ali em algum lugar.

Tira a camisa suja e a coloca dentro de um tanque de lavar instalado debaixo de um varal cheio de pregadores, na reduzida área de serviço da cozinha. Na geladeira e no armário, só o que não estragou é deixado, e isso se limita a uma garrafa de água de cinco litros e os pacotes de macarrão instantâneo que ainda estão dentro da validade. Terá o que comer quando a luz voltar e iluminar aquele apartamento às escuras, tão vazio, sem televisão ou aparelho de som, nenhum computador à vista ou qualquer decoração removida por Guilherme e guardada no quarto. O filho devia receber poucas visitas desde que o casal saiu. Devia usar o apartamento somente de dormitório ou ateliê para suas maluquices.

Então por que não se mudar quando os outros foram embora, por que não procurar um lugar menor e mais barato? O que prendia Guilherme àquele lugar antes de evolar-se sem mais nem menos, no espaço? São perguntas que Ricardo se faz sem achar uma resposta. Senta-se no sofá e estende a mala no chão. Decide tomar seu banho. Escolhe roupas mais leves que as que estava usando quando chegou. Toma uma ducha fria com o sabonete e o xampu que comprou, imaginando Guilherme cumprir aquele ritual diariamente, cada movimento sendo uma sombra tardia dos possíveis movimentos do filho, uma pantomima entre o passado e o presente que Ricardo executa de forma canhestra, como um mímico de praça perseguindo um desconhecido.

Sai do banheiro apenas com a toalha amarrada na cintura. Veste-se na sala, e lembra-se enfim de sacar o celular para avisar a Ana e a Gustavo que chegou, que está bem, embora suspeite estar meio doente. Que já está no apartamento de Guilherme, mas que não conseguiu nenhuma notícia até agora.

O celular, porém, está descarregado, e não há energia no apartamento para carregá-lo de novo. Ricardo adormece no sofá e sonha consigo mesmo mais jovem, da idade de Guilherme, tragando um cigarro. Acorda à noite, na escuridão de um fosso, sentindo o gosto na boca do último cigarro que fumou, há mais de vinte anos.

EDUCANDÁRIO IMACULADA CONCEIÇÃO
ALFABETIZAÇÃO — 1º BIMESTRE (MARÇO E ABRIL DE 1988)
PROFESSORA MÉRCIA DUARTE DE MEDEIROS
RELATÓRIO DE ACOMPANHAMENTO PEDAGÓGICO DO ALUNO (A):
<u>Guilherme dos Santos Dornelles</u>

Ao longo do bimestre, Guilherme demonstrou ser um aluno assíduo e pontual, com disponibilidade para cumprir as tarefas de casa e comportamento disciplinado em sala de aula, revelando sempre inteligência, aplicação e perspicácia. Possui bons hábitos de higiene e é organizado com o seu material escolar. Tem facilidade para assimilar e praticar as regras de convivência da escola, sabe respeitar a autoridade, é afável com os funcionários e solícito e obediente com a professora. Sua relação com os demais alunos na sala de aula, porém, tem sido atípica e insatisfatória até o momento. Guilherme é uma criança quieta, de temperamento calmo e tranquilo, mas de uma timidez fora dos padrões adequados para a sua idade. Tem sérios problemas com dinâmicas em grupo e uma forte tendência à retração e ao isolamento, o que lhe impõe uma série de obstáculos no processo de socialização e de interação coletiva.

Apesar de pouco participativo, Guilherme é extremamente dedicado a atividades que exijam dele autonomia e criatividade, alcançando excelente desempenho em matérias que lhe permitam o livre desenvolvimento de suas aptidões individuais. Tem um pendor natural para as artes, expressando-se preferencialmente por meio de desenhos, provando o pleno domínio de suas funções motoras e uma subjetividade e capacidade de abstração realmente peculiares para alguém de sua faixa etária.

Em que pesem tais habilidades supracitadas, sua caligrafia é irregular e se alterna de letras grandes e redondas a caracteres minúsculos e quase ilegíveis. Sua postura corporal é incorreta e ele está quase sempre curvado diante do caderno. Manifesta uma certa rejeição pelos assuntos que envolvem a lógica numérica, tornando-se disperso e desatento quando os problemas matemáticos são expostos ao quadro negro. Falta-lhe concentração e apresenta dificuldades na fixação desses conteúdos. Seu desinteresse tem prejudicado consideravelmente o rendimento escolar até então obtido.

Dados o empenho e o potencial de Guilherme e ciente de que o incentivo dos pais e o comprometimento dos professores podem contribuir para uma evolução da aprendizagem nos próximos bimestres, recomenda-se o comparecimento à reunião de pais e mestres que será realizada neste sábado na diretoria desta escola. Nela, discutiremos as melhores estratégias para a educação do seu filho no restante do ano letivo e para o bem-estar do mesmo no ambiente escolar.

ASSINATURA DO PAI OU RESPONSÁVEL:

Ana Maria dos Santos Dornelles

8.

DEPOIS DE UMA MARATONA de aulas de reforço com uma professora particular que Ana pagava escondido de Ricardo, quatro recuperações seguidas em matemática e uma série de reuniões de pais e mestres que iam ficando cada vez mais privadas entre ela e a professora, na diretoria do colégio, Guilherme repetia a primeira série do curso primário. Ricardo não tinha ideia de que o desempenho escolar do filho era assim tão medíocre, e a surpresa diante do boletim, com notas tão vermelhas quanto uma caixa de morangos, descontrolou o pai, que deu no filho a primeira surra de cinto à qual Ana não teve coragem de se opor.

Do quarto dos meninos, onde Ricardo se enfiou com Guilherme, batendo violentamente a porta, Ana ouvia os berros entrecortados por golpes sibilantes de cinto e por um choro súbito, desesperado. "Vai ter uma surra dessas... *slep!* ... a cada bimestre... *slep!* ... a partir de agora." O outro filho se inquietou no chão da sala e procurou o braço da mãe, que acolheu Gustavo e o levou para a cozinha, o mais distante possível das pancadas e dos gritos. Enquanto Ana acendia o fogão para preparar o mingau de Gustavo, Ricardo abriu a porta do quarto e o menino se sobressaltou na cadeira, ameaçando chorar. Ana tentou distraí-lo com o jingle do Cremogema, mas o caçula estava cada vez mais assustado com os passos do pai, que se aproximava da cozinha.

Ricardo surgiu com o torso nu e o peito vermelho pelo esforço, como se fosse ele e não Guilherme quem tivesse apanhado. "A partir de agora quem assina o boletim desse menino sou eu!", gritou, tirando uma garrafa de água da geladeira. O filho mais novo prendeu o choro e estremeceu na cadeira. Ricardo encheu um copo e bebeu aos borbotões, com a água escorrendo pelo pescoço. A voz ainda veio inundada quando gritou novamente com Ana. "A culpa dele ter repetido é sua e você sabe muito bem!" Ana mexia o mingau no fogão sem dizer uma palavra. Ricardo saiu da cozinha com os mesmos passos que Gustavo registrou em sua expressão nervosa de criança muda, sentado à mesa. Só no momento em que Ricardo abriu e fechou a porta da entrada, quase despedaçando o vidro do meio para ir fumar lá fora, foi que Gustavo franziu a testa e começou a gemer baixinho. Ana despejou o mingau no prato de plástico, salpicou um pouco de canela por cima e tentou entreter o filho fazendo aviõezinhos com a colher torta de alumínio.

O choro baixo de Gustavo se confundia com os sonoros fungados de Guilherme, vindos do quarto fechado. Ana sabia que o mais velho gostava de raspar a panela do mingau do irmão, mas não achou correto chamá-lo para a cozinha e permitir a regalia depois da surra. Preferia que Ricardo tivesse castigado e não batido em Guilherme, mas só Deus sabia o quanto ela já tentara fazer isso desde a alfabetização, quando a professora de então começou a notar a mudança no comportamento do menino e as notas começaram a despencar a despeito das longas noites que a mãe passava revisando o conteúdo.

O alarme soou já no primeiro semestre, depois que Guilherme cravou a média seis em quase todas as matérias e os relatórios da professora, aqueles textos impressos em papel carbono que caíam no colo de Ana cada vez que ela se sentava com o filho para ajudar na tarefa, passaram a se referir a Guilherme não mais como a criança plácida que sempre foi em casa, sentado em silêncio no chão da sala, com os olhos quase colados na televisão, brincando sozinho curvado sobre os bonecos que guardava com zelo só para que depois Gustavo os destruísse, quando se cansava dos dele. Guilherme agora era frequentemente citado por sua "indisposição", um eufemismo que Ana podia muito bem imaginar o que escondia, em meio à sucessão de frases padrão decoradas dos últimos relatórios e dos depoimentos que pararam de ressaltar a "subjetividade" e "capacidade de abstração" de um menino adepto a desenhar as figuras de seus heróis favoritos nas margens dos livros.

No final do último ano, quando todos os pais estavam reunidos para decidir os meandros da festa de formatura do ABC, Ana era chamada em particular pela diretora para discutir a situação de Guilherme, que não parecia "acompanhar o desenvolvimento da turma" e tinha feito "progressos discretos durante todo o ano letivo." A diretora usava uns óculos que tirava do rosto e pousava no birô cada vez que queria enfatizar alguma recente conduta de Guilherme, que continuava muito "introvertido" (Ana não conseguia convencer o filho de que seu par na valsa não fosse a própria mãe, mas alguma coleguinha da mesma idade), estado que podia evoluir às vezes para uma "melancolia que talvez revelasse alguma disfunção de ordem psicológica."

"Ele não parece tão melancólico em casa. Tem uma boa relação com o irmão mais novo e, apesar de acanhado, não diria que é uma criança infeliz", justificou Ana, antes que a diretora formulasse a hipótese que sutilmente se insinuava nos relatórios e que começava a pesar naquela sala. "Compreendo", respondeu a diretora, que há pouco havia colocado os óculos e agora tornava a retirá-los. "Tenho certeza de que é somente uma questão de adaptação ao novo ritmo da escola." A diretora abriu um classificador e cruzou as mãos entre as páginas. "Acontece com alguma frequência quando os alunos passam do jardim, onde tudo é ainda muito lúdico, para a fase da alfabetização, que é uma preparação para os desafios do primário."

Ana ouvia o burburinho dos pais na outra sala e se perguntava se alguma outra mãe estava passando pelo mesmo problema que ela. No cartório em que trabalhava como secretária, em Moreno, era uma das poucas mulheres que já tinha dois filhos. Gustavo estava terminando o maternal e já escrevia o próprio nome, mas até aí nenhuma novidade: Guilherme também não tinha dado trabalho até esse fatídico ano em que os papéis com estrelinhas douradas, que orgulhosamente Ana prendia com ímãs de fruta na geladeira, simplesmente pararam de chegar, interrompendo uma coleção que ocupava toda uma gaveta da estante de madeira maciça comprada no primeiro ano do casamento.

A diretora descruzou as mãos, e Ana percebeu que o classificador estava aberto em uma página com várias colunas cruzadas, nas quais reconheceu as notas das provas. A mulher colocou os óculos vagarosamente e ajustou as lentes no rosto. Abriu com dificuldade as três grossas argolas de metal e destacou a página, que entregou à mãe. "Estas são as notas de Guilherme, como deve saber." Ana viu a série de boas notas no primeiro bimestre caindo progressivamente, uma curva decadente que ela mesma estranhou ao avaliar os boletins em casa, longe de Ricardo, que era exigente com Guilherme a ponto de não tolerar seus erros de português quando o menino ainda aprendia a falar, errando as concordâncias e trocando a palavra "ontem" por "amanhã". "Ele atingiu a média suficiente para passar de ano na maioria das matérias escolares, mas Guilherme poderá apresentar *sérias* dificuldades no próximo ano devido ao seu baixo rendimento", avisou a diretora.

Ana devolveu o papel e deixou a mão sobre o birô, apreensiva. Não sabia o que dizer à diretora e esperou que ela voltasse a anexar a folha. A diretora afastou o classificador e também pôs a mão no tampo de vidro, onde havia fotos de crianças no recreio, cronograma de horários e frases motivacionais. Ana não conseguia parar de ler uma frase que estava na sua frente e dizia *Cada pessoa é única. Uma vida é uma história de vida.* Aquela reunião era uma contradição evidente da frase. "Guilherme será matriculado regularmente na segunda série se for o desejo dos pais, mas eu estaria sendo irresponsável se não os consultasse e pedisse que considerassem fortemente a possibilidade de ele voltar a fazer a alfabetização, para evitar prejuízos futuros", continuou a diretora.

Ana não entendia por que ela insistia em se referir aos "pais" se Ricardo não estava ali. Durante todo o ano, esforçou-se por mantê-lo alheio aos assuntos da escola, a mais em conta que puderam arranjar perto do escritório e da universidade. Aquela era a principal despesa dos dois e as mensalidades subiam a cada ano, muito acima da inflação que não era pouca nos anos oitenta. Ricardo era ainda professor substituto, e Ana temia que ele não fosse suportar saber que o dinheiro aplicado na educação do filho estava sendo jogado pelo ralo. "Agradeço a preocupação da senhora, mas eu tenho certeza de que o meu filho vai superar esta fase como já superou outras muito piores, a senhora deve saber", disse Ana, em um tom que soou mais convicto do que ela acreditava. A diretora abriu um sorriso conciliador e recolheu as mãos para trás do birô. "Tenho certeza disso também", assentiu, erguendo-se da cadeira e estendendo a mão para Ana.

Mãe e filho dançaram a valsa na festa do ABC sob o olhar distraído de Ricardo, que bebia com os outros convidados à mesa: o tio Renato, padrinho de Guilherme, e a tia Miriam, sua mulher, segurando o pequeno Gustavo no colo. Não notaram as diversas vezes que Ana teve que parar a dança e reconduzir o par, sempre que Guilherme tropeçava no bico fino do salto alto da mãe. Ricardo agradecia a visita do irmão e oferecia mais uma dose do uísque que sobrara das caixas compradas para o primeiro aniversário de Gustavo. Ricardo não se convenceu a gastar um centavo com a festa de formatura, e a única fotografia que guardavam da ocasião — Guilherme de olhos fitos para a câmera, erguendo muito formalmente o diplominha da escola enrolado em um tubo — só foi tirada porque Ana teve a brilhante ideia de comentar na frente do cunhado e padrinho do menino que ele ia se formar sem nem ter o direito a uma foto de recordação.

"Ah, não, vocês têm que pedir ao fotógrafo que faça uma dele também", disse Miriam, devolvendo Gustavo para os braços da mãe e procurando o fotógrafo, um homem de terno barato, suando em bicas, que alguns pais tinham contratado para acompanhar cada movimento dos filhos. "Eles cobram os olhos da cara por uma foto que depois vai se perder numa gaveta", Ricardo disse. Ajeitou as mangas da camisa social e lançou um olhar que misturava raiva e desconcerto para Ana. "Deixa de ser avarento, Riquinho", disse Renato, dando um tapa no ombro do irmão, evocando um apelido de infância que Ricardo odiava e que o irmão mais novo, que não perdia uma oportunidade de esbanjar diante do mais velho e zombar de sua condição financeira mais baixa, fazia questão de resgatar quando se tratava de dinheiro. Na época, Renato já era um advogado com escritório próprio enquanto Ricardo era só um professor de ciências agrárias.

A foto, emoldurada num quadro e pendurada na parede da sala junto com a de Gustavo recém-nascido (Ana tinha poucas fotos desta fase de Guilherme, passada quase toda num hospital), agora parecia o pálido registro de uma glória muito distante, um atestado do fracasso do único aluno do Educandário Imaculada Conceição que repetia a primeira série do primário. Aquilo decerto não envergonhava Ricardo na mesma medida que envergonhava Ana, que ainda tinha que ruminar uma sequência de frustrações da qual ela mesma se considerava culpada. Por que não havia seguido o conselho da diretora e obrigado o filho a refazer a alfabetização no ano anterior? Por que pelo menos não consultou Ricardo, que não teria ficado tão furioso agora que descobria todo um histórico escolar pantanoso do filho, toda uma série de notas baixas ocultadas dele a cada bimestre, como cacos de uma travessura varrida para baixo do tapete com a cumplicidade da mãe?

Ricardo estava com a razão: Ana tinha uma parcela de culpa no fiasco de Guilherme. Tentara todos os métodos que a paciência lhe fez conceber para que o filho passasse de ano, e quando até a paciência se esgotou e chegou perto de apelar para a violência (o sentimento de culpa alcançava o extremo quando percebia, cuidando de Gustavo naquela cozinha, que espancá-lo como fez o marido talvez tivesse sido, sim, a única forma de melhorar as coisas), gastou o que não podia gastar com professores particulares que só aumentavam o seu desespero. Guilherme reclamava de dores de cabeça e se tornava uma criança relaxada e sonolenta.

Dormia em horários inapropriados e por várias vezes teve que ser vestido às pressas, sem tomar banho, porque pegou no sono no banheiro, se agarrando ao cano da descarga como se algemado pelo cochilo, enquanto a mãe preparava o café da manhã antes de saírem para a escola.

Ana passou pelo quarto com Gustavo nos braços e viu Guilherme deitado de bruços na cama do irmão, ainda soluçando, as costas trepidando a cada série de três fungadas curtas que dava, cadenciadas por um suspiro longo e resignado. Teve pena, mas seguiu com Gustavo até a sala e ligou a televisão no canal em que os dois costumavam ver desenho quando o pai estava fora de casa. Tinha a esperança de que a voz esganiçada do Pica-Pau e a imitação que Gustavo fazia cada vez que o personagem gargalhava atraíssem o filho mais velho para lá. Ele chegaria daquele jeito dele, se esgueirando com os ombros encostados na parede, esperando um único chamado que Ana daria de bom grado para se juntar aos dois no sofá.

Mas passaram-se horas e Guilherme não veio. Ricardo também não, e Ana começou a desconfiar que o filho não viria para a sala porque temia que o pai chegasse, abrindo e fechando a porta com a mesma impetuosidade que fazia o vidro tremer quando saía. Gustavo adormeceu com seu hálito de canela bafejando no pescoço de Ana, e ela foi colocá-lo na cama antevendo que Guilherme estivesse curvado sobre o baú de brinquedos, guardando-os, ou sobre a escrivaninha, desenhando. Mas quando chegou, o filho estava na mesma posição que o encontrou quando olhou de relance pela porta e o achou na cama do irmão: os pés sujos para fora do colchão, as costas já acalmadas e uma tira vermelha na panturrilha, que Ana julgou ser uma marca da fivela do cinto de Ricardo sem desconfiar que não passava de um arranhão de bicicleta de dias atrás.

Ana colocou Gustavo na cama de Guilherme e por uma noite decidiu que os filhos dormiriam assim, em lugares trocados. Moveu os pés sujos de Guilherme para cima do colchão e cobriu o filho com o lençol fino que restava no armário (ele havia adormecido por cima da colcha que cobria a cama). Gustavo se agitou na cama do irmão, como um animal cego que estranhava o cheiro de alguma coisa. Mas logo se aninhou nas cobertas e dormiu como se estivesse nos braços da mãe. Ana ficou alguns segundos parada na soleira da porta antes de desligar a luz, observando o filho mais novo no lugar do mais velho, e o mais velho no lugar do mais novo, lembrando por alguma razão da formatura de Guilherme e do jeito como Renato e Ricardo se tratavam.

Nunca antes, nem quando Guilherme conheceu o caçula no berço, a expressão de anticlímax bem diferente da perplexidade que ela aguardava, preocupou-se tanto com o quanto suas ações podiam afetar o futuro dos dois e torná-los pessoas melhores ou piores. Desligou a luz e deixou a porta encostada, com um filete de claridade da sala atravessando a penumbra, como Guilherme gostava. Amanhã eram férias, mas sabia que o filho não teria descanso. Quando voltou à cozinha para lavar a louça, ouviu a porta estalar e o vidro tremer, mas era só o vento. Ricardo só voltaria de madrugada, com cheiro de cerveja e cigarro, quando Ana já nem estava mais acordada.

9.

NA BOCA, O GOSTO DE UM CIGARRO que fumou em sonho. No estômago, a fome de quem vomitou o café da manhã, pulou o almoço, adormeceu no sofá e só acordou à noite, num apartamento sem energia elétrica.

Ricardo pensa em vestir-se e sair à procura de algum lugar para comer, talvez o próprio café onde fez a única refeição daquele dia. Mas ainda se sente cansado da viagem e mal sabe que horas são. Os carros que correm na rua Vergueiro não lhe dão pista alguma da resposta. Lembra-se de uns pacotes de macarrão instantâneo que encontrou na despensa do apartamento e se levanta do sofá, tateando na escuridão. Tropeça na mesa da sala. Tropeça na vassoura e na pá deixadas na cozinha durante a faxina. Procura por velas numa das gavetas do balcão da pia, mas tudo o que encontra são algumas caixas de fósforo. Não tem ainda como suspeitar, mas o acionador elétrico do fogão jamais funcionou e era com aqueles fósforos que Guilherme se virava quando tinha que cozinhar.

Risca um palito e sua chama o conduz até o armário da despensa. Risca outro e leva um pacote de macarrão até o fogão, tentando salvar a mesma chama para acender uma das bocas. Demora a acertá-la e tem que riscar mais um palito. Sente o cheiro do gás que felizmente resta no botijão e irrita as suas narinas. A claridade azulada que vem da boca não lhe permite enxergar o que há dentro das prateleiras instaladas acima da pia. Mas já havia vasculhado ali. Não há panelas, apenas uma frigideira, alguns pratos de vidro e copos de requeijão esvaziados.

Lembra-se de quando era ainda um estudante no colégio agrícola e estavam sempre com fome, tentando improvisar. Enterravam jacas nos canteiros para amadurecer e por vezes roubavam batatas da horta, enchendo os canos folgados das galochas com os tubérculos, escondendo-as nos quartos do alojamento. Não podiam usar a cozinha do refeitório, então usavam latões vazios de margarina como panela, enchendo os recipientes de metal com água do chuveiro. Aqueciam a água com uma resistência feita de arame, alguém sempre correria o risco de morrer eletrocutado ou de causar uma sobrecarga na rede elétrica do alojamento, mas as batatas que faziam ali e temperavam com o sal que roubavam do bandejão mataram sua fome por boa parte da infância e da adolescência como interno.

Está prestes a desistir do miojo e retomar os planos de sair do apartamento quando abre a tampa do forno e encontra três panelas de tamanhos proporcionais, empilhadas lá dentro, uma enfiada na outra. Pelo cheiro parecem limpas. Aquece um pouco de água da torneira dentro de uma delas e despeja o macarrão. Come o miojo dentro da própria panela, no sofá, vendo os carros furando os sinais vermelhos da Vergueiro. Depois volta a dormir como se toda aquela operação só tivesse lhe custado a virada do travesseiro que pegou emprestado do quarto de Guilherme.

Sequer cogita dormir no colchão do quarto de casal ou na cama do filho. A simples ideia de passar uma noite no quarto de Guilherme anula a promessa de conforto que uma cama normal pode lhe oferecer. Acorda no outro dia com um torcicolo brutal, mas é a fome, a fome que a alteração da rotina ainda não lhe permitiu saciar, o que faz com que ele se apresse e saia do apartamento. A fome vem misturada a uma sensação de culpa e de urgência que afeta Ricardo quando veste a calça e sente no bolso o peso do telefone descarregado.

Lembra-se do carregador na mala e da esposa, que deve ter ligado repetidas vezes para ele ontem à noite. Imagina Ana ouvindo o longo silêncio que precede a mensagem da caixa postal. Imagina Ana ouvindo a voz do Transtorno na sua cabeça, preenchendo o silêncio aos gritos, com os ecos da ideia de que São Paulo é uma zona fantasma onde as pessoas se refugiam ou são capturadas, sumindo dos radares. Além do próprio celular no bolso, Ricardo leva para fora o celular aos frangalhos de Guilherme, dentro de uma pasta de couro que trouxe na mala. Os destroços do aparelho se espalham na pasta junto com a pequena agenda e o guia de ruas, com suas páginas destrambelhadas. Ricardo toma o elevador e gira o pescoço diante do espelho. Sente os nervos da região cervical se contraírem e se distenderem, enquanto torce para não topar com o detestável síndico ao descer.

Saindo do prédio, dirige-se ao café Vila França e procura por alguma mesa colada à parede, por alguma tomada em que possa carregar o seu celular e ligar para casa, para a companhia elétrica, para o casal com quem Guilherme dividia o apartamento meses antes de desaparecer. Não há tomadas entre as mesas, nem naquela em que o homem magro com jeito de Louva-a-Deus cumpre o que parece ser um hábito diário e senta-se com sua xícara de café espresso, seu caderno aberto e seu cigarro, todavia apagado. Explica à mesma mulher que o atendeu no dia anterior a situação. Está sem bateria. Sem energia no apartamento. Ela hesita um pouco, mas é simpática a ponto de permitir que carregue o celular no balcão, entre o teclado de um velho computador onde marca os pedidos dos clientes, uma maquineta que registra os pagamentos feitos no cartão e uma pequena luminária decorativa. Não há espaço para outro aparelho no adaptador instalado na tomada, e a atendente é obrigada a desplugar um deles. A luz da luminária vacila enquanto ela puxa o fio, até se apagar.

A mulher está agachada no balcão, lidando com todos aqueles fios, e Ricardo não pode deixar de notar a linha de seus seios quando ela se inclina e o avental preso ao vestido afrouxa. Ricardo disfarça e agradece pelo favor, o favor que ela está ciente de que faz, de carregar o seu celular, e o outro do qual nem tem ideia, emprestando seus seios para esta mulher perfeita que Ricardo vem tentando compor ao longo dos anos e que nunca se completa, que tem as pernas da desconhecida do avião e agora esses seios. A mulher que representa todas as outras possibilidades de vida anuladas com seu casamento. A mulher que é todas, menos Ana.

Pede o menu completo do café da manhã outra vez, desta vez com um café preto não porque precise despertar — foram mais de doze horas, quase ininterruptas, de sono —, mas porque precisa se sentir mais inteiro, recuperar a força que a poltrona do avião e o sofá do filho lhe roubaram dos músculos. A atendente lhe serve o café com um olhar que ele não consegue identificar se é de desconfiança ou de curiosidade. Ele se demora a comer, lendo o jornal do dia que fala de uma nova lei antifumo que acaba de entrar em vigor. É por isso, então, que o Louva-a-Deus da mesa ao lado jaz com o seu cigarro apagado desta vez. Ricardo continua lendo as notícias e bebericando o seu café preto. Precisa dar um tempo para que a carga do telefone chegue a um nível suficiente, que dê para fazer todas as ligações.

Outras pessoas entram e saem do café Vila França. O Louva-a-Deus segue rabiscando no caderno, pedindo um espresso atrás do outro, o nervosismo evidente no cigarro já torto que dá voltas e voltas pelos dedos alongados. Uma hora ele finalmente sai para fumar na frente do café, deixando o caderno em cima da mesa. Ricardo aproveita para devolver o jornal à gôndola perto dali e espiar o caderno cheio de rabiscos. O Louva-a-Deus está de costas para o café, fumando, e não consegue ver

Ricardo espiando. A página mostra quadradinhos desenhados a caneta com letras minúsculas dentro deles, algumas ligadas, como se fossem pontos, por uma caneta de outra cor. Aquilo não faz sentido algum para Ricardo.

Volta à mesa com uma expressão de estranhamento que a atendente capta de seu lugar no balcão, limpando o vidro de uma estufa. Ricardo pede a conta já se dirigindo até o caixa para pagar. "Muito bom o café aqui", ele diz à atendente, tentando ser simpático. "Ao menos hoje não lhe fez mal", ela responde, e ele não sabe se é prudente repetir mais uma vez que não havia nada de errado com o café de ontem, que estava enjoado por outra razão, então apenas agradece mais uma vez pela carga no celular. A mulher desconecta o carregador e devolve o aparelho. A atendente se abaixa de novo para tirar o fio da tomada sem deixar desta vez que o decote apareça por baixo do avental.

"O senhor não é daqui, não é?", ela diz, entregando também o carregador. "Não, sou da Paraíba", ele diz, estendendo uma nota de dez reais. A atendente lhe devolve uma moeda de troco e sorri desconcertada, como se reagisse menos à resposta que à própria pergunta, que julgou ter a ousadia de fazer.

Uma mulher estranha, Ricardo pensa. Apanha sua pasta de couro da mesa e sai para a rua, cruzando com o Louva-a-Deus que lhe faz um sinal com a cabeça quando volta para dentro do café. Agora caminha com o celular na mão, vendo pululurem na tela as mensagens de chamadas não atendidas e mensagens de voz, quase todas do mesmo número, do telefone de casa. Uma, duas, três chamadas feitas num espaço de menos de uma hora, algumas mais tarde, do celular de Gustavo, em intervalos mais espaçados; outra de hoje de manhã, logo cedo, pouco antes de ter colocado o celular para carregar. A bateria está em um terço da carga, quase pela metade, e retorna a ligação imediatamente para o telefone residencial.

É Ana quem atende quase sem dar tempo para que o sinal de chamada se manifeste. Ela não foi ao trabalho, está plantada no telefone de novo, dormiu ali no sofá sem ter a mínima ideia de que estava compartilhando à distância de um leito parecido ao do marido, um sofá duro e desconfortável. Ricardo pede desculpas por não ter dado notícias assim que chegou e fala da bateria que descarregou, da energia que foi cortada, hoje mesmo espera resolver essa questão porque não quer passar mais uma noite no escuro do apartamento.

Fala da ida à delegacia, do encontro com o proprietário do imóvel e com o síndico, e não, ninguém tem nenhuma informação além daquelas que já tinham passado para eles por telefone, quando ainda nem havia chegado em São Paulo. Tudo indica que Guilherme deixou mesmo o apartamento como fez da outra vez na pensão, mas Ricardo já conseguiu o telefone do casal que morava com o filho e também vai tentar resolver isso hoje mesmo. Conversar com os dois, entender o que podia estar se passando com Guilherme para tomar esse tipo de decisão impensada. E quer saber também como está Ana, como está Gustavo, se vão hoje para a consulta marcada com o psicólogo e o psiquiatra, tudo muito rápido antes que a bateria se acabe porque ainda precisa fazer as outras ligações.

O telefonema dura o tempo de percorrer uma esquina e se dar conta de que está descendo e não subindo a França Pinto, se afastando da rua Domingos de Morais e do movimento dos bancos, do comércio, do metrô. Passa pela paróquia, pela lavanderia e pelo chaveiro onde fez as cópias das chaves entregues ao síndico. Felizmente, há também uma concentração de lojas abertas por ali, e não demora muito a topar com um lugar que já tinha começado a procurar pela rua: uma assistência técnica para celulares, com os logotipos de várias operadoras pintados na fachada. Entra lá e aguarda a sua vez no balcão, ao lado de um cliente que preenche uma ficha sob o olhar de tédio de um funcionário.

Dentro da loja há seis computadores dispostos em duas filas de três, um virado para o outro. O lugar é também uma lan house e oferece serviço de cópias e impressão. O funcionário da loja se dirige a Ricardo enquanto um outro cliente preenche uma ficha. O funcionário aparenta estar apressando o homem que vagarosamente se demora, escrevendo no papel. Ricardo retira da pasta os pedaços do celular de Guilherme e coloca em cima do balcão. O funcionário recolhe as peças e faz o que Ricardo fez quando as achou no quarto, o que qualquer um faria diante daquele misterioso quebra-cabeças eletrônico: tenta montá-lo, encaixando seus componentes restantes.

"Primeira vez que vejo um desses quebrarem assim", diz o funcionário, chamando sem querer a atenção do cliente que por um momento para de preencher a ficha, conferindo a operação. O funcionário passa os dedos pelas bordas da capa de plástico em que os pinos de encaixe se partiram. Examina a rachadura no meio da tela, a inexistência de teclas, no lugar delas vários buracos que deixam entrever uma placa com conexões internas intrincadas, circuitos em miniatura que são o tutano daquele esqueleto que o funcionário tem nas mãos.

"A maioria dos celulares parecem feitos pra quebrar, mas não esses tijolos aqui da Nokia...", ele diz, mostrando o próprio celular, um do mesmo modelo, só que de uma cor diferente. "O senhor não está por acaso com a bateria e a borrachinha do teclado por aí?", pergunta. Ricardo procura por eles dentro da pasta de couro, mas não sobrou mais nenhum fragmento do celular. Ele nega com a cabeça. "Acho que perdi quando caiu", Ricardo diz, vendo nitidamente que o funcionário não comprou a mentira. "O chip também foi junto?", insiste o funcionário, ao que Ricardo apenas confirma e por sorte, nesta hora, o outro cliente entrega a ficha e o funcionário se vê obrigado a lhe dirigir a palavra. "Até amanhã passamos o orçamento", avisa ao cliente que se despede.

O funcionário dobra a ficha recebida e a coloca na parte de trás de um celular moderno que o cliente deixou, prendendo o aparelho ao papel com uma liga de borracha e depositando em um escaninho. Depois volta a cuidar das carcaças do celular de Guilherme, mexendo na parte de trás que tem alguns arranhões na base, como se todas as vezes que Guilherme precisou acessar o chip tivesse tido que utilizar um objeto perfurante ou cortante. Os dentes de um garfo ou a ponta de uma faca e não a própria unha, sempre roída, como faz o funcionário abrindo o seu aparelho do mesmo modelo, tirando de lá a bateria e emprestando a sua para testar o funcionamento. Tenta encaixar a sua capinha no celular estropeado, confirmando a impossibilidade do encaixe, como se além de tudo o aparelho tivesse sido entortado.

O funcionário aperta o botão de ligar. Uma vez, duas, a luz verde da tela rachada acende quando ele comprime o botão, mas apaga quando ele solta. Nenhum som, nenhuma vibração. "Talvez a tela não tenha sido afetada, mas o senhor vê que não tá ligando de jeito nenhum", ele aperta, solta, mostra para Ricardo, que também aperta e solta com uma parte daquele esqueleto na mão, uma parte que desconjuntada das outras não parece tão essencial nem capaz de fazer o celular funcionar sozinho. "Eu posso consertar pro senhor, substituir as peças, mas esse modelo é do mais barato, pelo preço que sai é melhor comprar um novo", diz o funcionário, reavendo as peças do seu aparelho, empurrando as do celular de Guilherme como as cascas de uma noz que acabou de ser quebrada. "Eu só queria saber se dá pra recuperar os dados", diz Ricardo. "Isso depende", o funcionário responde, "se o senhor quiser deixar aqui eu posso ver se a memória foi afetada, mas de qualquer forma só vou conseguir recuperar os dados gravados na memória mesmo, as do chip só se o senhor tiver o chip."

Ricardo concorda e recebe uma ficha do mesmo tipo que viu o outro cliente preenchendo. O papel pede endereço e telefone, e por pouco não cede ao costume de responder com o endereço da Paraíba, pensando duas vezes e colocando o endereço do filho, a rua França Pinto, cujo nome já decorou e o número que tem que espiar de novo na guia de luz, marcando uma das páginas da agenda. Começa a se dar conta de que agora, pelo menos para efeito de localização temporária, mora ali. Aquele é seu endereço. Entrega a ficha para o funcionário que lê as informações e nota o prefixo estranho do telefone de Ricardo. "Sabia que o senhor não era daqui", ele diz, e pergunta se ele não tem um número de São Paulo para o qual possa ligar quando o orçamento ficar pronto. Não, ele não tem. "O senhor não quer então aproveitar e comprar um chip pré-pago daqui?", pergunta o funcionário, e Ricardo pondera. Não é uma má ideia. Terá que fazer muitas ligações locais e não quer pagar as altas tarifas de deslocamento. Adquire o chip e o funcionário anota o número ao lado do anterior, antes que dobre o papel como fez com o do outro cliente e enfie numa sacolinha plástica junto com os restos do celular, no escaninho.

Antes de sair, Ricardo paga por meia hora de internet e ocupa um dos computadores da loja. Verifica o correio eletrônico da universidade. Entre mensagens de spam, lê o e-mail da secretaria do departamento, confirmando a licença-prêmio que recebeu. Há também um e-mail de Gustavo, relatando que estavam tentando ligar para o celular dele para ver se chegou bem e para informar as referências que encontrou de Guilherme, depois de ter pesquisado por blogs e sites que Ricardo não conhecia, como Orkut ou Fotolog. As contas de Guilherme haviam sido todas apagadas recentemente, não era possível saber desde quando. Ricardo não sabe ainda o que aquilo pode significar, mas se lembra da correspondência do banco e da conta que havia sido encerrada da mesma forma.

Aproveita a pausa e o fato de estar sentado em algum lugar para fazer as ligações que precisa fazer, agora com o número de São Paulo que desbloqueia em poucos minutos, seguindo as instruções que vêm junto com o chip. A companhia de energia elétrica pede um prazo de 24 horas a partir do pagamento das contas atrasadas a fim de processar os débitos, só depois a solicitação do religamento deve ser feita. "Mas eu paguei as contas ontem", Ricardo protesta à operadora que o atende. Depois de alguns minutos de espera e muita argumentação, consegue convencê-lo a protocolar o seu pedido. "A companhia de qualquer forma necessita também de um prazo mínimo de 24 horas para enviar um técnico ao endereço", avisa a operadora. E não, agendamentos de horários não podem ser efetuados.

A contragosto, deixa com a operadora o número do apartamento do síndico para o caso de não estar no seu quando o técnico vier. Elias tem uma chave, afinal. O único avanço concreto que consegue é com o casal que morava com Guilherme. O número de telefone que o locador possuía ainda é o mesmo e, assim que Ricardo chamou, foi atendido por Diego, o amigo de Guilherme. O casal não tem notícias dele desde que saíram do apartamento, há meses, depois que a namorada de Diego, Laíza, assumiu um posto em um tribunal perto de onde agora moram, no bairro da Liberdade. Diego não trabalha, e apesar da rotina rigorosa de estudos, preparando-se para um concurso que talvez lhe dê um posto tão bom quanto o da namorada, o rapaz se dispõe a encontrar Ricardo naquela mesma tarde.

Ricardo anota o endereço na agenda.

Sua busca está finalmente começando.

10.

QUEM PRIMEIRO DESCONFIOU DO PROBLEMA foi a tia Miriam, quando ela e Renato viajaram para ver o afilhado nas férias. Os padrinhos não visitavam a família desde a festa de formatura do ABC. Estavam tendo dificuldades em ter filho e aproveitaram o fim de ano para viajar pelo interior com o cachorro, um poodle felpudo que substituía a presença de uma criança na vida do jovem casal. Quando chegaram, Guilherme estava sentado à mesa da sala de jantar às voltas com o problema matemático do feirante que tinha dezoito maçãs, vinte e duas laranjas, dez limões e que vendeu a metade das frutas no domingo, com quantas frutas o feirante ficou? "Cumprimente seus tios e só volte a sair dessa mesa quando terminar de estudar", disse Ricardo ignorando o cachorro, que deu uma volta completa nas suas pernas e voltou correndo para perto de Renato, como se compreendesse a ligação dos dois irmãos.

"Guido!", disse o tio Renato. "Já conheceu o *Flock* aqui?" Guilherme olhou para o cachorro e depois para o pai. Ana havia acabado de recolher as malas das visitas e, esbaforida, tentava transportá-las para o quarto onde o casal ia ficar. Miriam apertava as bochechas de Gustavo, que dava um sorriso apalermado à tia, embevecida, fazendo uma voz desafinada de criança que não conseguiu voltar a modular quando deu pela presença de Guilherme. "Nossa como você cresceu!", disse ela, bagunçando o cabelo do menino.

"Vocês já aceitam uma coisinha?" Ricardo sacou um licor de jenipapo do barzinho e trouxe para o móvel de centro da sala. "Ana, traga as taças!", gritou para a mulher. "Calma, calma", disse Renato. "Deixa a gente terminar de chegar." O tio abraçou Guilherme e o cachorro se aproximou, pulando alto entre os dois. "Quanto tempo, Guido."

Ana voltou de dentro da casa com as taças e segurou Gustavo, que perseguia o cachorro tentando segurar o seu rabo. "Guido não pode brincar, mas eu posso!", protestava o mais novo, agarrado pela mãe, cada vez mais agitado com a presença do cachorro. "Se despeça dos seus tios, Guilherme", disse Ricardo, servindo as tacinhas de licor. "Vá, filho, daqui a pouco todo mundo almoça junto", Ana sussurrou para Guilherme, curvando-se mais uma vez para tentar impedir que o caçula segurasse o rabo do animal, balançando como um metrônomo no andamento máximo. "Assim ele vai te morder, Guto."

Guilherme balbuciou alguma coisa inaudível, que Renato e Miriam fingiram entender, e escapou com um passo veloz para os fundos. O cachorro troteou diligente atrás dele e deitou-se no corredor quando Guilherme voltou aos livros e aos problemas (o menino que tem vinte cruzados, cada pacote de figurinhas custa cinco cruzados, quantos pacotes de figurinhas o menino pode comprar?).

Na sala, os adultos conversavam. Renato falava sobre o escritório de advocacia, tomando breves tragos do licor de jenipapo que Ricardo trouxera de um congresso em Minas Gerais, em sua primeira viagem de avião para o lugar onde pretendia fazer doutorado, dentro de alguns anos. Cada um segurava a ponta de sempre do amigável cabo de guerra das conversas dos dois. Um roteiro que Ana conhecia de cor e com o qual se abstinha de colaborar, dando larga vantagem a Renato, a quem Miriam se aliava com sua residência médica, sua falta de tempo e seu como é ótimo o marido ter condições de se conceder este período de férias para fazerem esta viagem justamente quando ela acabou de terminar a sua especialização.

Tudo com uma pele maravilhosa.

"Vai chover de cliente agora que o Sarney aprovou essa lei do divórcio e tenho tanto trabalho em vista que é melhor viajar e aproveitar agora, pra não correr o risco da gente acabar se separando também mais pra frente", brincou Renato, dando batidinhas nas pernas da esposa. Gustavo correu para o cachorro, ficou um tempo alisando sua barriga rosada e depois bufou de tédio diante do animal, entregue à modorra do chão fio. Correu até o quarto e foi buscar um brinquedo.

"Vocês e os meninos bem que podiam passar Natal e Ano Novo viajando com a gente", sugeriu Miriam. "O que acham?". Ricardo se agitou na cadeira e terminou de dar um gole no licor. "Era o planejado, mas pergunta se a gente vai poder…" Renato e Miriam demoraram a entender. "Guilherme", disse Ana. "Recuperação de novo. O reforço é até o final do mês e a prova final cai justamente no dia que o recesso da gente termina." Ricardo bufou na pausa que se seguiu. "Mas ele tá se esforçando lá dentro, eu já disse a Ricardo que…" Ricardo ergueu a voz. "Você estraga aquele ali, Ana", e se mexeu na cadeira, sem encontrar posição. Renato contemporizou: "Você parece o pai da gente falando, Ricardo. Até parece que você não demorou também pra engolir essa corda de ser o super qualificado da família, o primeiro a fazer uma pós-graduação e essas coisas... O menino tá naquela idade de aproveitar a infância e..."

"Se fosse isso!", Ricardo cortou, emburrado.

"... devia ser proibido reprovar alguém numa série dessas", continuou o irmão. "Ele repetiu o quê, a primeira série?" Ana assentiu. "Pois é... no nosso tempo nem tinham essas formalidades todas."

"No nosso tempo tinha uma coisa, Renato: cinturão e toco de vara verde", Ricardo disse, como se não falasse pra ninguém, servindo mais uma taça de licor e dando outro gole. "Lembra da Dona Adelaide? Você tremia até um dia desses quando se falava da palmatória da Dona Adelaide."

"Que horror, Ricardo!", Miriam se impacientou.

"É isso mesmo: cinturão. Eu mesmo dei uma bela de uma surra nele quando soube que ia repetir e as notas até melhoraram no primeiro bimestre. Melhoraram ou não melhoraram, Ana?"

"No fim das contas", Ana ignorou, recolhendo as tacinhas que Renato e Miriam deixaram vazias no centro da mesa, "a gente agradece o convite, mas vai ter que ficar aqui por causa dele."

Ana caminhou até a cozinha e cruzou com Gustavo, que vinha trazendo para a sala uma infinidade de carrinhos e agora mostrava um para a tia, cuja juventude parecia fascinar o menino, olhando para ela com uma adoração crescente.

"Cinturão", repetiu Ricardo. "Vocês vão entender quando tiverem um."

Miriam segurou com tristeza o carrinho que Gustavo entregava e Renato rapidamente tratou de mudar de assunto. "Falando em Várzeas, sabe que o Major Afrânio ainda insiste naquela história da pensão da FEB, né? Eu tô tentando ajudar ele com aquela papelada toda, mas acho difícil depois de tanto tempo."

Da cozinha, despejando um pacote de salgadinho palito em um prato, Ana contemplava o filho com a cabeça deitada sobre o braço esquerdo, na mesa da sala de jantar, os dedos segurando a ponta do lápis grafite, lentamente desenhando uma letra redonda, milimetricamente forjada pelas constantes lições de caligrafia. "Precisa de ajuda, cunhada?", Miriam apareceu na entrada da cozinha, escapando enquanto os homens falavam do pai. Guilherme apenas ergueu os olhos para a tia e continuou a fazer a lição. "Preciso nada", disse Ana. "Só resolvi pegar aqui uma coisinha pra vocês beliscarem."

"E você, Guido?", a tia se aproximou do menino, se apoiando no espaldar da cadeira. "Precisa de alguma mãozinha aí?" Guilherme apoiou o lápis na mesa e ergueu um pouco o pescoço, trocando o braço que estava apoiando a cabeça e segurando a orelha com a palma da outra mão. "O que você está estudando hoje?", perguntou Miriam. O menino fechou o livro e mostrou a capa, encadernada com papel plástico e com uma etiqueta na frente. "Matemática", ela lê. "Nossa, matemática não é definitivamente o meu forte." Guilherme dá um sorrisinho cúmplice, mas inexpressivo, ante a confissão da tia. "Mas vamos lá, o *quê* de matemática?", ela interrogou. Guilherme deu de ombros. "Números, ora", disse. "Ora", Miriam riu. "Números, claro, rá rá rá. E o que mais seria em se tratando de matemática, né?" Guilherme abriu um pouco mais o sorriso.

Observando a cena, Ana captou o brilho fugidio do sorriso do filho. O brilho que ela procurava e não achava nas fotos, na mesa das refeições, e que só aparecia quando ele mostrava à mãe um desenho novo ou era presenteado com um novo brinquedo, que custava a tirar da caixa deixando longe do alcance de Gustavo.

"Vamos", provocou Miriam. "Leia aí um problema pra mim." O menino abriu o livro e foi passando as páginas. Miriam se sentou na cadeira ao seu lado. Guilherme olhou para a tia como se pedisse permissão para começar, depois pegou um pedaço de régua que guardava dentro do estojo e colocou sob as letras. Os dedos iam movendo a régua enquanto ele lia o problema com o nariz quase colado à página, os lábios escandindo as sílabas de forma trôpega, dando um acento afetado a algumas delas. "João-zinhó pos-sui três ami-gós e cin-có do-cês. Quer fi-car com dois do-cês e dar o res-tó para os ami-gós. Com quan-tós do-cês ca-da um dos a-mi-gós vai fi-car?"

"Puxa, complicado não, Guido?", disse Miriam. Guilherme mexeu a cabeça em sinal afirmativo. Ana parou de arrumar os salgadinhos para prestar mais atenção à cena. Miriam segurou as duas mãos do menino. "Mas é só contar nos dedos, olha", Miriam abriu os dedos da mão direita. "São quantos doces que ele tem?" Guilherme respondeu: "Três." Miriam sorri: "Não. São três amigos e *cinco* doces. Olha: um, dois, três, quatro, cinco doces nessa mão", disse ela, beliscando cada dedo de Guido. "E um, dois, três amigos nessa outra, mais quem? O Joãozinho, que vamos dizer que é esse dedinho aqui, esconde o dedão pra não confundir." Guilherme olhava alternadamente para as duas mãos, confuso. "Joãozinho e os três amigos nessa mão", mostrou Miriam. "Os cinco docinhos nessa outra." Guilherme concorda. "Agora me diz: com quantos doces mesmo é que o Joãozinho quer ficar?" Guilherme franziu o cenho e olhou para o livro, indeciso. "Dois", ele disse por fim. "Isso mesmo", Miriam confirmou. "Um, dois docinhos para esse dedinho aqui", e juntou os dois dedos da mão direita do sobrinho com o dedinho da mão esquerda. "Quantos doces sobraram?" Guilherme respondeu convicto: "Três."

"E quantos amigos sobraram?"

"Também três!"

"E com quantos cada um vai ficar então?"

"Um cada um, eu acho", disse Guilherme, rindo.

"Isso mesmo, Guido, muito bem", a tia bateu palmas e beijou Guilherme na face. O menino corou. "Agora vá, escreva tudo isso aí." Levantou da cadeira e se dirigiu a Ana, que sorria com ternura da cozinha. "Não imaginava realmente que você tivesse tanto jeito com criança, Miriam." Miriam pegou um dos salgadinhos do prato na mão de Ana e mordiscou. "No hospital a gente tem que lidar muito com eles." Ana fez menção de voltarem para a sala, mas Miriam a deteve. "Espera um pouquinho."

Ana estremeceu. Sabia que o assunto *criança* era delicado entre os cunhados, que tinham um apreço exagerado por Guilherme, mesmo sendo eles os padrinhos, e agora por aquele cachorro de madame, um substituto providencial para o filho que tanto planejaram durante os primeiros anos de casados e não conseguiram conceber ainda. "Me diz uma coisa, há quanto tempo o Guido ali vem tendo dificuldades na escola?", perguntou, baixando um pouco a voz.

Ana depositou o prato de salgados de novo no balcão da cozinha e, como Miriam se acomodava em um banquinho, com um ar solene, Ana a imitou. "Ah, você sabe, desde mais ou menos aquela época da alfabetização."

"Ele sempre leu assim, com o rosto tão colado no livro?"

Ana ergueu as sobrancelhas.

"Hum... Não sei, acho que sim", espiou Guilherme que voltava à sua posição de corcunda, mergulhando nos cadernos. "As professoras sempre reclamaram da postura, mas você sabe do problema dele, do tempo que teve que usar aquela bota e aquele colete horrível por causa da queda... acho que ele melhorou bastante."

"Ana, talvez não tenha nada a ver com a postura", corrigiu Miriam, ainda naquele tom de voz baixo que não chegava a ser um cochicho, e que a própria Ana não conseguia reproduzir, meio tensa. "Eu achei a letra dele meio estranha, minúscula. Sempre foi assim?"

"Ah, isso também melhorou com muita cartilha." Ana comprava o material de caligrafia por fora, já que o colégio não fornecia. Guilherme odiava ter que escrever as vogais seguindo o pontilhado. "Então, e ele reclama de dor de cabeça, essas coisas?", Miriam ia percebendo que Ana começava a se incomodar com todas as perguntas e que estava ficando assustada, preocupada com um diagnóstico de algum mal, alguma anomalia de Guilherme. "Calma, ele deve ser perfeitamente saudável, mas as professoras também reclamam disso?"

"Estranho, reclamam sim."

"Esse menino deve ter algum problema de visão, Ana."

Gustavo chegava na entrada da cozinha puxando um caminhão gigante do irmão e o cachorro vinha atrás, tentando morder as rodinhas. "Olha esse aqui que grande, tia", dizia Gustavo. "Cabe até o cachorro." Guilherme espiava Gustavo mexendo no seu brinquedo, manobrando o caminhão, dando gritinhos estridentes e tentando colocar o cachorro na carroceria.

"Depois a gente conversa melhor sobre isso", disse Miriam, saindo da cozinha e deixando Ana com seus pensamentos.

Ninguém da família, nem na dela nem na de Ricardo, usava óculos. Nenhuma das crianças do colégio também, à exceção de um menino da terceira série que nascera com um grave estrabismo e era apelidado pelos outros colegas de "pirata", porque era obrigado pelos pais a usar constantemente um tapa-olho por trás dos óculos. Nunca aquela possibilidade tinha ocorrido antes a Ana, que só se preocupava em levar os meninos com frequência ao dentista e já tinha deixado de fazer as viagens regulares para visitar o ortopedista em Campina Grande. O último que consultaram garantiu que a coluna de Guilherme estava perfeita — tudo o que ele precisava dali para frente era de educação postural, disse o médico, mostrando as radiografias.

Haviam descuidado um pouco daquele aspecto da postura, era verdade, mas Guilherme, apesar da corcunda que ia se formando, não reclamava de desconforto algum e o jeito como ele se sentava, Ana desconfiava, tinha muito mais a ver com a timidez quase patológica que vinha desenvolvendo que com alguma sequela do acidente, da época de recém-nascido. E eis que agora Miriam levantava a hipótese de que tudo podia não passar de uma coisa só: um problema de vista. Ana não sabia se torcia para que o palpite de Miriam — uma médica, afinal, por que não confiar nela? — estivesse certo ou errado: era muito doloroso pensar que o barco de Guilherme estivesse afundando não por culpa dele, mas de uma maré, uma tempestade que os pais não tiveram sensibilidade ou competência para prever.

Ao mesmo tempo, era muito conveniente — e Ana repetia para si a ideia de que era até *desejável* — pensar que Guilherme não era um mau aluno, um mau menino, que todas aquelas notas baixas, reuniões de professores, discussões com Ricardo sobre surras, castigos, mudar ou não de rotina, mudar ou não de escola, apenas sinalizavam para algo banal e de fácil resolução: Guido não enxergava direito, faltavam-lhe óculos.

Depois do almoço, quando todos foram fazer a sesta e a casa mergulhou num silêncio só interrompido pelo barulho das unhas do poodle raspando nos azulejos recém-encerados, Ana tentou levar as suspeitas de Miriam, que tanto perturbavam sua própria digestão, ao marido, que deitava de peito aberto, sem camisa, palitando os dentes.

"Besteira, Ana. O menino enxerga perfeitamente, fica de moleza e você insiste em defendê-lo", esbravejou Ricardo, partindo um palito e depositando na mesa de canto. "Miriam é médica, é verdade, mas que tipo de médica? Fisioterapeuta. E além do mais, esses médicos de hoje tão sempre procurando uma desculpinha esfarrapada pra justificar a preguiça das crianças. É isso que ele é e você sabe: preguiçoso." Ana previu que iam discutir de novo e foi à cozinha lavar a louça. Não queria escândalos, ainda mais com visitas na casa. Encontrou Renato desperto na mesa, comendo direto do pirex o resto da delícia de abacaxi que sobrou do almoço e que ela havia deixado na geladeira. O cachorro estava suplicante aos pés do dono, com o olhar de um pedinte.

"Desculpa a liberdade de abrir a geladeira, cunhada, mas isso aqui tava muito bom", ele disse, rindo feito uma criança gulosa. "Oxe, a casa é de vocês", disse Ana. "E a receita é minha, posso anotar pra Miriam." Renato deu sua última colherada e riu: "Nah... aquela ali mal sabe fritar um ovo", e colocou o pirex do doce na pia onde Ana começava a lavar os pratos. O irmão de Ricardo permaneceu na mesa, coçando as orelhas do cachorro com o dedão do pé. "Ana", ele disse, "que tal se o Guido passasse uns dias com a gente lá na praia?"

Então Miriam provavelmente havia falado alguma coisa com o marido.

"A prova de recuperação dele é no meio das férias, Renato, e até lá ele tem que estudar, fazer o reforço, essas coisas...."

"Sei", Renato não parecia convencido. "Mas ele ainda tem alguns dias de folga depois, até voltarem as aulas, não tem?"

E foi aí que o próprio Guilherme apareceu na cozinha.

Vinha sorrateiro, se arrastando como uma lesma na parede, olhando para o cachorro de trás do armário de pratos.

"O que você acha, Guido?", Renato chamou o sobrinho para a mesa. "Passar uns dias lá na praia com o tio?" Guilherme lançou um olhar para a mãe, que tanto podia significar suplício quanto súplica. "Bem...", respondeu Ana, avaliando a reação do menino. "Eu acho que..."

"Seria ótimo, Ana", Renato continuou, abraçando o sobrinho. "A gente fica com ele por uns dias, já que vocês voltam ao trabalho, e no final de semana antes de começar as aulas vocês dão um pulinho lá pra buscá-lo e curtir um dia de praia."

Guilherme estava teso no abraço do tio, como uma tora de madeira que cairia reto se ele o soltasse.

"Vou falar com Ricardo então", disse Ana, depois de refletir por alguns instantes.

"Fala não", sugeriu Renato. Ela tinha soltado Guilherme e, em vez de cair, o pedaço de madeira escapuliu de fininho e rolou até a sala de jantar, onde foi organizar a mesa de estudo. "Quando é essa prova?"

"Comecinho de janeiro."

"Ótimo", disse Renato. "A gente vai passar Natal com meus pais e Ano Novo com os de Miriam. Você arruma a mala de Guido e a gente passa pra pegar ele na volta."

"Mas, cunhado...", Guilherme nunca tinha viajado sem a mãe. Ana sequer o imaginava conseguindo se virar em outra casa, com outros horários, outros costumes.

"Nem venha com essa conversa de cunhado pra cima de mim, Ana", exigiu Renato, tomando um pano da mão dela e secando a louça. "Guido tem que fazer um exame de vista e eu vou cuidar de tudo. Afinal é pra isso que serve um tio e um compadre, não é não?"

Ana não teve outra alternativa senão concordar.

11.

DO CASAL QUE DIVIDIU apartamento com Guilherme, Ricardo pouco sabe. E o pouco que sabe vem das informações que Ana lhe deu sobre as cartas em que, segundo ela, Diego e Laíza são citados. Sabe que o filho encontrou os amigos quando já estava há alguns meses em São Paulo, vivendo em albergues e quartos alugados, e que os três moraram juntos por algum tempo até que, conforme informou o locador, o casal se mudou e Guilherme decidiu arcar sozinho com a despesa do lugar.

Ricardo se encaminha para o bairro da Liberdade à tarde, após ligar uma outra vez para o celular de Diego tentando confirmar o encontro que marcaram pela manhã. Desta vez, o celular não atende. A partir do contato com os amigos, Ricardo pretende conhecer a rotina que o filho levava em São Paulo. Sobe as escadas do metrô e sente-se no cenário de um filme ruim, numa disneylândia ching ling em que esbarra com jovens fantasiados de preto exibindo um olhar cheio de rímel, por trás das franjas picotadas. Neste filme ruim, Ricardo é um detetive bem diferente daquele que, imagina, conduziria o caso de Guilherme se a polícia estivesse disposta a procurá-lo.

Saca novamente o celular enquanto percorre uma rua com uma fila de carros estacionados. A fila é quase tão longa quanto a sequência de postes vermelhos atrás deles. Está no meio da tarde, e as luminárias que imitam lanternas orientais em maior escala ainda não foram acesas. O céu está aberto, sem uma única grande nuvem à vista. Ricardo disca mais uma vez para Diego, o celular chama até enfim ouvir o rapaz do outro lado da linha. Diego se desculpa por não ter atendido imediatamente, estava estudando. O encontro está de pé, mas apenas ele irá recebê-lo, Laíza por enquanto ainda não chegou do trabalho.

Segundo o mapa de Ricardo, o apartamento do casal fica a poucas ruas daquela em que está agora, repleta de estabelecimentos comerciais que, independente do que vendam, sempre têm um refrigerador com picolés de melão na frente. Ricardo cruza um portal vermelho e atravessa um viaduto com grades da mesma cor, no sentido contrário a um grupo de turistas japoneses ou chineses — eles são indistintos para Ricardo, com seus chapéus de abas curtas, câmeras penduradas por fitas no pescoço e o rosto nitidamente besuntado de protetor solar, como se estivessem numa praia do Nordeste. Eles param diante de uma guia também oriental, que mostra uma placa feita de cobre e fala naquela língua de monossílabos indecifráveis, apontando para a vista de outros dois viadutos gêmeos — um de cada lado — cobrindo as duas pistas numa imagem quase perfeitamente simétrica, não fossem as pichações diferentes nos muros e os ipês roxos que parecem florescer mais à sua direita.

Os turistas fotografam a paisagem, e Ricardo pensa no interesse daqueles turistas justo no ponto da cidade mais parecido com tudo aquilo que eles já conhecem, no Japão ou na China. Pensa também nos muitos povos que fizeram a história daquela cidade, gente do outro lado do mundo, mas também gente deste lado, como ele e o filho. Tenta conceber a razão injusta pela qual um número tão menor de imigrantes orientais conseguiu enclavar um bairro inteiro como aquele no coração de São Paulo, enquanto, pelo que ouviu, tudo o que os nordestinos conseguiram deixar foi um galpão com músicas de péssimo gosto num bairro de nome azedo: Limão.

Desconfia que, no fundo, não é bem assim: que muitos daqueles viadutos, muros e prédios, foram erguidos por conterrâneos seus. Que muitas famílias como a sua se perderam para que gente do outro lado do mundo pudesse, agora, transitar por um bairro estrangeiro, mas de aparência familiar. Um bairro onde pudessem se dar ao luxo de se sentir menos deslocados e mais confortáveis, longe de suas próprias casas. Que grande parte da São Paulo que ele também está conhecendo agora, caminhando com um mapa na mão, se construiu à custa do mesmo desnorteio que ele sente, buscando por caminhos que o levem a Guilherme. Para Ricardo, japoneses e chineses vieram para ficar e acabaram deixando para nós as falsas réplicas de seus países de origem. Nordestinos como ele vieram para se perder e acabaram deixando para nós uma cidade.

Caminha um pouco mais e, depois de virar uma esquina, encontra o prédio de Diego e Laíza numa rua próxima a uma praça arborizada. Os postes vermelhos são mais raros a esta altura, vão ficando escassos à medida que Ricardo se afasta do centro turístico e o bairro vai se parecendo um bairro paulista regular, como a Vila Mariana. Ainda vê japoneses e chineses nas ruas. Mas estes, ele suspeita de que morem aqui. Podem se fingir tão paulistas quanto ele.

Diego autoriza a entrada pelo interfone e Ricardo sobe num elevador amplo, com circuito interno. A conclusão óbvia é que os amigos de Guilherme se mudaram para um prédio melhor, depois que Laíza passou no concurso e assumiu seu cargo com um salário que lhe permitisse esse tipo de investimento. Diego está à porta do apartamento — pequeno e simples, como parecem ser todos os desta cidade, mas mais moderno que o da Vila Mariana, é o que Ricardo percebe ao ser convidado a entrar e aguardar a chegada de Laíza.

"Ela acabou de ligar para casa e avisar que conseguiu sair mais cedo", diz Diego, o recebendo. O apartamento tem uma cozinha americana equipada com eletrodomésticos recém-comprados e de bom gosto, provavelmente escolhidos por Laíza. O rapaz deve ser um pouco mais velho que Guilherme, mas conserva uma barba que, em alguns anos, poderia lhe dar talvez uma década de vantagem sobre o que aparentava o filho imberbe de Ricardo. Calça tênis, veste jeans e camiseta, e tem para com o pai do amigo aquela educação reservada a certos desconhecidos cujas presenças não são de todo estranhas, pelo muito que já se ouviu falar deles por uma outra pessoa com quem se nutre um maior nível de intimidade.

Ricardo elogia o apartamento e Diego diz que foi de fato uma boa escolha, incrivelmente perto do tribunal para onde Laíza foi designada e também daquela zona comercial que oferece de tudo. "O senhor deve ter visto quando vinha pra cá", ele diz e Ricardo assente, lembrando-se das lojas com seus refrigeradores abarrotados de picolés de melão. Diego pergunta se Ricardo não quer alguma coisa para beber, ao que Ricardo recusa polidamente e pede desculpas por estar incomodando os dois, interrompendo a rotina de estudos do rapaz — os livros estão espalhados em uma mesa próxima à varanda, aproveitando a luz natural. Há volumes grossos como os que Guilherme deixou no pensionato quando se mudou, marcados com tiras de papel multicoloridas e ainda assim cheios de orelhas nas pontas. Diego tranquiliza o visitante, costuma interromper o estudo pouco antes de Laíza voltar e o que os dois mais querem é ajudar a família a localizar Guilherme. "O senhor por sinal já tem alguma ideia de para onde ele foi?", pergunta.

"Ainda não", diz Ricardo, "mas para onde quer que ele tenha ido, não levou com ele quase nada", conclui. De fato, quase todos os pertences estão ainda no apartamento da Vila Mariana. A esperança que Ricardo tem, e que o leva agora a conversar com os amigos do filho, sentado com os cotovelos como que encaixados nos joelhos, é que possa entender um pouco mais do que se passou com Guilherme nesses anos. Ele explica que as poucas notícias do filho que tiveram — Ana e ele, ou mais precisamente somente Ana —, foram através de cartas e telefonemas que falavam muito pouco sobre o cotidiano de Guilherme. No fim das contas, só lhes atestava que o filho estava vivo, coisa que agora nem sequer sabiam se podiam confiar.

Diego parece surpreso. Sobretudo com a informação de que o amigo permaneceu no apartamento da Vila Mariana mesmo depois que Laíza e ele se mudaram. Diz isso a Ricardo, não fazia sentido que Guilherme tenha permanecido no apartamento depois que saíram de lá no ano passado: Guilherme lhes disse que ficaria só mais um mês resolvendo as suas coisas e logo providenciaria a mudança para um apartamento menor. Não tinha lógica deixar um quarto como aquele que o casal ocupava vazio. Não tinha dinheiro para pagar sozinho o aluguel e era horrível dizer aquilo naquele momento, a família talvez não soubesse disso, mas Guilherme passava por dificuldades emocionais e financeiras e essa era uma das muitas razões que os levaram a desfazer o acordo de morar juntos. Além, é claro, do fato de planejarem ter um lugar só deles, o casal, desde que chegaram em São Paulo. Que sorte que Laíza fora chamada justo para aquele concurso para o qual passou tanto tempo se preparando...

Ricardo interrompe. Fala do quarto que os dois ocupavam, e que parece, sim, estar livre desde que eles deixaram o apartamento. Cogita, e esta é uma pergunta que ele faz mais para si que para Diego — mas que faz em voz alta, todavia —, se Guilherme não podia estar procurando alguém para continuar a dividir o apartamento esse tempo todo, como o locador sugeriu. O filho, que era tão desorganizado com essas coisas, talvez achasse muito mais simples procurar por alguém que procurar por algum novo lugar. Ainda que ao final fosse acabar partindo realmente para um novo e incógnito lugar, deixando seus pertences e nem se preocupando em acertar a dívida acumulada do aluguel.

"É possível", diz Diego. Apesar de recluso, Guilherme era bem relacionado, sobretudo com "o pessoal do teatro" — é esta a expressão que Diego usa: "o pessoal do teatro", Ricardo repete mentalmente. E imagina a variedade de tipos com quem sabia que Guilherme se dava, desde antes de sua partida para São Paulo. Tipos que o afastaram do Direito tão perto de terminar o curso e seguir a carreira pela qual seus amigos agora batalhavam, com resultados visíveis: um bom apartamento numa metrópole como aquela. Uma vida estável como a que Ricardo sempre projetou para si e para os filhos.

Lembra-se de que Ana mencionara algumas conversas em que Guilherme se mostrou propenso a transferir o curso da Paraíba e concluí-lo em São Paulo. Não sabe se a esposa estava mentindo para aliviá-lo ou se Guilherme realmente havia se arrependido da besteira que fez, depois de perceber que não poderia levar uma vida tão instável, tão perto dos trinta anos. "Guilherme chegou a fazer isso?", Ricardo pergunta, e Diego diz que não. Que apesar da insistência dos dois amigos, também, de que ele voltasse ao curso — afinal era uma estupidez sem tamanho abandoná-lo praticamente terminado, tendo só que escrever e apresentar a monografia —, Guilherme se negava, alegando que o processo de transferência era complicado, mesmo o próprio Diego — que à época fazia uma especialização na USP e poderia ajudá-lo com toda a burocracia — tendo se disposto a ir até a secretaria do curso para buscar informações a respeito da transferência. Segundo o amigo, Guilherme se mostrava sempre evasivo a respeito do assunto e realmente parecia interessado em enveredar pelo teatro.

"Só volto para a universidade se for pra estudar teatro agora", Guilherme dizia a Diego, e Diego voltava a dizer ao pai de Guilherme. Dizia aquilo que o filho não teve coragem de dizer pessoalmente. De que estava obstinado no projeto que o tinha movido para longe de casa, para perto de São Paulo, onde conhecia um certo grupo de teatro que havia feito uma excursão para o Nordeste tempos atrás. Um grupo de cujas peças malucas, com gente pelada — é essa a expressão de Diego: "malucas, com gente pelada" —, Guilherme chegou a participar algumas vezes, levando o casal amigo para assistir e jantar depois, os dois ainda constrangidos por terem acabado de ver o amigo nu. Segundo Diego — ele baixava a vista agora, envergonhado, sem ter certeza de que devia ter dito o que acabou de dizer —, era esse o tipo de programa que faziam juntos em fins de semanas pouco compartilhados, com manhãs que Guilherme passava em casa, trancado no quarto, e tardes em que saía com uma mochila nas costas para só voltar de madrugada, geralmente no horário de fechamento do metrô.

"Então ele estava mesmo *trabalhando* com isso, ganhando algum dinheiro?", Ricardo pergunta, e Diego diz que particularmente nunca entendeu bem essa questão, o que sabia era que dinheiro parecia ser uma coisa incerta na vida de Guilherme. Nos primeiros meses, o seu terço do aluguel era entregue nas mãos de Diego com uma antecedência quase que incômoda, enquanto que, a partir dali, Guilherme chegara a atrasar o pagamento de sua parte muitas vezes. E foi quando os desentendimentos entre os três começaram. Diego costumava ser mais tolerante, mas Laíza era mais rigorosa, teve muitas discordâncias com Guilherme porque o casal, apesar de contar com a ajuda da família e do emprego temporário que Laíza havia arranjado na Prefeitura, também não estava na melhor das condições financeiras, além de tudo, precisando comprar material de estudo e pagar cursinho para ele.

"Vida de concurseiro não é muito fácil, como o senhor pode ver pela minha mesa", Diego diz apontando para a papelada. E Ricardo nota que o rapaz está um tanto impaciente agora, talvez pela ausência de Laíza ou pela pausa no estudo. Talvez por ter que explicar os meandros da relação com o Guilherme, que começava a se revelar menos amistosa que conflituosa. E explicar sozinho, sem a ajuda da mulher — seu único álibi.

É então que, no hiato que se faz na conversa, ouvem o elevador e a ansiedade de Diego se converte em alívio assim que a maçaneta gira. "Deve ser Laíza", diz ele, a porta entreabrindo e Ricardo entrevendo a moça em seu traje de trabalho, vestida com o blazer preto de quem saiu meio às pressas de um ambiente com o ar-condicionado muito forte, e que ainda não se aclimatou à temperatura lá fora — à temperatura aqui dentro do apartamento, em que ela entra com um sorriso nervoso e falsamente descontraído.

Ricardo se levanta ao mesmo tempo que Diego, que recebe a esposa com um beijo discreto e a apresenta Ricardo. Ela o cumprimenta, permanece algum tempo parada no centro da sala com a sua enorme bolsa de couro a tiracolo, enquanto Ricardo agradece mais uma vez a disponibilidade dos dois de recebê-lo. Não, ainda não sabe de Guilherme — Ricardo responde à pergunta que agora é Laíza quem faz e só aí ela larga a bolsa displicentemente na mesa de estudo de Diego.

"Você não ofereceu um café, amor?"

"Não, não precisa", se antecipa Ricardo, mas Diego já cede e contorna o balcão da cozinha, colocando pó de café numa máquina elétrica, Laíza falando de algum inconveniente no trabalho que não permitiu que ela estivesse no apartamento exatamente no horário combinado.

"Não há problema algum", diz Ricardo.

Laíza pede apenas um pouco de licença até vestir algo mais confortável no quarto.

"Fique à vontade", diz Ricardo, e Diego pergunta se ele prefere a sua xícara com ou sem açúcar.

"Não, sem açúcar por favor."

E Laíza chama Diego.

"Um minuto só, será que você podia vir aqui no quarto rapidinho me ajudar com uma coisa?"

Ricardo sabe que falarão do que conversaram, Diego e ele, na sala, antes da chegada de Laíza. A água no compartimento da máquina começa a borbulhar, o cheiro do café impregna a atmosfera circunscrita entre as paredes recém-pintadas, o barulho do vapor e do líquido capilarmente atravessando o tubo até chegar ao pó, tensionando uma discussão entre Laíza e Diego que Ricardo não tem certeza se está mesmo ouvindo, abafada por uma porta que foi encostada quando o casal entrou no quarto.

Ricardo fica sozinho na companhia daquela pequena geringonça de onde o aroma de café se desprende ainda mais forte, o líquido já escorrendo pela garrafa e borbulhando, borbulhando como aquele primeiro contato com o universo do filho — esse universo novo formado por uma vida dupla: em casa, dividindo o apartamento com o casal certinho de amigos; lá fora, um ator amador tentando conquistar uma posição em um grupo de teatro com peças "malucas, com gente pelada". O que poderia querer dizer Diego com aquilo?

Laíza volta com uma camisa de malha e Diego vem junto, atrás, como um cão obediente, ultrapassando a moça na entrada da cozinha para cuidar do café. Uma luz se apaga na máquina e Diego diz que conhece o tempo daquela cafeteira melhor que o do seu relógio de pulso, não trocaria jamais uma daquelas pelas novas máquinas de espresso que os chineses começaram a vender nas lojinhas da esquina a preços mais baixos que as importadoras.

Ricardo já está novamente no sofá perto de Laíza quando Diego coloca as xícaras no balcão e o contorna para servi-los depois, o casal tomando a bebida adoçada e Ricardo o café puro, puro e amargo como tem a impressão de que é o tom de Laíza ao voltar do quarto após a suposta discussão. É ela que agora conduz a conversa e diz acreditar que Diego evitou ou não teve forma de contar outras coisas sobre Guilherme. Coisas que, segundo ela, preocupavam bastante os dois nos últimos tempos.

Diego tem uma expressão contrafeita, e Laíza um ar mais maduro. Diz ser certamente dos dois a que melhor se dava com Guilherme, apesar do marido achar que não. Mas que justamente por isso era a que tinha mais problemas com ele, de fato. E Ricardo pode até imaginar por quê: o espírito decidido de Laíza, ela o confirmava agora, constrastava com o temperamento hesitante do marido e do amigo. "Ele andava sempre meio deprimido", é como Laíza define Guilherme. Os dois várias vezes pensaram em ligar para a família, ela diz, ainda que não tivessem a intimidade para tanto e soubessem que Guilherme não gostaria nada daquilo. Em São Paulo, Guilherme era assim: ou estava dentro de casa, recluso e ensimesmado, ou estava fora sem que eles soubessem onde. E das poucas vezes que saíram com ele para assistir a uma peça ou para acompanhá-lo em alguma festa com "aquele pessoal do teatro" — ela usa as mesmas palavras do marido —, Guilherme revelava toda uma expansividade que não reservava aos de casa, como fosse uma pessoa completamente diferente ou estivesse interpretando um papel, provando que era um ator também fora dos palcos.

Ricardo segura a xícara firme, mas parece vacilar um pouco quando Laíza define o filho assim: expansivo, expansivo até demais em algumas ocasiões. Aquele comportamento que não batia com o Guilherme que conheciam, que não contava nada sobre si ou sobre o seu passado. Era só nessas horas que Guilherme deixava escapar alguma coisa do que o afligia, porque alguma coisa certamente o afligia, e Ricardo deposita a xícara sobre o móvel do centro, Laíza percebendo a perturbação no ambiente e assumindo que talvez alguns assuntos que ela tenha para falar não vão agradar muito Ricardo.

"Talvez o que eu tenha a falar não agrade muito ao senhor", ela diz, Diego calado sem querer participar daquilo. "Não sabemos como ou se vale a pena contar", e Ricardo então a interrompe, que diga o que precisa ser dito, não deve ser novidade para eles como não é para ninguém que Guilherme tinha os seus problemas e muitos deles esbarravam na família. "Todas as pessoas e famílias do mundo têm os seus problemas afinal de contas, não é mesmo?", Ricardo diz. Ao fim e ao cabo, costumamos associar tudo o que corre de ruim ao passado e à influência dos pais, Ricardo tenta se defender.

E Laíza continua. Afirma seu estranhamento por Guilherme jamais ter viajado de volta à Paraíba no tempo em que moraram juntos. Nem no fim de ano, com São Paulo vazia na época do Natal e a Paulista o lugar mais triste do mundo, com sua iluminação colorida e tão poucos carros passando, que a São Silvestre poderia muito bem ser realizada ali sem que fosse preciso fechar a avenida, para a segurança dos corredores.

"Guilherme também não ligava para vocês com muita frequência", murmura Diego, olhando para Laíza, tentando agora se inserir na conversa, como se concordando com Laíza pudesse fazê-la abrandar o que ela está o tempo todo se preparando para dizer. É algo que o próprio Diego não foi capaz de revelar com seu prólogo sobre Guilherme, um primeiro ato inteiramente dispensável para aquilo que Laíza falaria e que era o que se precisava falar para aquele pai que buscava o filho. Era aquele tipo de fio que puxaria a meada que de fato interessava.

Ricardo pensa se aquilo que escondem de Guilherme não terá uma dimensão ficcionalmente épica, forjada, acerbada ou atenuada pelo que combinaram previamente de contar. Por isso, investigadores falam com testemunhas separadamente, Ricardo pensa. Comparam versões, averiguam detalhes. Laíza bebe um gole de café e volta a falar mais pausadamente após a interrupção de Diego. Conta de alguns dias difíceis em particular, em que tinham que repetir um para o outro que Guilherme já era crescido e dono do próprio nariz para saber o que fazia, porque não tinham notícias dele por noites seguidas, descumprindo escalas que tinham agendado para a faxina da casa, levando às vezes a chave da porta de um deles porque Guilherme... Guilherme sempre perdia a sua chave.

Ricardo sente que a própria Laíza está perdendo o fio da conversa. Talvez Ricardo quem devesse estar conduzindo aquilo e fazendo as perguntas para os dois. As perguntas certas que dariam a ver menos sobre o comportamento de Guilherme, e mais sobre os possíveis desentendimentos cotidianos daqueles três. Mais sobre o que pode ter acontecido para que ele sumisse, se esfumasse. Mas Laíza continua e conta do dia em que a coisa começou a ficar realmente insustentável. Foi aquele em que os três saíram para lugares diferentes e Guilherme de novo esqueceu a própria chave no quarto. Laíza e Diego passaram a noite fora e quando voltaram da rua, eles que não tinham como adivinhar a situação (Guilherme também tinha esquecido o celular e não quis incomodar os vizinhos para conseguir um telefone), encontraram a porta arrombada e quase chamaram a polícia antes que Guilherme aparecesse na sala, sem camisa, os olhos inchados e vermelhos como se tivesse acabado de acordar, justificando que estava sem a chave e que não ia ficar esperando os dois lá fora. Arrombou a porta com um chutão, num acesso de ira.

Foi no mesmo mês em que, de madrugada, foram acordados com um chamado no celular e era Guilherme chamando, ou apenas o número do celular de Guilherme chamando, porque a voz não era a de Guilherme ao telefone, mas a de alguém que o encontrara quase afogado em uma poça de vômito, em plena calçada da Rua Augusta, numa boate de nome Inferno, ironia das ironias... Guilherme estava no Inferno e algum anjo encontrou o celular dele no bolso, no qual um dos poucos números de São Paulo registrado na agenda era o deles, e tinham que ir buscar o amigo que parecia estar num porre dos diabos, era outro trocadilho irresistível: "Um pré-coma alcóolico", diz Diego, sem conseguir aliviar a ironia. Diego que enfiou Guilherme num táxi e lhe deu um banho gelado em casa, já acostumado com sua nudez. Um banho gelado para tentar acordá-lo com o choque térmico, mas gelado também porque estava sentindo raiva de ver Guilherme ali nu e humilhado, dentro do box, sem saber por quê. Raiva de ter que cuidar de um mal-agradecido que morava com ele no mesmo teto e de quem conseguira se aproximar tão pouco. Laíza lhe dera uma garapa de açúcar e ficara um tempo perto da cama esperando que ele dormisse. Segundo ela, Guilherme murmurou coisas incompreensíveis que poderiam muito bem ser um trecho daqueles monólogos que eles viam no teatro, e ele ensaiava compulsivamente dentro do quarto, ou alguma lamentação sobre a vida. Mas logo depois, Guilherme dormiu, e sequer tiveram tempo de conversar sobre aquilo no outro dia. Saíram quando Guilherme ainda dormia e quando voltaram, mais tarde, ele já não estava mais no quarto, sumira de novo, e aquela fora a gota d'água para eles.

"Mas havia a possibilidade de que ele estivesse usando alguma coisa além de álcool?", Ricardo pergunta. "Alguma droga?", perguntam os dois, traduzindo. "Sim?", diz Ricardo. Laíza e Diego se entreolham. "Dentro de casa temos quase certeza de que só maconha", Laíza afirma. "Mas fora já não podemos garantir", ela continua, "Guilherme andava alterado, nervoso, discutindo por qualquer coisa." Brigava desde que eles anunciaram a saída do apartamento, a ponto de eles terem saído de surpresa, num dia em que não o encontraram em casa, porque ele estava começando a ficar violento. Acharam várias facas de cozinha em seu quarto e temiam a sua reação. "Achei uma faca de cozinha dentro do armário do banheiro", Ricardo interrompe. O casal volta a ser entreolhar. Era o tipo de mania estranha que os convenceu a escrever apenas um bilhete para evitar as despedidas. Tinham quase certeza de que seriam pouco amistosas. "Uma vez eu evitei que ele se cortasse e quem quase se cortou fui eu", diz Diego. "O senhor sabe... as tatuagens..." Há um novo hiato na conversa e então não resta muito mais a se contar sobre Guilherme, Ricardo percebe. Guilherme é uma incógnita também para aqueles que ele julgava serem seus amigos mais próximos.

"Desculpe, senhor Ricardo, é tudo que temos para contar", diz Laíza, enquanto Diego fica fitando as xícaras de café como que hipnotizado, expressão que adotou desde que a esposa insinuou que temiam a reação de Guilherme. Talvez se sentisse acovardado por não ter podido protegê-la desse temor. Talvez ele não temesse e não concordasse com aquela frase.

Ricardo tenta ainda desvendar a expressão de Diego, mas acaba deixando anotado o novo número de telefone para o caso de o filho tentar algum contato com os amigos. "Liguem, por favor, se souberem de alguma coisa", Ricardo insiste, e se despede.

Diego e Laíza o acompanham até a porta. Dizem esperar ter ajudado apesar de saber que o que disseram pareceu vago ou aleatório. Mas pelo menos dava uma ideia de como estava a cabeça de Guilherme.

"Talvez ele só esteja em um momento confuso, precisando se encontrar", Laíza conclui.

E chamam o elevador para Ricardo encontrar a Liberdade novamente, essa era na verdade a maior ironia: tão literal e idiota quanto a do Inferno ou a do adesivo da França Pinto. Caminha na Liberdade, mas agora está encarcerado no drama do filho, que nunca foi de beber e agora enche a cara à noite ou se droga na Rua Augusta como um miserável.

Ricardo precisa, também ele, de uma bebida. Já anoitece e terá mesmo que procurar um lugar para jantar quando voltar para o apartamento às escuras. Vê um restaurante com um pórtico vermelho, como aquele da ponte que atravessou, e entra. Senta em uma das poucas mesas de dois lugares e pergunta o que há de bebida para o garçom que o atende. O garçom é oriental, tem um português hesitante mas suficiente, e é mais por acomodação que por qualquer outra coisa que Ricardo, em vez de pedir cerveja, vinho, uísque, resolve arriscar a caipirinha de saquê apontando a página no menu de bebidas e o número assinalado que deve estar ali para essa função.

Espera o pedido vendo um grupo de amigos ao fundo, cantando num videoquê, acompanhando as imagens idílicas de carpas e escarpas cobertas de neve, de campos e de flores por trás dos caracteres coloridos que correm na tela e não parecem se concatenar com o que canta o grupo, nem com a paisagem que eles têm em volta. Turistas procurando o caminho de casa e nativos procurando uma ilusão de distância. É isso que resume aquele bairro para Ricardo.

É proibido gritar e assobiar muito obrigado, diz a placa amarela entre lanternas iluminadas no padrão dos postes vermelhos. Assobiar, o grupo não assobia, mas gritar, ele quase tem certeza de que gritam. Estão no limiar entre a alegria e a histeria quando o garçom serve a caipirinha de saquê para Ricardo, e ele pede também alguma coisa para comer. Algo com peixe daquela culinária que não gosta, mas também não abomina. Quer apenas algo que o ajude a empurrar o álcool sem acabar beijando a sarjeta como o filho, fraco e incompetente até para se embriagar. Ricardo passa horas ali sentado, bebendo, comendo e vendo pessoas se divertirem em frente a uma tela. Até que resolve cantar também e se lembra da viagem para Minas Gerais e da música que tocou na rádio da Belina ao entardecer, no meio do caminho, provavelmente na Bahia, e que o fez querer frear a porra do carro e dar marcha a ré correndo o risco de perder a família debaixo de um caminhão. Que o fez ter vontade de parar e manobrar a Belina no acostamento e desviar dos outros carros e dar meia-volta e retornar para casa porque todos no carro começaram a chorar enquanto Caetano Veloso sussurrava "Felicidade foi embora", e Ricardo engolia em seco justo na parte da minha casa e Caetano parava de cantar e o violão mudava de tom e alguém começava a dedilhar a melodia de "Luar do Sertão". Na Belina, Ana começou a sussurrar também a letra daquela outra música no meio, e Ricardo sentiu outra vez o nó na garganta, o bolo que o fez parar de cantar também nessa hora porque estava chorando e ninguém foi capaz de vaiá-lo no videoquê que seguiu tocando sozinho enquanto ele tentava ligar para casa e descobria o celular no seu bolso de novo sem bateria, e a letra seguiu desfilando sozinha na tela e ele seguiu bebendo sozinho, como sozinho deveria estar Guilherme, seu filho confuso, que precisa se encontrar ou ser encontrado, ele pensa, gesticulando para o garçom, pedindo mais uma rodada.

(Guia da Folha, sexta-feira, 07 de março de 2008)

MONÓLOGO LEVA QUESTÃO DA TRANSGENERIDADE AOS PALCOS
Ivan Santino abre o espaço Recreio Cênico com texto inspirado em sua experiência como mulher

Neto de imigrantes russos que se refugiaram no Brasil após a revolução de 1917, o ator, diretor e dramaturgo Ivan Santino tinha um apelido na infância: Vânia. "Ainda gosto de ser chamado assim porque era como a minha avó me chamava antes de meus pais perceberem que esse nome tinha começado a mexer com a minha identidade", diz o fundador do Recreio Cênico, grupo teatral que inaugura espaço próprio hoje, na Praça Roosevelt, com o monólogo *Solo Sagrado*, escrito, dirigido e interpretado por ele.

Vestindo calça jeans e camiseta, ainda com traços da pesada maquiagem que se obriga a fazer e desfazer em cena, a cada ensaio da peça, o artista paranaense recebeu a reportagem em seu camarim, um banheiro ainda em reforma no espaço que irá abrigar as futuras instalações do grupo. "Nem tudo ficou pronto a tempo da estreia, apenas o palco e o bar", adverte Santino antes de mostrar uma sala de 50 lugares que ocupa, e que antes era o depósito de um supermercado da região. "A vantagem de começar com um monólogo é que só eu vou usar os bastidores e a responsabilidade é inteiramente minha, caso algo dê errado."

Usar um banheiro como camarim, no entanto, não parece ser um problema para quem troca de figurino cinco vezes ao longo de todo o espetáculo, sempre na frente do público — uma plateia que, nos ensaios, era formada por travestis e transexuais que trabalhavam nas imediações do teatro. Baseado no período de cinco anos em que assumiu uma identidade feminina e se mudou da cidade de Palmeira, no interior do Paraná, para Curitiba, *Solo Sagrado* expressa os conflitos sexuais e artísticos de Vânia, uma atriz transgênero que ambiciona "assinar um pacto com o teatro: vender o corpo e ser paga com a alma".

"Eu ainda acredito piamente nisso", garante Santino, que passou a alternar a identidade de Ivan e Vânia desde que se mudou para São Paulo, no início dos anos 1990. "Nós atores assinamos um contrato quando devotamos nossa vida ao teatro: já não somos mais donos de nosso corpo, de nosso sexo. Eu já acho limitador para qualquer ser humano se definir em um único gênero. Quem dirá para um ator. Acho reducionista. Sou quais e quantos gêneros a arte quiser."

Formado pela Faculdade de Artes do Paraná, antes de ingressar no teatro, Santino chegou a trabalhar na lavoura da família — russa, por parte do pai; italiana, por parte da mãe. "A história da minha família é tão maluca quanto a minha", comenta. "Meus avós eram vizinhos de cerca e eu tive literalmente, de um lado, um avô que era católico fervoroso e, do outro, um que era um anarquista fracassado. Nunca se toleraram, mas faziam negócio e não sei como concordaram com o casamento dos dois filhos. Meu corpo é o amálgama desse passado repleto de origens, deslocamentos, transformações e conflitos, e eu não encontrei outra forma de conciliar tudo isso além da performance, no teatro. Eu sou essa identidade híbrida, esse mosaico de pátrias, religiões e ideologias. Eu sou o meu teatro."

Da infância e da adolescência em uma comunidade rural do Paraná, aos anos de formação em Curitiba, Santino remonta em *Solo Sagrado* toda a trajetória como Vânia. "Eu sempre enfrentei o preconceito da classe teatral devido ao meu flerte com o transformismo", revela. "Toda a minha formação e parte da minha carreira se deu à margem dessa classe porque pouca gente até hoje conseguiu comprar a ideia de que é possível fazer um teatro realmente dramático disso. Meus colegas não entendem que eu, Ivan, apesar de dividir o mesmo corpo de Vânia, nem sempre concordo com os ideais artísticos dela."

Embora seja um monólogo, nos 90 minutos de *Solo Sagrado,* Santino não só incorpora Ivan e Vânia como também interpreta diversos personagens como os avós beatos que o fizeram coroinha da paróquia, o primo agricultor que o violentou na infância e o flagrou travestido nas ruas da cidade grande. Interpreta ainda a lésbica tida como louca ou bêbada, que andava vestida de terno nas ruas de Palmeira, e a namorada com quem Ivan se mudou em definitivo para São Paulo e depois rompeu — dando, segundo ele, o primeiro passo para sua "emancipação estética".

"*Solo Sagrado* não diz respeito apenas a identidades, mas a territórios cambiantes", define Santino. "Mais ou menos como os meus antepassados, que foram expulsos de seus países de origem e por toda a vida acreditaram ser de um lugar, sendo de outro, eu também carrego em mim a angústia de ser um, sendo múltiplos. Todos os lugares que abandonei vivem em mim, junto com esses personagens. E quantas vezes não tive que fugir deles para assim me encontrar?"

Por muitos que seja, porém, Santino não é o único integrante do Recreio Cênico. O grupo, que por enquanto conta com mais seis atores que o ajudaram na produção do monólogo, já está preparando uma montagem para a próxima temporada. Será *Inocência*, texto da alemã Dea Loher que os Satyros montaram ano passado e o Recreio pretende resgatar em 2009. "É certamente uma aposta arriscada, mas será uma forma de homenagear nossos vizinhos pela força que eles nos deram quando nos fixamos aqui na praça", justifica Santino. "Não tenho dúvida de que alguém vai nos chamar de imitadores, mas já falei com o Rodolfo (García Vázquez, diretor dos Satyros) e ele me disse que não era um texto que eles pretendessem retomar tão cedo. Então será nosso primeiro exercício de radicalidade como grupo. Até porque não faria sentido trazer *Inocência* de volta se não fosse para radicalizá-la."

Serviço
Solo Sagrado. Texto, direção e interpretação: Ivan Santino. Recreio Cênico (Praça Franklin Roosevelt, 244, Vila Buarque. Tel.: 11 3578 5740). Ter, às 20h, sex e sáb, às 21h e dom, às 19h. Até 31 de maio. Ingressos: R$ 10 (inteira) e R$ 5 (meia e moradores da Praça Roosevelt).

12.

O JATO DE URINA RESPINGA nas bordas do assento e molha os joelhos de Ricardo. É o ônus da ereção matinal que o desperta com uma vontade insuportável de ir ao banheiro. Em outros tempos, seria ainda mais difícil debelar aquele membro que se insurgia contra algo tão banal quanto mijar, enquanto ostentava toda a sua glória. Agora, era só esvaziar um pouco a bexiga para vê-lo começar a se retrair, murchando como se o líquido amarelo que escorria pelo vaso fosse a única fonte de seu já reduzido orgulho. Não havia mais júbilo algum nas gotas de calor que humilhavam seus joelhos: as vigas que o sustentavam não passam de um feixe de esponjas desabando, e Ricardo sabia que manhãs como aquelas, em que acordaria assim, ereto, iam se tornar cada vez mais raras a partir de um certo ponto da vida.

Entra no banho sem se importar em limpar o vaso, que nos próximos dias não será usado por mais ninguém. Tem uma ligeira lembrança da noite de ontem, da última caipirinha de saquê que por engano o garçom japonês lhe trouxe e, por imprudência, ele não foi capaz de recusar. Tem uma ligeira lembrança da outra que pediu, de mais outra à guisa de saideira e de outra mais, empurradeira, expulsadeira, mais outra, já não se lembra mais de quantas, nem tem a mínima ideia de como embarcou num dos últimos trens do metrô e voltou ao apartamento, se jogou completamente vestido no colchão frio do quarto de casal, para acordar quase nu na cama quente do filho, de pau duro embaixo de um edredom.

Teve uma madrugada de sonhos bêbados, em que uma sensação perene de mal-estar substituía a imagem turva de seus devaneios e assumia uma forma física, opressora, que não lhe permitia saber se estava acordado ou dormindo, se estava em seu próprio quarto — Ana ao seu lado olhando para o teto, contando as filigranas da moldura de gesso a pedido do Transtorno — ou em qualquer outro, ouvindo um rumor, como se alguém zanzasse pela sala, um gotejar vindo das paredes muito parecido com o murmúrio da descarga que acionou pouco antes de se enfiar no chuveiro. Acordou três vezes antes de levantar, em uma tendo certeza de que Guilherme estava sentado na sua escrivaninha, na outra tendo certeza de ter ouvido passos na sala, e na terceira se dando conta de que havia deixado seu blazer numa cadeira e provavelmente a sombra dele, por cima de um casaco de camurça de Guilherme, provocara toda aquela alucinação.

Ainda não há luz nem comida no apartamento. O banho gelado no clima frio lhe encolhe todo o resto do corpo embaixo d'água. É tão inconveniente quanto a necessidade de voltar ao café lá embaixo e ser servido por aquela mulher que parece vigiá-lo do balcão, mas a perspectiva de se livrar de uma manhã inteira de ressaca o faz permanecer no chuveiro por mais tempo do que gostaria. Precisa se recompor. Precisa sair e comer alguma coisa. Poderia ficar e dormir mais um pouco. Talvez esperar pessoalmente a companhia de energia mandar algum funcionário para religar a eletricidade e assim se livrar de falar com Elias, o síndico, para que os recebesse por ele. Mas está comendo mal desde que chegou. Sente-se ainda quebrado por dentro. Precisa definitivamente de outro café da manhã reforçado.

Bate na porta vizinha antes de pegar o elevador. Espera alguns instantes sem ouvir nenhum barulho. Aperta a campainha. Nada. Ou Elias não está no apartamento ou não pretende receber ninguém. Desce pelo elevador e, pela primeira vez, cruza com outros moradores do mesmo prédio. Duas jovens de idade próxima à de Guilherme também estão descendo, ambas vestidas de preto. Uma delas tem um alargador tão avantajado no lóbulo da orelha que, pelo buraco, Ricardo é capaz de ver o reflexo do próprio colarinho no espelho da cabine. O colarinho não está bem dobrado. Ricardo o ajeita no pescoço, tentando evitar a visão do lóbulo que parece uma excrescência em volta da joia, um pedaço de carne morta preenchida de prata. Desvia o olhar para a outra jovem, mas também no rosto dela vê mais metal do que pele, e tatuagens, e finge olhar o chão. Elas se dão as mãos como se o desafiassem.

Apertam-se os três ali por cinco andares até que o elevador se abre e Ricardo desce. Ainda de costas, dá dois passos para trás para dar passagem às moças. Elas retribuem o gesto de educação deformando seus semblantes já deformados, e Ricardo só compreende a distorção daquelas expressões — e compreende que a careta não é dirigida para ele —, quando se vira e pela porta de vidro vê Elias no corredor, embrulhado em um moletom, de cócoras regando os vasos de plantas do jardim. A moça do alargador puxa a outra pelo braço. Estão claramente evitando o síndico, que está meio curvado, molhando os galhos de um fícus e espiando por dentro das folhas, com o nariz metido ali como se procurasse por algo ou fosse um cão que farejasse um arbusto. Ricardo segura a porta de vidro quando elas passam. Cumprimenta o síndico enquanto elas se vão.

"Bom dia, seu Elias."

Elias se volta a tempo de ver as duas moças abrirem apressadas o portão de ferro e saírem. Descansa o regador no chão e prageja para si mesmo.

"Que falta de respeito desses tipos", balbucia, ajustando os óculos no rosto, ainda sem olhar para Ricardo. Depois se levanta e responde. "Bom dia." Não estende a mão, meio molhada e suja de terra, a Ricardo, que fica contente por não ter que apertá-la. "Alguma novidade do garoto?"

Ricardo evita responder diretamente. "Olha, precisarei ficar fora cuidando de algumas questões e não sei se estarei aqui quando a companhia de energia chegar para religar a eletricidade..." Elias limpa as mãos com um paninho que guarda no bolso lateral do moletom. Seu topete se ergue da cabeça, arrogante e sem autoridade. "Tomei a liberdade de dar também o número do apartamento do senhor caso eu não esteja, se o senhor não se importar de recebê-los." Elias tira um saco plástico do outro bolso do moletom. "Sem problemas", ele diz, "desde que eu também esteja por aqui quando eles aparecerem."

Ricardo agradece com um sorriso falso e se dirige ao portão de ferro.

"O senhor está tendo dificuldades com o trinco lá em cima?", ouve Elias perguntar atrás de si, enquanto vai embora.

Estanca o passo.

"Por que o senhor pergunta?", Ricardo se reaproxima de Elias, que agora apanha as folhas secas do chão com o saquinho plástico.

"O senhor ontem demorou a abrir a porta, de madrugada."

Ricardo não se lembra.

"Desde que arrombaram que ela está daquele jeito", Elias diz.

Da história do arrombamento, narrada pelos amigos de Guilherme, Ricardo se lembra. É uma história malcontada, que ele tem a oportunidade de testar.

"O que o senhor sabe sobre isso?"

"Nada, só estou dizendo."

Ricardo conhece o método. Sabe que as observações do síndico não estão sendo feitas à toa. Não tem paciência com esse tipo de atitude, mas se obriga a ouvi-lo por causa do favor que lhe pediu. "Eles nunca se entendiam com essa questão das chaves, sabe", diz Elias, voltando a se curvar sobre o fícus.

Ricardo respira fundo.

"Me dei conta de que não perguntei ao senhor até agora se o meu filho lhe causou algum tipo de prejuízo, digamos... pessoal."

"A mim?", Elias se sobressalta como se tivesse sido cutucado. "A mim, nenhum específico, quero deixar isso bem claro." Volta a remexer nos galhos da planta. "Mas não nos dávamos, como não me dou com aquelas moças, falei isso para o senhor desde o princípio." Elias olha para Ricardo como se aguardasse por uma réplica que não vem. Ricardo não precisa perguntar por quê, pra saber exatamente a razão pela qual Guilherme não se dava com Elias. A razão pela qual as moças não se dão com Elias. A razão pela qual Ricardo também não se dá. Três dias no prédio e já compartilha com o filho essa implicância. Ricardo e Guilherme, tão diferentes, enfim se igualando e se entendendo e se aliando no ódio por alguém. Nada como um mal comum para aliar dois inimigos. "É o problema desses jovens de hoje, o senhor compreende", Ricardo encosta-se no portão para ouvir. Elias amarra o saquinho cheio de folhas com dois nós apertados. "As duas garotas que passaram, o senhor viu. Uma delas mora aqui e estuda aqui perto. Tem muito estudante nesse prédio, o senhor vai ver, mas muita gente de bem, também. O problema são as companhias que eles escolhem, senhor Ricardo, as companhias que eles arranjam e que trazem pra cá."

Ricardo desencosta do portão, que trepida por alguns segundos.

"Guilherme trazia amigos pra cá?"

Elias ergue a palma da mão em sua defesa.

"Não quero me meter nesses assuntos."

Ricardo está a ponto de perder a paciência.

"Alguma coisa que o senhor saiba que possa ter a ver com o sumiço dele?"

A porta de vidro adiante se abre e outra moradora aparece no corredor. Uma senhora da idade de Elias, que caminha com dificuldade, se apoiando em uma bengala. A bengala tem a forma da interrogação que permanece suspensa entre os dois homens.

"Bom dia, dona Carmen", Elias toma a frente de Ricardo e abre o portão.

Ricardo está convencido de que será ainda muito longa e dramática a jornada da tal dona Carmen até o portão para que ele já esteja sendo aberto, e como para comprová-lo, a velha se detém diante das primaveras de um vaso por segundos intermináveis. O mundo cochila na ponta de sua bengala e o verão chega até que dona Carmen se lembre de que ainda há vida sobre a face da terra. Dá um suspiro convulso que lhe devolve o vigor e finalmente abre a boca, quando os dois homens já haviam perdido as esperanças.

"Essas primaveras parecem que vão demorar a florescer esse ano, não é?"

Elias se anima. "Até o fícus anda meio estranho nesse climinha, dona Carmen."

Ricardo dá um bom-dia que poderia soar como um parabéns pelo feito, quando a velha alcança o portão. Ela aperta os olhos como se tentasse reconhecê-lo. Depois mexe a cabeça de jabuti num meneio incompreensível e sai.

"Então", Ricardo não perde tempo em dizer. A sua inquietação aumentou com a pausa forçada da conversa. Sente sede. Uma dor começa a brotar desde as têmporas, irradiando para o resto do crânio. É a ressaca, pensa.

Elias força outra pausa. "A dona Carmen..."

"O senhor quer falar alguma coisa sobre o meu filho?", Ricardo corta, olhando bem nos olhos de Elias.

"O casal que morava aí antes", Elias desvia o olhar, desapertando os nós do saco. "O senhor falou com eles?"

"Sim, ontem."

"Eles devem ter dito tudo pro senhor, então", Elias tira o ar de dentro dos sacos e volta a atá-los. "Prefiro não me meter nesse assunto."

Ricardo desiste de fingir.

"Já se meteu e também prefiro que não se intrometa mais", diz, sacudindo o portão até abri-lo. "Vou tentar fazer menos barulho quando chegar mais tarde pra não perturbar seu precioso sono, seu Elias." O síndico permanece de cabeça baixa. "Até mais ver."

Ricardo deixa o prédio e o tempo perdido com o síndico para trás. Tudo o que precisa é de um espresso bem forte. Como nos outros dias, o Vila França está com a maioria das mesas livres, mas se senta pela primeira vez ao balcão e pede uma xícara antes mesmo de olhar o cardápio, antes mesmo de cumprimentar a atendente do café. Ela é quem lhe dá bom dia e lhe serve sem demora. Pergunta se não quer nada para comer e Ricardo pede um pastel de forno apontando para a estufa diante dele. O pastel termina na metade do café. A mulher não o olha mais como da primeira vez, talvez pela proximidade do balcão. Fica ajeitando a louça. Ricardo pede outro pastel de forno devolvendo o prato ainda limpo, não fossem as migalhinhas secas do salgado que acabou de abocanhar.

"Pode servir nesse aí mesmo", Ricardo diz, quando ela troca de prato.

Depois de servido o segundo pastel de forno, a mulher fica mexendo nos salgados da estufa. Finalmente resolve falar.

"O senhor falou no outro dia que era da Paraíba", pergunta em tom afirmativo.

"Sou, sim", Ricardo confirma.

Pede o seu segundo espresso.

A atendente do café deixa a estufa de salgados aberta e vai à máquina servi-lo. Ricardo constata que se esqueceu de trazer a bolsa, a agenda e o mapa que rotineiramente tem consultado durante o café da manhã. Apanha uma das folhas do jornal que está ao seu lado para se distrair. Quer ver se consegue reconhecer o nome do teatro em que Guilherme se apresentava nos endereços da programação cultural. A mulher deixa o segundo espresso no balcão.

"Muita gente de lá vem pra cá."

"Parece que sim", Ricardo diz, folheando o jornal.

"Não", ela diz. "O senhor não entendeu." Ricardo olha para ela por cima das manchetes. Está com o mesmo olhar que lançou para ele da primeira vez. "Eu falo daqui perto mesmo. Do pessoal do bairro."

E então tudo se explica.

"Tem um casal e um rapaz inclusive...", ela não chega a completar a frase para que o seu efeito se faça notar em Ricardo.

"A senhora conhece meu filho?", ele pergunta perplexo.

A mulher fecha a estufa de salgados e abre um sorriso surpreso. "Eu bem que achei a mesma cara desde que o senhor entrou, dia desses."

"Guilherme", Ricardo larga o jornal de lado e se endireita na cadeira. "É dele que a senhora está falando?"

"Guilherme, sim. Guido. Os vizinhos aqui do lado. O prédio verde, eu acho. Eles sempre vêm aqui. Ele até já me ajudou aqui um tempo. O senhor então que é o pai dele?"

"Ele tem vindo aqui?", Ricardo pergunta, mas uma cliente estende a mão de uma mesa atrás dele e a atendente do café, que agora ele desconfia ser a dona do estabelecimento, é obrigada a se interromper. Pede licença e contorna o balcão. "Tenho que ir até lá anotar o pedido. Já falo com o senhor", ela diz e Ricardo paralisa, incrédulo. Vê a mulher caminhar contornando as mesas e não consegue se perdoar por não ter pensado desde o princípio naquela obviedade: que Guilherme, por morar tão perto, devia frequentar aquele café. Uma obviedade tamanha, mas que, afinal, não queria dizer nada. Guilherme provavelmente andou por todas as ruas do bairro em que morou e que Ricardo, agora, tenta percorrer atrás dele, confundindo suas direções no mapa.

Em algum momento da sua vida em São Paulo, entrou nos mesmos lugares em que o pai, agora, precisa entrar seguindo o seu rastro. No café, na loja de telefones, no supermercado, no videoquê. E no que isso ajuda em sua busca? O que pode fazer Ricardo com essa informação? Andar com uma fotografia do filho no bolso e sair mostrando para cada pessoa que vai encontrando no caminho, perguntando se alguém o conhece, se já o viu ao acaso por aí? Colar cartazes nos postes como se o filho fosse um cão que se perdeu na esquina de casa? E o que alguém como aquela mulher pode dizer sobre Guilherme? Não fosse essa informação nova e absurda, de que o filho trabalhou com ela, aquela mulher não devia saber de Guilherme muita coisa além da sua origem, já implícita em seu sotaque. Não teria trocado com ele mais que algumas palavras como as que dizia agora à cliente da mesa, sobre o tamanho das porções de pão de queijo ou sobre a data de fabricação das tortas expostas nas bandejas perto de Ricardo.

A dona do café se demora explicando os itens do cardápio e Ricardo se esforça para imaginar o filho fazendo o mesmo trabalho, usando o mesmo avental que se agarra ao corpo da mulher, os cabelos lisos dele (será que ele vinha cortando ou insistia em mantê-los fora de controle?) presos como os dela naquela espécie de redinha ou, pior, para além da linha dos ombros, amarrados, um filho seu fracassando numa fantasia de serviçal, anotando pedidos, servindo mesas, engordando um salário de fome com os dez por cento calculados de um copo de pão de queijo e um suco de laranja, que é o que acaba pedindo a cliente depois de todo o seu prólogo verificando o preço de cada item do cardápio, e a procedência de cada ingrediente.

Um filho prestes a se formar num dos melhores cursos de uma universidade pública, tendo vencido uma concorrência no vestibular que ele mesmo, Ricardo, jamais teria conseguido bater sem ter estudado em colégios particulares como Guilherme estudou. O que, meu Deus, o que podia ter dado tão errado na nova vida daquele menino para ele se submeter àquilo depois de tanto esforço dos pais?

"Então o senhor é o pai do Guilherme?", a dona do café retorna para trás do balcão e cala os pensamentos de Ricardo.

"Ele tem vindo aqui, a senhora falou?"

"Faz um tempo que não vem. Pensei que tinha voltado lá pra terra dele, digo, de vocês... Por quê? O que há com ele? Está tudo bem?"

"Sumiu. Não dá notícias há uns três meses. Vim até aqui procurá-lo."

"Três meses? Tanto tempo assim?"

Ricardo assente. A mulher se vira para preparar o pedido.

"Você falou que ele trabalhou aqui?"

"Sim", ela diz de costas, acionando uma máquina com laranjas no topo. Pela barriga transparente daquela geringonça, Ricardo vê as frutas serem digeridas, os bagaços indo parar em alguma parte oculta da máquina e o suco escorrendo direto no copo, fluído e amarelo como a urina que derramou ao acordar. "Na verdade foi mais um teste de um mês. Ele estava precisando de dinheiro, e eu de ajuda." Assim que a mulher diz a frase, parece se arrepender. Volta-se para Ricardo. "Ele sempre vinha aqui e a gente conversava, sabe? Um dia ele perguntou se eu não precisava de alguém pra ajudar com o movimento, e eu pensei: por que não? Mas eu sabia que seria temporário. A coisa dele era outra. Ele disse que a família dele..."

"Isso faz quanto tempo?"

A mulher coloca os pães de queijo no micro-ondas. Um freguês se aproxima e pede a conta. Ricardo aguarda impaciente a resposta. "Foi no começo do ano." Ela mexe no computador, imprime uma nota. Depois recebe o dinheiro do freguês, devolve o troco. "Veio mais vezes depois. O casal amigo dele é que não apareceu mais. Se mudaram, não foi isso?"

"Sim, estive com eles ontem", Ricardo diz. Sente-se desconfortável por estar tendo essa conversa em meio à rotina do café. A mulher pede licença, leva o pedido para a mesa, e Ricardo vai até o banheiro. Pretende demorar ainda um tanto, esperar que as mesas se esvaziem um pouco para conversar com calma com a dona do café. Ao voltar, a atmosfera está mais tranquila, mas outra pessoa ocupa o seu lugar ao balcão. Ele se senta duas cadeiras adiante.

"A senhora se importa se mais tarde eu voltar e fizer algumas perguntas", Ricardo fala baixo, mas não pode evitar que o homem ao lado ouça a frase.

"Claro. O movimento é um pouco menor à noite. Mas...", a mulher hesita. "Alguma coisa aconteceu com ele? Como assim ele desapareceu?"

Ricardo não saberia como explicar. "Não", ele diz. "Já aconteceu outras vezes. Mas a gente se preocupa, a senhora sabe..."

"Meu nome é Sônia, a propósito, o senhor..."

"Ricardo." O homem no balcão finge ler o jornal e não ouvir a conversa.

"Senhor Ricardo, não sei o que dizer", ela limpa o jogo americano à frente do novo cliente e substitui o prato e os talheres. "Conversamos algumas vezes, mas não sei de muita coisa."

"Qualquer coisa ajuda", Ricardo diz, e pede que ela feche a conta. Paga-lhe um pouco a mais e dispensa o troco. Ela sorri desconcertada e agradece pela gorjeta. Ricardo já não sente a dor de cabeça. Volta ao apartamento para apanhar a pasta e se embrenhar outra vez no metrô. Tem um pressentimento. Pela primeira vez, uma pista foi ao seu encontro — e ele mal precisou se afastar de casa.

13.

RICARDO E ANA CHEGARAM algumas horas depois do previsto porque a primeira viagem de carro foi enjoativa para Gustavo, que vomitou a Belina inteira no meio do caminho. Ricardo tinha dado umas palmadas no filho por não ter avisado do desconforto, não dando tempo de encostar o carro ou levá-lo até a janela, para presentear a ramagem do acostamento com o adubo do café-da-manhã que botou para fora. Pelo que podiam entender Renato, Miriam e Guilherme, que se pendurou na mãe assim que a avistou, parte da estrada até João Pessoa foi vencida ainda com o miasma intestinal do mais novo no piso, dançando de um lado para o outro nas curvas, enquanto Ricardo maldizia Gustavo, e Ana tentava defendê-lo.

"O menino não tem culpa de não ter controle do próprio organismo", repetia Ana na frente dos cunhados, se abaixando para olhar Guilherme de frente, do jeito que as mães fazem sempre que julgam terem passado tempo demais apartadas dos filhos.

"É, mas *você* tem culpa de ter dado toda aquela porcaria para ele comer antes da viagem", acusava Ricardo, cumprimentando o irmão com o abraço que os dois costumavam trocar — sem um completo enlace, a lateral da pélvis se tocando em um choque que lembrava um violento brinde.

"O importante é que vocês chegaram bem", apaziguou Miriam, agarrando Gustavo nos braços e confundindo seu amuamento com a permanência do mal-estar. "Ainda tá enjoado, Guto? Conta pra tia."

"Não se preocupa, Miriam, a gente parou numa farmácia pra comprar um remédio pra ele", disse Ana, sem largar do mais velho.

"E pra tentar limpar o carro antes de chegar aqui, que ainda tá podre", completou Ricardo. "Esse aí deu trabalho?" Aproximou-se de Guilherme. O abraço que trocaram também foi uma réplica daquele trocado com Renato, à diferença que, com a sua altura, Guilherme só conseguiu dar uma ombrada na perna do pai, enquanto Ricardo dava batidinhas com a mão no outro ombro do filho.

"Guido não dá trabalho nenhum, Ricardo", respondeu o irmão. "Até o cachorro que não é de latir faz mais barulho que ele."

Floquinho tinha sido tosado naquela tarde. Ao ver as visitas chegarem, tinha se comportado como uma bola desencapada, tabelando velozmente nas canelas de todos, mas agora voltava a exibir o ar circunspecto que assumira durante toda a tarde, uma casmurrice de quem parecia compreender que o privaram dos principais atributos de seu orgulho poodle.

O jantar foi servido quase que imediatamente por Miriam, que tirou do forno a travessa de panquecas preparada por Zefa — a empregada que, conforme Ana notou, ela chamava de "secretária". Miriam servia a comida com a mesma urgência e os mesmos panos quentes que punha nas rusgas entre Ricardo e a esposa. Ainda em ritmo de viagem, Ricardo fazia críticas ferrenhas à polícia rodoviária — "Eles só não me pedem propina na cara de pau porque veem o adesivo da universidade e acham que sou algum tipo de autoridade". E reclamava com Ana quando ela insistia em que Gustavo comesse alguma coisa — "Isso, entope ainda mais o menino e faz ele vomitar a casa dos outros agora."

Em nenhum momento, a conversa se voltou para os exames de Guilherme, que comia em silêncio entre os pais. Gustavo passara para o colo da tia no meio do jantar e gradativamente Miriam foi quebrando sua resistência. A mesa se dividiu em dois polos, com Ricardo e Renato seguindo a pauta enfadonha do retorno das férias ao trabalho, em um país em que ninguém trabalhava antes do carnaval. Gustavo tagarelava sobre a viagem para uma plateia formada pelos olhos verdes da tia Miriam, pelo irmão mais velho a quem tentava despertar inveja, e pela mãe, que pontuava a narrativa.

As bagagens só foram retiradas do carro depois do jantar. A Belina exalou um bafo fétido e os adultos instantaneamente cobriram os narizes com as mãos. "Acho melhor você deixar as portas abertas pra arejar um pouco por essa noite", sugeriu Renato. "Não tem perigo de pularem o muro?", Ricardo perguntou. Seu toca-fitas tinha sido roubado em um feriado e desde então ele andava meio neurótico. "Vizinhança tranquila, Riquinho. Pode deixar."

Renato foi mostrando a casa para Ricardo, levando a mala do irmão. Foi subindo as escadas até o primeiro andar onde Guilherme estava acomodado, falando da dificuldade em fazer o mestre de obras entender o projeto da casa que ele mesmo tinha desenhado com Miriam — um pequeno capricho a que o casal se dava o luxo depois de passar os primeiros anos de casado vivendo de aluguel em um apartamento de sala, quarto e cozinha.

"O sujeito dizia que não dava certo um outro quarto aqui e eu perguntava: 'mas quem vai morar na casa afinal, o senhor ou eu?'"

Ricardo e Ana dormiriam na cama de casal em que Guilherme passou as noites, e Miriam havia colocado um outro colchão de casal para que Gustavo e Guilherme se acomodassem junto aos pais. O aroma dos lençóis limpos se sobrepôs à lembrança olfativa da Belina e despertou uma vaga nostalgia em Guilherme da própria casa, cuja distância não parecia tão pavorosa até a chegada dos pais. Guilherme havia gostado da semana que passou na casa dos tios, não tenha dúvida. Mas nas vezes que falou com a mãe, quando Miriam lhe passava o telefone, sentiu menos saudades do que imaginou que iria sentir quando partiu para aquelas férias. Só que agora os pais e o irmão estavam com ele no quarto e tudo o que restava para sentir saudades era a casa — e Guilherme quis se ver de novo diante de seus brinquedos, de sua escrivaninha onde podia trabalhar nos desenhos e organizar os brinquedos que Gustavo não tivesse quebrado.

Por que esse sentimento surgia justo quando Ricardo calçava suas sandálias para tomar um banho na suíte, Ana organizava a mala e Gustavo pulava no colchão de casal, testando suas molas, Guilherme simplesmente não sabia dizer o motivo. Sentiu-se culpado por estar finalmente com a família e não querer estar onde estava. Por se pegar olhando para eles e se sentindo diferente demais de cada um, sem compartilhar de uma história comum dos poucos dias que passaram longe um do outro e que ele ainda não tinha conseguido resumir para ninguém. Queria falar da visita ao trabalho do tio, da visita ao trabalho da tia, das explorações com o cachorro no quintal e até da terrível tarde no consultório, fazendo o exame de vista. Mas não conseguia. Afundou o rosto no travesseiro e ficou sentindo o cheiro da fronha, de olhos fechados, ouvindo o gotejar de Ricardo no banheiro e aspirando o ar até que se sufocasse com todos aqueles pensamentos confusos e com toda aquela lavanda. Um pisão de quinze quilos nas costas o fez expulsar qualquer coisa muito densa dos pulmões.

"Guto, deixe o seu irmão em paz."

O caçula pulava nas costas do mais velho. Gustavo não o deixaria dormir tão fácil. Não com o pai fora do quarto.

"Filho, você procurou ser *educado* com seus tios esses dias, não procurou?"

"Procurei, mãe."

"A tia disse que amanhã a gente vai pra praia", Gustavo guinchou, se intrometendo na conversa. "Amanhã a gente vai pra praia?"

"Vai, filho."

Ana se aproximou dos dois meninos e os cobriu com os lençóis que estavam caídos no chão, depois da balbúrdia de Gustavo.

"E eu vou poder chupar sorvete?"

"É *tomar* sorvete. Vai, sim. Depois da gente ir buscar os óculos do seu irmão."

"Guido vai usar óculos?"

Então Gustavo também não sabia.

Iam começar agora os apelidos, Guilherme tinha certeza.

"Eu também vou usar?"

"Mas por que você ia querer usar óculos?"

Gustavo olhou para Guilherme, mas o mais velho já tinha se enrolado completamente, deixando apenas o nariz de fora, como um bicho da seda enredado na própria crisálida. Era assim que se sentia protegido. Ana deu um aperto carinhoso no nariz do caçula, que deu de ombros para a pergunta. Nesse momento Ricardo saiu do banheiro vestido apenas com uma cueca samba-canção, deu um espirro estrondoso e fétido, e se deitou na cama pegando uma revista achada na cômoda do quarto.

"A gente arranja uns óculos escuros pra você na praia", disse Ana a Gustavo, e deu boa noite aos filhos.

Por causa de seus novos hábitos, Guilherme acordou antes dos pais e do irmão. Emergiu da massa brumosa de um pesadelo em que Zefa o sacudia para ir ao médico repetir os exames, e deu de cara com o dedão do pé de Gustavo, que durante a madrugada tentou roubar o seu lençol e trocou o lado da cama, sonâmbulo. Guilherme viu o pai roncando de barriga para cima, com um braço pendendo pelo estrado de madeira, a mão tocando a revista Manchete aberta no chão, a capa com Didi carregando Xuxa nos braços balançando, impelida pelo ventilador que dançava na atmosfera rarefeita do quarto. Era um sábado quente na capital. De onde estava, só podia ver o peito nu do pai e o ombro da mãe despontando atrás, a alça caída do baby doll e a pele refletindo uma nesga de sol que entrava por um basculante.

Do andar de baixo, ouviu os primeiros barulhos de louça e deduziu que o café só estava começando a ser servido. O zunido do ar-condicionado dos tios, no andar de baixo, ainda podia ser ouvido lá fora, então ainda não era preciso chamar ninguém. Podia simplesmente se virar e dar outro cochilo, mas pouco depois de tirar a preguiçosa conclusão, uma bica escorreu do chuveiro na suíte do banheiro e Guido instantaneamente ergueu o pescoço para constatar que a mãe não estava mais ali ao lado do pai, que agora formava um quatro com as pernas, ocupando toda a cama, se abraçando com o travesseiro de Ana.

Guilherme sempre achou desafiador ver o pai dormindo. Lembrava-se de um trecho da história de João e o pé de feijão que Ana lia para ele quando era mais novo, o pequeno camponês encontrando o gigante desprotegido no leito, ressonando pesadamente. Ficava impressionado ao ver o quanto o pai parecia indefeso durante o sono, toda a sua truculência física reduzida ao resfolegar de um aspirador de pó que tragava tudo ao redor e depois expirava, por vezes besourando o ar como uma criança testando o domínio recém-adquirido dos próprios lábios. Ana saiu do banho com uma toalha enrolada no corpo e outra em um turbante na cabeça, um beduíno que flagrou o filho em transe matinal, pastorando o sono do pai em meio a bocejos e um esfregar incessante de olhos.

"Bom dia, filho", disse ela, sussurrando. "Trate de se arrumar que nós dois vamos pegar os óculos com sua tia antes que todo mundo se acorde pra ir à praia."

Guilherme despertou instantaneamente e se levantou, tentando tirar o peso dos calcanhares e depositar na ponta dos pés. Deu um passo à frente e passou por cima de Gustavo, que dormia de lado, com as mãos embaixo do travesseiro. Lembrou-se de uma superstição deles dois: se um passasse por cima do outro estariam "enguiçados" e alguma tragédia iria se abater sobre a família (quase sempre o temor era pela morte da mãe). "Desenguiçou" então o irmão, retrocedendo e saindo de lado. Tomou seu banho quente (em casa, os pais não deixavam usar o chuveiro elétrico, mas Guilherme tinha horror à água fria mesmo em um clima de praia) e vestiu uma muda de roupa limpa que a mãe tinha trazido na mala de viagem — os quites que ela preparara tinham sido todos usados, um deles repetido devido a um imprevisto com a sujeira do cachorro no quintal.

Desceram as escadas com a mãe enfiando a blusa de Guilherme na bermuda. Odiava ser "ensacado", como ele chamava, e tinha se habituado à frouxa vigilância dos tios, que pouco se importavam se ele estivesse com a blusa para dentro ou para fora. Não foi mais de uma vez, inclusive, que a própria Miriam pedira para o sobrinho tirar a camisa, seguindo o exemplo do tio que só andava de calção dentro de casa, devido ao calor. Encontraram Miriam no pé da escada com Floquinho em uma coleira, aparentemente voltando do seu passeio diário. Miriam tirou a guia da coleira e devolveu o cachorro para dentro do quarto, onde o ar-condicionado funcionava e Renato ainda dormia. Ana e Guilherme sentiram na pele a brisa fria que vinha lá de dentro.

"Dormiram bem?", ela perguntou, amortecendo a porta ao fechar. "Aposto que não. Eu já disse mil vezes pro Renato instalar um ar lá em cima também."

Guilherme sentia o pinicar do tecido da roupa na bunda.

"Que nada, Miriam. A casa de vocês é ótima. E lá em cima bem que é arejado, só o ventilador já resolveu", disse Ana, mentindo. Estava acostumada ao friozinho do interior, nunca tinha precisado ligar um ventilador dentro de casa em Moreno.

"E você, Guido, pronto pra mudar de visual hoje?"

Guilherme estancou no primeiro degrau da escada e encostou languidamente na mãe, articulando um bom-dia para a tia.

"A gente toma um café rapidinho e corre pra buscar os óculos", disse Miriam, conduzindo até a mesa que estava pronta perto da escada. "Mandei Renato dizer que a gente ia comprar umas coisas antes no supermercado. Ricardo ainda não sabe, né?"

"Não. Acha que Guilherme ficou só de férias aqui."

"Pois vai ter uma *baita* de uma surpresa e tomara que se dê conta do quanto foi injusto com ele todo esse tempo. Dois e meio de miopia e um e setenta de astigmatismo, Ana. Ricardo achava que o menino vivia nas nuvens, mas nuvens são tudo o que ele consegue enxergar."

Ana também se sentia culpada. Não sabia exatamente qual seria a reação de Ricardo quando descobrisse que ela e Miriam agiram pelas costas, cuidando sozinhas dos assuntos dos exames e arranjando um par de óculos para o menino sem nem consultá-lo para nada. Seguia o plano que as duas combinaram ao telefone por pura inércia, porque não tinha achado jeito de contar do problema de visão do filho com o espírito embotado pelo remorso. Na noite em que falou com Miriam pelo telefone, sentiu-se negligente com o filho e com todos os sinais daquela miopia que a cegueira *dela* não foi capaz de interpretar corretamente. Até Miriam — que nem parente de verdade do filho era (e o que era pior: nem *mãe* dele era) — entendeu as pistas que estavam debaixo do seu nariz na hora, como se matasse uma velha charada.

O Guilherme indolente, das notas baixas, das reuniões de pais e mestres, dos impropérios que o pai gritava enquanto o surrava, não poderia mesmo ser o *seu* Guido. Aquela constatação, porém, não conseguia nem aliviá-la, nem dar a coragem necessária para contrapor-se a Ricardo e provar que estavam errados. Em vez disso, no seu remordimento, passara a ignorar o marido instintiva e solenemente. Sua presença na casa só lhe lembrava da ausência de Guilherme e do sentimento de injustiça despertado pelo destino do filho. Pela lembrança funesta das surras, aquelas com a fivela do cinto que tilintava sempre que Ricardo caminhava no quarto, com os botões da camisa abertos e as calças semiarriadas. Ricardo confundia o comportamento estranho de Miriam com as saudades do filho mais velho, e só confirmava sua teoria de que o apego dos dois era a grande razão das catástrofes e da derrocada precoce de seu casamento (algo que, do casal, aparentemente só ele estava a par).

Guilherme tirara férias da família, mas a família não tinha como tirar férias de Guilherme. Ana compensava a falta do seu xodó mimando o caçula. Aquela compulsão ardorosa da maternidade, aquele instinto de bicho, era a única forma que encontrava para preencher o rombo imenso da falha com Guilherme. Mas Ricardo não podia entender assim porque não sabia de nada — para ele, a mulher só mostrava, dia após dia, noite após noite, que jamais seria uma esposa à altura da mãe dedicada e abnegada que demonstrava ser. Isso quando sua necessidade desesperada de agradar os filhos não a levava a extremos como o da sexta-feira, quando empanturrou Gustavo com guloseimas no início da viagem e o menino a presenteou com jatos e mais jatos de uma bile envenenada pelas sobras dos doces do fim do ano, da mesma cor dos últimos dias em família.

Se era para Ricardo se revoltar ou finalmente entender que tudo estava acontecendo por causa da falta daqueles malditos óculos, que fosse quando eles já estivessem na cara do filho e nada mais pudesse ser feito a respeito.

Terminaram o breve café da manhã com frutas e o cuscuz com leite que Zefa trouxe da cozinha. Seguiram para a garagem, onde a Belina de Ricardo descansava com seus vidros abertos ao lado do Escort de

Renato. O cheiro de vômito estava mais brando. Mal puderam senti-lo no caminho até o portão já aberto, onde Miriam habilmente manobrava o Escort, livrando-se da traseira descomunal do outro carro, saindo da garagem com destreza.

"Nossa, Miriam, onde você aprendeu a dirigir desse jeito?", perguntava Ana, que mal sabia guiar uma bicicleta, e que jamais tinha encarado uma rua com o pouco que sabia dirigir. Das vezes que assumiu o volante, no campo de aviação desativado perto de casa, foi vítima do escárnio e da impaciência de Ricardo.

"Já sei guiar há algum tempo, Ana", respondeu Miriam. "Mas tirei a carta faz pouquinho."

No banco traseiro, Guilherme sentiu orgulho de Miriam e pensou em como as coisas seriam diferentes se a mãe soubesse dirigir e fosse ela, e não a tia, quem o tivesse levado para todas aquelas consultas. E para escolher a armação de óculos que felizmente ele havia achado bonita, mas tinha receio de que não combinasse com seu rosto, o que era preocupante tendo em vista que não teria previsão de tirá-la. Dos fragmentos de conversa do médico, as que conseguira entender, Guilherme sabia que os óculos só fariam seu problema de ver de longe e de perto estacionar — se muito diminuir —, mas resolver... nunca, jamais. Havia inclusive a possibilidade de aumentar com o crescimento. Em suma, usaria óculos pela vida inteira.

"Vou procurar um lugar para estacionar, vocês podem ir adiantando e pegando os óculos primeiro", disse Miriam quando chegaram ao centro, entregando a Ana o canhoto da ótica e deixando Guilherme e ela na frente da loja. Os dois desceram apressados. Uma fila de carros já se formava atrás do Escort, motoristas que na certa também queriam resolver as pendências da semana até a hora do almoço, quando o comércio fechava e todo mundo podia enfim curtir a praia. "Vocês me encontram aqui mesmo, depois", gritou a tia Miriam já com o carro em movimento.

Guilherme segurou a mão da mãe.

"É essa ótica aqui mesmo, filho?", Ana conferia o símbolo impresso no canhoto e a fachada da loja.

"Acho que é. Eu não estava vendo direito por causa das gotas que botaram nos meus olhos", disse Guilherme, desnorteado com as três outras óticas vizinhas, todas iguais, com armações de óculos se apinhando umas nas outras.

"Então vamos."

Entraram na loja. Mas, diferente da primeira vez em que esteve ali, ninguém ofereceu picolés ou copos d'água para Guilherme. Ele permaneceu ao lado da mãe enquanto ela aguardou em pé, diante do balcão, que a mulher recolhesse o canhoto e abrisse uma gaveta, retirando dali uma série de caixinhas pretas com papéis presos a elas, com ligas de borracha.

"Será que é esta aqui? Vamos provar?", disse a mulher, que também usava óculos. Todos usavam óculos naquela loja: das modelos nas propagandas aos funcionários. Guilherme finalmente se sentou, mas Ana permaneceu de pé, atrás dele. Guilherme podia vê-la pelo espelho côncavo, a imagem como que se inclinando sobre ele. "Veja... se quiser eu incluo uma dessas correntinhas, é bom pra criança que brinca muito com os óculos no rosto, pra não cair."

Guilherme colocou os óculos e sentiu instantaneamente uma dor na parte de trás da cabeça.

"E então, filho, foi esse mesmo o que você escolheu?"

"Foi", disse Guilherme, apertando os olhos, tentando diminuir o desconforto. "Dói", reclamou, tirando as lentes e devolvendo para a caixa.

"É assim mesmo no início, mas logo você se acostuma."

Ana fez um gesto com a mão e a mulher do balcão lhe passou os óculos.

"Coloca de novo pra mãe ver."

Guilherme obedeceu.

"Parecem grandes pra você, Guido."

Os óculos deslizaram até o nariz e Guilherme os empurrou com o dedo indicador. A primeira manifestação de um gesto que, ninguém ainda tinha como saber, se tornaria um tique, a representação cinética da presença de Guilherme, um movimento repetido tantas vezes ao longo da vida que ele passaria a reproduzir até se estivesse sem os óculos, por distração.

"Deixa eu ajustar um pouco aqui na orelha", disse a mulher, tomando a armação e forçando as hastes. "Pronto... que tal agora?"

Guilherme apertou de novo os olhos. Quis tirar os óculos.

"Não, Guido. Deixe-os", ordenou a mãe. "Tente se acostumar."

Guilherme não viu a mãe pagar a conta. Provavelmente a tia Miriam já havia deixado tudo pago. Posicionava a mão diante das lentes e estranhava o que via. Os espelhos da loja de repente pareceram todos refletir a imagem de Guilherme e as duas rodelas enormes que agora circulavam sua cara. Ouviu a mãe cochichar alguma coisa com a mulher do balcão. (...) *lamento, mas foi exatamente essa a armação que ele escolheu* (...) Guilherme viu um carro como que passar em câmera lenta pela vitrine, tão nitidamente quanto se pudesse deixar um rastro atrás de si. (...) *é sempre bom levar no oftalmologista depois, só a título de precaução* (...) O mundo em volta de Guilherme adquiria uma nova densidade, um mundo maior e mais difícil de se assimilar, exigindo um esforço incomum que só podia ser a explicação daquela dor de cabeça.

"Vamos encontrar sua tia, filho?", disse Ana, agarrando a mão que Guilherme deixava livre enquanto com a outra mexia nas hastes dos óculos, na corrente que pendia até o seu pescoço e fazia cócegas na nuca. "E aí, como está se sentindo?"

"Estranho" — era a única palavra que lhe ocorria e a única palavra que disse quando tropeçou na entrada da ótica e a mãe teve que segurá-lo com as duas mãos, a bolsa onde tinha acabado de enfiar a caixinha dos óculos caindo até a dobra do cotovelo e se chocando com o corpo de Guilherme, que sorria desconcertado.

"Opa", Ana acudiu. "Acho que você vai ter que andar mais devagar até que sua vista se adapte a essa coisa."

Por um momento, Guilherme esqueceu de todo o ridículo que passaria na escola e conseguiu rir de sua própria trapalhada.

"Parece que abriu um buraco na minha frente, mãe."

Ana estancou o passo ainda nas imediações da ótica. Pensou que talvez fosse prudente esperar por Miriam e não tentar encontrá-la pelo quarteirão. Afinal de contas, foi o que tinham combinado, e não sabia onde ela tinha estacionado o carro. Ana não conhecia a capital nem tinham tido a precaução de combinar outro ponto de encontro com a concunhada além da frente da loja. Achara os óculos de Guido bastante exagerados, e se perguntava sinceramente quem iria se acostumar primeiro: se ele com os óculos ou ela com o novo rosto do filho. Mas Guilherme, que na noite anterior falara pouco, que desde que acordara não dera uma palavra, que até ontem odiava a ideia de usar óculos, agora se expressava como se as lentes tivessem o poder mágico de também desenrolar sua língua. Estava empolgado com a mudança e estava enxergando melhor, isso era o mais importante.

"Você lembra onde a sua tia estacionou da outra vez?", Ana perguntou a Guilherme, que girava sobre o próprio eixo, olhando os prédios como se os tivesse medindo.

"Longe", ele disse.

Ana teve pena de si e pena do filho. O compadecimento que a assaltara quando via alguém muito pobre com uma roupa nova ou um velho colega do trabalho muito querido, que apareceu de peruca no escritório antes de se aposentar. A armação não casava com Guilherme. Ele parecia um adulto precoce, seus óculos eram a solução de um problema para o surgimento de outro, uma inadequação da qual tinha dúvidas se o tímido Guido encontraria meios para escapar.

"Olha lá!", gritou Guilherme, um grito desproporcional como a buzina de um dos carros que Ana via se cruzarem atabalhoadamente nas várias pistas da longa avenida onde estavam.

"O quê, Guido?"

"A tia!", Guilherme apontava para a multidão que virava a esquina da calçada oposta. "Olha a tia vindo ali!"

"Onde, Guido? Não consigo vê-la."

"Ali mãe, tá vendo aquela árvore?"

"Ah."

Ana viu Miriam dar um tchauzinho, mas só a reconheceu por causa do aceno. Era muito provável que ela também precisasse fazer um exame de vista em breve e fosse acabar com um troço daqueles, tão grandes quanto os de Guido. Miriam se apoiou no tronco da árvore e esperou um carro passar para atravessar a rua.

"É impressionante, né, mãe?", disse Guilherme, com o sorrisinho meio sem graça de quando utilizava uma frase que não fazia parte do seu vocabulário. Uma palavra claramente roubada da gramática dos adultos.

"O que é impressionante, meu filho?"

"A árvore", disse Guilherme, desfazendo o sorriso bobo e assumindo um ar cândido de gravidade, de quem enxerga uma coisa pela primeira vez. "Como a árvore tem tantas folhas e como ela parece tão... colorida."

Ana sentiu um travo de angústia lhe enguiçar na garganta. Um engrolado de tristeza do tamanho de uma bola de gude que foi subindo e se liquefazendo, se espalhando pelo seu rosto e indo assumir a forma de uma lágrima que enturvou a visão da própria árvore — a imagem trivial de um tronco e uma copa, marrom e verde —, uma árvore como todas as outras, que foi se tornando borrada e imperfeita com as lágrimas, como as árvores que Guilherme desenhava em seus cadernos antes de usar os óculos. Como a lembrança que ele conservava de quando voltou para a casa dos tios e seu pai não se conteve, e foi o primeiro a zombar de seu horrendo par de óculos.

(Folha Ilustrada, domingo, 09 de março de 2008)

CRÍTICA
Solo Sagrado é grito de liberdade de Ivan Santino nos palcos
*Mário Tule**

Em seu livro *Adeus ao Corpo* (1999), o sociólogo e antropólogo francês David Le Breton afirma que o corpo "constitui um alter ego, um duplo, um outro si mesmo, mas disponível a todas as modificações, prova radical e modulável da existência pessoal e exibição de uma identidade escolhida provisória ou duravelmente". É esse contexto de radical plasticidade do corpo, submetido a uma identidade calcada na fluidez absoluta, que inscreve o projeto estético de Ivan/Vânia Santino no teatro. Conhecido dos palcos paulistanos desde os anos 1990, após três performances que o tornaram figura tão exaltada quanto execrada no circuito alternativo, Santino estreou recentemente na direção com *Solo Sagrado*, texto escrito e interpretado por ele que segue em cartaz no Recreio Cênico, sede de um grupo homônimo cujo núcleo duro ele pretende comandar.

Se, em sua passagem pelo Teatro Oficina, a arte andrógina de Santino enriqueceu o imaginário dionisíaco de Zé Celso de uma forma só comparável à de Cláudia Wonder, uma década antes, neste primeiro trabalho em que escreve, dirige e atua, o artista paranaense despe o seu corpo das poucas vestes dramáticas que já lhe foram impostas para desnudá-lo em um ritual em busca de sua própria linguagem, de sua autonomia. É possível afirmar que, enfim, Santino está verdadeiramente nu diante do público. Conseguiu dizer, de forma coordenada, o que parecia balbuciar em suas primeiras investidas artísticas.

Evocando lembranças da infância e de parte da adolescência vividas no interior do Paraná, no seio de uma família de imigrantes de diferentes ascendências, a peça narra o surgimento de Vânia, identidade que Ivan assume ao romper com a família e se estabelecer em Curitiba, nos anos 1980. A ação dramática transcorre nos bastidores da última apresentação de Vânia antes de partir para uma nova diáspora: agora para São Paulo, o "corpo-metrópole, muito maior do que eu, onde finalmente é possível ser mais de um sem deixar de ser eu mesma".

A questão de gênero é isomórfica para a peça: está expressa no conflito entre Ivan e Vânia, mas também está exposta na estrutura do monólogo — e é quase por pura convenção que se pode chamar *Solo Sagrado* de monólogo, dadas as rupturas formais que Santino propõe. Tensionando suas duas identidades e colocando-as em diálogo constante com os fantasmas de seu passado, Santino tenta dissecar todas as influências de uma formação pouco usual, que começa na tradição oral legada pelos avós, passa pelo transformismo que experimentou por curto período em boates de Curitiba, até o contato com o teatro de rua e as vanguardas que o conduziram, à revelia da crítica e do preconceito ainda vigentes, transpondo-as em definitivo para os palcos.

É possível entrever, entre as trocas de roupa que sinalizam fases da jornada de Vânia, vários pontos de contato entre a escrita de Santino e a dos encenadores que obstinadamente ele perseguiu: assim, a heroína que chega à cidade grande com uma fantasia de rainha da uva na mala é, sob o manto da caricatura, o arquétipo típico dos heróis de Antunes Filho, dispostos a enfrentar o mundo armado de suas utopias. Gerald Thomas, outra obsessão dos primeiros anos de Santino, aparece como referência sob as vaias de uma plateia imaginária na cena da masturbação com a navalha. O apadrinhamento de Zé Celso fica evidente na interação com o público, na nudez e no erotismo como elementos centrais de sua experimentação teatral.

Cada passo para trás em direção aos seus cânones é um passo à frente que Santino dá na construção dos mitos pessoais de Vânia e da sua concepção particular de teatro — um teatro imbuído de uma sacralidade profana, único território possível além da esquizofrenia para a convergência e consagração das vozes que habitam sua mente, das expressões que concorrem pelo domínio do seu corpo. É em face das limitações desse corpo e da impossibilidade de se livrar de sua história que Santino decide utilizá-lo para contá-la, e faz isso abrindo as feridas que lhe foram infringidas, os estigmas que foi colecionando em toda a sua trajetória.

Ao final, o ator grita como lhe foi ensinado gritar, mas felizmente grita contra tudo o que lhe foi ensinado. É sintomática a cena em que, repetindo o gesto do pai e do avô na lavoura, segurando um palmo de terra, Santino despeja talco nas mãos e repete as palavras ouvidas quando criança — palavras que encerram este texto e que, espera-se, ecoem ainda por muito tempo nas paredes ainda malpintadas do Recreio Cênico: "Não é a terra de onde vim, mas foi a única que me restou. Pagarei com o corpo o que a alma ainda há de receber. Do pó, ao pó. Este será o meu chão, o meu solo sagrado."

*O jornalista Mário Tule assistiu à estreia do espetáculo a convite do grupo.

14.

RICARDO NÃO TEM UMA IDEIA MUITO CLARA do que diferencia um grupo de teatro da trupe de um circo falido, sem animais. Para ele, a decisão de Guilherme de abandonar a faculdade para se tornar ator não era muito distinta do ímpeto de uma donzela rebelde, que fugia de casa seduzida por um palhaço. Quando embarca no metrô que vai deixá-lo a algumas quadras do Recreio Cênico, a sede do grupo em que descobre que Guilherme se engajou, não espera encontrar algo além de um muquifo onde um comboio de artistas famintos descansa, sob uma lona cheia de buracos.

De acordo com as informações das cartas de Ana, Guido Santos — o nome artístico incorpora o apelido, mas suprime o sobrenome do pai — fez algumas oficinas com o grupo durante os primeiros meses em São Paulo e se tornou um "recreante" logo em seguida, participando de algumas peças que não chegaram a chamar a atenção, nem do público nem da crítica. Devido à falta de intimidade com o palco, Guilherme fazia papéis de menor importância, substituía atores mais experientes quando faltavam e trabalhava na equipe técnica, operando a luz e o áudio.

A estreia oficial veio num espetáculo chamado *Inocência*, que teve uma temporada de apenas três meses encerrada poucas semanas antes que Guilherme (Elísio, na peça) se apagasse do mapa para a família e os amigos. O único testemunho da carreira, tão curta quanto pouco falada, é o programa do espetáculo. Guilherme o enviou para a mãe com uma orgulhosa assinatura na ficha do elenco. Numa foto de terceira página, o rosto maquiado de Guilherme aparece junto ao de outro ator, caracterizado de forma bastante semelhante a ele, como se fossem fantasmas irmãos ou uma dupla de amantes desbotados.

Os dois atores olham para algum ponto além da câmera, numa direção para a qual Guilherme aponta, com o braço estendido e o rosto crispado numa carranca. Apesar de a foto não mostrar nada abaixo da linha do ombro, é possível dizer que Guilherme está sem camisa, enquanto o outro ator está trajado com um terno poeirento e um gorro esfarrapado, caindo da cabeça. Ana só havia concordado em ceder o programa depois que Ricardo prometeu que ia devolvê-lo sem uma dobra sequer, embora a vontade que o pai tenha quando vê essa foto seja a de rasgá-la, o que efetivamente faz com uma das mais de vinte cópias que acha, guardadas entre os papéis do filho, na escrivaninha do quarto.

O caminho até o teatro é pela extensa avenida Ipiranga, que Ricardo percorre tentando evitar as piscinas projetadas para os respiradouros do metrô e as bancas de revista que quase invadem os portões de prédios antigos, com moradores igualmente antigos saindo com seus cachorros só para comprar jornais, dar meia-volta e se trancar em casa. Ao semáforo perto da praça da República, o edifício Copan é apenas um arranha-céu que se espraia por trás de uma faixa vertical de concreto estreitíssima, redonda como um tronco de pinheiro, ocultando janelas com aparelhos de ar-condicionado e escondendo toda a sua imponência dos pedestres quarteirão adentro, serpenteando até sumir da vista. Ao final da avenida, a praça Roosevelt cospe um filete de carros que vai se espargindo para todos os lados, à esquerda, à direita, direto para onde Ricardo está, tentando atravessar para o outro lado da praça. A cúpula da Igreja da Consolação é somente uma cruz encarapitada entre as folhas das árvores, como um galho qualquer, sem santidade alguma.

A rua está erma, com uma fila de carros estacionados no meio-fio, vigiados por um flanelinha que estende seus panos imundos nas grades enferrujadas do viaduto e assobia uma melodia medonha. Há um chaveiro e um mercadinho abertos, e Ricardo não imagina para quem, já que as grades de ferro protegendo os portões de vidro dos edifícios residenciais têm a aparência triste de um luxuoso jazigo familiar, guardando defuntos ali dentro. Um restaurante tem as portas de aço ainda descidas e cobertas por pichações e grafites que nada dizem a Ricardo, que nem consegue entendê-las nem apreciá-las. Num café com a placa de fechado, um garçom desvira as cadeiras ainda dispostas em cima das mesas desde a noite anterior. Ricardo caminha quase se apoiando nos carros estacionados junto ao meio-fio, conferindo as fachadas de teatros onde não há avisos de bilheterias, nem cartazes com atrações, ou qualquer elemento que caracterize aquelas casas decrépitas como teatros, e não como bares que se esqueceram de abrir as portas.

Percorre toda a rua e não cruza sequer com uma pessoa na calçada. Do outro lado da praça, a melodia do flanelinha assobiante vai ficando mais distante à medida que Ricardo se aproxima da esquina. Quer voltar e perguntar ao flanelinha qual das inúmeras portas sem identificação é a do Recreio Cênico, mas receia que ele também não saiba. A praça nesta ponta é tão deserta quanto a rua, e ainda mais poluída pelas pichações, que aqui se estendem das muretas dos jardins até aos degraus encardidos de uma escadaria. As escadas levam a uma galeria escura e úmida, com cheiro da urina de desabrigados que Ricardo imagina se refugiarem ali dentro, de madrugada. As árvores desfolhadas dão um ar ainda mais mórbido à entrada daquele labirinto de cimento, confuso como as galerias expostas de um formigueiro.

Ricardo dá um passo para trás e começa a voltar por onde veio, conferindo novamente as fachadas dos teatros para se certificar de que não passou batido pelo Recreio Cênico. Nome estúpido, resmunga entre dentes, e está já desistindo da busca quando nota o flanelinha interromper a trilha sonora de seu frustrado passeio e murmurar alguma coisa para alguém, talvez falando sozinho, talvez falando com o próprio Ricardo.

Por trás dos carros estacionados junto ao meio-fio, vê um rapaz mais ou menos da idade de Guilherme entregar para o homem um marmitex de alumínio, atravessar a faixa de asfalto sem se preocupar em olhar para os dois lados, tirar um molho de chaves dos bolsos, abrir uma daquelas portinholas de aço a metros de Ricardo e desaparecer dali, deixando a rua ainda mais vazia do que sempre esteve, agora que o flanelinha abandonou os seus panos e foi comer do outro lado da praça. O silêncio da rua subitamente grita a Ricardo, que teme a atmosfera de calmaria da praça. A calmaria ilusória que sempre precede grandes explosões de tragédia. Ricardo então se dirige à portinhola em que o rapaz entrou e bate ali. Primeiro apenas com os nós dos dedos, mas depois com a lateral das mãos em martelo, como se aquela portinhola de aço fosse de pele e envolvesse o peito daquela praça, onde um coração ameaça morrer e precisa ser ressuscitado. Uma, duas vezes, até que a portinhola volta a abrir.

"Merda, Raimundo, a gente dá a mão e tu logo quer o braço...", diz o rapaz que abre a portinhola para encontrar Ricardo, e não o flanelinha plantado na calçada. "Desculpa, achei que fosse outra pessoa."

"Por favor, estou à procura de um lugar chamado Recreio Cênico", diz Ricardo ao rapaz, que gira nervoso o molho de chaves na mão.

"É aqui mesmo, mas ainda não estamos abertos."

Ricardo olha para a singela plaqueta com duas máscaras, que parece o símbolo do teatro sendo que aqui as duas máscaras estão sorrindo — um sorriso tímido, estampado numa coluna que divide a portinhola daquele teatro com a de outro. Não há fachada, por isso não reparou.

"Certo", Ricardo diz ao garoto, "mas será que eu não podia conversar com alguém... digo, você trabalha aqui, conhece o grupo?"

"Sou do grupo", responde o jovem. "O senhor por acaso é jornalista? É da prefeitura? A gente já disse que o laudo dos Bombeiros ainda não saiu porque..."

"Não, não", apressa-se Ricardo a esclarecer. "Sou pai de um dos atores."

"Pai?", estranha o jovem. "Como assim, pai?"

E Ricardo respira pesadamente ao pronunciar o nome Guilherme: "Sou pai de Guilherme", ouvindo logo em seguida o apelido abominável. "O Guido! Ah, o Guido!", o rapaz ri. "E por onde diabos ele anda?", e essa é a pergunta que todos se fazem, nenhum ainda com aquela incômoda presença de espírito.

"É por isso que eu vim aqui", Ricardo se limita a responder. "Será que eu poderia entrar?", pede, sendo finalmente dominado pela solidão da praça naquele horário e por uma certa sensação de insegurança. Quer penetrar no teatro por curiosidade, por valentia, como se penetra no território de um monstro adormecido, onde se ouvem os estertores do perigo e se pressente a presença que ainda não pode ser vista. O monstro que por alguma razão atraiu Guilherme e cujo ronco, por um tempo, lhe ofereceu a proteção que devia sentir do abandono dos pais. Do abandono de si mesmo, naquela nova vida.

"Acho que pode entrar sim", diz o garoto. "Só não repare na bagunça que eu ainda não comecei a faxina". E Ricardo então se abaixa um pouco para não bater a testa naquela abertura apertada e menor, feita em um não tão maior nem tão mais espaçoso portão de aço, por onde o rapaz baixinho passou com facilidade, mas Ricardo precisa se encolher um pouco para passar. Sente cheiro de maconha. O hall do que seria o tal Recreio Cênico está ainda na penumbra quando Rafael se apresenta.

"Meu nome é Rafa"

"Prazer, Ricardo."

Rafael fecha a portinhola atrás deles e tateia a parede lateral em busca do interruptor. Um bar se ilumina. Ricardo finalmente vê um balcão com cadeiras, mesas, um balcão em formato de L conduzindo até uma cortina preta e a um espaço enfiado na mesma penumbra em que estavam antes da luz se acender. O cheiro de maconha vem dali.

Rafael tem os cabelos raspados à la Pixote e o rosto muito bem barbeado. Ricardo percebe um cartaz de *Inocência* colado ao lado do prego da parede onde Rafael pendura o molho de chaves. Tenta reconhecer o rapaz em meio aos atores do cartaz, mas, na foto, o ator mais moço parece mesmo ser Guilherme. Rafael apoia a mão direita no balcão.

"Hoje não é dia de ensaio nem de espetáculo então o grupo não vem", diz ele, esperando que Ricardo diga algo enquanto o visitante perscruta, com olhar inquisitivo, as paredes do Recreio Cênico.

"Pensei que você havia me falado que era do grupo", diz Ricardo, e Rafael dá um risinho nervoso. "Sim, quer dizer... *Oficialmente*, ainda não, mas estreio na próxima peça."

Ricardo compreende então que deve haver uma espécie de rito de iniciação para se entrar num grupo de teatro como aquele. Um rito com seus meandros inacessíveis a alguém tão fora do meio como ele, e que Guilherme cumpriu à risca o que Rafael agora também cumpre, na expectativa de se tornar um ator de fama — algum tipo de fama, embora qualquer tipo de fama conquistada por aqueles atores, Ricardo julga, não deva passar de um prestígio de moral questionável, circulando feito um burburinho, à boca pequena, pela área boêmia daquela praça.

"Então o senhor disse que era pai do Guido?", Rafael pergunta, interrompendo as divagações de Ricardo que quer saber o que exatamente ele, Rafael, faz ali dentro, se não há ninguém do grupo e se ainda não faz *oficialmente* parte dele. O que, em consequência, Guilherme também fazia. Mas não se atreve a devolver a pergunta. "Sim", Ricardo diz. "Isso mesmo, pai dele. Mas não tenho notícias há algum tempo na Paraíba e queria saber se vocês por aqui sabem de alguma coisa que possa me ajudar a encontrá-lo."

E Rafael senta em um banquinho de pernas altas junto ao balcão. "Eu mesmo não sei muita coisa, mas o resto do grupo resolveu começar os ensaios da próxima peça sem ele e me pediram pra quebrar um galho no papel que ele faria, até ele aparecer." Rafael cruza as pernas, para de falar por um instante. "Eu acho que o senhor devia conversar com Vânia, ele é quem tem mais contato com Guilherme por aqui."

"Ele?", Ricardo pergunta.

"Sim", confirma Rafael, "Ou ela, nunca se sabe. Vânia é o apelido. Diminutivo de Ivan, não sei, uma coisa meio russa."

Ricardo dá um riso cínico. "Vocês todos têm que ter esses apelidos?"

"Como?"

"Nada."

"Enfim. É assim que ele gosta de ser chamado, Vânia."

Ricardo estica o olhar até a cortina preta onde termina o balcão. "Amanhã de manhã lá pelas dez vai ter ensaio", diz Rafael. "Acho que não tem problema de o senhor vir nos assistir e conversar com Vânia."

Ricardo dá alguns passos em direção à cortina.

"Posso dar uma olhada lá dentro?", pergunta a Rafael.

"Acho que sim", Rafael diz, o acompanhando.

Ricardo abre a cortina e vê um galpão escuro. Rafael o segue e são tragados pela escuridão até que outra luz se acende e Ricardo demora a localizar o rapaz, já no alto do galpão, perto do teto, por trás de uma arquibancada com assentos acolchoados com pegadas de poeira.

"Ainda vão ajeitar antes da próxima estreia", diz Rafael, descendo uma escada presa à cabine de luz como a de um caminhão de bombeiros. "Não parece grande coisa, mas ali do lado ainda tem os camarins e o quartinho."

Rafael se embrenha numa coxia sem que Ricardo se atreva a segui-lo. O visitante fica observando o holofote que joga luz sobre o galpão, uma luz baça que incide diretamente sobre um bastidor deixado de qualquer jeito no palco, ou no que se poderia chamar de palco se não parecesse mais com o piso de uma garagem escura, tinta preta nas paredes de reboco e revestimento preto no piso. O buraco negro que tragou Guilherme e o afastou da família para sempre.

Rafael retorna com um livro na mão.

Entrega o livro a Ricardo.

"Lembrei que o Guido esqueceu isso aqui quando se mudou e disse pra devolver quando eu terminasse de ler."

"Se mudou?", Ricardo pergunta, surpreso. "Se mudou de onde?"

"Do quartinho, ora", diz Rafael. "Ele morou no quartinho aqui por um tempo, o senhor não sabia?"

"Não, eu não sabia disso", Ricardo diz. "Quando foi isso?"

"Ah, faz tempo, acho", diz Rafael. "Logo que chegou em São Paulo. Quando eu cheguei, o quartinho já estava vago, e ele tinha conseguido apartamento com uns amigos. Até me chamou pra morar lá depois, mas ainda não dava para mim, o aluguel era meio pesado."

"Você mora aqui?"

"Sim", diz Rafael. "Eles cedem o quartinho na época das oficinas, na condição de que eu cuide do bar e faça a faxina."

Ricardo acha que tudo aquilo já é um pouco demais para ele. Muito pior do que imaginava. Agradece a Rafael. Está com um livro grosso na mão com o nome do filho escrito na lombada, como o próprio Ricardo costumava fazer com os seus, na juventude. Deixa o Recreio Cênico na promessa de retornar na tarde seguinte, no horário do ensaio.

O mendigo continua assobiando do outro lado da praça e acena para Rafael, que abre a portinhola para Ricardo. O café próximo ao teatro já abriu as portas, mas a rua continua tão pouco movimentada quanto quando ele chegou. A tarde começa a morrer conforme Ricardo volta à avenida Ipiranga e à turba, como se fosse devolvido de um beco inóspito, onde a realidade está temporariamente suspensa, até o ponto onde a realidade volta a acontecer de onde parou, de forma ininterrupta, irrefreável. Ricardo sente o peso do livro de Guilherme na mão, e só agora tem a curiosidade de verificar qual é o título. É um volume com algumas obras de Kafka, um autor de quem pouco sabe, também pouco leu, mas folheia as páginas enquanto caminha e vê uma série de grifos que não sabe se são de Guilherme, de Rafael ou de alguém por cuja mão aquele livro já passou antes dos dois. É uma edição já capenga, a capa quase descolada, folhas amareladas e um cheiro inconfundível de mofo que irrita as narinas de Ricardo. *Escritos póstumos*, *Diários*, *Diários de Viagem*, *Carta ao pai*, *Notas*. Ricardo se detém no meio do calçadão. Alguém esbarra em seu ombro e o livro cai no chão.

"Desculpe", Ricardo diz tentando apanhar o livro, que agora tem um dobrão na página do índice. "Preste atenção! E cuidado com as pistas", diz a pessoa que esbarra nele e de quem ele não vê o rosto. A pessoa já de costas, curvada, o andar apressado e as mãos no bolso de uma espécie de capote escuro com o gorro cobrindo a cabeça. Não está chovendo ou fazendo tanto frio. Aquilo levanta suspeitas em Ricardo, que estranha a frase. Está diante de uma rua de pista dupla, mas não faz sentido o que lhe é dito. A pista diante de si é só uma, e é só com ela que precisa ter cuidado. Então Ricardo pensa mais um pouco e se pergunta se foi mesmo aquilo que lhe foi dito, se foi mesmo aquilo que aquela pessoa que esbarrou com ele quis dizer. Se não se deixou enganar pelo sotaque tão distinto do seu, se não está exagerando, levando muito a sério essa história de detetive. Hesita entre seguir o homem de capote que já está inacessível, do outro lado das duas pistas, virando a esquina, se encaminhando para uma das bocarras abertas do metrô. Ricardo recua então até as escadarias de um prédio com o livro na mão e o folheia, pula as páginas até chegar à carta, a carta que Kafka deixa ao pai e que Guilherme, começa a desconfiar, deixou para ele.

Senta-se nas escadarias com o livro aberto. *Tu me perguntaste recentemente por que afirmo ter medo de ti.* Um grifo, a palavra medo circulada. Fecha o livro e se apressa para pegar o sinal ainda vermelho e alcançar aquele vulto encurvado, suspeito. O sinal muda e alguns carros avançam, outros buzinam, Ricardo corre pela faixa de pedestres e chega à praça, deixando-se também engolir pelas escadarias do metrô.

Não há ninguém esperando o trem, apenas o vão e o sopro gelado que vem do interior das galerias. O vulto desapareceu. Lê as primeiras dez páginas da carta na viagem de metrô, de volta ao apartamento.

15.

ATÉ COMEÇAR A BRINCAR DE SER ATOR, Guilherme achava que teatro era o que acontecia no palco do cinema depois que o filme dos Trapalhões terminasse, as luzes se acendessem e os adultos entrassem no lugar das crianças. Ele não deixava de ter razão, embora na pacata Moreno as poucas peças em cartaz depois das matinês fossem encenações de episódios bíblicos patrocinadas pela igreja, um teatro de quermesse que não chegava a atrair um público maior que o das carolas que frequentavam as missas todos os domingos e se persignavam diante dos cartazes dos filmes eróticos. Guilherme nunca vira um daqueles filmes. Como também nunca assistira a um daqueles espetáculos. Deviam ser mais ou menos como o circo: um filme de verdade com gente de carne e osso, gente que existia e que podia ser tocada, mais real, porém menos engraçada que Didi, Dedé, Mussum ou Zacarias.

Foi no educandário, nas aulas da professora Mércia, que Guilherme descobriu que também podia fazer parte daquilo. Tinha oito anos e suas notas começavam a melhorar, mas a timidez ainda era um problema e, fora de casa, ninguém sabia o que fazer com aquele garoto que não demonstrava aptidão para nenhum esporte coletivo e só brincava com os poucos que topavam sentar junto com ele diante de uma mesa. Estava sempre rodeado de materiais de desenho e de um tabuleiro de xadrez, sua nova paixão depois que o tio Renato lhe deu de presente um jogo completo durante a viagem. Nada o ajudava a fazer amigos e só o impelia a cavar ainda mais fundo naquele mundo próprio, de onde criaturas imaginárias brotavam em erupções fantasiosas, suprindo a ausência das demais.

O desenho, por sinal, era o que iria aproximá-lo da montagem que a professora preparava para a festa de encerramento das atividades escolares daquele ano. Na televisão, Chico Anysio acabava de estrear a Escolinha do Professor Raimundo e o que já era uma brincadeira entre os alunos, que imitavam os atores durante a aula, causando um certo rebuliço e até mesmo algumas idas à diretoria, acabou por se tornar o projeto final de educação artística da turma da segunda série.

A paródia do humorístico contaria com texto e direção da professora, mas toda a produção, do elenco à elaboração dos cenários e dos figurinos, ficaria a cargo dos estudantes. Os que não assumiram de imediato seus postos, reivindicando papéis mais ou menos baseados na personalidade que demonstravam em sala de aula, ocupando posições correspondentes às habilidades que julgavam ter, ficavam por ali nos ensaios tentando não atrapalhar e esperando que se esquecessem de lhes dar alguma tarefa.

Guilherme logo intuiu que, dessa vez, não teria escapatória. Já nas primeiras reuniões, viu colegas apostarem na invisibilidade e serem escalados para papéis traiçoeiros ou para funções rejeitadas pelos demais. Era a lógica inversa do balde de pescaria: aqui, os peixes mais calmos se davam mal enquanto os mais agitados conseguiam o que queriam. Com um acenar de mão bisonho, ofereceu-se para preparar os quadros que iriam compor o cenário da escolinha. Os colegas reclamaram. Com o seu acanhamento, sua postura desengonçada, seus óculos desproporcionais e o cabelo sempre repartido, Guilherme era o ator perfeito para o papel de Seu Batista. "Ou o Seu Peru", alguém do fundo gritou.

Mas Guilherme conhecia o programa, assistia todos os sábados junto com a mãe, antes de dormir. Entre desenhar em cartolinas e terminar se arriscando na pele de um personagem com o qual ninguém queria se comprometer, Guilherme decerto preferia as cartolinas. Passou a trabalhar nelas durante os ensaios, tendo todo o estoque de tinta guache e canetas hidrocor do educandário à disposição. Era um trabalho cômodo, que quase não era supervisionado pela professora e que lhe dava folga para ver os outros colegas atuarem. As crianças recitavam o texto com um grau de automatismo que despojava as piadas da pouca graça que tinham e da espontaneidade das brincadeiras feitas na sala de aula. Ninguém ali estava se divertindo, e Guilherme podia jurar que sabia o porquê.

Anos de timidez e isolamento fizeram de Guilherme um arguto observador. Era silencioso, como todo bom observador, mas seu silêncio guardava uma percepção acurada da tagarelice alheia, seus padrões, seus maneirismos. Sorrateiramente, sondava o comportamento das pessoas para tentar moldar o seu. Nunca conseguia, é verdade; sempre fracassava quando imaginava as pessoas julgando da mesma forma impiedosa que ele fazia, mas gostava de pensar que saberia como agir se um dia lograsse superar a vergonha. O pai reclamava quando o encontrava grudado nas paredes, quieto feito uma lesma espreitando, mas era bem esse o seu procedimento: nas viagens de carro, fingia estar dormindo para ouvir as conversas dos adultos e quase sempre chegava à conclusão de que o grande problema na relação deles com as crianças era o fato de não conseguirem tratá-las de igual para igual. Crianças como Guilherme já haviam entendido que fracassariam se tentassem ser adultos, mas os adultos não, eles simplesmente insistiam em agir feito crianças. E era o que estava acontecendo agora: mesmo a professora, que pela profissão também sabia do segredo, elaborou um texto tão ingênuo para ser encenado que até o menos malicioso dos alunos sentia falta de alguma coisa. Escrita para crianças, a Escolinha talvez não fizesse sucesso nem entre os pais.

Terminou o trabalho quase um mês antes do previsto, quando o elenco ainda se virava com um figurino improvisado e a peruca do professor Raimundo ainda nem havia sido comprada. Foi designado para ajudar as meninas que cuidavam das roupas e adereços. Entre chapéus roubados dos avós, vestidos de babados aproveitados das fantasias do carnaval e do São João do educandário, via o suplício dos colegas atores aumentar ao passo que era perturbado por estar fazendo um trabalho "de menina". Até que um surto de catapora ameaçou a continuidade da montagem, tirando três estrelas dos papéis principais e deixando o restante em estado de cautela.

A professora Mércia já havia remanejado alguns alunos dos bastidores para substituir os faltantes e Guilherme começou a desconfiar de que não seria poupado. Já havia sido usado como coadjuvante uma vez, segurando o microfone do Mazarito no meio de um dos números. Sentiu-se constrangido, mas nada tinha a fazer além de segurar um microfone, então relaxou e cumpriu sua função da melhor forma que conseguiu, o que nesse caso se limitava a não tremer a mão enquanto o colega fazia caretas estranhas, tentando imitar a expressão facial de Costinha.

Sua perdição veio no dia em que o colega que fazia Ptolomeu sucumbiu ao surto de catapora e a professora não encontrou mais ninguém rondando pelos ensaios além de Guilherme. Ele estava há tanto tempo sobrando por ali que já devia até saber alguns bordões e fragmentos do texto decorado. Usava esses óculos pavorosos que lhe davam também o tipo exato do personagem com um pouco de gel no cabelo, e não nutria muito a simpatia dos outros alunos, o que parecia encaixá-lo perfeitamente no papel. Havia sido um mau aluno, sim, mas já vinha se destacando e já podia se passar por um cedêefe, para quem não conhecesse o passado vermelho do seu boletim.

Era talvez a única piada boa do espetáculo, mas Guilherme fez de tudo para se livrar da responsabilidade. Alegou que precisava confeccionar os cartazes para a peça, que não sabia de bordão algum — apesar de saber, sim, de todos — e que até se sentia meio mal, manchas apareciam na sola dos seus pés e devia, também, estar pegando catapora. Mas a professora Mércia foi inflexível e usou a frase mágica, evocou uma lei superior, de caráter incontestável, a única que fazia calar todos os seus alunos, exigia absoluta subordinação deles e debelava qualquer conflito. "A atividade vai valer nota a partir de agora", ela levantou a voz, e não foi apenas Guilherme quem estremeceu, mas toda uma fileira de carteiras atrás dele sentiu a onda de tensão que percorreu a sala. Guilherme respirou fundo e absorveu a descarga de caras feias e suspiros. Não podia se dar ao luxo de manchar com uma singela nota vermelha o boletim enfim azul.

Sentou-se na primeira carteira à direita do professor e começou a ajeitar o cabelo para os lados, com o texto da peça nas mãos. Sua primeira entrada seria na metade, depois que Rolando Lero contasse uma história estapafúrdia sobre o descobrimento do Brasil. Guilherme se ergueu com o texto nas mãos e começou a ler. Percebeu que estava fazendo a mesma coisa que os outros colegas, uma leitura desprovida de emoção, sem graça. Começou a gaguejar depois do gancho. Perto dele, o Seu Boneco passou a imitá-lo: "A-ma-ma-do mes-tre-tre." Os outros alunos riram e Guilherme fechou os olhos. Imaginou como seria bom desaparecer naquele momento. Encontrar uma intoca e se enfiar ali. Só sair quando tudo acabasse.

A professora já estava prestes a interromper o ensaio quando Guilherme abandonou o texto sobre a mesa e deu um passo à frente, rumo ao birô do professor Raimundo. Imaginou como seria se se escondesse não embaixo do birô, mas dentro do personagem. Se pudesse por instantes não existir como Guilherme, e existir apenas como Ptolomeu. Assumir uma nova vida, uma nova identidade. Não ser mais julgado pelo que ele era e nunca teve coragem de mostrar a ninguém, mas pelo que fingia ser e agora, finalmente, iria mostrar para o mundo. Improvisou dando a resposta ao professor e lançando um desaforo ao Seu Boneco. Ninguém entendeu as palavras pomposas que usou, mas alguém no fundo gritou: "Toma!"

Rolando Lero fez o que estava previsto no roteiro e jogou seu lenço umedecido na direção de Ptolomeu. Guilherme desviou e o lenço caiu sobre o colo de Seu Boneco, que apanhou o pano com a ponta dos dedos e o atirou no birô do professor Raimundo. Aquilo virou uma bagunça e toda a sala de aula prorrompeu em gargalhadas. Até a professora, nos bastidores, sorriu antes de pedir que voltassem para o texto. Eles estavam se divertindo.

Guilherme estreou no papel de Ptolomeu com um terno que era duas vezes o seu tamanho, emprestado do pai, e um bigode desenhado a lápis de olho por Ana. Ganhou mais duas cenas no decorrer da montagem e ajudou a professora a modificar algumas partes do texto, para permitir uma interação maior entre os personagens. Não deixava mesmo de ser irônico que o único aluno que repetira a primeira série, no ano passado, e que era ligeiramente mais alto que os outros, como o personagem, era justamente o que agora se apresentava no papel do inteligente da turma, o preferido do professor, que corrigia o erro dos outros alunos e era elogiado pelo mestre.

"Eu queria ter um filho assim!", dizia o professor Raimundo de oito anos, ajustando a peruca na cabeça, com uma voz pretensamente rouca. A festa de encerramento das atividades escolares foi um sucesso e a peça rendeu comentários positivos dos pais, que chegaram a solicitar da diretoria que o teatrinho virasse atividade permanente da disciplina de educação artística, como a dança. Ricardo, porém, não foi à festa. Não viu o filho se apresentar e brigou com Ana por ter pegado seu terno emprestado, sem lhe pedir permissão, e ainda mais maquiado o menino, como se fosse um efeminado.

Meu colega de olhos pálidos e mãos úmidas foi quem me ▮▮▮▮ pela primeira vez. Eu terminara o ginásio e me preparava para os vestibulares, ▮▮▮ já tinha ▮ alguma coisa ▮▮▮ mas ▮▮▮▮ era ▮▮ demais! Tantas chaves, tantos nomes que ▮▮▮▮▮▮, a mão delirante perseguindo ▮ naquela ▮ que não acabava mais, começava na ▮ da frente, continuava ▮▮ e quando eu dava acordo de mim, lá estava ele na ▮ retaguarda a abrir ▮▮▮▮ chaves. Dentro de ▮▮▮▮ fácil ▮▮ mas difícil vi isso depois: Franz Kafka.

O colega de olhos pálidos convidou-me para entrar na ▮▮ era moda convidar ▮▮ para ▮▮ Pedi um ▮▮, ele pediu uma ▮▮. Lembro-me de que suas mãos tinham ▮▮▮ em cuja superfície flutuavam os ▮▮.

Abriu o caderno. Fiquei estraçalhando ~~n~~as unhas ▮▮ enquanto ele ▮▮▮ em língua ▮▮▮ num sanatório próximo ▮▮.

▮▮, eu repeti como num sonho, ▮ a cidade que percorreria um dia. ▮▮, repeti e não sabia que um dia iria ▮▮ até as raias do amor. Meu colega me ▮▮ e duas semanas depois eu ▮▮ oral: ▮▮. Fiquei ▮▮▮▮ Franz Kafka. E depois, não era mesmo uma ideia causar um impacto ▮▮▮? Inconscientemente, ▮▮ técnica kafkiana: <u>dentro de uma aparente ilogicidade, escamoteara os temas</u> deixando ▮ <u>▮▮ sem atinar com a razão por que eu trocara o comunicativo ▮ pelo incomunicável</u> ▮▮.

Tive que ser ▮▮ "É suficiente", disse ▮▮.

Saí radiante, à procura do meu colega para ▮▮▮ que achei brilhantíssimo (era de um otimismo feroz) e devolver-lhe os livros. Nunca mais o encontrei.

Deixou-me os ensebados volumes, o caderno em espiral com sua letrinha torta, vesga, e sumiu completamente. Nem sequer os ▆▆▆ *chegou a* ▆▆▆. *Dezenas de pessoas somem todos os dias. Era possível ver ainda seu retrato na seção de desaparecidos de algum jornal.*

Mas eu não ▆▆▆.

16.

O PRATO REPOUSA HÁ ALGUNS MINUTOS no balcão, esperando que Ricardo largue o livro e comece a comer. Concentrado na leitura, alternando-se entre longos parágrafos sublinhados, margens preenchidas pela caligrafia quase indecifrável do filho e desenhos feitos no espaço entre os parágrafos e até entre as linhas, Ricardo nem percebe quando Sônia lhe serve a massa pronta que pediu, aquecida no micro-ondas.

Há, em meio às páginas do grosso volume, uma folha solta e dobrada, que ele usa como marcador desde a viagem de metrô. Percebe ter sido destacada de outro livro, com outra tipografia, um texto mutilado por rasuras ora feitas à caneta ora por finas tiras de papel preto coladas por cima. Tenta cuidadosamente removê-las com a unha, mas acaba destruindo parte do que está escrito por baixo. Tenta sem sucesso preencher os espaços, adivinhar por que estão censurados, descobrir a razão dos grifos feitos à caneta.

Ricardo examina aquele hieróglifo muito de perto para tentar desvendá-lo, como o filho fazia com as tarefas da escola antes de colocar as duas lupas que usava na cara e que o pai abominava. O documento ganha a aura de um bilhete suicida ou da carta de um sequestrador, procurando ocultar sua caligrafia usando letrinhas recortadas de jornais e revistas. Nas notas bibliográficas do livro, por sinal, a foto de Franz Kafka está recortada fora e não é possível ver a imagem, só a legenda com o nome completo e as datas do nascimento e de morte.

Ricardo toma também notas em sua agenda, transcreve as possibilidades do texto que ele procura traduzir e que por vezes tem um sentido claro e temeroso para seu orgulho de pai e de macho, mas quase nunca parece fazer sentido algum, com seu léxico bizarro e incoerente. Não acha ou não entende as correspondências exatas entre a história pessoal de Kafka e de Guilherme, para além da óbvia associação do pai, Hermann, com ele — Ricardo, o "tirano", o "regente", o "rei", o "Deus" (as palavras aparecem circuladas várias vezes durante o texto). Ao abandonar o livro, a comida já está completamente fria, o rondelli já completamente duro, com crostas amareladas de molho nas bordas e uma consistência ainda mais pavorosa do que quando foi tirado do congelador e conduzido ao forno.

Resiste em dar uma segunda garfada.

"A senhora podia esquentar de novo pra mim, por favor?"

Sônia olha para ele com uma boa vontade que não disfarça o oposto. Está meio tensa desde que Ricardo chegou antes do combinado, no final da tarde, se plantou no balcão com aquele livro e prometeu ficar até que o movimento diminuísse. Pesa sobre eles a expectativa da conversa que ainda não tiveram, que, sempre que Ricardo tenta iniciar, é interrompida por alguém chamando de uma mesa ou direto do caixa. Uma conversa que até poderiam levar assim mesmo, entrecortada por pedidos de sanduíches, bolos, chás gelados, lanches feitos, servidos e consumidos às pressas, no vaivém dos lojistas das redondezas forrando o estômago antes de voltar para casa. Mas a conversa foi ganhando um ar incômodo de solenidade conforme foi sendo adiada, Ricardo desistindo de iniciá-la por receio de estar atrapalhando, Sônia não conseguindo se fazer disponível porque não havia pausa sequer para respirar do serviço. Sempre havia o que se fazer num lugar onde todos, não somente Ricardo, a requisitavam. À espera da conversa, o próprio Ricardo já não estava facilitando, deixando o rondelli esfriar e pedindo que Sônia o requentasse enquanto poderiam estar conversando.

Anoitece e o movimento não se dissipa. Ricardo come, mas não sente o gosto desta que será a única refeição decente do seu dia. A massa está borrachuda, os pedaços de frango industrializados ainda estão frios no seu interstício, mesmo depois da segunda ida ao forno. Para completar o quadro geral, Ricardo vê o síndico Elias aparecer na porta do café da última vez em que se vira para conferir a chuva fina que começa a cair lá fora. Elias está em meio às pessoas que se abrigam debaixo do toldo, pegas no caminho pelo mau tempo que ameaça se instalar desde de manhã.

Ricardo devolve o olhar insípido de Elias com um outro olhar rançoso, para que não precisem ir do aceno ao cumprimento e corram o risco de ter outro momento desagradável como o que protagonizaram de manhã, na frente do prédio. Elias pensa duas vezes antes de entrar no café, mas acaba indo se sentar numa mesa de canto, afastada do balcão. Pede um conhaque que Sônia serve num copo inadequado, tirado da prateleira de bebidas. Ricardo retorna ao livro, mas está mais difícil se concentrar. As palavras lhe escapam. Pede um café para Sônia quando ela passa. Precisa reler muitas vezes o mesmo parágrafo antes de compreender alguma coisa, e tudo o que compreende lhe parece ou insuficiente demais ou ruim demais, sem ter nada a ver com a realidade. Odeia o que lê. Luta contra o que lê.

Dali a meia hora, a chuva amaina e é como se seu vácuo tragasse todas as pessoas para fora do café, menos Ricardo e Elias. O síndico está na última mesa ocupada e é o único cliente além de Ricardo, que nem se dá conta disso, já desatento às idas e vindas de Sônia. Está o tempo todo no balcão, com o nariz enfiado no livro, de costas para Elias, evitando se virar e tornar ainda mais rude o silêncio diante de um conhecido com quem divide presença num lugar pequeno como aquele.

Sônia vai deixando como está, mas logo precisará fechar o café. Transfere os salgados do dia que sobraram, da estufa quente para um pote de plástico. É a senha que dá para Ricardo, que toma seu café com os olhos voltados para a página, sem nada falar, e só emerge delas para se perder em seus pensamentos. Pensa no que lê. No que viu no teatro. Pensa que poderia se virar e perguntar ao seu Elias se a companhia elétrica enviou alguém para religar a luz. Pensa que, se a massa que comeu estivesse só um pouco mais fresca, talvez cogitasse encomendar um daqueles salgados para mais tarde, quando certamente sentirá fome, vagando a esmo pelo apartamento do filho, relendo o mesmo livro e revirando novamente as coisas de Guilherme.

De soslaio, no caixa, vê Elias pagando a conta e finge continuar a ler.

"Obrigado, seu Elias", ouve Sônia dizer, como se conhecesse o síndico. Elias sai com a cabeça baixa, estirando as notas que recebe de troco com os dedos amarelados, agrupando-as num bolo imundo no bolso da camisa. Ricardo só se vira para vê-lo se retardar um pouco na porta do café, embaixo do toldo, colocar a mão para fora, conferir se a chuva cai e sair com passos apressados na direção do prédio.

"Conhece a figura?", Ricardo pergunta.

"Mais do que eu e menos do que ele gostaria", Sônia responde, abrindo um fundo falso da caixa registradora e contando o dinheiro que está ali. "Mas é difícil ter alguém aqui nesse bairro que eu não conheça. É o síndico do prédio de vocês, né?"

Sônia fala no plural, como se Guilherme ainda estivesse ali.

"Não suporto o sujeito", Ricardo diz.

"Mesma coisa que o seu filho falava", diz Sônia, guardando o dinheiro na bolsa e indo buscar o copo com um dedo de conhaque que Elias deixou na mesa. "Sempre vem sozinho beber, ninguém deve gostar muito dele. Eu disse que a cozinha estava fechando, e ele foi embora. Mas provavelmente porque viu o senhor. Quando ele está sozinho, ele gosta de abusar."

Ricardo entende o recado.

"Desculpa, acabei te fazendo ficar além da hora de fechar e nem falei sobre o que vim falar", Ricardo diz, fechando o livro.

"Nada", Sônia lava o copo na pia e o guarda na prateleira. "Mas e aí, alguma novidade sobre o Guilherme? Em que posso ajudar?"

Ricardo entrega o pires e a xícara para Sônia.

"Por que você disse que ele parou de trabalhar aqui mesmo?"

Sônia recolhe a louça e lava.

"Não sei", termina de lavar a xícara e fecha o registro da pia. Seca as mãos numa toalha de pano e tira o avental. É a primeira vez que Ricardo a vê sem o avental. "A coisa dele era outra, como eu disse."

"Outra o quê?"

Sônia reflete por um segundo. Vê o livro pousado no balcão e se aproxima.

"Posso?", pergunta a Ricardo antes de segurar o volume e começar a folheá-lo. "Aqui", sorri. Abre numa das últimas páginas e mostra a Ricardo um desenho feito numa folha em branco. Ricardo ainda não havia visto o desenho, mas reconhece os traços cabeludos feitos com lápis grafite, reconhece as mesas com tampos redondos que são as mesmas mesas espalhadas pelo café. Reconhece o homem sentado ao fundo, as feições cobertas por uma sombra feita com raspas de grafite espalhadas pelo dedo do filho. "Ele devia estar sentado no mesmo lugar que você está agora quando fez esse desenho. Também deixava os pratos esfriarem enquanto lia e rabiscava. Não dava muito certo quando isso acontecia durante o serviço."

Ricardo fecha o livro sem voltar a olhar o desenho.

"Eu estive hoje num lugar."

"Que lugar?"

"Um teatro."

Sônia ergue o livro e limpa o balcão.

"Então era mesmo verdade."

"O quê?"

"Ele era ator também", Sônia diz.

"Ele não falava sobre isso?"

"Ele dizia que era ator, mas eu duvidava. Ator de teatro. Eu nunca fui a um teatro."

Sônia escreve alguns números numa comanda e entrega a conta para Ricardo.

"Eu também não", Ricardo diz, conferindo os valores. "Quer dizer, já fui sim, mas não como aquele."

"Pra mim, ator só de televisão mesmo", diz Sônia. "Eu brincava com ele. Ele ria. Dizia que ator de televisão não era ator de verdade. Ou que não era artista. Ele se considerava um artista porque escrevia e desenhava também. Dizia que tudo na vida dele era laboratório para a arte. Eu brincava que, se ele queria ser ator, não devia procurar trabalho numa cafeteria. Que, se queria fazer laboratório, devia ir pruma farmácia. Ele ria... Mas ele não tinha jeito pra essas coisas. Vivia chegando atrasado. Acho que não dá pra trabalhar num lugar desses com a cabeça em outro lugar."

Ricardo paga a conta e deixa novamente uma boa gorjeta para Sônia.

"Aquela garagem não era um teatro, era um buraco", ele diz. "Parecia mais um boteco." Sônia guarda o dinheiro na bolsa e a coloca junto de uma sacola, com os potes de salgado. Está pronta para fechar o café. Ricardo sabe disso e se levanta. Conclui o pensamento. "Prefiro não imaginar o tipo de arte que ele procurava lá. Ou o tipo de gente com quem andava metido."

"Bom, ele nunca veio aqui com ninguém além do casal com quem morava, mas conversava muito com o Mário, que dizem que é artista também. Talvez ele saiba de alguma coisa", diz Sônia, esperando Ricardo sair.

"Mário?", Ricardo pergunta.

"Mário Tule. Tá sempre aqui, de manhã", e Sônia aponta para uma mesa no canto.

Ricardo agradece a ajuda e se despede.

"O livro", Sônia mostra o volume que Ricardo se esquece de apanhar do balcão.

Ele agradece novamente. Recua na porta.

"Não quer que eu fique esperando aqui fora até fechar?", Ricardo diz. "A rua está vazia, deve ser perigoso a essa hora."

Sônia tira um molho de chaves da bolsa. Apanha o pote plástico com os salgados que sobraram do dia.

"Pode ser boa ideia."

Ricardo se oferece para segurar o pote enquanto ela desliga as luzes do café. Permanece sob o toldo, esperando. Faz frio e a garoa só pode ser notada olhando para as luzes dos postes, onde um halo laranja se move, trêmulo. Sônia sai carregando um guarda-chuva. Puxa com o cabo a porta de aço da cafeteria, que desce com dificuldade. Ricardo ajuda. Sônia termina de fechar a porta com o pé, a ponta da sapatilha encaixada num pedal, a panturrilha saltando e torneando uma superfície firme, lisa e macia, ligeiramente eriçada pelo vento que os açoita. Há um silêncio constrangedor entre eles.

"Esses salgados?", Ricardo pergunta, mostrando o pote.

"É que se estragam se eu não levo pra casa", Sônia diz, abrindo o guarda-chuva.

"Se importa se eu ficar com eles? Eu devolvo o pote, você pode botar na conta de amanhã."

Sônia sorri e concorda.

"Bom, melhor então que eu vá pegar o metrô", ela diz.

"Não acha melhor eu acompanhá-la até lá também?", ele ainda arrisca, mas Sônia recusa, pouco à vontade. "É bem perto daqui, tô acostumada."

Ela atravessa a rua quando Ricardo entra no prédio. Sônia ainda está tentando se adaptar à ideia de que acabou de fechar o café na presença de um estranho cujo filho ela empregou e que só agora ela se dava conta de que conhecia muito pouco para começar a se importar.

Não, Guilherme, não assim. O cavalo se movimenta em L, você não aprendeu a escrever o L na escola?, pois então, o L tem sempre esta perna maior do que essa outra, como se fosse um cavalo mesmo, tente imaginar a perna de um cavalo quando se esquecer. Sim, eu sei que cavalo não tem perna, mas patas, só estou tentando facilitar as coisas e pedir pra você imaginar, só isso. Pode chamar de pata em vez de perna se você quiser. Isto aqui é a pata dele, isto aqui quem sabe o casco. O cavalo é a única peça que pode saltar sobre as outras no tabuleiro, isso, assim, mas ele só come a que estiver na última casa. Não, Guilherme, essa que ele pulou fica aí no tabuleiro, ele ainda não capturou, e não precisa avançar mais uma... não, não é como na dama. Preste mais atenção no que eu estou tentando te ensinar, meu filho. Vamos ver você movimentá-lo de novo, que tal? Isso, como se fosse uma perna ou uma pata, como queira. Assim, mas não se esqueça que o L pode ser para qualquer uma das direções, desde que seja reto. Não, o bispo não se movimenta reto. Quem se movimenta reto é a torre, esqueceu? Imagine uma torre. Ela é rígida, dura, se ela se movimentasse de algum jeito seria para frente, entende, para trás ou para os lados, não é? Nunca assim, obliquamente como o bispo. Inclinado, Guilherme, oblíquo quer dizer inclinado. Exatamente. A rainha também pode fazer assim. A rainha reproduz o movimento de todas as peças do jogo, menos do cavalo. E o rei se movimenta como o peão, de uma em uma, só que o peão só pode ir pra frente, ele tem menos mobilidade. Liberdade, Guilherme, essa é a diferença, não se esqueça disso. O xadrez é um jogo antigo, meu filho, da época em que ainda havia reinos e os exércitos precisavam se entreter enquanto não faziam guerra. Então alguém, digamos, o sábio do reino, inventou esse jogo inspirado nas batalhas, e são os brancos que começam sempre a jogar porque a sociedade na época era racista, os negros tinham menos direitos que os brancos. Sim, aqui eles jogam igual, mas essa é uma outra história. Uma alegoria. Como as fábulas, as histórias que sua mãe conta. Então pense em dois reinos distantes, como este aqui e esse. As torres estão sempre nas pontas, é de onde o rei observa seus domínios e os do inimigo, com a rainha sempre fiel ao seu lado. Se o rei é branco, a peça fica na casa preta. Se o rei é preto, a peça fica na casa branca. Isso eu já não sei por que é assim, Guilherme, mas não importa, apenas aceite o que digo, é assim e pronto, tente prestar mais atenção na minha história que da próxima vez é você quem vai ter que arrumar o tabuleiro e eu não quero ver você errando. Ao lado do rei e da rainha sempre vêm os bispos. A igreja nessa época tinha muito poder e influência, você vai aprender isso quando começar a estudar História no próximo ano. Então tiveram que incluir os bispos no jogo para agradar o Papa. Não ria, Guilherme, não estou falando da comida, você tem idade mais do que suficiente pra saber quem é o Papa. O cavalo você já aprendeu, então vamos passar para os peões que, como você pode ver, são a maioria das peças de todo o jogo, embora sejam as que valem menos. Se você é um rei e tem que fazer uma guerra, quem é que você manda para a batalha para morrer no seu lugar? Guilherme, presta atenção, eu te fiz uma pergunta, eu estou falando com você. Se você é um rei, e tem que fazer uma guerra, quem é que você manda para a batalha primeiro? Os soldados, Guilherme, é claro. Não seja tão estúpido. Você não vai querer abandonar o seu trono antes de todo mundo e sair por aí tomando bala, vai? Seu avô, por exemplo, foi soldado. E por muito pouco não morreu na guerra e hoje não tem nada, sua avó vive contando essa história, você mesmo já ouviu. Então, vamos tentar começar um jogo. Lembre que você tem que mexer o menos possível com o rei e tentar proteger sempre a rainha. Isso. É bom com os peões do meio porque fica mais espaço dos lados para mover as outras peças. Mas tem uma outra coisa, meu filho: na primeira jogada, os peões podem mover até duas casas. Não é tão complicado assim, não, é só nas primeiras jogadas, nas outras você já passa a andar de uma em uma, como o rei. Também não sei por que os peões podem andar como o rei, mas preste atenção que eles não andam na lateral e só andam na diagonal quando comem, é diferente, preste atenção, meu filho. Este é, acima de tudo, um jogo estratégico. Olhe aqui, agora, eu dei um xeque no seu rei. Mas não é um cheque como aqueles de banco, Guilherme. Não se anime. Pare de achar graça. Não é engraçado. Não é uma coisa boa. Você tem que defender o seu rei agora ou o jogo vai terminar. Não, Guilherme. Não com a rainha. Se você coloca a rainha aqui, eu mato ela, entendeu, e você perdeu a principal peça do jogo depois do rei. Sim, claro que ela é fiel. Mas não a esse ponto, Guilherme. Lembre dos soldados. Os soldados. E, sim, claro que o rei vai comer o meu bispo depois, mas o que importa pra mim se eu já comi a tua rainha, menino? Guilherme, deixa eu tentar te explicar por números. Digamos que os peões valem um. Os cavalos e os bispos têm o mesmo valor, três. As torres são mais importan-

tes, o que é um castelo sem torres, meu filho?, elas valem cinco. A rainha vale nove, quase o dobro dos cavalos e o triplo do bispo. Você não vai arriscar perder uma rainha por um bispo, vai? Não dá pra acreditar que você não aprendeu nada de matemática depois de todas aquelas aulas particulares. Porque aí você só vai recuperá-la de novo se chegar com o peão até a última casa adversária. Isso, como a dama, nesse ponto é parecido, mas é algo muito diferente, muito mais difícil. Então... Refaça a jogada. Coloque outra peça no lugar, ou, melhor, tente tirar o rei daí. Seja estratégico, pense em como você pode desaparecer com esse rei daí. Assim não, Guilherme. Se você não estivesse em xeque, você podia dar um roque, que eu ia te ensinar, mas só mais pra frente. Mas talvez tivesse sido melhor eu te ensinar antes mesmo. Em todo caso você não ia aprender, porque não presta atenção. Presta atenção aqui, moleque. Olha nos meus olhos. Roque é quando nem o rei nem a torre foram movidos e eles trocam de lugar assim. Aqui. Olhe aqui agora. Tem o roque pequeno, assim, e o grande, desse outro jeito. Mas voltando, por que você não põe esse peão aqui, tá vendo? Assim você, além de atacar esse meu cavalo, ainda protege seu rei, ganha tempo pra mexer nele depois. Isso mesmo, Guilherme, muito bem. Quando você aprender, eu deixo que você mexa nos livros de xadrez lá no escritório e no tabuleiro artesanal. Por enquanto, não. Não entre lá. Já vi você entrando lá e não quero que faça isso. Eles são importantes. Você pode estragar os livros ou perder as peças. Você vive descuidando de suas próprias coisas e botando culpa no seu irmão. Da próxima vez que vir você entrando lá, eu não me responsabilizo pelos meus atos. Veja, você não acha que o meu rei está bastante exposto e que você podia atacá-lo? Como de que jeito, Guilherme? Você não sabe mexer as peças, não sabe que o objetivo é encurralar o rei, então por que não ataca? Eu te fiz uma pergunta, Guilherme. Responda. Qual você acha que seria a peça que poderia agora dar um xeque no meu rei? Não, Guilherme, lembre que se você tira essa peça daí é o seu rei quem vai ficar em xeque. Você não pode tirar essa peça daí de jeito nenhum enquanto o meu bispo estiver aqui. Isso. A rainha, pode ser. Agora sim, a rainha. O ideal não é mexer a rainha, mas ela dá um xeque no meu rei, sim, tá certo. Agora, eu vou tentar me defender. Lembre que o seu objetivo é fazer com que o meu rei não tenha para onde ir. Se eu for pra esta casa, sua rainha me come, então eu só poderia ir pra esta e pra essa. Por que você não tenta fechar esses caminhos, também? Não, Guilherme, com essa você também expõe o seu rei. Isso, essa mesmo. Que cara de medo é essa, porra? Você tá ganhando, você tem obri-

gação de me vencer. Não se mete, Ana. Eu nunca brinco com o menino e você sempre reclama. Me deixa fazer a coisa do meu jeito agora. Agora, Guilherme, lembre-se: eu só tenho mais um lugar pra ir. O ideal agora é que você feche também essa saída. Não, Guilherme, assim você vai colocar todo o seu jogo a perder. Não seja burro, eu já falei isso pra você agora há pouco. Você está quase me vencendo, Guilherme, mas não pode esquecer de se defender só porque está atacando. Vamos, pense. Aqui, Guilherme, a torre! Você me daria um xeque-mate com a torre. Mas você não vai vencer hoje porque, assim, com preguiça de pensar, ficou sem mexer nenhuma peça. Tem relógio no xadrez profissional, você sabia? Como algum dia você pode chegar a ser profissional desse jeito? Não, Ana, eu não vou deixar o menino ganhar só porque ele está aprendendo. Ninguém vai deixar ele ganhar mais pra frente e ele vai ficar mal-acostumado na vida. Não é pra ficar me olhando assim, Guilherme, vamos tentar outra partida até você conseguir pensar direito, deixar de ser burro e quem sabe me ganhar. Não é pra ficar com medo. Vamos, que cara é essa? Guilherme! Volta aqui, Guilherme. Volta aqui, agora. Eu estou mandando. Volta aqui, Guilherme.

17.

PRECISA BRIGAR MUITAS VEZES com a chave até que a porta se abra, e já está suficientemente irritado quando aciona o interruptor e descobre que o apartamento de Guilherme continua sem energia. Então não bastaram as duas últimas noites no escuro, sem geladeira, sem chuveiro quente, terá ainda que prolongar o desconforto por sabe lá quantos outros dias. Tira o celular que carregou de novo no café e se guia pela luz que o aparelho produz. Deixa na mesa a o pote de salgados que trouxe e vai bater na porta do seu Elias. Ninguém atende.

O velho aparenta estar fora de casa, mas Ricardo sabe que ele já voltou. A imagem do seu Elias reunido com uma gangue de outros síndicos, medindo a inclinação dos seus topetes numa reunião de condomínio do bairro inteiro, já foi substituída pela do velho solitário, bebendo conhaque em uma mesa de canto do Vila França e vigiando a vida dos outros. É a imagem que distrai Ricardo de sua irritação, e devolve-o mais conformado ao apartamento, disposto a não perder tempo com o vizinho triste e patético. Entra na sala e por reflexo aciona de novo o interruptor. Breu total. A única coisa que lhe ocorre fazer é se estirar no sofá e descansar.

Aproveita que a carga do celular está completa e liga para saber de Ana, mas Gustavo não atende. A escuridão no apartamento faz Ricardo se lembrar das noites em que ele e os irmãos passavam no sítio, em Várzeas, numa época em que a energia elétrica só iluminava uma dezena de postes enfileirados na rua principal e algumas residências adjacentes. A eletricidade ainda assim era instável e os apagões eram bastante frequentes, obrigando as famílias a colocar cadeiras nas calçadas e desfrutar da claridade da lua, um brilho pálido que tornava possível enxergar a vizinhança melhor até que sob a luz dos postes. Ricardo se lembra da infância antes do internato, deitado no sofá da sala tentando se sentir menos sozinho, como se a nesga de luz que brota pela fresta da porta, nas raras vezes em que alguém sobe pelas escadas e invade o corredor do andar, fosse uma presença viva que ele acolhesse e lhe fizesse companhia.

Resiste à tentação de pegar o bilhetinho com o telefone da passageira do avião, na carteira, e ligar para ela. Ir a um lugar iluminado, depois voltar ao escuro do apartamento ou de um hotel provavelmente na companhia de uma mulher. Já encontrou problemas demais desde que chegou aqui. Volta seus pensamentos novamente àquelas noites de breu do sítio, a família se reunindo em volta do único lampião a querosene que tinham por lá e que já representava um avanço em relação às lamparinas de azeite vendidas na feira. Era ali que Dona Noeli contava as histórias da infância passada em tempos bem mais difíceis que aquele, em que tinham que se virar com as pavorosas velas de sétimo dia que ninguém sabia se, dali a menos de uma semana, iria enfeitar o caixãozinho azul de algum dos irmãos. Aqueles tios-avós que os meninos jamais chegariam a conhecer, e que iam morrendo um a um na grande epidemia de cólera-morbo, sem nunca alcançar a idade que Ricardo e os outros tinham agora. Ele e os irmãos ouviam a tudo espantados, mas atentos, mudos como o Major Afrânio, que olhava para a chama do lampião e não contava história nenhuma. Fixava na chama e ela parecia roubar-lhe toda a vida, chamuscando a própria infância igualmente sofrida, mas situada na paz de um tempo em que não havia a guerra, o pesadelo que levaria também um dos seus irmãos e nem lhe daria o privilégio de um caixão ou de uma vela.

Ricardo observava o olhar do Major Afrânio se consumindo como o pavio do lampião e temia aquele olhar mais até que os fantasmas que Dona Noeli evocava. Tentava se distrair gesticulando timidamente diante do lampião, brincando com as sombras que a luz projetava na parede, e bastava um dos irmãos imitá-lo para que o Major Afrânio se irritasse, cauterizasse os gestos dos filhos com o seu olhar inflamado, que não desaparecia nem quando saísse do alcance da chama do lampião, nem quando Ricardo fosse de castigo para a rede no quarto e julgasse que assim, mergulhando nas trevas, ouvindo apenas a voz de Dona Noeli continuando a contar as suas histórias, estaria mais seguro. Seguro na cegueira que momentaneamente ele compartilhava com os espíritos atiçados das crianças mortas, os parentes que jamais conheceria e cuja companhia no escuro, apesar do medo, Ricardo ironicamente acolhia como única proteção. Logo era interrompido pela visão do olhar do Major, encarando o lampião no escuro.

Já homem-feito, era daquele olhar que Ricardo ainda fugia quando se recusava a repetir o ritual familiar nas vezes em que faltava energia em Moreno e Guilherme e Gustavo se sentavam com a mãe à mesa, passando os dedos rechonchudos pelas chamas das velas, brincado de modelar com a cera que se acumulava nos fundos dos pires. Era algo que também irritava Ricardo e ele evitava presenciar. Nessas noites, mais raras que as do seu passado e que as do passado dos avós de seus filhos, Ricardo ia dormir mais cedo ouvindo, de longe, Ana cantarolando as músicas dos programas de televisão que os meninos reclamavam não poder assistir enquanto a luz não voltava. E era sempre de madrugada que a luz voltava, impreterivelmente, despertando Ricardo que não conseguia voltar a dormir com a lembrança do olhar aceso do Major Afrânio, do pai com quem não falava direito depois do nascimento de Guilherme.

A insônia que o acompanha desde o desaparecimento do filho não o acompanhava desde as madrugadas que sucediam os apagões. Em uma delas, alguém por acaso havia esquecido de desligar a televisão quando o fornecimento caiu e o aparelho despertou com um sibilo fino e constante, a transmissão interrompida por uma escala de cores e o relógio marcando as quatro horas da madrugada. Ricardo saiu da cama para ver o que estava acontecendo e encontrou Guilherme menino, sentado diante da tevê, aprisionado pelas barras coloridas. Assim que Ricardo despontou na sala julgando que o filho estava tendo algum acesso de sonambulismo, Guilherme se assustou como se tivesse visto uma assombração e correu para o quarto, para se enfiar nas cobertas.

Escuridão e silêncio eram o que aproximava as gerações do avô, do pai e do filho. Década após década, recordando a eles que antes da carne, antes do pó, eram todos vácuo de luz, e era a este vácuo que estavam fadados a voltar, sempre que precisavam se refugiar uns dos outros. Na sala do apartamento de Guilherme, com as cortinas do janelão abertas para captar o máximo de claridade vindo da rua Vergueiro, Ricardo perscruta o caminho que dá para o quarto em que o filho viveu e se pergunta se, no escuro, à noite, o olhar do pai — o seu olhar —, também espreitava Guilherme de madrugada. Imperioso, inquisidor, duas brasas que o despertavam e não o deixariam mais dormir. Se, como Ricardo, Guilherme também fechava os olhos nessas horas e deixava que a voz da sua mãe o guiasse na penumbra dos seus antepassados. A voz da mãe sempre dizendo o que calava a do pai. O pai condenado ao eterno silêncio, a ser o pior fantasma dos filhos, o monstro escondido atrás da porta.

Procura aceitar a cruel perspectiva de outro banho frio mais tarde, se quiser ir dormir limpo. Vai até a cozinha guiado ainda pela luz do celular e procura novamente por velas, na gaveta dos fósforos, vasculhando melhor os cantos a fim de encontrar algum toco que possa ter passado batido da primeira vez que procurou, sem luz alguma. Encontra enfim uma já meio gasta. Queima a ponta e gruda num pires. Descansa a chama na mesa da sala, uma fonte mínima, mas ininterrupta de luz para continuar a leitura do livro de Guilherme, que Rafael devolveu.

Percebe agora que aquele é, na verdade, um segundo volume das obras de Kafka. Talvez o primeiro esteja na pequena biblioteca da estante da sala. Ricardo move a chama até lá sem muita esperança, e quase tem um susto quando de fato acerta: entre livros mais novos, menores e mais finos, lá está o primeiro volume, com suas letras douradas e esmaecidas, a capa dura quase em frangalhos. Pula direto para as páginas 65 e 66 do volume, as mesmas páginas da folha avulsa encontrada no primeiro volume, cheio de rasuras.

Elas estão intactas, não foram arrancadas dali. Recua ansioso para o índice e tem uma surpresa: *O Desaparecido* é o livro que abre a série de outros dez títulos: *O Processo*, *O Castelo*, *Contemplação*, *O Foguista*, *A Transformação*, *A Colônia Penal*, *Um Médico Rural*, *Relatos Breves*. Não sabia que o tal Kafka havia escrito tanto, embora pelo número de páginas no índice alguns livros sejam bastante breves. Percebe que nem todos foram lidos por Guilherme. Muitos não têm sequer um só rabisco, e o filho já lhe deu provas mais do que suficientes de que não era capaz de respeitar nem o que mais amava (os livros) e riscava tudo que lia. Dentro de *O Desaparecido*, o único livro que passa a interessá-lo e que, por razões óbvias, decide ler inteiro, encontra outra folha avulsa semelhante à primeira, com as mesmas rasuras, as mesmas fitas que agora não se arrisca a tentar arrancar, colada no verso de um retrato de Kafka. Volta ao segundo volume das *Obras Completas*. O retrato do escritor é da mesma dimensão do recorte nas notas bibliográficas.

Cochila agarrado ao livro e ao retrato, debruçado na mesa. Por um momento se esquece de tudo. Não há mais livro. Não há mais Guilherme. Não há mais ele próprio. Não há mais sequer o breu do apartamento. Desaparecer deve ser algo assim — pensaria se houvesse pensamento —, uma outra forma de dormir profundamente. Ou de morrer.

A vela se extingue por completo enquanto Ricardo dorme e não tem mais como ler quando volta a acordar, horas depois, ainda de madrugada. Não dispõe de nenhuma outra estratégia para induzir o sono. Em outros tempos, era o sexo. Todas as infidelidades de Ricardo foram cometidas em viagens, em hotéis, em noites em que tinha absoluta certeza de que não conseguiria pregar o olho se não houvesse alguém ao seu lado. Dormira com outras mulheres, não era eufemismo, era de fato essa a expressão. O sexo podia ser bom ou ruim, mas o sono era sempre uma dádiva. Um sono sem culpa ou remorso, apesar da lembrança de Ana em casa, cuidando dos filhos. Apesar de quem quer que acordasse ao seu lado lhe cutucando, impressionada com seu sono pesado. Quantas vezes nem sequer chegou a vê-las saírem, encontrando-as depois em alguma mesa de congresso, ele invariavelmente atrasado, atrasando os grupos de trabalho que coordenava, bagunçando a ordem das comunicações.

Sempre professoras. Nunca traíra Ana com alunas nem se lembrava de alguma que aparentasse ser mais jovem que ela. As alunas, ele as recusava por princípio: não um princípio pudico ou ético, ou outra dessas baboseiras, mas quantos colegas já não haviam posto em risco não apenas seus casamentos, mas também seus cargos, a troco de uma simples cruzada de pernas que, afinal, elas sempre dariam de graça, no meio das aulas? Funcionárias também não. Sempre havia alguma funcionária nova, era evidente, uma secretária recém-contratada pelo departamento, mas tinha a impressão de que até as mais sexualizadas precisavam ser cortejadas a partir de um código que Ricardo não dominava. Apesar de trabalharem no mesmo lugar, não tinham o mesmo trabalho, e era partindo do trabalho que Ricardo sabia abreviar as conversas, chegar a assuntos que não chegaria se antes não obedecesse aquele caminho.

Ainda não tem fome, mas vasculha o pote que trouxe do café e retira uma esfirra. Come por falta de algo melhor para fazer. Pensa na desconhecida do avião, pensa em Sônia, na mulher ideal que compôs com as pernas de uma e os seios de outra. São essas partes do corpo que persistem, e são elas que persistem: a mulher do avião e a mulher do balcão, cujos salgadinhos o estão alimentando. A mulher que ele tanto estranhou de início, mas com quem, agora, ele começava a simpatizar. Terá Guilherme encontrado nela algum amparo maternal, ele que tanto tempo morou fora de casa, mas ainda assim parecia não ter conseguido largar o fio que despontava da saia de Ana? E Ricardo, o que ele encontrava naquela mulher? O que afinal procurava em todas as mulheres que não encontrava em Ana, a mãe de seus filhos, a mulher com quem fez uma vida, envelheceu junto, e pelo tempo de convivência que agora tinham, habitando o mesmo teto por vinte e cinco anos, o conhecia muito mais que a própria mãe?

O silêncio do apartamento de Guilherme apura a audição de Ricardo. Ouve finalmente uma movimentação no apartamento de Elias, mas já está tarde demais para bater à porta. A televisão está ligada do outro lado da parede. Tenta identificar se o velho está assistindo a um telejornal ou a uma novela. De vez em quando, ouve o barulho de um talher. O raspar de um garfo no prato. Uma torneira sendo aberta. Descarga. Se Ricardo ouve tudo isso, é bem possível que Elias também possa ouvi-lo. Testa o efeito do arrastar de uma cadeira da sala. Nada se altera no apartamento ao lado, é provável que isso incomode muito mais o vizinho de baixo... Brincadeira estúpida, a que cúmulo de solidão o sujeito não pode chegar numa cidade dessas? Talvez se se aposentasse e vivesse num lugar como São Paulo, sozinho, terminaria como o seu Elias: um velho solitário que, sem ter do que se ocupar além da vida dos outros, escolheu precisamente isso como função na sociedade. Não é isso que síndicos são? Chatos, fofoqueiros profissionais?

Termina de comer e espana as migalhas da esfirra que ficaram em sua camisa. A mesa está um lixo, mas não tem como limpá-la agora que só é capaz de enxergar a um palmo do nariz, por causa do celular. Sai tateando as paredes para achar o banheiro. As paredes no apartamento de Guilherme estão frias e as palmas das mãos reagem ao contato com a superfície gelada. Ricardo já não está nem um pouco disposto a tomar banho antes de dormir. Podia esquentar um pouco de água no fogão, mas pensar em toda a logística de levar a água quente até o banheiro num balde e misturar à água fria do chuveiro o faz desistir. Usa o banheiro às cegas, urinando fora do vaso e sentindo já o próprio odor ali dentro.

Reconhecer o próprio odor naquele ambiente dá a Ricardo a incômoda noção de que está começando a ocupar um espaço alheio, como um animal que acabou de demarcar sua presença num território pertencente a outro animal. Lidou antes com a sujeira de Guilherme. Agora precisa lidar com a própria sujeira. Sua mala, por exemplo, já não terá mais roupas limpas dali a alguns dias. As de hoje deixará dentro do tanque, na despensa, junto com as que usou no dia da faxina. Assim que a energia voltar, em breve, poderá lavá-las.

Fica mexendo o celular no sofá, sem se importar com a bateria, jogando o jogo estúpido da cobrinha, vagando com ela por labirintos em busca de uma maçã, de um ponto intermitente que, cada vez que é capturado, aparece em outro ponto e faz com que a cobrinha aumente e aumente e aumente de tamanho até que a própria cobrinha se torna o verdadeiro labirinto a ser enfrentado. Parece uma metáfora do que está vivendo. Tenta estimar quanto tempo até que a companhia de eletricidade resolva seu problema e não o deixe no escuro procurando por Guilherme. Quanto tempo até que Guilherme apareça no escuro e ele o capture, e Guilherme suma novamente e apareça em outro lugar, num jogo em que as regras são as mesmas, num jogo que cada vez que é jogado acaba com Ricardo se tornando o próprio labirinto, encontrando fissuras em sua história que nem sabia que tinham sido abertas, penetrando em frinchas de si mesmo sem saber ao certo como sair, sentindo aquela claustrofobia, aquele medo infantil do escuro que já não lhe oferece proteção alguma. Que o impele a abandonar o apartamento e vagar sem rumo, algo que faria se não estivesse numa cidade tão insegura quanto São Paulo.

Ricardo se levanta do sofá e vaga pelo apartamento. Chega ao quarto do filho tateando os objetos que são sua única presença, mas que não lhe dizem nada assim adormecidos, sem poderem ser vistos, apenas tocados — os objetos também com uma rotina e um curso inalterável. Vai se acostumando ao negrume do quarto e distingue a silhueta do casaco de camurça de Guilherme, pendurado na cadeira da escrivaninha. Está ali para roubar os travesseiros e os cobertores da cama do filho, e levá-los para o colchão do quarto de casal, mas se deita na cama de Guilherme como da outra vez o fez, quando bêbado, e sente o cheiro predominante que não é o seu mas o do filho. Ali, naquela cama, Ricardo ainda não conseguiu demarcar sua presença apesar da noite acidental que passou nela. Tenta dormir um pouco, imaginando-se no próprio leito de morte, observado por Guilherme, que está postado ao lado da cama como aquela cadeira, vestida com o casaco de camurça. Cochila, mas acorda em seguida, suando embaixo dos cobertores, abre a janela do quarto e constata que ainda não amanheceu, o poste lá fora está zumbindo e a lâmpada está falhando num dueto de som e de luz, escuridão e silêncio, tudo uma coisa só.

Dorme mais um pouco e só se levanta quando já é possível enxergar alguma coisa nas trevas do apartamento. Liga muito cedo para a companhia elétrica, para saber o porquê da demora em religar a energia. A gravação que ouve no celular é a mesma de quando ligou da outra vez.

Quase volta a dormir já de pé, embalado pelas mensagens falando dos perigos das instalações clandestinas e dos fios de alta tensão se soltando dos postes. A voz que por fim o atende tem forte sotaque paulista. Imagina alguém muito constipado do outro lado da linha. Sempre que reparam no sotaque dele por aqui, tem que conter o ímpeto de dizer este desaforo: se vocês acham que a gente fala cantando, vocês falam como uma criança gripada.

"Ahn... Consta aqui em nosso sistema que um técnico foi enviado ontem mesmo, senhor...", diz a voz que ressoa para dentro, sincopada por muitos erres. Ricardo se esforça para que o próprio sotaque não pareça tão canhestro. "Sim, eu não estava aqui", ele diz, "mas tinha fornecido também o número do meu vizinho..." Ouve o barulho de teclas sendo maltratadas e mais um "Ahn..." que se prolonga além do que devia. "Consta aqui que o técnico interfonou para a residência do senhor e o senhor estava ausente..." "Sim, eu acabei de dizer..." "... e como foi recomendado, interfonou também para o seu vizinho, mas ele se recusou a atender." "Perdão." "Ele se recusou a atender." "Ele não estava, é isso?" "Não. Ele atendeu, mas se recusou a receber o técnico." "Como assim?" "Foi o que foi repassado, senhor."

Era mesmo muita tolice achar que, depois da conversa no jardim e do modo como foi tratado, o seu Elias não daria um jeito de se vingar de Ricardo, ainda que dessa forma tão covarde, recusando-se a prestar aquele favor e agindo de maneira tal que poderia alegar, depois, que a companhia não apareceu ou que não estava no prédio no momento da visita.

"Eu posso remarcar a vinda do técnico então?", Ricardo pergunta. "Sim, senhor, a primeira visita é gratuita, mas a partir da segunda a companhia estará cobrando uma taxa..." "Taxa?" "É o protocolo da empresa, senhor..." "Certo, eu pago a taxa então...", aceita, bufando. "Nesse caso, já solicitei uma nova ordem de serviço, o técnico estará indo em breve..." "... Mas já que estou pagando, eu posso agendar pra um dia específico desta vez?" O barulho de teclas cessa do outro lado. "Não, senhor, a empresa não tem como agendar esse tipo de serviço, ele ficará a cargo da disponibilidade do técnico." Ricardo bufa novamente, concorda e encerra a ligação.

Lá fora, ouve o barulho do elevador parando. A porta sendo aberta. Deve ser Elias saindo. Vai até lá pedir uma satisfação. Afinal, por que o síndico não abriu o portão para o técnico? A porta do apartamento trava e, quando ele sai, o elevador já desceu. Desce pelas escadas correndo e alcança Elias no hall.

"Não sei de visita nenhuma", Elias mente, quando é inquirido ao descer do elevador.

"Acabei de telefonar para lá e eles me avisaram que enviaram um técnico ontem à tarde, e interfonaram para o senhor."

"Para mim?" — Aquela mania de blefar, respondendo a Ricardo com perguntas idênticas às suas afirmações, começa a tirá-lo do sério — "Para mim, não."

Ricardo prefere encerrar a conversa a trocar desaforos com o síndico, mas Elias não deixa por menos:

"Eu sugiro que espere o senhor mesmo da próxima vez, se quiser garantir que eles apareçam", diz Elias, enquanto Ricardo vai embora, fazendo o máximo de barulho que pode ao trancar a porta do elevador, cansado daquele jogo mental.

O retrato

Não achei o retrato do meu colega mas achei o de Kafka, sim, estava sob o seu signo. Senão, como explicar a coincidência? Numa velha revista ▮ ▮ da obscura sala de espera de um ▮▮▮ do bairro, distraí-me em ficar vendo as ilustrações, estava escrita em ▮▮. E de repente, ocupando toda a página, ele. Os cabelos negros. O queixo obstinado. E os olhos.

Metade da cara era bem-comportada mas a outra metade — meu Deus! — nunca encontrara antes duas metades tão diferentes assim: o lado direito, o de um funcionário meticuloso, filho-família meio esquivo, sem dúvida, mas contido. Cortês. A outra face, a de um possesso (tapei o lado direito com a mão) <u>dilacerado num mundo onde a realidade e o sonho se fundiam no fogaréu de uma paixão que tinha duas portas, da loucura e da morte.</u> Furtivamente, arranquei a página da revista e guardei-a. ▮▮▮ ao lado me olhou, interrogativa. É um risco ▮▮▮, eu disse e tive sua inteira aprovação.

Fiquei sorrindo também: ▮▮▮ era um <u>labirinto</u> dentro do qual ▮▮ ▮▮▮ entrara e agora não conseguia mais sair. <u>Os textos desregrados embora aparentemente cheios de lógica. Aparentemente cheios de lógica — esse o ~~meu~~ engano. Não descobrira ainda que era o contrário que ocorria: a ilogicidade estava só na aparência porque no âmago tudo se desenrolava com a precisão infalível de uma equação matemática. O caos estava na forma da apresentação do problema, não na essência. Caos na pele do homem transformado em inseto, caos nas andanças do inocente transformado em vítima, caos na superfície, nunca no fundo. Como a loucura é que vestia a lucidez, forçosamente os meios tinham que ser esdrúxulos mas, sob a falsa demência, a marcha dos acontecimentos se desenrolava dentro de uma lógica implacável, burocrática na sua fatalidade semelhante à marcha de um processo percorrendo os canais competentes.</u>

Naquela noite, ▮▮▮ em casa, com a energia ▮▮▮▮, cheguei quase a tocar no seu ▮▮▮.

Anos depois viria a pensar nele com o mesmo fervor enquanto andava ████████████ *amava e detestava. Anoitecia. Lancei um olhar ao* █ *que ia se fazendo* ███.

Ao transpor a ponte, vi que estava perdida. Falei com uma mulher do povo que passou ao meu lado, onde estaria meu hotel? Ela sorriu como uma criança, levantou a mão num tímido adeus e prosseguiu seu caminho. Passou um militar, recorri ao █████, *ao* █████: *ele abriu os braços, disse alguma coisa* █████ *e desapareceu numa esquina. Fui andando* █████. *Incomunicável como ele queria. Lembrei-me então do seu retrato que guardara dentro de algum livro, junto com o retrato da minha* █████ *e que também não sabia mais onde podia estar.*

18.

O MELHOR AMIGO DE GUILHERME na nova escola, depois que se mudaram para Minas Gerais, era Miguel, um garoto ruivo e sardento muito mais alto que ele e que todos os outros colegas da classe. Sentava-se no canto esquerdo da sala, no final da fila em que Guilherme ocupava a primeira cadeira. Durante toda a quarta série, Guilherme tomava Miguel por um daqueles alunos repetentes como ele um dia já fora, que iam mudando de lugar a cada ano que passava até chegar ao fundo, porque sempre havia quem reclamasse que não dava para ver o quadro negro sentando atrás deles. Não fosse o fato de ser novo na escola e ainda não ter crescido nem um palmo desde que se matriculara, Guilherme também estaria lá, encostado no janelão de onde vinha grande parte da luz que iluminava a sala.

Miguel não era repetente, e Guilherme descobriu isso no dia da aula de Estudos Sociais em que caíram no mesmo grupo para um trabalho de classe. Segundo a professora, grupos de quatro alunos teriam que fazer círculos de debates para discutir as formas e os sistemas de governo do plebiscito que estava prestes a ser realizado em abril, naquele ano de 1993. Cada grupo deveria organizar um sorteio interno para definir qual dos membros defenderia a república ou a monarquia, o presidencialismo ou o parlamentarismo. Ao final da discussão, os grupos teriam direito a voto no plebiscito que seria simulado em sala de aula.

"Mas que coisa chata", disse Miguel, tirando o papel com a palavra *Monarquia* do saquinho. Guilherme abriu o seu papel e mostrou a palavra *República* para ele. "Quer trocar?", Miguel perguntou. "Acho que não pode", disse Guilherme. "Besteira", Miguel trocou os papeizinhos. As duas meninas do grupo se contentaram com os sistemas de governo que tiraram. Ambas eram amigas de Miguel, jogavam vôlei juntas no time misto do colégio. Guilherme nunca mais jogara vôlei, e uma cicatriz que conservava no supercílio, mesmo que ele tentasse cobri-la com a franja e outros óculos de armações maiores ainda, estava ali para lembrá-lo do porquê.

Guilherme tentou começar seu discurso defendendo a tradição da coroa, mas na roda ninguém pareceu preocupado com os rumos da democracia. "A gente diz que vai anular", Miguel sugeriu. "Por que que os grupos não são divididos em seis, se você também pode anular o voto ou deixar em branco?"

Guilherme pensou em argumentar. O voto nulo não faria efeito e o branco beneficiaria a maioria, mas as duas meninas balançaram a cabeça ao mesmo tempo, em sinal afirmativo, concordando.

Miguel começou a falar da eleição passada, do dia em que o pai o levou para a cabine de votação e deixou que ele marcasse o xis no Fernando Collor "porque ele era mais bonito". Uma das meninas duvidou da história. "Mas não podia entrar na cabine com criança", disse. "Dane-se", Miguel respondeu. "Ele me levou mesmo assim". E deu de ombros, olhando para Guilherme. "Ele morreu no ano passado, depois do impeachment."

Guilherme não conseguia entrar na conversa. Estava aflito porque sabia que todos os outros colegas estavam fazendo o trabalho enquanto o seu grupo se distraía com outros assuntos. Quando a professora passou por perto, Miguel fingiu defender a república. "É o voto rebelde", disse, reproduzindo a frase repetida à exaustão na televisão, durante a propaganda gratuita. A professora deu as costas e Miguel e as meninas passaram a falar de vôlei. "Por que você não entra no time, Guilherme?", Miguel perguntou. Guilherme coçou a cicatriz e começou a estraçalhar as unhas, hábito que cultivava desde que fizera aquela ferida no supercílio — tentando defender uma cortada do pai, num jogo entre famílias, na despedida da Paraíba. Ele sempre arrancava a casquinha e comia, para horror de Ana e do irmão. "Eu não sou muito de esporte", disse ele. "Deixa de se comportar como um novato", Miguel desdenhou, imitando seu sotaque nordestino. "Você não devia se importar tanto com a escola ou com o que as pessoas pensam. Nada disso serve pra nada."

Um dos meninos do grupo vizinho se virou para eles. Guilherme temia que estivesse ouvindo a conversa e que fosse dedurá-los para a professora. O menino, porém, chamou uma das garotas e entregou um papelzinho igual aos que saíram dos sacos. A menina abriu, fez uma cara de reprovação e passou o bilhete para a outra.

"Deixa eu ver", disse Miguel.

A outra menina leu, mas amassou o papel, apertando a bolinha na palma da mão. Miguel segurou o dedo mindinho da amiga e o dobrou até que ela desse um gritinho abafado e soltasse a bolinha de papel.

A professora, que estava na porta da sala, virou-se e pediu silêncio para a turma. Miguel apanhou a bolota do chão e desamassou. Tão logo leu o que estava escrito, levantou-se e deixou cair o papel no colo de Guilherme. Saiu do círculo formado pelas cadeiras e, assim que se viu fora, cutucou o menino do outro grupo que passou o bilhete, que não teve tempo de se virar nem defender o soco violento que o atingiu em cheio na orelha direita, um golpe que ele acusou ao mesmo tempo em que toda a classe se virou para olhar e a professora correu para segurar Miguel pela camisa, impedindo que ele continuasse socando o seu oponente, agora ridiculamente apavorado, encolhido na cadeira.

Só quando Miguel e o menino já estavam fora da sala e as cadeiras novamente perfiladas — ninguém havia ainda conseguido parar para respirar e entender o que havia acontecido —, é que Guilherme conseguiu ler o que estava escrito em letras miúdas, espremidas no verso de um papel com a palavra *Monarquia*.

Para rainha da turma vote:
( ) Miguel   ( ) Guilherme

Amassou o papel, mas não teve coragem de jogá-lo fora. Ficou muito tempo com o punho fechado em volta da bolinha, imitando uma das meninas que leram o que estava escrito no papel e que agora olhavam para ele, do canto oposto da sala, para saber sua reação. Apenas as unhas da mão direita Guilherme conservava grandes, para estraçalhar as da esquerda, e ele sentia as pontas machucarem a palma da mão, que escondia embaixo da coxa. Agora que também sabia o que estava escrito, lhe vinha o temor de que o motivo da briga fosse esclarecido na diretoria e ele fosse envolvido na história. Que contassem o episódio para o pai, que vinha implicando com sua postura, o jeito como cruzava as pernas na cadeira ou segurava a própria cintura, tentando ocultar o sobrepeso.

Perto do final da aula, Miguel voltou para pegar sua mochila que ficara largada na última cadeira. A professora não disse nada quando ele entrou, e o breve silêncio que se fez foi rompido pelos cochichos de quem se perguntava por quantos dias Miguel fora suspenso da escola. Porque era certo que ele havia sido suspenso. A professora deu prosseguimento à aula comentando a decisão da turma pela república presidencialista, no plebiscito. Depois que Miguel saiu, entrou o menino que levou o soco, segurando uma compressa com gelo na orelha que recebeu o golpe. Os colegas que faziam parte do grupo dele começam a rir. A professora teve que bater no tampo do birô para que a turma silenciasse. O menino saiu também, levando suas coisas, e o sinal não tardou a tocar. Debochavam porque o que apanhou provavelmente havia sido suspenso também.

Num degrau, a conversa que ia descendo as escadas era sobre a razão da briga; no outro, sobre a possibilidade de a briga continuar fora do colégio. Guilherme atrasara propositalmente a saída, enfiando a bolinha de papel em um compartimento da mochila com zíper e organizando os livros e os cadernos dos maiores para os menores. Esperou as duas amigas de Miguel saírem. Temia que elas o abordassem fora da escola. Quando restou um último e reduzido grupo de alunos, ocorreu a Guilherme que o melhor a fazer era se enfiar entre eles e também ir embora. Não queria correr o risco de a professora também o abordar. Não gostava dos novos professores e do colégio de Viçosa.

No corredor, se misturou entre os alunos de outras séries. Não teria mais como se esconder quando passasse do portão, e temia que ao chegar na rua encontrasse todos os colegas da sala divididos em grupos, nos mesmos círculos de alunos que agora esperavam que Miguel e o outro menino se engalfinhassem, sem ninguém para separar. Quando saiu do colégio, porém, não viu uma cena muito diferente da que via todos os dias: crianças abrindo os cadeados de suas bicicletas, crianças caminhando em direção a suas casas, crianças entrando em carros que esperavam por elas com o pisca-alerta ligado.

Por via das dúvidas, decidiu fazer um caminho diferente do que traçava diariamente para ir para casa. Cruzou uma praça sem árvores, deserta, com o sol a pino. Arrependeu-se do trajeto assim que viu no parquinho Miguel e as duas meninas, ele em um balanço e elas cada uma em uma ponta de uma gangorra. Tentou fingir que não os viu e seguir por um outro itinerário, mas já era tarde.

Miguel se despediu delas e correu, acenando na direção do colega.

"E aí, novato?". Miguel caminhava ao seu lado, se equilibrando no meio-fio que separava a calçada da praça de um campo de terra batida. Guilherme não sabia o que dizer. Miguel continuava sua brincadeira e segurava no ombro de Guilherme sempre que perdia o equilíbrio. "Você vai ser suspenso?", Guilherme perguntou, enfim. "Só uma semana. O que pra mim é fichinha", Miguel disse, descendo finalmente do meio-fio e soltando o ombro de Guilherme. Um carro estacionou perto do parquinho. As duas meninas desceram da gangorra e entraram no carro. O carro buzinou e Miguel acenou para as duas mulheres de óculos escuros nos bancos da frente.

"As mães delas são minhas tias", Miguel disse.

Guilherme olhou de novo para o carro e para as duas meninas que se despediam deles, no banco de trás. "Então você é primo delas?", perguntou.

"Só de uma", Miguel disse, caminhando no gramado.

"Como assim?", Guilherme estava confuso.

"Elas são filhas cada uma de uma mulher, ora."

"Sim", Guilherme se corrigiu. "Isso eu sei... Mas você não disse que as mães delas são suas tias?"

"É, mas só uma é minha tia parente, entendeu? A outra é tipo não oficial, veio depois, no pacote."

"Como assim?"

"Ai, criança, como tu é bobo", Miguel riu. "Um dia eu te explico."

Guilherme ficou calado, matutando.

"Tua casa é perto daqui?", Miguel perguntou.

"É", Guilherme disse.

Queria perguntar se a casa de Miguel era mesmo no caminho da sua. Demorou, e quando se decidiu a perguntar, Miguel deu um sorriso de dentes muito brancos e disse: "Dã. Como é que eu vou saber se a minha casa é perto da tua se eu ainda não sei onde é a tua? Você é mais ingênuo do que eu pensava."

Miguel parecia ainda mais ruivo e com ainda mais sardas sob o sol.

Guilherme pensou em outra pergunta e ficaram calados por mais tempo que ele desejava. Foi Miguel quem recomeçou. "Eu disse lá na diretoria que ele só me provocou. Não contei do bilhete." Guilherme ajustou a alça da mochila e tentou endireitar a postura curvada. Calaram-se de novo, mas desta vez Guilherme recomeçou. "Você não tem medo de ser expulso ou ser reprovado de novo?" Miguel interrompeu o passo. "E quem disse que eu já fui reprovado?" Guilherme gaguejou sem dizer nada. "Eu quase fui no ano passado, quando meu pai morreu, mas nunca levei bomba", Miguel voltou a caminhar no mesmo trote. "É porque eu sou mais alto, né?" Guilherme fez que sim com a cabeça. "Todo mundo pensa isso. Se você jogasse vôlei também crescia."

No quarteirão de casa, Guilherme teve a impressão de ver a Belina do pai passar por eles e dobrar a esquina. Confirmou a impressão assim que chegou mais perto e viu o pai no portão, esperando por ele. "Minha casa fica logo ali", disse Guilherme, apontando discretamente para a Belina estacionada, torcendo para que Miguel fosse embora, dissesse que estava só acompanhando, que ia ter que voltar porque já passava do caminho de casa.

Miguel, porém, não disse nada e continuou andando. Guilherme agora torcia para que a mãe estivesse do outro lado do portão, que o pai estivesse ali na verdade não esperando por ele, mas esperando que a mãe abrisse o portão porque esquecera a chave ou porque trouxera alguma coisa na mala que não podia carregar sozinho.

"Aquele ali é o seu pai?", Miguel perguntou. "É", Guilherme respondeu. O olhar de Ricardo estava impassível quando encontrou com o de Guilherme. "Bonitão ele. Vocês são meio parecidos", disse Miguel. "Então tá. Até amanhã", disse Guilherme apressando a despedida, a duas casas vizinhas da sua. "Até a próxima semana, na verdade", disse Miguel, ficando para trás. "Fui suspenso, lembra?"

Guilherme se aproximou do pai com a própria chave na mão. O pai segurou os seus ombros e ele sentiu a diferença do toque de Ricardo e do toque de Miguel, quando se apoiava em seu ombro enquanto caminhava no meio-fio. O toque de Miguel era uma marcha. O do pai, um freio. Guilherme estancou no caminho. "Me apresente seu amigo, Guilherme", disse o pai. Miguel chegou mais perto. "Miguel, esse é o meu pai", Guilherme murmurou. "Prazer", disse Miguel. Ricardo não respondeu.

Miguel passou por eles e seguiu na rua, ainda se equilibrando no meio-fio da calçada. Enquanto observava Miguel se afastando, Ricardo ainda segurava o ombro de Guilherme. O menino tirou a mochila menos para se livrar do peso nas costas que do peso da mão do pai no seu ombro. Mas a sensação de peso da mão de Ricardo permaneceu, mesmo quando conseguiu se desvencilhar dela.

19.

QUANDO O PSIQUIATRA MENCIONOU O TERMO "pensamento escravizante", Gustavo teve um vislumbre das noites em que surpreendia a mãe calada na mesa do jantar, tentando alinhar os talheres nas laterais do prato enquanto a omelete esfriava diante dela. A omelete era praticamente a única receita que ele sabia fazer sem contar com a ajuda de Ana, cujos rituais tornavam-se mais complexos e demorados cada vez que ela entrava na cozinha. Era o menu dos piores dias, aqueles em que precisava mantê-la afastada de qualquer atividade que exigisse um empenho físico ou intelectual em algo com o mínimo de sistemática.

A pretexto de uma gentileza, um jantar entre mãe e filho como os que faziam rotineiramente quando o pai estava fora, Gustavo evitava que Ana fosse ao supermercado, onde percorreria todas as prateleiras num movimento ondular fadado a se repetir ao final — ou porque algum ingrediente da lista (escrita em ordem rigorosamente alfabética) fora esquecido, ou porque a própria Ana não estava tão certa se não errara o caminho entre as gôndolas e acabara saindo do percurso previamente planejado, desde a seção de limpeza até a de laticínios.

Cozinhando para a mãe, Gustavo evitava ainda que ela voltasse com a sacola lotada de produtos, dispondo todos eles na mesa, em perfeita simetria, até guardá-los nos espaços correspondentes nos armários correspondentes. Ana começava tudo outra vez se se confundia de espaço, se se confundia de armário, se ao retirar o produto da mesa o desenho formado pela disposição dos outros produtos com os objetos da mesa não lhe agradasse. Tudo para que depois se valesse desses mesmos produtos para cozinhar, cortando os cubos de tomate em tamanhos milimetricamente iguais, descartando frutos inteiros caso houvesse neles uma só marca escurecida que por descuido não tivesse notado na hora da pesagem (o peso sempre deveria dar um número redondo, na balança do supermercado). Descartava também os cubinhos que não conseguisse cortar em tamanhos iguais — iguais em relação aos cubos do próprio tomate, que estava cortando, ou da cebola, que cortara antes. Aplicava o mesmo critério às tiras de espaguete, que não podiam ter um comprimento maior que as outras tiras do feixe, pousado em ângulo diagonal na panela de água fervente — nem muita nem pouca água, apenas o suficiente, a quantidade necessária que apenas Ana sabia quanto era, porque o volume de água devia se alinhar a uma certa mossa da panela que apenas Ana conseguia enxergar. Isso sem falar na peleja com as facas, colheres, pegadores. Todos tinham seus respectivos territórios, nunca se devia usá-los sem antes lavá-los, e nunca lavá-los sem depois secá-los, nem nunca usá-los novamente sem recomeçar todo o processo. Era um desafio fazer isso antes que o macarrão passasse do ponto, a panela de molho grudasse, as bocas do fogão fossem ligadas e desligadas e ligadas e desligadas e ligadas e desligadas novamente só por garantia, para conferir se o gás não escapava — seis bocas ligadas e desligadas da primeira à esquerda do fogão, mais fraca, até a última à direita do fogão, mais forte. Fosse feito por Ana, o jantar demoraria a sair até que a madrugada chegasse, quando já passava então do horário da mãe tomar o último remédio e Gustavo precisasse ministrá-lo com um copo de refrigerante, ou qualquer coisa pronta que ela tivesse comprado. Porque havia também o ritual para o suco.

"Pensamento escravizante".

Em duas palavras, o médico definia não apenas o sofrimento interno de Ana, durante aqueles piores dias (em que deixava de ir ao trabalho porque trabalhar era impensável), mas também o sofrimento de Gustavo que, para poupá-la de tudo aquilo, tinha que deixá-la diante da televisão do quarto, num lazer também um tanto trabalhoso, porque Ana só podia assistir aos canais de números pares e com o som meio alto — a barrinha do volume no ponto exato que se alinhava com a primeira letra da marca do televisor, estampada no centro do aparelho.

Gustavo ficava na cozinha preparando a omelete e se perguntando se era realmente possível que ele conseguisse, se era realmente possível que alguém conseguisse poupar Ana de tudo aquilo. Se qualquer atividade que exigisse seu empenho físico ou intelectual era *sempre* algo sistemático. Se o mero ato de abrir os olhos na cama de manhã e olhar para o teto já lhe despertava sistemas, e colocar os pés nas sandálias (os dois ao mesmo tempo) ao sair do cobertor (tomando o cuidado para não amarrotá-lo) já era um ritual tão impossível quanto insuportável quanto necessário para ela viver. Necessário para ela viver, na mesma medida do impossível e do insuportável.

Em duas palavras, "pensamento escravizante", o médico não apenas definia a agonia de Ana como também a agonia de Gustavo tirando a mãe da cama, levando-a para a sala de jantar (o piso de azulejos e os rejuntes no caminho...), contemplando o seu desespero diante dos talheres, concluindo enfim que não podia haver termo mais apropriado: eram ambos, ela e Gustavo, escravos do Transtorno.

Desde que Ricardo viajara para São Paulo, era Gustavo quem acompanhava Ana nas consultas periódicas: uma vez por mês ao psiquiatra, uma vez por semana ao psicólogo. Duas clínicas, em lados opostos da cidade, para onde Gustavo a levava dirigindo o Citröen Picasso do pai, um carro que era tão largo e tão comprido para ele (acostumado a pilotar uma moto), que o enervava já na saída da garagem do apartamento, uma vaga atravessada por pilastras das quais ele desviava sem qualquer segurança. Conduzir aquela imensa caixa de sapatos o deixava extenuado a ponto de cochilar nas salas de espera, pensando na prova da faculdade que teria que deixar para a segunda chamada, embalado pelas histórias que inventava olhando para os outros pacientes e tentando adivinhar que tipo de problemas tinha cada um.

Cochilava, cabeceava um tanto e depois acordava, conferia o relógio, se irritava com a impressão de que havia dormido todo o tempo que a mãe passava dentro do consultório, quando na verdade tinha dormido só cinco minutos, cinco ínfimos minutos dos cinquenta que ele teria que esperar aproveitando o resto do tempo para folhear revistas de celebridades com uma avidez impaciente. Gustavo folheava as revistas até o final, não porque nutrisse particular interesse pelo novo escândalo envolvendo o ator cocainômano da vez, a cantora dipsomaníaca das paradas, mas porque virar as páginas, uma a uma, esgotando uma pilha de tabloides da cesta de vime e transferindo-a para uma outra na mesa de canto com um metodismo de dar inveja à própria Ana, aquela era a única forma concreta de ver o tempo passando, de se distrair até que a mãe aparecesse na sua frente de súbito, com o semblante um pouco mais aliviado.

Gustavo considerava que ali, manuseando as revistas, passando as páginas sem se dar ao trabalho de lê-las e quase rasgando o papel no meio, também podia estar sendo observado por outros acompanhantes ou mesmo por outros pacientes que também imaginariam histórias e projetariam quadros clínicos em que o doente era ele. Era ele quem estava ali em busca de ajuda. De fato, muitas vezes se questionou se cuidar da mãe já não vinha sendo o suficiente para fazê-lo também adoecer, ele que havia acabado de desperdiçar a chance num programa de intercâmbio no exterior tão logo o pai pediu que ficasse em João Pessoa, incumbido de cuidar da mãe.

Quantas vezes não quisera entrar junto com Ana no consultório do psicólogo ou perguntar ao psiquiatra — o único com quem tinha um contato mais próximo, por causa das receitas —, se os próprios pensamentos intrusivos, esses que ele vinha tendo no trânsito, por exemplo, não podiam vir a se tornar também "pensamentos escravizantes". Se o melhor não era também ele, Gustavo, começar a tomar um daqueles remédios da mãe, medicamentos cujas receitas e tarjas variavam tanto de cores e eram tão difíceis de encontrar em uma só farmácia que, pelo menos uma vez por mês, Gustavo se sentia como que dentro de uma gincana de colégio, parando o carro de esquina em esquina até achar o lugar que os tivesse todos no estoque, depois de uma verdadeira sabatina por parte do farmacêutico, que exigia os documentos da paciente para preencher a receita, e não hesitava em mandá-los de volta ao psiquiatra se este prescrevesse duas caixas de um comprimido de 20 miligramas e a farmácia só dispusesse de caixas dos de 10 miligramas, não adiantando de nada Gustavo apelar para a lógica e insistir em que lhe vendessem então o dobro de caixas, porque evidentemente não era assim que a coisa funcionava.

Assustava-se com a própria ira, tomando a receita das mãos do farmacêutico e amassando o papel na frente dele, convertendo-o em uma bolinha amarela ou azul que comprimiria no punho até sair da farmácia, atravessando o corredor de desodorantes e trombando em outros clientes que, alheios à sua raiva, obstruíam a passagem com cestas de plástico a tiracolo, mesmerizados na tarefa de destapar tubos de roll-on e aproximá-los das ventas sem jamais se decidir qual deles levaria para casa. Assustava-se com a própria violência, a força com que abria a porta do carro onde Ana o esperava, mexendo ainda nos botões do rádio à procura de uma estação, muito mais atenta aos dígitos no painel que à música que tocava. Mal falava com a mãe, girando a chave do carro até quase torcê-la na ignição, desligando o rádio no controle da direção porque não tinha paciência para a tortura de ver a mãe mexendo naqueles botões, sem conseguir achar uma estação porque os dígitos nunca paravam num número redondo. A ira, a raiva, a violência, ele então canalizava em aceleração, freadas bruscas, trocas insanas de faixa e uma furada de sinal que geraria pontos na carteira do pai se Ana não melhorasse e ele não encontrasse tempo para ir ao Detran assumir a responsabilidade.

Responsabilidade. Algo que agora lhe caía no colo com um peso que — Gustavo era obrigado a concordar com o pai — Guilherme nunca foi capaz de carregar nos ombros. Guilherme era o responsável por tudo o que estava acontecendo. E Guilherme deixava para Gustavo todo o ônus daquela responsabilidade. Um irmão três anos mais velho que ele, três vezes mais imaturo, que desde a adolescência não estava mais por perto para justificar o simples acaso de tê-lo precedido no curso da vida. Que não estava mais ali para cumprir uma lei natural que Guilherme insistia em trair, abandonando o navio quando devia ser ele, o mais velho, a assumir o leme tão logo avistasse a borrasca do alto do mastro.

Lembrava-se da carta que escrevera para Guilherme, a única em todos os anos que estivera fora, enviada junto com a correspondência de Ana quando o Transtorno ainda lhe permitia algo trivial como enviar uma carta, sem que para isso precisasse pedir ao funcionário dos Correios para que ela mesma carimbasse o envelope, porque não queria que a marca do carimbo ficasse torto no selo. Já havia avisado a Guilherme, naquela época, dos problemas da mãe, o Transtorno que vinha se agravando a cada semana sem notícias, a cada confraternização de fim de ano em que a família perguntava por ele, e ela precisava inventar uma desculpa imediatamente rechaçada por Ricardo.

Gustavo havia tentado usar todos os argumentos racionais para convencer o irmão a voltar, se não de vez, pelo menos por um tempo, até resolver as diferenças com o pai que, era preciso dizer, já nem devia se importar mais com o que quer que ele estivesse fazendo, desde que estivesse fazendo longe dos olhos da família. A carta ficou sem resposta, como de resto agora estão sem respostas as ligações que Gustavo vem fazendo para o telefone de Ricardo a pedido de Ana, querendo saber notícias da busca. Se hoje tivesse condições de encontrar os dois, o pai e o irmão, de mediar aquele conflito que pareciam querer arrastar do berço ao túmulo — ainda que o túmulo que cavassem em silêncio, os dois, palmo a palmo, fosse o túmulo de Ana — mostraria a Ricardo que, negando o filho, só estaria encontrando a própria perdição. E que Guilherme, negando o pai, no afã de ser contrário a ele, só acabava se moldando a seu próprio exemplo, sendo aquele ser ausente da infância dos dois, cujo nome era um tabu se pronunciado nas costas, uma sombra que os cobria até nos momentos de luz, quando sua falta ficava ainda mais evidente. Ricardo e Guilherme, pai e filho, dois opostos, se igualando na ausência.

Fechou os olhos de novo, e os cinco minutos que cochilou pareceram uma eternidade, até ouvir o barulho da mãe se trancando no banheiro, acionando os primeiros sinais de alarme.

20.

RAFAEL ESTÁ NA FRENTE DO RECREIO CÊNICO quando Ricardo chega para encontrar-se com o tal diretor Vânia. O jovem fuma um cigarro, sentado no degrau de concreto que separa a calçada do interior do teatro. Tem os pés descalços e está em mangas de camisa, com uma blusa puída que lhe revela os braços magros. Levanta-se ao ver Ricardo se aproximar e, sem jogar muita conversa fora, o faz entrar pela portinhola que fica o tempo todo aberta enquanto ele fuma. Atira a guimba do cigarro acesa antes de acompanhá-lo, contrariando a expectativa de Ricardo de que permaneça fumando dentro do bar vazio. Diz que o grupo está ensaiando uma cena no galpão. Uma cena da qual não participa, aproveitando o tempo livre para dissipar um pouco da tensão que ainda sente no palco. Cruzam o bar e a cortina que separa os dois ambientes. A partir desse ponto já é possível ouvir os outros atores e Rafael fala baixo, pede que Ricardo entre e siga até um dos lugares da plateia. Diz que o diretor já sabe que terão visita e que farão uma pausa em breve. Ricardo obedece e Rafael desaparece por um corredor escuro que Ricardo não tinha notado, da primeira vez que visitou o galpão.

 Não há muitos atores em cena, e eles não parecem dar pela presença de Ricardo, que se desloca na penumbra à procura de um lugar no canto inferior da arquibancada, não muito oculto a ponto de não conseguir uma vista privilegiada do ensaio, mas também não tão evidente a ponto de chamar atenção do elenco. Não há qualquer cenário, e os cinco atores em cena ainda não estão trajados com seus figurinos — a menos que se considerem figurinos aquelas roupas esportivas e trapos nos quais estão enfiados não apenas Rafael, mas também outros três atores e duas atrizes que Ricardo vê se movimentarem por toda a extensão do galpão.

 Não sabe qual deles é Vânia, se o diretor está também em cena ou se os observa de algum canto incógnito. Na cena, os cinco conversam sobre algo que Ricardo a princípio não consegue compreender muito bem. Ele tenta estabelecer relações entre os personagens, entender os conflitos que vão surgindo durante a própria cena, mas sente como se tivesse entrado num cinema e apanhado um filme pela metade. Uma história que, por mais que ele se esforce para decifrar, vai se tornando um mistério ainda maior, à medida que vai chegando ao fim. Ricardo desconfia que algumas partes da peça não façam mesmo sentido algum, sejam só um compilado de textos soltos e imagens incompletas e de perguntas e respostas propositalmente urdidas para não serem inteligíveis.

Das poucas vezes que foi ao teatro, nunca conseguiu prestar atenção direito no que acontecia. Não podia deixar de notar a artificialidade dos atores, o modo como se empolavam ao dizerem suas falas, como se fossem políticos improvisando discursos num pedestal, padres proferindo orações num púlpito ou poetas declamando poemas numa calçada. Mentiras, em suma, era o que todos produziam de seus respectivos patamares. Mas se políticos, padres ou poetas inventavam suas mentiras para nos fazer acreditar nelas como verdades, no teatro a mentira parecia se assumir como mentira rasteira, e não querer enganar ninguém. No cinema ou na televisão, tudo parecia natural, tudo *era feito* para parecer natural, mas no teatro, a mentira parecia se incorporar ao ofício, fazer parte do jogo, como se a presença do público já escancarasse toda a farsa e ninguém se importasse. E são essas mentiras que Ricardo se recusa a comprar, assistindo a uma peça, assistindo agora a este ensaio estúpido no qual preferia não estar, preferia que Vânia o recebesse em alguma sala daquele maldito Recreio Cênico, sem a necessidade de exibir sua trupe de atores, aquela gente com quem Guilherme se meteu e que o separou de casa para sempre.

Até que, de uma das coxias, surge um Rafael sem camisa, com uma máscara, interrompendo as divagações de Ricardo e trazendo-o de volta para a cena, com a lembrança de que o rapaz que agora invade o palco está substituindo o seu filho naquele papel. Bem poderia ser o seu filho por trás daquela máscara com os olhos tapados, caminhando lentamente até o centro do palco, sendo a princípio ignorado pelos demais atores, que continuam em uma discussão insensata. Até que percebem Rafael, e cercam o rapaz no centro do palco, e passam a empurrá-lo de um lado para o outro, e Ricardo se incomoda com a violência dos atores e a postura de Rafael, ou do seu filho, em cena. Ele não reage, se deixa ser jogado, se diria até que se atira nos braços de um e do outro — o corpo mole, frágil, tombando, por vezes se estatelando mesmo no chão, e sendo de novo erguido por um para ser derrubado por outro, outro que enfim o agarra, e os demais que se afastam quando ele é agarrado pelo outro, e se demoram alguns segundos nesse abraço mal-ajambrado.

Ricardo se pergunta se aquilo faz parte mesmo da cena ou não é, na realidade, algo fora do roteiro daquela peça maluca (será que vão tirar a roupa?), o enlace brutal como única presença iluminada no palco, até que da escuridão ao redor se ouvem palmas. Ricardo ouve as palmas e não são palmas de aplauso, porque elas não continuam num crescendo, mas param secamente, depois de duas batidas abruptas, ordenando que as luzes se acendam.

E Ricardo então reconhece Vânia, das fotos que viu no programa da peça anterior. É o homem com gorro esfarrapado e terno poeirento. É um dos três homens que discutiam há pouco no palco, e que agora se aproxima do outro que abraça Rafael.

Não parece tão andrógino quanto Ricardo imaginava, pessoalmente, por causa do nome. Mas parece tão antipático a Ricardo quanto se fosse andrógino.

"Temos que coreografar melhor essa cena", ele diz, e Rafael ergue um pouco a máscara. "É difícil enxergar através desse troço", diz o ator, e fixa a máscara entre a testa e a nuca. "Lembrem do quadro de antagônicos da oficina de contato e improvisação, quero mais dinâmica nessa cena, mais tensão sexual nesse abraço", ordena Vânia, e o abraço desfeito se refaz. "Tensão e relaxamento, Rafa, vamos lá", diz Vânia, e o outro ator do abraço aperta o jovem entre os braços. Vânia se aproxima, mexe os atores como bonecos. "Mais raiva aqui." Aperta o pau do outro ator, e Ricardo se remexe na cadeira, desconfortável também, mais desconfortável ainda com o olhar que Vânia em seguida lança para o lado das arquibancadas em que ele, Ricardo, está.

"Luz aqui na plateia, por favor, Laerte", e o diretor estala os dedos para a cabine de luz atrás da arquibancada, em que Ricardo nota a minúscula lâmpada de uma lanterna. O galpão todo se ilumina. Ricardo se ajeita mais uma vez na cadeira. Vânia cruza o palco, se detém diante dele. "O senhor, por favor." "Eu?", Ricardo murmura. "Sim, o senhor, o que acha da cena?", pergunta, e tudo que Ricardo deseja agora é sair dali porque não imaginava estar sendo visto ou participando daquilo. Só está ali esperando que tudo termine e possa falar com aquele maldito sujeito, que agora o faz de plateia particular... e de crítico. E Ricardo diz que não quer atrapalhar nada, que não entende muito de teatro.

"É o pai do Guido", Rafael sussurra para Vânia, se desfazendo mais uma vez do abraço, afastando a máscara para falar. Todos os atores estão olhando agora para a direção de Ricardo, apreensivos. "Teatro não se entende, se sente", Vânia interrompe as esquivas de Ricardo. "E o que o senhor sente, então?", segue perguntando, fulminando Ricardo com aquela pergunta.

Há então um silêncio incômodo, e Vânia segue parado, diante do seu interlocutor. O constrangimento de Ricardo é patente, é de longe a sensação mais genuína que provou além da confusão, desde que se sentou naquela arquibancada, e poderia responder: "Sinto-me constrangido e confuso", mas cala, porque sabe que é precisamente aquilo que aquele sujeito quer, constrangê-lo, provar um ponto, e então Vânia se volta para o palco: "Quero que arranquem alguma palavra ou algum gesto desse senhor agora. Deixa a luz ligada Laerte! Vocês dois aí: podem continuar", e Rafael estende os braços, os sacode como se estivesse sentindo um espasmo percorrendo o corpo, suspira, e o outro ator acolhe o abraço, passa a língua em Rafael que gargalha: "Boa", ele diz, parece gostar do teste, da brincadeira, mas só Ricardo não está à vontade com aquilo, levanta-se ao mesmo tempo em que os dois atores se encontram num beijo espasmódico, a máscara de Rafael sendo retirada, e Ricardo enxergando o rosto de Guilherme. É o rosto do filho que Ricardo vê ali transfigurado e continuaria a ver se se dignasse a continuar olhando para o palco, enquanto os dois atores se beijam. Mas Ricardo sai num rompante do galpão, em meio às palmas de Vânia, estas sim de aplauso: "Agora, sim, é disso que eu estava falando, ele ficou indignado", e o resto do elenco ri amarelo. "Pô, Vânia, assustou o tiozinho", uma das atrizes diz. "Esse aí não volta nunca mais aqui."

E as vozes já vão ficando abafadas enquanto Ricardo cruza o bar, arrependido de ter pisado novamente naquele lugar onde o fizeram de ridículo — sabia que era aquele tipo de coisa que o aguardava ali, só podia esperar isso de Guilherme. Está decidido a abandonar o Recreio Cênico, mas a portinhola está trancada, e Ricardo aflito esmurra a porta e não sabe se alguém o ouviu do galpão, porque logo a figura odiosa de Vânia aparece atrás dele.

"Senhor Ricardo", o chama. "Perdoe a brincadeira, não esperava que o senhor reagisse assim", diz, mudando o tom. E Ricardo pondera mais uma vez se vale a pena permanecer ali, tentando entender o que o filho encontrou naquele lugar. "O senhor desistiu da nossa conversa?", Vânia pergunta, e sustenta o mesmo ar altivo que tinha no palco, como se estivesse no meio de um desafio. No fundo, aquilo deve ser um desafio mesmo para ele, um jogo teatral. Ricardo já entrou no jogo, só tem o poder de decisão de continuar ou desistir. Tem a impressão de que, se continuar, continuará dentro da cena que se esboçou no palco — só mudaram de lugar os atores: ele talvez agora seja um dos atores, mas a dinâmica da performance é quase a mesma. Vânia possui o controle absoluto da situação, conduzindo Ricardo por um palco imaginário como um dia deve ter conduzido Guilherme. Vânia é um ator e um diretor de teatro, afinal. Impossível dizer quando não está atuando e dirigindo.

Ricardo hesita, ainda perturbado com o evento inesperado daquela manhã. Quando chegou ao Recreio Cênico, não esperava ser ele o recreio. "Que tal se começássemos de novo?", Vânia propõe. "Meu nome é Ivan, mas prefiro que me chamem de Vânia", e estende a mão para Ricardo, que só então aperta. "Ricardo, como o senhor já sabe." E Vânia aproxima-se do balcão, puxa uma cadeira e sinaliza a outra para Ricardo, que também se senta. "O senhor não tem que continuar dirigindo os atores?", Ricardo pergunta. "Se não me chamar de Vânia, pode me chamar de você", ele diz. "E não, tudo bem, eu lhes dei uma folga e eles podem continuar um pouco sem mim. E não me chame mesmo de senhor, eu não sou assim tão velho", e o silêncio volta a se instaurar até que Ricardo enfim diga o que o traz àquele lugar. Está à procura de Guilherme e imagina que os amigos do filho — a voz lhe falha, a palavra treme, quase titubeia ao ser pronunciada —, imagina que seus amigos tenham alguma ideia de onde ele possa estar agora.

Vânia traz uma toalha branca na mão, enxuga um pouco a testa e diz que na verdade essa é a pergunta que todos se fizeram há um certo tempo, até desistirem de respondê-la e tocar adiante o grupo sem ele. "O senhor talvez não saiba que o Guido" — e é então que Ricardo o interrompe — "Como o senhor prefere ser chamado de Vânia, eu prefiro que chame meu filho pelo nome, Guilherme." Vânia dá um risinho dissimulado: "Ele não concordaria, mas muito bem, Guilherme, que seja. Ele bem falava que o senhor era assim..." "Assim como?", pergunta Ricardo, mas Vânia não lhe dá trela. Continua: "O senhor talvez não saiba que ele começou a ensaiar essa peça conosco, mas já andava meio distante." "Distante como?" "Distante, faltando aos ensaios, distante do grupo, sem aparecer nas nossas reuniões." E Ricardo tenta disfarçar a antipatia que sente por aquele homem com nome de mulher, sua afetação, seus trejeitos, será possível que todos os sujeitos metidos com isso de teatro sejam assim, pensa enquanto ouve Vânia contar de Guilherme. "Pedi então que o Rafael o substituísse nos ensaios até que ele aparecesse, mas ele não apareceu mais, achei que tivesse voltado pra Paraíba e nem sequer se dado ao trabalho de se despedir da gente."

Então há outro intervalo incômodo de silêncio, um silêncio no qual só é audível a algaravia dos atores e atrizes lá dentro, no galpão. Uma das atrizes irrompe no corredor, cumprimenta Vânia, "Só vou ali comprar um café", diz, olhando por um instante nos olhos de Ricardo e recebendo a chave do galpão das mãos do diretor. É uma oportunidade para Ricardo também sair, afinal talvez não consiga extrair nenhuma verdade do passado de Guilherme daquele sujeito que é um ator, Ricardo não pode se esquecer disto: está conversando com um ator que pode estar mentindo o tempo todo.

Mas Ricardo decide ficar, algo inexplicável o faz ficar na penumbra daquele bar diante de Vânia, que rompe o silêncio constrangedor entre os dois como um moleque impertinente enfiando o dedo indicador na película de uma bola de sabão que cresce, absorvendo tudo ao redor. "Se o senhor quer a minha opinião, eu diria que Guido" — o olhar de Ricardo faísca — "Guilherme, como o senhor queira, não sabia nada do teatro nem da vida quando entrou aqui, e talvez o que ele descobriu de início foi interessante, mas depois passou a assustá-lo como também assustou ao senhor…" — Ricardo se contrai — "Como posso perceber que ainda assusta" — e Vânia enxuga mais uma vez as mãos na toalha branca e a pousa sobre o balcão do bar, a toalha úmida deixando partículas de suor no revestimento sintético.

Ricardo está tão contraído no banco de madeira que as costas doem, não há apoio para o corpo além de suas nádegas no banco. Sente-se desconfortável, quer deitar-se, voltar à sala do apartamento de Guilherme e dormir indefinidamente, até que a súbita dor nas costas passe. "Isso aqui de teatro não é para qualquer um", Vânia começa novamente a falar, mas Ricardo o interrompe. "Não me interessa saber o que Guilherme procurava ou o que ele descobriu aqui, o que já posso imaginar pelo pouco que vi ali dentro e pelo pouco que conversei ontem com o rapaz que mora aí nos fundos", Ricardo diz, vergando um pouco as costas e distribuindo o peso, inclinando-se um pouco no balcão. Vânia também muda de posição como se o desconforto de Ricardo fosse agora seu por osmose, e ouve:

"O que me interessa saber é se você tem alguma ideia do que pode ter acontecido com meu filho", e Vânia então levanta-se, irritado, caminha até a portinhola que está destrancada desde que a atriz saiu para tomar seu café. "O senhor ainda está tentando entender o que aconteceu com Guilherme", ele diz, e abre a portinhola de maneira que volta a iluminar o bar. Ricardo é atraído pela luz como uma mariposa bêbada. "Teatro não se entende, se sente, eu disse isso lá dentro", volta a repetir Vânia, se plantando ao lado da porta. "Se o senhor não estiver disposto a sentir, não vai entender jamais e eu sugiro que não volte aqui até que esteja disposto a sentir alguma coisa", e encara Ricardo com empáfia.

    Ricardo assume que aquele é o limite entre os dois, mais do que aquilo poderá converter a visita já desastrosa em uma discussão mais desastrosa ainda. Partiria a cara daquele diretor desgraçado, e correria sério risco até de levar uma surra daquela bicha velha. Mas prefere sair dali e esbarra na atriz e ela derrama o café antes que ele saia do Recreio Cênico, com a pretensão de nunca mais voltar.

21.

HAVIA UM RETARDO DE SINAL entre a televisão da sala, onde mãe e filhos assistiam à Temperatura Máxima; e a televisão do quarto, onde o pai assistia sozinho ao mesmo canal. Era a quarta sequência do filme *Rocky*, e apesar de já saber que Apollo Creed morria logo na primeira luta, Guilherme não gostava nada de ouvir cada batida do gongo, quando Ivan Drago encurralava o amigo do herói nas cordas. O barulho soava primeiro no pequeno aparelho de 14 polegadas que o pai acaba de comprar à prestação e instalar no quarto, para ecoar depois na televisão maior da sala. *Outra direita! Outra direita! Outra direita!* A frase era dita três vezes no filme, mas Guilherme ouvia o locutor repeti-la mais outras três, do outro lado da parede.

Guilherme queria ir até o quarto do pai pedir que ele abaixasse o volume da televisão. Mas temia que o pai tivesse cochilado, que estivesse dormindo de novo com a televisão no último volume. *Outro soco de direita do russo!* Guilherme pensava de novo em ir até o quarto. Se o pai estivesse mesmo dormindo, iria caminhar na ponta dos pés e abaixar o volume só um pouco. *O juiz tenta parar, mas Creed está contra as cordas.* Guilherme também temia que o pai estivesse acordado. *Um final emocionante para o primeiro round do russo, e sangrento para Apollo Creed.* O pai acordado era sempre pior.

Gustavo estava de pé no tapete de almofadas que substituía o sofá da sala desde que se mudaram para Minas. Era a primeira vez que via o filme e, nas cenas de ação, levantava-se e imitava os golpes dos lutadores. A mãe pediu que fizesse menos barulho. Também não sabia se temia mais quando Ricardo estava dormindo ou acordado. O marido estava irritado porque domingo era dia de ir para o clube, o novo clube em que havia se tornado sócio por influência dos colegas de doutorado. Mas nesse domingo chovia e tiveram que ficar em casa e comer a lasanha que tradicionalmente Ana preparava para o jantar, uma noite antes.

No almoço, Ricardo bebia cerveja e segurava a travessa de lasanha com uma mão que diminuía tudo o que estava ao redor. A travessa, o garfo, a faca, e mesmo Ana, que servia os dois filhos. Guilherme e Gustavo almoçavam, em silêncio. Não se atreviam a dizer que também preferiam estar no clube. Mesmo debaixo de chuva.

No filme, Apollo era massacrado em câmera lenta e Rocky se recusava a jogar a toalha salpicada de sangue. Gustavo abaixou a guarda e se sentou no tapete. "Ele vai morrer?", Gustavo fez coro à pergunta dos jornalistas que invadiam o ringue, e se aglomeravam em volta do corpo que se contorcia, espasmodicamente. "Ele vai morrer, Guido?". Uma confusão de vozes aumentava com o eco da televisão do quarto. *Eu derroto qualquer homem.* Os flashes disparavam e Ivan Drago provocava o campeão ao microfone. *Se morrer, morreu.*

"Vou fazer pipoca", disse a mãe para distrair o filho menor. No funeral de Apollo, Gustavo ainda tinha a esperança de que o amigo do herói se levantasse e a luta prosseguisse. Mas o filme era de Rocky, não de Apollo, e o discurso dublado de Sylvester Stallone diante do túmulo, amplificando-se na televisão do quarto, tinha um tom canhestro de solenidade que pouco impressionou Guilherme e muito impressionou Gustavo. O efeito da violência já não era mais de excitação, mas de visível temor. O menino se aquietou no tapete. Todos temiam alguma coisa naquele domingo.

Agora os sons se alternavam em três cômodos da casa. Na cozinha, os estampidos do milho se debatendo na panela cortavam o eco entre as televisões. Guilherme conseguiu enfim se concentrar no filme, sem o irmão saltando de um lado para o outro do tapete e sem os golpes que desferia em um oponente imaginário, resvalando em seus joelhos. A pipoca chegou em duas vasilhas no momento em que uma série de flashbacks dos outros três filmes se encerrava na tela. A queda de Apollo acompanhava a queda da toalha que o herói não conseguiu jogar a tempo, prolongando o instante decisivo da luta em sua memória.

A queda de Apollo era também a queda de Rocky, e o olhar intimidador de Ivan Drago o fazia acelerar a sua Lamborghini Jalpa em um túnel que transportava Gustavo para todos os outros filmes que ele não viu. Guilherme lhe deu um breve resumo dos três, percebendo a desorientação do irmão. A mãe retornou para a cozinha e preparou mais uma panela de pipoca. Rocky estava no quarto do filho e se despedia dele antes de partir para a Rússia. O menino perguntava se ele estava com medo do que iria enfrentar lá. O herói devolvia a pergunta para o filho. Rocky tinha medo, mas a coragem lhe fazia querer mais um round.

Ana passou diante da televisão carregando outras duas vasilhas. Entrou no quarto devagar, desescorando com o corpo a porta entreaberta. Finalmente baixou o volume da televisão do quarto. Ivan Drago era uma máquina que treinava entre as máquinas em um laboratório. Rocky Balboa era um animal que treinava entre os outros animais, os cavalos nas planícies cobertas de neve. Enquanto Drago erguia halteres monitorados por eletrodos e levava seus sparrings à lona, Rocky desatolava carroças, transportava toras de madeira nos ombros e derrubava árvores na floresta a golpes de machado. Drago tinha o soco mais forte do mundo, uma direita de 880 quilos que onde batia, destruía. Rocky, porém, era um fenômeno da natureza. A trilha sonora se elevou assim que Ana voltou do quarto com apenas uma das vasilhas de pipoca na mão. Drago tinha a ciência. Rock, a selva. Quem iria vencer a batalha final?

Gustavo terminou sua pipoca e começou a roubar a que ainda restava na vasilha de Guilherme. O irmão mais velho comia devagar, atento a cada mastigada. O ranger dos dentes dilacerava a parte fofa da pipoca, quebrava a rigidez nuclear do milho e ocupava os ouvidos com um ruído interno, que abafava os diálogos reproduzidos antes, pela televisão do pai. Guilherme afastava o irmão da vasilha com tapinhas, cada vez que ele se aproximava para roubar mais pipoca. "Para, Guto", ele dizia. "O que é que eu tô fazendo?", dissimulava o caçula. A mãe percebeu a iminência da briga e transferiu um punhado de pipoca da própria vasilha para a do filho mais novo. Do quarto do pai, ouviu-se o barulho de caroços de milho não estourados dançando no recipiente plástico da Tupperware.

Ricardo agora estava mesmo acordado. Guilherme ficou alerta.

Rocky era sumariamente vaiado quando entrava no estádio repleto de ícones soviéticos, como foices e martelos cruzados ou figuras barbudas que Guilherme conhecia vagamente, de folhear as últimas páginas do livro de geografia. A multidão enxovalhava o herói enfiado em seu roupão perolado, com um olhar *de derreter até chumbo*, dizia o locutor americano. Gustavo se levantou do tapete e voltou a pular excitado, derrubando a vasilha e despejando pipoca e sal. "Olha só o que ele fez", disse Guilherme à mãe. "Guto!", a mãe chamou atenção. Ela recolheu as pipocas e varreu os grãos de sal para o piso com uma das mãos. Guilherme a ajudou com os pés e Gustavo fingiu se comportar entre as almofadas. Quando a mãe virou as costas para deixar a vasilha na cozinha, Gustavo atacou as pipocas de Guilherme novamente. "Mãe, ele tá fazendo de novo!", disse Guilherme, empurrando o irmão com um pouco mais de violência. "Parem já com isso vocês dois", a mãe veio da cozinha ralhando. Olhou para a porta do quarto quando ralhou, e para Guilherme ela não precisou dizer mais nada. Bastou que olhasse para a porta do quarto.

Guilherme teve a impressão de que ouviu o pai tossir, talvez engasgar com uma casca de milho. Ou talvez não fosse realmente uma tosse, mas um resmungo. O pai não suportava as pequenas desavenças entre ele e o irmão. "Fica logo com isso", Guilherme entregou a vasilha com o resto de pipoca para Gustavo e voltou a assistir ao filme. Drago despontou no corredor até o ringue, ovacionado pelo público que saudava o campeão nacional russo, *o homem com um país inteiro no seu canto do ringue*. Os olhares dos lutadores se encontraram. "Agora eu também não quero mais", disse Gustavo, devolvendo a vasilha, provocando o irmão. "Shhh!", fez Guilherme, observando o vilão cumprimentar friamente o primeiro-ministro do país, os lutadores tirarem os roupões e revelarem físicos trabalhados e bermudas com as estampas inspiradas nas bandeiras de cada nação. "Agora eu não quero mais", repetiu Gustavo, e Guilherme simplesmente ignorou o irmão mais novo, imerso no espetáculo que os russos prepararam para o compatriota. Homens uniformizados batiam continência e uma banda marcial tocava o hino da Rússia. O estádio cantava em uníssono, enquanto um painel gigantesco se erguia com a imagem desenhada de Drago, o mais perfeito atleta já treinado, iluminado pelo canhão de luz.

"Que lindo!", exclamou Guilherme, e o irmão empurrou a vasilha, derrubando mais pipoca e mais sal no tapete. "Parem com isso agora!", disse a mãe em um tom mais elevado, e assim que olhou para a porta do quarto, Guilherme ouviu os calcanhares do pai fincarem no piso e os dedos procurarem as sandálias de couro. Na televisão, o painel com a imagem de Drago continuava a subir e os fogos de artifício espocaram primeiro na televisão do quarto, depois na da sala, de novo no quarto, onde um passo se cravou no chão e o outro arrastou a sandália temerosamente.

A porta se abriu e Ricardo saiu de lá sem a camisa, tirando o cinturão violentamente da calça. Os olhos azuis de Drago desafiavam os de Rocky, o rosto dos dois lutadores salpicados de suor resplandecendo sob os flashes que vinham da plateia. "O que foi que você disse, Guilherme?", perguntou Ricardo com o cinturão na mão. "Eles só estavam brincando, Ricardo", a mãe se antecipou, defendendo os filhos. Gustavo se encolheu, abraçando uma das almofadas. O painel terminou de subir sob cascatas flamejantes, no paroxismo de acordes da banda marcial e dos aplausos da plateia empertigada, que louvava o hino em um delírio ufanista. "Nada", Guilherme murmurou. "Não", Ricardo insistiu. "Eu quero saber exatamente o que você disse, Guilherme", e apertou a mão no cinturão. "O quê?", Guilherme gemeu. "O filme", Ricardo apontou pra televisão. "O ator. Eu quero saber o que você disse!" "Eu disse que era bonito", Guilherme repetiu amedrontado, sem entender o que aquilo tinha a ver com a surra que ele e o irmão estavam prestes a levar.

O pai avançou com o cinturão zunindo no ar e Guilherme se ergueu, as pipocas saltando do colo para a almofada que o irmão abraçou assustado, certo de que depois de Guilherme apanhar seria a sua vez. "O que ele achou bonito foi o desenho, Ricardo", gritou a mãe, colocando-se de um salto entre eles, como uma leoa, quase recebendo o golpe do cinturão. Na televisão, o juiz anunciava os lutadores que chocavam as luvas de forma brutal. "Eu não criei filho meu pra achar homem bonito", berrou o pai com o cinturão pendurado.

"Leve o seu irmão pro quintal", a mãe disse para Guilherme, que saiu correndo, segurando a mão de Gustavo, que tropeçou na vasilha derrubada no tapete, quando correram rumo aos fundos da casa. Gustavo tinha partículas de sal nas bochechas e elas começavam a se misturar com as lágrimas que ele chorava quando chegaram ao quintal. Guilherme ouvia à distância a discussão dos pais entre a sonoplastia exagerada dos socos que Rocky e Drago trocavam francamente, depois do soar do gongo.

"Não era o ator, era o painel, Ricardo", ouvia do quintal a mãe repetir, insistentemente. "E que diferença faz, merda?", o pai gritava. Gustavo não parava de chorar e Guilherme pensava em um meio de calar o irmão. "Se você parar de chorar, eu deixo finalmente você jogar na minha mesa de botão", ele disse, e Gustavo limpou as lágrimas e o sal com as costas das mãos, dando fungadas que puxavam todo o choro para algum lugar dentro dele, um lugar de onde o choro transbordava, transformado em soluços e mais fungadas que Guilherme interrompeu tirando as caixas de sapato de baixo da pia e abrindo, espalhando os botões sobre a mesa.

"Pode jogar sozinho ou comigo, você quem sabe", disse Guilherme, e o irmão começou a separar um dos times e armar as traves na linha de fundo. Dentro de casa, os pais continuavam a discutir. "Se é a porra do desenho por que ele também só desenha homem?", Guilherme via pelos basculantes da cozinha o pai com o seu classificador e seu caderno de esboços que sempre ficavam em cima do microsystem da sala. Ana mostrava aqueles rabiscos com orgulho para as visitas, e ela imediatamente tomou o conjunto das mãos do marido, com medo que os destruísse. "Volta pra cá, Guido!", implorou Gustavo do quintal, com a voz chorosa, quando o irmão mais velho tentou sair da área de serviço e cruzar o pátio, para ouvir melhor a discussão. Ainda não entendia o que o ator, os desenhos, o painel ou o filme tinham a ver com tudo aquilo, e foi o irmão caçula quem primeiro formulou a pergunta que os dois se faziam.

"O pai não acha o Drago bonito, é isso, Guido?", indagou, e moveu o botão debilmente com a palheta. "Não sei, Guto", Guilherme respondeu, esperando sua vez de jogar. "Ele é mau, Guido", disse o irmão mais novo, ajustando o botão para chutar na direção do gol. "Você está falando do Drago ou do pai?", Guilherme perguntou, arrumando o goleiro no centro da trave. Gustavo fez que sim com a cabeça, sem responder de quem estava falando, e imprimiu força na palheta, mas o botão não se moveu um centímetro sequer até a bolinha. "Assim, ó", ensinou Guilherme, segurando a palheta do jeito certo e movendo um dos botões. Uma porta bateu dentro de casa e Gustavo se sobressaltou. Ambos olharam para a janela da cozinha, mas não notaram nenhum movimento. O silêncio que se fez lá dentro, seguido do barulho da Belina deixando a garagem da frente, de certa forma os tranquilizou.

"Você acha então o Rocky bonito?", Guilherme perguntou. Gustavo então apertou a palheta contra a mesa e o botão atingiu enfim a bolinha, que correu para fora do campo. "Não", respondeu o irmão. "Eu acho todos os dois muito feios."

Ricardo não dormiria aquela noite em casa — o que foi um alívio para todos, até para Ana. Guilherme só voltou a ver o pai na noite seguinte, quando Ana foi para a faculdade e ele ficou cuidando do irmão no lugar dela. A mãe havia se casado antes de se formar. Quando Guilherme nasceu, Ana abandonou a ideia do diploma. Planejava retomá-la quando Guilherme estivesse na escola, mas tão logo isso aconteceu, engravidou de Gustavo. O filho mais novo tinha quase dez anos agora. Durante esses quase dez anos, Ricardo se formou, prestou concurso para a universidade, fez mestrado e estava agora no início do doutorado. Ana ainda não havia se formado e estava em licença do trabalho, acompanhando o marido em Minas Gerais. Era uma secretária competente, mas sem qualificação alguma. Ingressou em um curso noturno de Artes Visuais em uma faculdade particular, perto da nova casa. "O curso de arte" — era como Ricardo chamava, achando que aquilo não passava de um hobby para a esposa. Quase todas as noites da semana ele estava fora, dedicado ao seu experimento, então Ana deixava o jantar pronto, recomendava que os meninos se comportassem e não abrissem a porta para ninguém, em circunstância alguma. A casa ficava sob a responsabilidade de Guilherme, que se aproveitava da autoridade temporariamente investida nele para exercê-la sobre Gustavo. O mais novo reclamava daquilo diariamente, sempre que Ana retornava das aulas da graduação.

"Não é justo", dizia o caçula. A mãe justificava: "Mas ele é o mais velho, Guto". O filho rebatia: "Mas nem é tão mais velho assim". Ao que Guilherme arrematava: "Mas continuo sendo o mais velho", o que provocava Gustavo, que arrancava contra o irmão e Guilherme tinha que se proteger na cintura da mãe, sustentando os livros da faculdade empilhados no braço. "Mas afinal o que é que vocês fazem quando eu não estou aqui?", a mãe perguntava, e inspecionava a sala onde a televisão permanecia ligada no canal que Guilherme sempre escolhia, a TV Cultura. A razão das brigas era pela posse do controle remoto, e quando os irmãos discordavam do canal, nenhum dos dois cogitava ligar a televisão no quarto do pai, mesmo estando desocupado.

Ricardo voltava da universidade geralmente quando Ana já havia retornado e os dois filhos já estavam na cama. Mas na noite seguinte à discussão, os irmãos ouviram o barulho do portão sendo aberto, a borracha do pneu deslizando, no piso de azulejos encerados da garagem, e a luz dos faróis da Belina penetrando pelas frestas da porta. Ricardo estava chegando e os dois irmãos já haviam jantado, mas ocorreu a Guilherme que havia esquecido os pratos sujos na mesa da cozinha e não havia lavado a louça, distraído com um episódio de *A Pedra dos Sonhos*. A mãe sempre conservava a mesa impecável, quando o pai estava em casa. Era muito possível que levasse a surra do domingo independente disso, mas não queria dar chance ao azar. Guilherme correu para a cozinha enquanto Gustavo se apossava do controle e mudava de canal. Preferia os desenhos do SBT aos da Cultura.

Guilherme devolveu o suco de maracujá para a geladeira. O pai iria notar que o suco não estava gelado e de nada adiantaria. Ouviu o portão da frente sendo fechado e recolheu os dois pratos sujos: o seu, vazio; o de Gustavo, ainda cheio do purê de batatas e com pedaços da carne com queijo e molho de tomate que a mãe fazia, fingindo ser bife à parmegiana. Conseguiu colocar no centro da mesa a garrafa de café e o açucareiro, não sem derramar um pouco de açúcar. Dane-se, pensou. Não ia conseguir servir os pratos e os talheres do pai. Ouviu a chave girando na porta e ligou a torneira para tirar o excesso de molho que se incrustava no prato de Gustavo.

O pai entrou e Gustavo o cumprimentou. Foi direto para o quarto, de onde Guilherme ouviu o balançar da fivela do cinturão e as sandálias sendo tiradas de baixo da cama. Sabia que o pai iria logo depois para a cozinha, seguindo o barulho das louças, e tentou terminar de lavar os pratos a tempo, mas ainda faltavam os talheres e os copos. Tentou deixar tudo ensaboado pelo menos para que só precisasse enxaguá-los, quando fosse esquentar a comida para o pai. Será que ele já havia jantado? Será que já havia esquecido de ontem? Devia ou não devia ligar o fogão e deixar tudo pronto para ele?

"O que é que você está fazendo aí, Guilherme?", perguntou o pai, assomando na porta da cozinha. Guilherme estremeceu. "Lavando os pratos", respondeu sem se virar, os pés descalços em cima do pano de chão úmido que cobria o assoalho. "Coloque aí no jornal, Gustavo", disse Ricardo se virando para o filho mais novo, que continuava na sala. Guilherme nem precisou imaginar a cara contrafeita do irmão, mudando de canal e deixando o controle no tapete para ir se lamentar no quarto.

Não teria nem o irmão nem a mãe para servir de escudo agora.

Um crime bárbaro choca o país e repercute no exterior, dizia Cid Moreira. Ricardo abriu a porta da geladeira na cozinha, e Guilherme torceu para que o pai não tirasse de lá a garrafa quente de suco. *Sete meninos de rua do Rio são assassinados friamente no Centro da cidade.* Ricardo se aproximou da pia com uma garrafa d'água e Guilherme respirou aliviado, mas logo estremeceu de novo com a proximidade do pai. Arrancava lascas de pele dos indicadores, debaixo da água gelada. O pai tirou um copo ainda pingando do escorredor. *O massacre: na praça em frente à Igreja da Candelária no Centro do Rio, mais de 40 crianças dormiam embaixo da marquise.* Ricardo colocou a água no copo, mas não bebeu imediatamente. "É você quem sempre lava os pratos por aqui?" *Os matadores chegaram em dois carros: um táxi e um Chevette branco.* "Sim, sempre que a mãe não está." Ricardo inspecionou as panelas no fogão. Nada pareceu despertar o seu apetite. Guilherme ensaboou os talheres e os colocou dentro do último copo não lavado, cheio de água suja.

Os cinco homens saltaram e começaram a atirar. Duas crianças e um rapaz de dezenove anos foram mortos ainda dormindo. Lavar pratos era algo que Guilherme sabia fazer bem, mas não tinha como saber se o pai estava orgulhoso daquilo. Ele estava cuidando da casa. Ele o estava substituindo como um filho mais velho tinha que fazer, na ausência do pai. Ricardo depositou o copo vazio na pia. "E é a sua mãe quem lhe pede pra lavar os pratos?" *Os outros acordaram e tentaram fugir. Na perseguição, mais duas crianças foram baleadas.* "Não, sou eu que prefiro lavar." Guilherme recolheu o copo do pai e ensaboou. *Uma morreu no hospital. Outra criança foi assassinada na praça em frente à igreja.* "Pois eu quero que você pare de fazer isso." Guilherme assentiu e guardou os talheres no escorredor. Ricardo foi até a porta. *Mais duas foram encontradas mortas no Aterro do Flamengo.* Já que não podia lavar a louça, Guilherme começou a secá-la. "Guilherme, eu estou mandando. Pare de fazer isso imediatamente." Guilherme se assustou com o grito do pai e deixou cair o copo em que Ricardo bebeu. O copo se espatifou no fundo da pia. "E ainda por cima nem isso você faz direito."

Ricardo se deitou no tapete da sala e Guilherme recolheu os cacos do copo na pia. Apanhou um dos fragmentos maiores com a mão direita e cravou na palma da mão esquerda sem pensar muito. Sentiu primeiro o susto, como o susto anterior pelo grito do pai, depois a dor — a dor da surra que, não sabia por quê, não tinha levado nem quando ele chegou, nem depois que deixou o copo cair. Depois riscou ainda mais a pele e sentiu uma espécie de prazer, por estar suportando aquilo sem gritar e sem chamar a atenção de ninguém, a respiração só um pouco mais forte, porque lhe faltava o fôlego e sentia um frio na barriga e depois um frio no corpo inteiro. Depois fez outro corte menor e não sentiu mais nada. Depositou os pedaços de vidro na lixeira e apertou a mão machucada, tentando estancar o sangramento. Percebeu que o sangue espirrava e coloria a mão, e passava entre os dedos e grudava, e caía em gotas graúdas no pano de chão. Não viu alternativa senão apanhar o pano encardido e envolver toda a mão nele. Não queria que o pai soubesse que estava machucado, então foi até a pia do quintal e largou o pano, colocando a mão ferida embaixo da corrente de água. Gemeu alto com a dor agora. Gustavo apareceu.

"O que você tá fazendo?" Guilherme crispou o rosto e mostrou o ferimento para o irmão: "Não conta pro pai." Gustavo empalideceu. "Vai ter que dar ponto, Guido." Guilherme devolveu a mão para a água. "Que ponto o quê, Guto. Cala a boca." Gustavo saiu correndo. "Se contar pro pai, te mato", sussurrou Guilherme antes do irmão sair. Gustavo voltou com um vidro de merthiolate. "Isso é remédio", disse, "mas arde que só." Guilherme fechou a torneira e Gustavo passou o pincel com o líquido na mão do irmão. Guilherme crispou mais ainda o rosto. "Droga, Gustavo, você tá enfiando o pincel na ferida." Gustavo jogou então o líquido direto na mão machucada e a dor deu lugar ao prazer de novo. "Assim também vai acabar tudo!" O menino fechou o frasco e voltou correndo para devolvê-lo para o armário da cozinha.

"Parou de doer?", Gustavo perguntou quando reapareceu. "Não, mas tá bom", Guilherme disse, vendo que o irmão parecia feliz em ter com o que se aventurar agora que não podia estar nem na frente da televisão, quanto menos em posse do controle remoto. "Parou de sangrar, pelo menos", disse Gustavo. Ele aproximou-se da mesa de botão. "Quer jogar hoje de novo?" Guilherme passou o pano de chão na pia para tirar as manchas de sangue e de merthiolate. "Como é que eu vou jogar botão com a mão desse jeito, gênio?" Gustavo arqueou as sobrancelhas. "Ah é." Combinaram que iam voltar para o quarto e que, quando passassem pela sala, Gustavo iria ao lado de Guilherme, tapando a visão da mão machucada. "Mas da mãe você não vai ter como esconder", disse Gustavo. Guilherme emendou: "Da mãe eu não preciso esconder, como de você também não."

Gustavo seguiu na frente e Guilherme foi atrás, com as costas da mão coladas nas costas do irmão. Gustavo caminhou teso, sem mover os ombros. "Assim, é lógico que ele vai perceber que tem alguma coisa errada", Guilherme cochichou. Gustavo deu a volta. "E como eu faço?" Guilherme desistiu da manobra. "Vai, anda do jeito que der." Quando passaram pela sala, a novela estava começando e Ricardo cochilava, com os pés para fora do tapete. Guilherme e Gustavo correram para o quarto, onde esperaram que a mãe voltasse do curso para lhes dar boa noite.

Guilherme só acordou de madrugada, com os pais discutindo de novo. Gustavo adormeceu com coriza porque estava frio e haviam tomado sereno no quintal. Guilherme se aproximou da cama de Gustavo, que ficava encostada na parede, dividindo o quarto dos irmãos do quarto dos pais. O peito de Gustavo se enchia e se esvaziava em intervalos cadenciados por aquele funga-funga, que durante toda a noite equilibrava a mesma gotinha de catarro no buraco direito do nariz.

Gustavo não acordou com a briga. Guilherme sim, estava muito bem acordado, e sabia, ao menos intuía, que a discussão ainda era a mesma daquela tarde de domingo, depois da Temperatura Máxima. Aumentada agora com o episódio da louça e do copo quebrado. Ele estava no centro da discórdia de novo.

Ele é só uma criança, Ricardo. Era das poucas coisas que Guilherme conseguia distinguir, da ríspida troca de frases entre os pais. A voz de Ricardo se elevava à de Ana, crescia cada vez que o filete tentava se esticar, rompendo-o com força, enrolando-o ainda mais, sempre num mesmo novelo. *Mas ele é só uma criança.* Por mais que tentasse, porém, Guilherme não conseguia permanecer com o ouvido colado na parede, quando era o pai quem estava com a palavra. Sentia alívio quando espalmava a mão machucada na parede fria, mas Ricardo bradava trovões que seriam capazes de derrubar os tijolos em cima dele e de Gustavo. Com a mão daquele jeito, não era capaz de suportar o peso da parede. Olhava para o irmão que dormia candidamente, alheio à tempestade de impropérios que fazia tremer o quarto, do chão ao teto. Na vez em que tentou manter o ouvido na superfície úmida do cimento, fechou muito os olhos, como se isso potencializasse sua audição, e ouviu o pai falar de Miguel, o colega ruivo do colégio novo. *Já dá pra saber que ele é.* O pai parecia andar pelo quarto. *As pessoas comentam, os outros pais.* A voz da mãe vacilava sempre de um mesmo ponto da cama, Guilherme imaginava. Sempre no mesmo ponto, como um disco arranhado. *São só crianças*.

O pai já havia lhe perguntado de Miguel. Quem era. Que idade tinha. Se eram da mesma classe. Onde morava. Quem eram os pais. Se já haviam estudado juntos, em casa. A mãe pediu que não o trouxesse mais para casa. Que não trouxesse nenhum dos colegas novos da escola para casa. Não os meninos. Que brincasse com o irmão que era muito solitário.

Miguel também era solitário. Filho único. Órfão de pai. Poucos amigos entre a turma e só aquela prima e a amiga que morava junto com ela, na casa das tias. O casal de tias em que só uma era parente.

A porta do quarto ao lado se abriu, brusca. Guilherme temeu que o pai fosse invadir o quarto e pulou para a cama, se enfiando debaixo dos cobertores. Gustavo se virou e deu uma fungada, se ajeitando no lençol. Não acordou ainda. Debaixo dos cobertores, protegido, Guilherme ouviu os passos do pai ressoando duros no piso da sala. Passou muito tempo assim, coberto até a cabeça, só com o nariz de fora, esperando o momento em que a porta fosse se abrir e o pai entrasse no quarto sem camisa, com o cinturão na mão. A discussão migrava para o cômodo vizinho. Ouviu barulho de panelas na cozinha e só então sentiu a segurança de ir à porta do quarto e fechá-la a chave, sentando-se rente a ela para continuar ouvindo alguma coisa.

Gustavo agora ressonava de bruços. *Eu vejo os desenhos que ele faz.* Ouvia os passos do pai voltando ao quarto, e recuou da porta até a cama de Gustavo. De novo os desenhos. Por que os desenhos? *São só super-heróis*. Imaginou o pai de novo com o seu *portfólio*, a mãe assim o chamou um dia, quando levou o classificador para a faculdade e voltou toda orgulhosa falando assim, *portfólio*. Guilherme desequilibrou-se na cama e teve que se apoiar na perna do irmão, que gemeu e ameaçou chorar. A discussão se interrompeu por um segundo e ele acalentou Gustavo, que agora nem parecia dormir nem estar desperto, e se alternava entre os dois estados, de despertar e sonolência, afastando o irmão com as pernas e passando as costas das mãos no nariz e nos olhos.

Guilherme se encolheu no canto da cama de Gustavo e fechou novamente os olhos com toda força, tentando sumir, desaparecer. Deixou-se dominar por uma escuridão interna que era muito mais escura que a penumbra do quarto, iluminado apenas pela luz do poste lá fora. A luz penetrava pelo vidro translúcido da janela, como uma sombra iluminada; e pela luz da sala, que desenhava o contorno da porta como as bordas de buraco muito fundo. Gustavo voltou a dormir e a discussão parou, do outro lado. Ou foram os pais que passaram a falar mais baixo, temendo acordar o pequeno. Ou foi Guilherme que, com os olhos tão fechados e o corpo tão enrodilhado em torno de si, remexendo na ferida da palma da mão e manchando o lençol de sangue, adormeceu com a cabeça enfiada entre os joelhos, tentando se convencer do que a mãe dizia: de que era só uma criança e que ainda podia dormir em segurança.

22.

O TEMPORAL COMEÇA A CAIR na manhã seguinte, encharcando a luz que entrava pelas palhetas da janela. O barulho da chuva banhando os telhados e inundando as calçadas, o murmúrio dos carros espargindo água pelo asfalto, todos os sons que afogavam a metrópole, depois de acordar, têm um efeito inverso sobre a insônia de Ricardo, que aumentou depois de seu malfadado encontro com Vânia.

Passa a noite revirando as coisas do filho, sob a luz das velas que teve a prudência de comprar no supermercado, porque técnico algum da companhia de energia havia dado as caras ainda, no apartamento. Apenas de manhã, com o ruído branco da chuva, dorme tudo o que não conseguiu dormir de madrugada, com o barulho dos primeiros trovões. Ronca, enquanto um tropel de guarda-chuvas clandestinos invade as ruas da Vila Mariana. Lá fora, carros derrapam, camelôs gritam. É quase início da tarde quando levanta e o aguaceiro continua a cair impassível, marcando o compasso da metrópole.

Molha a cabeça na torneira e veste o blazer por cima da roupa com que foi ao teatro. Hoje, não irá mais além dos limites do Vila França, e a chuva é a desculpa que faltava para permanecer nas imediações do apartamento, esperando caso a companhia de energia resolva enfim fazer o que tem que ser feito. Basta caminhar alguns metros, se esgueirando nas paredes do prédio, para se dar conta de que o que vem vestindo é insuficiente para o frio que São Paulo promete para os próximos dias. A chuva ataca pelos flancos, golpeando de lado, como um pugilista que procura atingir os rins do adversário. No café, o toldo está coberto por uma lona de plástico que se derrama sobre a calçada como uma franja presa ao chão. Ela envolve o café feito uma estufa. A temperatura lá dentro é mais agradável.

Sônia está em seu posto no balcão. Ricardo procura sorrir para a mulher quando entra no café, mas ela não o nota a princípio. Deixa no balcão o pote vazio dos salgadinhos, que foram seu alimento até aqui, e senta-se numa mesa central. Os guarda-chuvas dos clientes estão mergulhados em um balde de metal, cheio de grandes poros. A água faz uma pequena trilha na entrada da loja. Sônia se aproxima com uma bandeja. Um blusão de lã de gola alta se destaca por baixo do costumeiro avental.

"Você está com uma cara péssima", diz ela a Ricardo, no caminho de uma das mesas mais ao fundo. Perto dali, Ricardo revê o freguês do café que parece um Louva-a-Deus, o cigarro apagado dançando entre os dedos de uma das mãos, o caderninho aberto, anotando com a outra. Não usa qualquer agasalho. A magreza dos braços despontando de uma camiseta de manga curta lhe dão um aspecto deplorável mas digno, ao menos assim o parece para Ricardo, que se ajeita no próprio blazer e tenta pentear os cabelos molhados com os dedos abertos da mão. Não deve estar nada bem mesmo.

Sônia reaparece com a bandeja vazia e pergunta se ele vai querer o espresso das últimas vezes ou algo diferente. Percebe que Ricardo está se curvando para olhar o Louva-a-Deus e confirma as suspeitas. "Lembra que eu falei do artista pra você dia desses?" Ricardo tenta se lembrar do que ela está falando. "O que era ator, escritor, essas coisas", Sônia diz e ele se recorda. "Sim, é mesmo aquele ali", avisa com um ar de discrição, apontando com os olhos para a outra mesa onde está o Louva-a-Deus. "Acho que devia ir lá falar com ele", conclui, e sai para buscar o café de Ricardo e o iogurte com frutas que ele pede, querendo evitar consumir mais um salgado e correr o risco de voltar para casa sem Guilherme, mas com uma gastrite ou uma úlcera.

O Louva-a-Deus segue trabalhando com os braços finos que se mexem talvez para evitar tremer naquele clima, o ar miserável contrastando com a nobreza da atitude contemplativa olhando a chuva, escrevendo, o cigarro dando voltas na mão esquerda e vez por outra escapando de um dos dedos e ameaçando cair, acidente que contorna segurando a ponta e dando batidinhas com o filtro no tampo da mesa.

"Você disse que Guilherme era amigo dele?", Ricardo pergunta, quando Sônia lhe traz o café.

"Se era amigo eu não sei, mas viviam conversando", Sônia diz. "Acho que Guilherme tinha os livros dele, uma vez trouxe uma pilha pra ele assinar."

"Qual é mesmo o nome dele, Sônia?", Ricardo pergunta.

"Mário Tule", ela diz lhe servindo, prometendo voltar logo com o iogurte.

Ricardo bebe o café pensando que o nome não lhe é estranho, talvez o tenha visto em alguma das capas dos livros da estante de Guilherme, ou em um dos recortes de jornal que ele guardava, com matérias e críticas sobre peças e exposições de arte. Trabalha mentalmente na abordagem que fará ao Louva-a-Deus. Uma abordagem que lhe permita um contato menos agressivo que o de Vânia, que mexeu com os seus nervos de uma forma irreversível. A abordagem mais explícita é indelicada, mas quase sempre é a que melhor serve a alguém excêntrico, Ricardo pondera, e se encaminha sem hesitar mais até a mesa do escritor para cumprimentá-lo, pedindo desculpas por estar interrompendo, se apresentando, falando que já o viu alguns dias por ali, mas ainda não havia reconhecido ou ainda não havia achado conveniente se aproximar.

O Louva-a-Deus ergue os olhos por trás das lentes dos óculos que deslizaram até a ponta do nariz. Não diz uma palavra e tudo o que faz é repousar enfim a caneta e o cigarro apagado, e estender uma mão exangue, gélida, com as pontas dos dedos amareladas e sujas de tinta. "Meu filho é um grande fã do seu trabalho", diz Ricardo. Queria dizer "obra", mas não sabe se se trata de uma obra. Diz "trabalho", sem ter a mínima ideia do trabalho em questão. O Louva-a-Deus fecha enfim o caderno.

"Obrigado", limita-se a responder, como se esperasse que Ricardo esclarecesse o porquê então de ele e não o filho estar agora ali, tentando contornar e não abreviar aquele instante interminável de constrangimento.

"Acho que o senhor era uma das pessoas que mantinham algum contato com ele antes de ele sumir", Ricardo diz, sabendo o efeito da frase. Sabendo que, do mesmo jeito que precisa tomar o cuidado de evitar formular aquele juízo com todas as suas palavras — para não alarmar os que conhecem Guilherme, mas não sabem do seu histórico —, pode formulá-lo tal e qual formulou, se deseja impressionar alguém que o conhece pouco — alguém de quem pode extrair informações que de outra maneira não poderia, a não ser assim, forçando uma empatia piegas com a sua condição de pai à procura de um filho. Não há quem não se solidarize com alguém que perdeu alguma coisa importante de forma estúpida no mundo, seja uma aliança dentro de um bueiro ou um filho dentro de São Paulo.

O Louva-a-Deus volta a segurar o cigarro apagado. Seu semblante se modifica. Talvez tenha se sentido intimidado, cobrado de alguma forma. "A dona Sônia que me falou do senhor, desculpe, disse que já tinha visto você e o meu filho conversarem algumas vezes", Ricardo recomeça. O Louva-a-Deus olha para Sônia que se aproxima com o iogurte de Ricardo numa bandeja. "É o pai daquele moço que trabalhou aqui, Mário, aquele da Paraíba", Sônia se apressa em esclarecer.

Ricardo está de pé segurando o espaldar de uma cadeira da mesa do Louva-a-Deus. Sônia mostra a bandeja com o pote de iogurte. "Posso deixar na mesa ali atrás?", ela pergunta a Ricardo. "Não, Sônia", o Louva-a-Deus interrompe. "Pode deixar aqui na minha mesa o pedido dele", diz, afastando o arranjo de flores e dando lugar ao pote de iogurte. "O senhor não quer se sentar?", oferece lugar a Ricardo. Ricardo agradece. Senta-se diante do Louva-a-Deus. "Mário Tule", ele se apresenta, estendendo de novo a mão. Ricardo aperta mais uma vez os dedos amarelados. "O senhor disse que seu filho desapareceu?"

Ricardo conta toda a história. O temporal serenou lá fora, e a chuva não mais escorre pela lona estendida. Clientes saem sem abrir os guarda-chuvas. Sônia recolhe pratos das mesas, espiando sempre os dois, de onde quer que esteja. O cigarro apagado dança na mão de Mário Tule, cada vez mais nervoso, sem poder acendê-lo depois da nova lei antifumo. Ele emudece. Leva a mão aos lábios algumas vezes. Ricardo reconhece o gesto. Não é apenas o reflexo de levar o cigarro à boca, mas o de aproximar os dedos do nariz e sentir o cheiro da nicotina.

"O senhor me desculpe, mas parece um dèjá-vu", diz Mário Tule de súbito. O iogurte de Ricardo está intocado na mesa. Ele mistura as frutas com a colher, mas não se atreve a levá-las à boca, sem entender Mário Tule, esperando o Louva-a-Deus confirmar se pelo menos se lembra de Guilherme ou se ele não passava mesmo de um fã intrometido, alguém que se aproximou do artista um par de vezes para assinar livros e construir uma intimidade forçada com o ídolo, uma relação de cumplicidade ilusória, baseada numa coincidência banal, no simples fato de frequentarem o mesmo café porque moram no mesmo bairro e têm horários e hábitos parecidos. "Por acaso fuma?", o Louva-a-Deus pergunta a Ricardo, oferecendo o cigarro apagado.

Ricardo hesita, mas aceita, segurando o cigarro um pouco torto pelas batidas do Louva-a-Deus. Mário Tule se desculpa pelo estado do cigarro e substitui o que lhe deu por outro novo, que retira do maço. "Mas a gente tem que ir lá fora, o senhor deve ter ouvido falar da lei." Ricardo o segue até a calçada. Ficam ao lado do toldo. Mário Tule acende o seu cigarro e entrega o isqueiro a Ricardo. Sempre preferia usar fósforos quando fumava. Cumpre o ritual de acender o cigarro como alguém que, de volta à igreja, resolve rezar um pai-nosso no altar, diante de todos os fiéis, e se atrapalha ao se persignar. O gesto automático de segurar o cigarro com a ponta dos lábios enquanto acende. Um gesto automático, mas teatralmente automático depois de tantos anos afastado do vício.

Mário Tule está tragando de olhos quase fechados, num êxtase momentâneo, mas profundo. "Eu não entendo como alguém que tem um cachorro hoje em dia pode entrar num shopping com o animal e um fumante não pode", ele diz, soltando a fumaça. Ricardo recebe o ar quente nos pulmões com o calor de um abraço perdido, de um amigo abandonado. "A gente vale menos que um cachorro depois dessa lei", diz o Louva-a-Deus.

"É o primeiro cigarro que eu fumo em mais de vinte anos", Ricardo confessa. O Louva-a-Deus arqueia as sobrancelhas. "Eu não sei se te fiz perder a lucidez ou recuperá-la", Mário Tule ri. Um riso rouco, amarelo como as palmas das mãos. Ricardo ri e tosse. Dá outra tragada. "Eu acho que eu ando com bons motivos pra voltar a fumar."

O Louva-a-Deus coloca uma das mãos no bolso da calça. Os braços ficam ali, nus. Não parece sentir frio. "Quando eu falo de dèjá-vu é que eu tenho um irmão que desapareceu", ele diz.

"É?"

"É."

A chuva ameaça recomeçar. Ricardo sente uma gota cair no ombro do seu blazer, mas o Louva-a-Deus não se move, com uma das mãos no bolso, a outra segurando o cigarro. "Escrevi um livro meio que sobre isso. Seu filho tinha esse livro. Ele também mexia com teatro, não é isso?"

Ricardo confirma.

"Meu irmão era viciado em crack."

"Era?"

"Morreu ano passado. Ele às vezes desaparecia no mundo e a gente só ia saber dele muito tempo depois, quando alguém o via pela cracolândia ou quando ele mesmo voltava, sem memória de nada."

A narrativa é familiar a Ricardo. Sente um vácuo no estômago que só consegue preencher com mais uma tragada. Descargas de adrenalina viajam junto com a nicotina em sua corrente sanguínea, enquanto as pessoas passam por eles abrindo os guarda-chuvas. O temporal volta a cair, violento. O Louva-a-Deus já terminou o cigarro, mas Ricardo ainda fuma. Dá uma última tragada e apaga a guimba na calçada, com a ponta do pé. Voltam para dentro do Vila França.

"Seu filho queria adaptar o livro", Mário Tule diz ao sentar. "O livro só tem diálogo, então era fácil levar pro teatro. Mas eu já sabia disso quando escrevi, tanto é que a dedicatória é prum amigo que trabalha com isso, que ainda não tinha decidido se ia adaptar ou não."

O Louva-a-Deus chama Sônia e pede outro café.

Ricardo devolve o iogurte sem nem tocar nele.

"O senhor acha que o interesse por esse livro pode ter a ver com o sumiço dele?"

Mário Tule retira outro cigarro do maço. A dança entre os dedos recomeça.

"Ele deve ter falado comigo aqui umas três vezes. Nas três, foi sobre esse livro. Parecia um rapaz talentoso, mas não me leve a mal, se eu cair na conversa de cada maluco que me aborda na rua, me falando de algum projeto que envolve a minha obra, eu não vou mais ter tempo para produzir nada novo. Na última vez que ele me procurou, eu perguntei por que ele não escrevia o próprio livro, a própria peça. Tentei não parecer rude, mas não sei se consegui. Ele disse que estava preparando algo do tipo e perguntou se não podia me mostrar. Eu fiquei meio impaciente porque conheço esse roteiro, mas disse que sim, claro, ficaria feliz em dar alguma opinião e poder ajudar de alguma maneira. Depois eu o vi uma outra vez aqui, e tive o receio de que ele fosse me entregar um impresso encadernado que carregava pra cima e pra baixo. Não havia como eu fingir que não o havia visto, o senhor sabe, o espaço aqui é pequeno. Acenei pra ele, mas foi ele quem fingiu não ter me visto, desviando o olhar que procurei fixar bem. Aquilo me deixou um pouco nervoso. Me deu um pouco de raiva e muita vontade de desenhar. Voltei pro meu caderno e quando levantei a cabeça, ele já tinha ido embora. Nunca mais apareceu."

Ricardo fica pensativo, segurando a colher de iogurte entre os dedos que antes prenderam o cigarro. Não sabe se está arrependido por ter fumado ou se já sente falta dos milhares de cigarros que não fumou nessas duas décadas. O Louva-a-Deus abre o caderno e parece procurar alguma coisa nas páginas rabiscadas, que têm a estranha aparência das folhas que Guilherme ia deixando entre os livros, com suas colagens e rasuras, e que Ricardo ia tentando desvendar interpretando como pistas, quando podiam ser apenas pastiches daquele tipo de arte.

Então, em vez de artista, o filho podia não passar disso: um imitador.

"Aqui", o Louva-a-Deus diz, e abre o caderno mostrando para Ricardo. "Foi isso o que eu desenhei naquele dia."

Ricardo vê duas páginas cobertas por uma longa e contínua sequência alfabética, as letras azuis inscritas em pequenos quadradinhos de caneta, alguns deles preenchidos por uma tinta de outra cor, se interligando por linhas que formam dois olhos com as pupilas dilatadas, injetados de vermelho e de ira.

"Os olhos do meu filho?", Ricardo pergunta.

"Não", o Louva-a-Deus responde. "Os olhos do meu irmão morto."

GETÚLIO DE ARAÚJO BARBOSA, psicólogo clínico — CRP 13/XXXX
Paciente: <u>Ana Maria dos Santos Dornelles</u>

Identificando e modificando pensamentos distorcidos					
Sempre que sentir o seu humor se alterar em decorrência de alguma situação específica, tente anotar o pensamento automático que ela lhe sugere, a emoção provocada por esse pensamento e a intensidade dessa emoção (a escala pode variar de 0 a 100%). Liste também o seu primeiro impulso ou reação ao pensamento automático. Ao final, tente avaliar: o pensamento automático é uma resposta mais racional à situação? Haveria um pensamento alternativo mais positivo e sadio, que poderia substituir o pensamento automático?					
Situação	Pensamento automático	Emoção	Intensidade	Reação	Pensamento alternativo
Encontrei a espiral do telefone toda enrolada	*Se eu não conseguir manter a espiral do telefone desenrolada, eu não vou receber notícias de Guido*	Impaciência	75%	*Tentei me controlar, mas precisei desenrolar o fio do telefone esticando ao máximo*	*O telefone também funciona com a espiral enrolada, então ele vai tocar mesmo que eu não desenrole*
Arrumando o guarda-roupa, encontrei uma blusa preta entre as brancas	*Preto é uma cor de luto e azar, haverá alguma desgraça em breve*	Medo	80%	*Coloquei a blusa em seu cabide, as brancas ficam em uma ponta do guarda-roupa, as pretas em outra*	*Isso é superstição, notícia ruim vem sem aviso*
No caminho do quarto para a varanda, perdi o passo, pisei fora dos azulejos e não me lembrava se tinha dado passos pares ou ímpares	*As coisas começam a dar errado e a sair dos trilhos se eu piso fora dos azulejos e se a quantidade de passos de um lugar para o outro for ímpar*	Insegurança	70%	*Voltar ao quarto, recomeçar o caminho (fiz isso quatro vezes)*	*Devo tentar não me confundir na hora de contar os passos, me esforçar para que as passadas sejam menos espaçadas*

23.

NAS FÉRIAS DE FIM DE ANO, quando a universidade entrava em recesso, o pensionato esvaziava e Guilherme tinha que viajar para casa porque os tios já não o queriam mais por lá, depois que encontraram facas no quarto e passaram a desconfiar dos cortes no braço. Nessas férias, Ana sentava sempre na ponta do estofado com uma caneca de café quente e uma mão experiente na arte de acordar o filho, com seu pijama de mangas longas que não tirava nem durante o dia, no calor. Sabia o quanto a visão de Guilherme de pijamas, se revirando nos lençóis, em pleno sofá da sala, perturbava Ricardo pela manhã. O quarto dos irmãos continuava com as duas camas lado a lado, apenas o corredor entre elas ia se tornando cada vez menos estreito à medida que o tempo passava e Gustavo ia impondo sua personalidade ao lugar.

No armário de quatro portas que antes Gustavo dividia com Guilherme, o lado do irmão mais velho já não exibia mais os desenhos dos seus heróis favoritos, presos com quatro tiras de fita adesiva que desenhavam a marca indelével de uma infância comum. Hoje, o móvel inteiro estava coberto por pôsteres de mulheres nuas, e fotos de motos das revistas que Gustavo assinava. A cama de Guilherme era forrada o ano todo pela sua colcha favorita e pela esperança eterna de um feriado em que não preferisse ficar em João Pessoa, aproveitando o silêncio do pensionato vazio para estudar. O argumento era que a viagem para o interior era longa demais, quase um dia inteiro de folga desperdiçado dentro do ônibus, às vezes viajando em pé.

Bastava dezembro se anunciar para Ana lavar a colcha com amaciante, trocar o lençol e a fronha e obrigar Gustavo a ajudá-la numa faxina minuciosa pelo quarto. Gustavo odiava esses mutirões em que a mãe abria o armário sem nem consultá-lo, fazendo vista grossa às modelos de pernas abertas. Desapropriava as prateleiras dos frascos de perfume que o mais novo agora colecionava, para dar espaço para as roupas do mais velho. Era um esforço inútil, pensava Gustavo, já que Guilherme mal tiraria as roupas da mala quando enfim resolvesse voltar para casa. A mala, por sinal, ocuparia a cama do quarto muito mais que o próprio Guilherme — que só se deitaria ali nos breves intervalos matutinos em que tinha que abandonar o sofá, sonolento, porque Ricardo continuava indo ao trabalho nas férias e não gostava de vê-lo por ali jogado.

Guilherme era essa presença insone que andava na ponta dos pés de madrugada, abrindo a geladeira e deixando a televisão ligada até as quatro da manhã. Quando finalmente adormecia, a tela só se apagava porque o próprio Gustavo lembrava ao irmão de programar o timer, na última ida ao banheiro para escovar os dentes. Um outro problema era o computador, que sempre amanhecia em hibernação e com o fio azul do modem atravessando a sala, roubando a conexão do telefone. Ricardo já havia tropeçado no fio, e quase levou a CPU do computador abaixo, acordando todos na casa com suas imprecações (menos o próprio Guilherme, roncando num sono pesado, no sofá). Desde então, Ana incumbira Gustavo, o primeiro a acordar, a recolher o fio deixado pelo irmão, coisa que Gustavo também se esquecia de fazer de propósito.

Gustavo tinha voltado a fazer um bico na oficina de tunagem do pai de um amigo, enquanto esperava sair o resultado do vestibular para Engenharia. Já estava praticamente decidido que, se ele passasse de primeira, Ricardo pediria transferência para a capital, Ana daria um jeito de fundar o seu sonhado estúdio de fotografia e a família voltaria finalmente a morar junto. Moraria, quem sabe, no mesmo bairro do tio Renato, onde altos prédios começavam a ser erguidos com unidades vendidas a preços tentadores. Guilherme já morava há quatro anos no pensionato. Faltava exatamente um ano para concluir o curso de Direito, mas o estágio no escritório do tio parecia que não ia bem. A relação dos dois não era mais a mesma desde que o sobrinho morara com eles durante o ensino médio, e aprontara o que aprontou naquele período.

Renato e Miriam tinham acabado de descobrir que teriam um filho, num momento em que só a mudança de religião os salvaria do divórcio. O fantasma da infertilidade os assombrou por quase uma década de malfadados tratamentos de inseminação artificial, e do veredito categórico de uma embriologista — mui amiga de Miriam —, que agora comentava nas escadas do hospital que só mesmo tendo ela recebido uma visita do Espírito Santo para engravidar, à beira dos quarenta. Ana tentava imaginar os fins de semana das duas famílias vizinhas, cuidando do bebezinho de Miriam e retribuindo à concunhada todo o bem que ela fez aturando Guilherme por tanto tempo. Toda a revolta de Guilherme com o pai fora canalizada para o tio e padrinho que, depois de convertido, queimou numa fogueira do quintal todos os livros, discos e filmes que havia na casa — inclusive os de Guilherme, que ficou furioso. Renato só não queimou o cachorro porque este já havia morrido antes: Floquinho, então um poodle velho e cheio de carrapatos de treze anos, que ninguém mais se importava em cuidar.

Ricardo havia pedido ao irmão uma última chance ao sobrinho. Achou que os anos no pensionato o haviam transformado, senão num homem, num adulto, alguém pelo menos disposto a deixar as diferenças do passado de lado em prol de uma oportunidade profissional. Propôs aquele estágio no escritório que já era um dos mais prósperos da capital, e sonhava com a possibilidade de Renato propor uma sociedade ao afilhado, tão logo Guilherme se formasse. Já vislumbrava o filho de terno e gravata na foto emoldurada do escritório, na mesa do tio, um instantâneo daquela fachada no centro da metrópole em que um novo letreiro de metal, que ele mesmo mandaria cunhar, exibiria agora também as iniciais do filho.

Talvez fosse essa imagem de Guilherme, de terno e gravata, tão temerosamente assimétrica à de Guilherme roncando de boca aberta, com o braço pendendo do sofá, que fizesse Ricardo se incomodar quando levantava para tomar café da manhã e encontrava o filho dormindo seu merecido sono das férias, em frente à televisão. "Enquanto o outro já saiu pra trabalhar, esse aí fica no sofá feito um imprestável", resmungava Ricardo para Ana. A mãe então apressava a cafeteira para acordar o filho e tirá-lo logo do sofá, das vistas do pai. Ana achava exagero comparar o ritmo de vida de Guilherme — que morava longe, ia às aulas na universidade, tinha que saber decorado todo o conteúdo daqueles volumes de Direito Civil, Processual e Penal, e ainda ajudar o tio no escritório —, ao de Gustavo — que apesar de aluno mais aplicado, só tinha que se dedicar ao colégio, ao cursinho e ao vestibular. Nada mais razoável que os dois descansassem nas férias, mas se havia um que tivesse disposição para trabalhar no fim de ano, que esse um fosse então Gustavo —ademais metido naquele negócio com as motos, que a mãe era contra mas ele adorava, fazer o quê.

Dos dois, Gustavo era provavelmente o filho que menos mudara depois da época morando em Minas. Já era mesmo de se esperar que o caçula, com toda aquela energia que canalizava implicando com o irmão e desmontando as coisas da casa, fosse mesmo se interessar por algo como peças, motores e todas essas engenhocas que agora ia estudar na universidade. Isso sem falar nas mulheres. Ao passo que Guilherme nunca se interessava em ir para as festas e desde sempre estivera com o nariz metido ali, na televisão ou num livro, Gustavo tinha o faro apurado para as mulheres desde cedo. E pelo jeito adorava provocar o faro delas também, com os perfumes todos que colecionava.

Pelas contas da mãe, foi com meros cinco anos de idade que Gustavo descobriu as mulheres, com a mesma excitação com que agora devia admirar as modelos do seu guarda-roupa. Suspeitava de que elas ainda não tivessem mexido com Guilherme a ponto de ele saber do que ela estava falando, se tivesse a ousadia de falar com ele sobre esses assuntos. Foi na casa da Glorinha, a vizinha que acabava de sair de um resguardo complicadíssimo e agora recebia as colegas do cartório num chazinho para apresentar o bebê. Guilherme e Gustavo estavam na sala quando a Glorinha apareceu metida em um chambre de algodão, o menino enrolado nos paninhos do enxoval que a própria Ana ficou responsável por bordar com o nome da criança. Glorinha tinha dificuldades para amamentar e não viu problema algum em acomodar o bebê no braço de uma das colegas e folgar um laço do chambre para mostrar a Ana o seio esquerdo. Era um saco de pedra do qual não se extraía nada, ela disse, empinando o bico rachado na direção da única entre as amigas que era mãe de dois filhos e na certa entendia mais dessas coisas que qualquer outra ali.

Ana inspecionou o seio e depois a própria prole, aquilo que sempre fazia quando alguém mencionava sua condição materna como um atributo capaz de destacá-la das demais mulheres. Guilherme tinha lá os seus oito anos e estava de cabeça baixa, os óculos pesados deslizando no nariz e aquele indicador que ia sempre ao socorro, fazendo a armação voltar até a altura do cenho franzido. Gustavo olhava para a bata aberta da Glorinha numa expressão bem distinta dos rostos crispados de mais de uma colega da mãe, que se curvavam para ver o seio e se deparavam com a auréola intumescida. Ana mal reparou depois na forma tão obliquamente desengonçada com que Guilherme saiu de fininho da sala. Guilherme nunca se dera muito com a gente do trabalho e ficava se empurrando de parede em parede nessas reuniões, feito uma bola de sinuca à procura de um buraco. Saiu da sala e só se deixou ser encontrado na hora de servir o lanche, sentado em uma das poltronas da varanda com as costas afundadas numa almofada e os pés de kichute suspensos do chão. Balançavam inquietos, numa linha paralela à dos braços firmemente agarrados aos descansos do sofá.

Gustavo permanecia olhando fito para o seio da Glorinha, inerte ali, no meio da sala. Até que sua paralisia deixou de denotar uma inocência estarrecida, para a maioria das presentes, e a Glorinha, tentando dissimular o constrangimento, tomou o recém-nascido do braço da colega e ofereceu o peito ao bebê. Fez isso provavelmente para tapar sua súbita e imprevista vergonha. Ana fingiu corrigir a posição do bebê só para bloquear a visão de Gustavo daquela Madona de seios à mostra. À primeira sugada do bebê, Glorinha derramou uma lágrima, distraindo toda a roda de mulheres da concupiscência involuntária do menino. Gustavo agora se agarrava às pernas da mãe, sem querer perder nenhum detalhe do que estava acontecendo, como um anão tarado ou um pigmeu saliente.

Ricardo adorou a história que Ana contou naquela noite, depois que os dois filhos foram dormir e ela se demorou muito a desligar a luz do quarto. Hesitava entre explicar ou não explicar — ao que ela não explicou — que amamentar era algo muito natural e que eles mesmos participaram daquilo pessoalmente, no peito dela. Só eram então muito pequenos para se lembrar disso agora. Ricardo zombou da falta de jeito com que ela lidou com a situação toda, depois. Das desculpas da Glorinha interpoladas pelas das próprias desculpas, e pelos risos amarelos do grupo que contemporizava o episódio ("Que danadinho!" — Gustavo já na varanda com Guilherme, fatias de bolo e copos de Guaraná no colo).

Ana achou por bem omitir do marido a reação do outro filho. Disse que o menino tinha ido ao banheiro e, quando voltara, Glorinha já estava cuidando do bebê, que até golfou sangue depois da mamada. Aquela mãe de primeira viagem julgava que a experiência de amamentar — o ápice da maternidade para Ana, um momento de êxtase todo especial — era um tormento em tal medida sofrido, que fazia as dores do parto parecerem um verdadeiro afago divino.

Mas oportunidades não faltariam para o próprio Ricardo colocar à prova o erotismo precoce de Gustavo, e verificar o comportamento discrepante do outro filho. Havia a abertura da novela das oito, a nudez polvilhada, ondulante de Tieta do Agreste. Aquele serpenteio agitava Gustavo e encolhia Guilherme no sofá, na frente da televisão. Havia também as embaraçantes votações domésticas para a garota do *Fantástico*, das quais Gustavo participava ativamente e Guilherme se mantinha numa imparcialidade ostensiva, obrigando Ana — mais para colocar panos quentes na preocupação incipiente de Ricardo, que por ciúme de uma brincadeira tão estúpida — a demonstrar solidariedade ao filho e também se abster, tomando o controle e exigindo que mudassem para o Silvio Santos.

No vestibular, Gustavo iria passar para Engenharia com tanta folga quanto Guilherme em Direito. Isso com uma vantagem diante do irmão, que estudara fora porque ainda não havia ensino médio de qualidade em nenhum colégio do interior. Ricardo já estava planejando um churrasco para Gustavo, uma festa que não fez para Guilherme porque todo o dinheiro que sobrava naquele tempo ia para as mensalidades do colégio na capital, e para ajudar nas despesas da casa do tio. Depois de Guilherme passar na faculdade, Ricardo continuou enviando uma gorda mesada por três anos, para pagar o pensionato. Agora que Guilherme contava com o pequeno ordenado que ganhava como estagiário, recusava o dinheiro do pai, atitude que Ana vagamente considerava como um ponto de inflexão na relação do filho mais velho com Ricardo, com a família e até consigo.

Guilherme já não era mais aquele menino diminuído pelos cantos, que ela conhecia tão bem, mas o homem espaçoso que se esparramava pelos lados. Um homem que ela até tentava compreender, mas compreendia tão pouco quanto a pasta balbuciante de palavras que ele derramava de manhã, quando a mãe lhe entregava a caneca de café e ele se mandava para o quarto, trombando no irmão e ignorando a presença do pai.

Os óculos, que já não eram mais daquela armação redonda de tartaruga, mas de uma armação moderna, com um singelo fio de náilon que atenuava as lentes grossas nas bordas, ficavam ali esquecidos embaixo do sofá até que ele acordasse perto do almoço. Se procurava a mãe, não era para lhe dar o bom-dia, já boa-tarde, ou boa-noite. Nem para lhe dar um beijo ou ajudá-la a pôr a mesa. Mas para perguntar invariavelmente onde estavam os óculos, apanhá-los depois e comer rápido, antes de todo mundo, sem sentir o sabor da comida.

Guilherme também não desenhava mais. Os classificadores com os últimos desenhos desapareceram depois da última mudança e ele se saía com as mais cruéis evasivas quando Ana perguntava sobre um talento que parecia tão promissor. Guilherme já não tinha mais amigos pela cidade. Os da infância, que não se mudaram como ele e foram se espalhando, lembravam pouco da criança esquisita que não dava um pio durante as aulas nem se entrosava durante as festinhas. Custava para Ana encontrar com esses rapazes pela rua, ela que conhecia tão bem as mães de cada um. Havia segurado todos eles no colo quando nasceram, e ter que cumprimentá-los, sem que se dignassem a perguntar como ia o filho, era para ela um insulto imperdoável.

Ana não sabia que alguns deles já haviam cruzado com Guilherme arrastando a mala da rodoviária até a rua de casa, sem sequer reconhecê-lo, reagindo como reagiriam se passassem por qualquer raro turista que desembarcasse por ali. Olhavam com a curiosidade meio atravessada, que só denotava surpresa em ver como as pessoas ainda erravam de destino e iam parar ali naquele fim de mundo, a muitos quilômetros da praia, que era aonde iam provavelmente parar depois de pernoitarem na única pousada de Moreno e esgotarem todas as possibilidades de entretenimento da cidade. Em Moreno, o entretenimento se limitaria a um passeio por uma rua cheia de quebra-molas e casas coloridas.

Os ex-colegas que não o julgavam um turista e reconheciam Guilherme, limitavam-se a acenar e comentar depois, em casa, como ele havia mudado — e como continuava um idiota. Muitas vezes, Ana pressionava Guilherme a sair, reencontrar os primos ou qualquer desses conhecidos que, num rompante de nostalgia dos antepassados, colocavam uma vez mais as cadeiras na calçada para conferir as placas dos carros passando. Guilherme não dava ouvido aos apelos da mãe e se trancava na garagem vazia, onde Ana tinha guardado as tralhas da infância, só saindo dali quando os faróis do carro de Ricardo se arrastavam pela fresta do portão.

A buzina disparava, ecoando pelos azulejos.

Nas vezes em que Ana se aventurou a contornar o quintal e ir espiar pelas janelas basculantes, mais motivada pelo interesse em saber o que Guilherme fazia que pelo pretexto de oferecer o lanche que trazia para o filho, viu pelas frestas da janela Guilherme de pé, com um livro na mão, patinando com a borracha de seu chinelo nas manchas de óleo do carro, lendo em voz alta ou falando sozinho. Comia muito pouco depois que acordava. Abria a porta lateral da garagem quando Ana se anunciava, recebia o prato de bolo com um copo de vitamina e levava para a escrivaninha, encostada nos fundos da garagem porque Gustavo não via utilidade nela, nem queria aquele móvel no quarto.

Ana ficava plantada na porta vendo Guilherme retomar a leitura do livro, agora em voz baixa. Depois voltava para a cozinha, resmungando que a garagem precisava de uma limpeza e os irmãos bem que podiam começá-la o mais rápido possível. Esperava uma réplica que nunca vinha de nenhum dos dois e tornava a fechar a porta do quintal. Repetidas vezes Guilherme esquecia de trazer de volta para a cozinha o prato intocado, com o lanche e o copo com a vitamina. Era Ricardo quem entrava em casa trovejando, quem diabos estava comendo na garagem que pelo menos fizesse o favor de abrir o portão quando ele buzinasse. Ninguém contudo carregava o prato com o lanche e o copo de vitamina de volta para casa, era Ana quem tinha que ir lá buscar depois.

No dia do resultado do vestibular de Gustavo, Guilherme não tinha se dado conta da alteração da rotina da casa, hibernando no sofá da sala desde as quatro da manhã. Ricardo tinha cancelado as reuniões com dois orientandos da universidade e o próprio Gustavo foi liberado da oficina em que trabalhava. Liberado para sempre, caso realmente passasse na prova. Todos permaneceram na cama até um pouco mais tarde, menos Ana, que preparou um café da manhã especial, com bananas caramelizadas. Nunca tinha tempo de repetir a receita da infância quando precisava tirar Guilherme do sofá, antes que a pressa matinal de Ricardo entrasse em rota de colisão com a moleza ou com a depressão do filho — ninguém havia chegado num consenso ainda.

Por puro hábito, Guilherme esticou uma mão vacilante para receber a caneca de café, mas Ana dessa vez não carregava caneca nenhuma quando foi lá sacudi-lo. Hoje Guilherme deveria se enfiar no chuveiro e despertar de verdade para comer com o resto da família. Trocando as pernas feito um bêbado cambaleante, pelo corredor, Guilherme só não entrou no quarto onde Gustavo ainda dormia porque a mãe habilmente corrigiu seu itinerário rumo ao banheiro. Era um abuso, mas Ana, remontando aquele período da infância em que Guilherme cochilava no vaso sanitário antes da escola, estaria propensa a despi-lo e colocá-lo embaixo da ducha na marra, se fosse preciso. Assim que Guilherme pôs os pés no banheiro, no entanto, o piso frio de azulejo se encarregou do resto do trabalho. Ele acordou para a ducha elétrica e para a única manhã que passou em pé junto da família, nas férias.

Gustavo e Ricardo levantaram logo em seguida. O barulho da casa era de madeira rangendo, encanamentos funcionando e um ou outro espirro de alguém. Ana havia tirado a poeira do aparelho de som que não era ligado desde a infância dos irmãos, mas que funcionou perfeitamente. Há tempos, a vitrola não tocava a coleção de discos da Xuxa cujas capas eram falsamente dedicadas e assinadas pela própria apresentadora — uma mentira de Ana que os meninos demoraram a descobrir.

O aparelho de som ficou sintonizado na estação de FM que iria divulgar a lista da Coperve. Àquela altura da manhã, tudo o que se ouvia no último volume (o fio do aparelho de som não chegava até a cozinha, e o aparelho em si era muito grande e correria o risco de se desmontar caso fosse deslocado para lá) eram canções pedidas pelos ouvintes, com preâmbulos de oferecimento de patrocinadores e casas comerciais. Gustavo tinha ligado o computador da sala e esperava dar a hora para desconectar o fio do telefone, milagrosamente no lugar naquela manhã, e conectar o modem para ver as suas notas pela internet. Julgava que seria mais rápido. Gustavo achava tudo aquilo de rádio meio anacrônico, mas Ana só confiaria no resultado se ouvisse por lá.

Desde pequeno, Guilherme odiava acordar com qualquer espécie de som alto. Era um costume de Ricardo aos fins de semana, quando por uma razão ou outra não podia ir ao clube e ficava lavando a Belina na garagem mais cedo. A rajada sonora que o fulminou depois que saiu do banho aumentou o mau humor. Estava sendo privado de metade do seu sono sem ainda compreender por quê. Gustavo já esperava pela vez no banho, sentado na frente do computador, com uma muda de roupas limpas na mão. Os dois se cruzaram na porta do banheiro sem trocar palavra, Guilherme sem camisa enrolado na toalha e ainda com a colcha com a qual se cobria envolvendo a cueca suja. Ele topou com Ricardo, já no corredor, e a pilhéria que o pai lhe disse à guisa de bom-dia foi abafada pelo falsete de um cantor sertanejo. Ana já tinha servido as bananas e o cheiro adocicado do Nescau se misturava com as emanações de desodorante e pasta de dente, que vinham do banheiro.

Quando os três se sentaram à mesa, Ana já tinha terminado de preparar as bananas, o cuscuz, os ovos, o queijo de coalho assado e o pão na manteiga. O café estava acabando de ser transferido da cafeteira italiana para a garrafa térmica.

"Nervoso?", Ricardo perguntou para Gustavo, que misturava a banana caramelizada com o cuscuz, uma mistura que Guilherme achava repulsiva e que o fazia peidar num ritmo ininterrupto, durante todo o resto do dia. "Um pouco nervoso, sim, pai", Gustavo respondeu, colocando uma colherada extra de caramelo em cima da gororoba.

Ana raramente se sentava nas refeições matinais, esquecendo até de colocar o prato na mesa. "Acho que daqui a meia hora mais ou menos eles soltam o listão", ela, trazendo a garrafa envolvida em um pano de prato. Guilherme então entendeu do que se estava falando, e continuou a raspar a panela do queijo de coalho assado, em busca das crostas. Ricardo serviu o café com leite e começou a sorvê-lo com barulhinhos úmidos. Somado à música que vinha ao longe, do aparelho de som, aquele ruído compunha uma rapsódia de sons incômodos que colava na partitura mental de Guilherme. Ele tentava rasurar a sinfonia canhestra com os riscos que fazia na panela de teflon. Só se interrompeu quando Gustavo pediu, com um acento irônico, que ele por favor passasse o queijo.

"Vou ligar pra Miriam pedindo pra ela comprar o suplemento do jornal pra guardar junto com o de Guilherme, aqui em Moreno o jornal não vai chegar", disse Ana, tirando a embalagem plástica de um bolo e começando a fatiá-lo, como se apenas as demarcasse em porções iguais, contendo a fome e a falta de jeito dos seus três meninos. O prato de Gustavo estava um engrolado de caramelo e flocos de milho. "Melhor esperar sair o resultado antes de pedir, mãe, pra não passar vergonha se eu não me classificar", disse Gustavo, besuntando um miolo de pão com o engrolado. "Besteira, meu filho", ela disse, servindo o bolo. "É claro que você vai passar."

Ricardo comia em silêncio. Foi o primeiro a sair da mesa, deixando Ana, Gustavo e Guilherme para sentar-se perto do aparelho de som e diminuir o volume, o que fez Guilherme suspirar aliviado. Ana e Gustavo imploraram da cozinha para que Ricardo avisasse, assim que a lista de aprovados começasse a ser lida pelo locutor. Guilherme não se lembrava de todo esse interesse no resultado do vestibular, quando foi a sua vez. Lembrava, sim, do próprio desinteresse, e da sensação de que cada parte de suas entranhas havia se descolado a partir do momento que fez a prova. Suas vísceras só voltariam a se compactar em uma estrutura homogênea quando fosse pessoalmente conferir a lista na sede da Coperve, na companhia de ninguém além de um outro colega do ensino médio. Os tios estavam de férias e o deixaram sozinho na casa. De jeito nenhum Ricardo iria até lá passar as férias e abusar da recepção do irmão só por um capricho de Guilherme, de querer que eles estivessem lá na hora do resultado. O intestino de Guilherme se liquefazia cada vez que pensava que os pais, como no caso de Gustavo, sequer cogitavam uma possível reprovação. Era por suspeitar dela que Guilherme se recusava a voltar para Moreno e estar lá na hora do fiasco.

No ônibus a caminho da Coperve, o colega notou o tremor de Guilherme ao entregar o passe ao cobrador. Perguntou por que diabos alguém que sempre ganhava todos os ridículos certificados de desempenho do colégio podia ainda duvidar de que iria passar, numa ótima colocação. Era o favorito da classe, para um dos cursos mais concorridos da universidade, se brincar já haviam até preparado as faixas de aprovado. Mas Guilherme jamais confessaria a ninguém que, homem-feito, já com a mesma altura de Ricardo apesar das costas sempre arqueadas, ainda conservava uma lembrança bem viva e esmagadora das surras épicas que tomou do pai. E temia levar outra. Sabia que outra surra, a essa altura da vida, seria ainda mais humilhante.

Vendo Gustavo com um pedaço de guardanapo grudado na boca, conversando com a mãe na mesa, Guilherme sentia inveja do irmão e de sua aparente tranquilidade. Gustavo foi dos primeiros vestibulandos a experimentar o processo seletivo seriado. As médias altas que conquistou nas provas do primeiro e segundo anos só lhe solicitariam um desempenho razoável no terceiro, para passar no curso que escolheu. A glória de Gustavo foi a prestações. Se não tivesse se dado tão bem nas primeiras provas, podia ter escolhido um curso menos concorrido. A aposta de Guilherme no Direito, porém, era um tiro no escuro. Uma única prova: passava ou não passava. Felizmente, passou e teve sua glória efêmera. Se não tivesse passado, a facada seria pelas costas, num único golpe, sem chance de defesa.

Ricardo gritou da sala que o listão acabara de sair e Guilherme não se deixou enganar, na hora do grito, com a serenidade de Gustavo. A forma como caminhou até o computador o denunciou. Era um apoquentamento bem divergente do de Ana, que deixou cair um pano de prato e correu até a sala ultrapassando o filho, aumentando o volume do som até restaurar a balbúrdia acústica da casa. Na hora do grito, Guilherme sabia que Gustavo também se lembrou dos gritos do pai tirando os dois do quintal, para infligir algum castigo desconhecido. Depois do grito, sabia que o sinal de conexão da internet discada, com seus guinchos agonizantes de gato envenenado, não era o que perturbaria Gustavo, apertando repetidamente a tecla F5 sem conseguir acessar o site, já congestionado, por meio de um maldito provedor gratuito, no interior da Paraíba.

Gustavo também temia o fiasco, e só iria se recompor quando seu nome fosse lido na primeira lista, alfabeticamente disposta na frente do microfone do locutor: *Gustavo dos Santos Dornelles. Engenharia Mecânica. Aprovado.* Ao que Ana se debulharia em lágrimas de um lado, Ricardo daria um dos sazonais abraços que dava no filho de outro, e Guilherme observaria tudo como se não fizesse mais parte da família, no preâmbulo da primeira fuga, para o quintal. "Ele passou, Guilherme, venha parabenizar seu irmão", disse a voz embargada da mãe da janela. O locutor da rádio leu uma sucessão de outros nomes e sobrenomes num ritmo de bingo, um sorteio que se atravancava em identidades de letras multiplicadas e fonemas confusos. Gustavo conseguiu enfim colocar seus dados na página da internet e imprimiu o resultado detalhado e impecável. Ricardo surpreendentemente abraçou também Guilherme, com as mãos enormes que sempre o faziam se sentir muito menor perto dele.

Gustavo estava feliz demais com as notas para ouvir a débil justificativa de Guilherme de que estava no quintal porque estava tenso pelo irmão, só queria estar lá fora no momento decisivo, como um torcedor inseguro na hora do pênalti. Ricardo e Ana fingiram acreditar também que ele não estava com ciúmes, em vez de contagiado pela felicidade de Gustavo. Fingiam acreditar que, sob a superfície dessa felicidade, havia a confirmação de que a notícia mudaria a vida de todos. Havia a estranha densidade de Guilherme, afundando nas profundezas de algum elemento só dele, que o impedia de flutuar junto com os demais.

O locutor leu o nome de algum amigo de Gustavo e ele se lembrou de procurar na internet pelo resultado do resto da turma. Vibrava e lamentava a cada página que demorava a carregar e que trazia os respectivos aprovados e reprovados. O celular de Gustavo começou a tocar sem parar com SMS's de "Sim, vamos comemorar, na casa de quem?", "Pode ser na minha, ela vai pra lá?", "Então tá, daqui a pouco".

Diferente de Guilherme, Gustavo já dirigia e pediu as chaves do carro para o pai, queria comemorar com os amigos em um churrasco. "De jeito nenhum, nós vamos comemorar aqui", disse Ricardo, e Gustavo tentou argumentar, os colegas já estavam se mobilizando para fazer uma festa na casa de outro amigo. Mas Ricardo insistia: queria chamar os próprios amigos, usar as carnes que comprou precisamente para isso e que estavam entupindo o congelador.

Gustavo alcançou novamente o celular e escreveu um torpedo que enviou em série, para todos os colegas, os aprovados e os reprovados, avisando da mudança de planos e perguntando se eles não queriam mudar também o endereço do churrasco — *pelo menos, aqui, ninguém vai precisar pagar comida e bebida :)*, Gustavo escreveu, e as primeiras mensagens aceitando o convite começaram a chegar enquanto ele ainda estava encaminhando os torpedos, sinais de alerta que soavam e eram bruscamente interrompidos pelo barulho das teclas em uma toada desritmada.

Ricardo também estava ao telefone, ligando para os amigos, alguns com filhos que também passaram no vestibular e "Sim, traga-os também, como não?" Ana começava a se apavorar com o número de gente que ia chegar para ocupar o quintal, e pediu a Guilherme que fosse lá e afastasse os vasos das plantas, dispusesse as mesas, enquanto ela mesma desocupava o congelador e começaria a temperar as carnes, cortar o alho do pão e as verduras para fazer o vinagrete. Guilherme já estava se preparando para deitar no sofá e se desligar do mundo, daquele mundo de rituais postiços e compromissos que preferia não ter. Viu-se obrigado a adiar o cochilo para mais tarde.

O churrasco estava em seu ponto alto quando Ricardo, pressuroso e já um tanto bêbado, constatou que estava faltando uísque na mesa dos convidados. A garrafa passava de mão em mão entre os colegas de Gustavo, jovens que tinham acabado de raspar os cabelos e que nunca se embriagavam com nada além de vodca e refrigerante de laranja. Eles faziam o Cavalo Branco galopar até o último suspiro, misturando o uísque com água de coco numa proporção que qualquer um acharia absurda. Ana não estava por perto e Ricardo pediu licença à mesa para deixar o quintal em passos ondulantes, satisfeitos. Encontrou a mulher na cozinha, preparando uma bandeja de tira-gostos que na certa os colegas de Gustavo iam extraviar antes que chegasse, completamente vazia, à mesa. Ana não deu pela presença de Ricardo na cozinha e continuou fatiando quatro tipos diferentes de queijo, preenchendo os níveis da bandeja com fartas porções de cada tipo.

Ricardo atravessou o corredor tropeçando e chegou ao bar de mogno que mandara construir há mais de quinze anos, depois que Gustavo destruíra o carrinho de bebidas brincando de atirá-lo do alto de uma escada. Tinha sido a primeira vez que surrou o filho mais novo e era esse o tipo de lembrança boa que tinha do caçula, naquele dia de glórias. Retirou da prateleira o litro de uísque que guardava desde a época, o único que resistiu incólume à queda do móvel e que Ana quase tinha jogado fora tempos atrás, porque achou que a bebida "já tinha passado da validade". Havia prometido salvar o uísque para quando o filho soubesse apreciar o valor de um puro malte e finalmente entendesse por que levou a surra no passado — se é que ainda se lembrava dela tantos anos depois. Apagou com a mão o halo de poeira que ficou na prateleira depois que tirou o litro de uísque do lugar e, pelo espelho, viu o outro filho, Guilherme, afundado no sofá, recuperando o sono que perdeu pela manhã.

"Levanta daí, Guilherme!", Ricardo sacudia o filho mais velho com uma mão e com a outra sustinha o uísque pelo gargalo. "Não tem o menor cabimento você dormindo aqui na sala feito um vagabundo, essa hora, com a casa cheia de visita."

Guilherme acordou assustado, como se o mundo inteiro tremesse.

"Tem um monte de conhecido lá atrás perguntando por você, rapaz."

Guilherme sentiu o cheiro de uísque no hálito do pai.

"Você não vai ficar aqui fazendo essa desfeita comigo e com o seu irmão."

Guilherme sentou no sofá, o rosto amassado e os olhos tentando se acostumar com a súbita claridade que vinha da janela, refletindo-se no espelho. Ricardo deixou a garrafa do puro malte no balcão de mogno e abriu as portas do bar à procura de um balde de alumínio. O cheiro de coisa velha que se desprendeu dali era quase tão forte quanto o do uísque, na boca do pai. Guilherme sentiu um mal-estar repentino e permaneceu semidesperto no sofá, esfregando os olhos.

"Achei o tesouro", disse Ricardo, retirando das profundezas do mogno um balde com dois pegadores de gelo. "Faz o seguinte, Guilherme, antes de ir lá atrás: bota essa camisa e vai até Seu Zé Toscano comprar dois sacos de gelo porque os amigos de Gustavo são uma draga, estão acabando com tudo."

Guilherme não era capaz de distinguir a voz de Ricardo do som abafado que começava a se ouvir do quintal. Da música do trio nordestino contratado em cima da hora, para animar a festa. Ele alcançou a camisa suada da qual se desvencilhou durante o sono mas, em vez de vesti-la, fez um travesseiro com ela e colocou embaixo da nuca, apoiando o pescoço nas costas do sofá.

"Anda, Guilherme, levanta!", Ricardo repetiu, de cócoras, reagrupando os copos que teve que desalojar das entranhas do mogno, para achar o balde.

"Calma que eu tô acordando aqui ainda", disse Guilherme, muito mal-humorado, inclinando-se para frente. Ricardo se ergueu com o balde vazio agarrado junto ao peito, com o mesmo apego afetivo de uma criança que andasse pela casa com um bicho de pelúcia. Em seu mau humor, Guilherme achava a associação mental que fez meio patética, mas só conseguiu se desvencilhar do efeito que ela produziu quando, sentado onde estava, viu o perfil do pai se delinear e crescer contra a luz, recuperando a garrafa do puro malte que havia ficado em cima do balcão e sustendo-a novamente pelo gargalo. Agora os papéis se invertiam. Guilherme é que era a criança pequena, encolhida no sofá, e o pai é que era novamente o gigante que tantas vezes viu andar pela casa segurando os objetos daquele jeito, com aquela violência, como se fosse quebrá-los em alguma parede e enfiá-los na jugular de alguém.

"Agora, Guilherme, anda, eu tô mandando! E vá deixando de moleza e se preparando que, no próximo ano, as coisas vão mudar pra você também por aqui."

Guilherme se retesou no sofá. Fosse ainda a criança de que se lembrava, estaria agora encaramujado no próprio corpo, tartaruga dentro do casco. Vestiu a camisa, não para obedecer o pai, mas porque achava indigno continuar a respondê-lo de peito aberto, de peito nu. Havia que se conservar o mínimo de dignidade para o assunto que finalmente pretendia tratar com o pai agora. A conversa *de homem para homem*, para a qual se preparara durante todo o período de férias, a dúvida o nocauteando sempre que, covardemente, permanecia no sofá, infeliz, mediocremente anestesiado.

Por uma fração de segundo, Ricardo concluiu que o filho se conformara em obedecer, se encamisando calado porque enfim recebera a devida correção e tomou lá sua injeção de diligência. Vestiu-se porque ia fazer o que o pai mandou, imediatamente, como tinha que ser. Não era mais um moleque, mas era ainda o seu filho. Ia obedecê-lo, buscar o gelo porque o gelo estava em falta lá atrás, ora bolas, e se a mãe estava ocupada era ele que ia ter que buscar, não haveria falha alguma nesse processo, acidente qualquer nesse percurso. Guilherme voltaria com o gelo e sorriria para os convidados e voltaria a fazer parte dessa família que estava prestes a se mudar para a capital, para o seu plano perfeito, de comercial de margarina. Porque afinal não havia outra função para Guilherme ali agora, na casa.

Seria impreciso dizer se o pensamento de Ricardo seguiu realmente essa sequência, Ricardo que sequer se apercebeu de tal sucessão de raciocínios ativados como um mecanismo automático em sua parafernália mental. Filhos obedeciam aos pais e honravam os pais e sorriam para as fotos e faziam o que o mundo esperava deles. Já era um desaforo tamanho Guilherme estar respondendo o pai ao acordar. No tempo de Ricardo, o próprio pai o tiraria do sofá (ora sofá! Dormir no sofá já era uma afronta...) aos gritos e aos bofetões, se não estivesse em pé assim que o velho se anunciasse na porta do quarto, tamborilando com os nós dos dedos.

Não importava a idade. Se tentasse argumentar, seria arrastado pelos cabelos até a porta de casa e empurrado para fora e que lhe trouxesse o gelo pedra por pedra, na mão, pela vassoura, não importava como, do refrigerador do posto de gasolina até o copo de uísque no quintal. E ai do jovem Ricardo se o uísque transbordasse ou se deixasse alguma pedra derreter pelo caminho. Porque se alguma pedra de gelo perdesse a sua forma quadriculada original e suasse um pinguinho de água sequer, ah, era melhor o jovem Ricardo não voltar mesmo para casa ou estaria perdido para todo o sempre.

Mas era impreciso também dizer que, para Guilherme, era uma questão de obedecer ou não a uma ordem paterna.

Era mais que isso.

Ricardo já ia então dando as costas a Guilherme para voltar para o churrasco quando ouviu atrás de si:

"O que você quer dizer com 'as coisas vão mudar para mim também'?"

Guilherme continuava a responder, desaforado, chamando o pai de *você*. Ricardo deu um estancão abrupto no caminho, mas não sofreu nem mais um abalo. A festa tinha que continuar lá atrás e nada, nem mesmo a indolência, a insubordinação de Guilherme, iria atrapalhá-la.

"Eu vou falar com seu tio. A gente tem que começar a pensar no seu futuro."

"Meu futuro?", Guilherme se remexeu no sofá, hesitando entre permanecer sentado ou se erguer, ficando na altura do pai.

Permaneceu um nível abaixo.

"Seu futuro, Guilherme. Nem parece que faz esse curso há quatro anos e logo vai se formar." Ricardo colocou o litro de uísque dentro do balde sem gelo. A garrafa bambeou dentro do alumínio. A mão livre fez um gesto brusco, peremptório. "O escritório de seu tio, rapaz. Certeza que você não quer se formar pra ser um advogado de porta de cadeia."

Guilherme tentava acompanhar o raciocínio de Ricardo. Ligar os pontos. Pensava nas últimas idas com o tio ao fórum, conhecendo juízes, pegando o trabalho duro que só aceitava porque sabia da gravidez delicada de Miriam e do quanto ela cobrava a presença ostensiva de Renato dentro da casa, ainda governada pela velha Zefa. Fazia isso por gratidão, por respeito ao tempo que morou com eles. Mas pensava no clima no escritório com os outros estagiários, na gradativa mudança da camaradagem para o silêncio, nas conversas que se calavam quando ele chegava ao escritório porque era "sobrinho do dono" e, por trás dos ombros, todos o acusavam de apadrinhamento. E não era isso que, afinal, ele era? Afilhado do tio? Pensava nos próprios méritos, nas próprias convicções, nas próprias diferenças com Renato e Miriam. Nos anos de ensino médio, quando os tios se descobriram evangélicos fervorosos e mudaram radicalmente com ele, o carinho e o cuidado que sentiam pelo afilhado transformando-se na única coisa que importava: salvar aquela pobre alma.

Lembrava-se da tentativa obsessiva dos tios de converter à igreja, senão a família perdida de Guilherme (tão desunida e cheia de problemas pela falta de Deus no coração), pelo menos o sobrinho, que moraria com eles numa casa não mais dos tios, mas do Senhor Jesus Cristo. Lembrava-se das mãos pousadas na Bíblia quando os dois o receberam, orando pela sua chegada, obedecendo o dever de todo cristão de pregar a Palavra e abrir os olhos dos entes queridos, conduzindo-os das trevas até a Luz e da Luz até Glória. A Palavra — aquela que era recitada à mesa, a cada refeição, com o livro aberto diante do alimento que Guilherme ansiava por receber. A Palavra — que era o único assunto todos os dias, e até nos domingos, quando o obrigavam a ir ao culto com a complacência de Ricardo ("Você está na casa deles, portanto tem que se esforçar pra obedecer às regras"). A Palavra — imposta aos hábitos de Guilherme que começaram a ser citados indiretamente nas orações, nas discussões dos outros livros que apenas ele tinha lido e insistia em trazer para casa à revelia dos tios, apegados à Palavra ("Do que adianta tanta inteligência se você não tem fé, meu filho?"). A maldita Palavra, que começou a sufocar a adolescência de Guilherme e a transformar sua vida num inferno de dar inveja ao próprio diabo. Ao próprio Ricardo, um pai que era déspota e repressor, mas pelo menos não tinha o Deus do Antigo Testamento falando pela boca. Um pai que finalmente não estava por perto para vigiá-lo, mas nem assim o deixavam à vontade para fazer o que quisesse da vida, porque agora eram os tios que estavam lá, sempre à espreita. E Guilherme voltara a se cortar e a se mutilar, escondido no banheiro. E quando as últimas cicatrizes foram difíceis demais de esconder, e quase lhe custaram a vida, e quando ele fez duas tatuagens que só podiam ser coisas do demônio e foi expulso da casa dos tios, finalmente conseguindo uma relativa independência no quarto de uma pensão, finalmente conseguindo pensar sobre o resto da vida e sobre as coisas que realmente gostaria de fazer, finalmente constatou que elas pouco tinham a ver com o que vinha fazendo desde então, no escritório do tio.

"Você devia começar a se preocupar com o seu futuro", Ricardo repetia. "Você não vai querer viver numa pensão ou no nosso sofá a vida inteira", disse, e Guilherme finalmente resolveu falar:

"Que mania é essa que vocês têm de controlar minha vida?"

Ricardo pareceu perder um pouco os sentidos. Apoiou-se na parede, no limiar entre as salas. Guilherme continuou sentado e viu Ricardo se encurvar, perder sua dimensão de gigante. A mão livre deixou uma marca de suor descomunal na parede. Pareceu respirar fundo, diria-se que procurando a paciência que jamais, em toda a vida, achara com o filho.

"Que falta de ambição é essa sua, Guilherme?", disse, passando por cima do tom de voz do filho. "A quem *diabos* você puxou pra ser assim tão devagar?"

Guilherme ia falar de novo, mas percebeu a inquietação de Ricardo quando ousou interrompê-lo. O pai enxugou a mão na bermuda. No passado aquilo seria o prenúncio de algo que Guilherme não queria estar lá para saber o que era. Ricardo deu um passo para frente. Deixou de novo o balde e o litro de uísque no balcão de mogno. Guilherme não se lembrava do pai bebendo uísque tantas vezes, no passado. Não conhecia o efeito da bebida sobre ele, diferente de outros pileques tão familiares. Só sabia que o que eles dois estavam tendo não era uma conversa. Sequer poderia vir a se tornar uma, Guilherme pensava, vendo o balde e o litro de uísque iluminados pela luz da janela. Ao mesmo tempo, era a coisa mais próxima que tinha de uma conversa com o pai. Guilherme respirou fundo ao se lembrar da primeira conversa. A conversa *de homem pra homem* que tiveram num quarto dos fundos, na outra casa, em Viçosa. Quis se levantar, mas não podia erguer-se agora. Não tanto por temor do gigante que era o pai, da manzorra que a qualquer momento podia virar na sua cara. Guilherme só não queria se indispor ainda mais com Ricardo, antes de dizer o que tinha para dizer.

"Eu acho que a gente precisa mesmo conversar sobre essa questão do curso", Guilherme disse, esperando que o pai se sentasse na outra ponta do sofá. Mas Ricardo permaneceu de pé, no meio da sala, e foi Guilherme quem se levantou, sentando num dos braços do móvel. Seu corpo deixou uma forma evidente no estofado, um buraco da profundidade daquele abismo, entre pai e filho. "Conversar?", disse Ricardo. "Não tem nada pra ser conversado a esse respeito. Você termina o curso e pronto. Depois a gente conversa. Depois faça o que você quiser."

Guilherme teve que se esforçar para não baixar a cabeça.

"Você acha que a vida é fácil? Que é viver de estágio e ficar largado aqui nesse sofá?", Ricardo cuspia quando falava. "Já tem gente se matando de estudar pra concurso nesse ponto da graduação em que você está, sabia disso?"

"Eu sou maior de idade, e eu estou de férias, pai", Guilherme respondeu.

Havia um laivo de ironia que não deixava a resposta soar resignada.

"Bom, todos nós somos maiores de idade, e todos nós estamos de férias, não é mesmo?", Ricardo adotou o mesmo tom de ironia, mas incluiu um componente de dureza, de rispidez. "Mas eu tô cuidando de minha transferência na universidade, tua mãe vai mudar de emprego e teu irmão já garantiu a faculdade sem deixar de trabalhar. E o que é que você faz por aqui? O que é que você faz por essa família? Só dorme num sofá."

Guilherme não podia evitar a impressão de estar se medindo com o pai, sentado no braço da cadeira. Era assim, nas raras vezes que estavam forçosamente próximos, num carro, num elevador. Tinham o mesmo tamanho agora, mas Guilherme, por uma precaução antiga, conservava-se centímetros abaixo da linha de visão de Ricardo, ainda que para isso precisasse fazer os ombros desabarem ainda mais, o pescoço se projetar em uma interrogação permanente. Suspeitava de que o pai se aproveitasse disso para dizer aquelas coisas com toda a autoridade do mundo, toda a autoridade do mundo de quem julgava que poucos centímetros a mais lhe davam uma vantagem. Guilherme perguntava-se por que nunca teve coragem de peitar o pai, de ficar de pé na frente dele. De olhar nos olhos. De jogar tudo na cara dele de uma vez.

"Eu estava pensando em deixar o curso."

Ricardo dirigiu toda a fúria para o balde de alumínio. Agarrou-o com toda a força das duas mãos, quase como se fosse possível deformá-lo.

"O quê?"

"Eu *estou pensando* em abandonar o curso de Direito e fazer outro curso. Pronto. Artes Cênicas, talvez."

"Mas que coisa de *viado* é essa agora?"

Guilherme então se pôs ereto e encostou-se no mesmo limiar da parede em que a mão do pai estava estampada, com uma marca de suor. Cobriu a marca com as costas, como se a neutralizasse.

"A gente tá falando do meu futuro aqui, não é? Dos meus planos. Eu não precisava nem mesmo estar dando satisfações a você."

Ricardo cruzou a sala a passos largos, esbarrando no móvel de centro. Parou diante de Guilherme. "Eu não paguei a sua educação a vida inteira pra você ficar de *viadagem*. Enquanto você estiver vivendo sob o meu teto, afundando o meu sofá", o dedo apontava para o nariz de Guilherme e depois para o buraco no estofado, "vai ser do jeito que tem que ser."

Guilherme engoliu a resposta que o inflamava, sem ouvir as passadas de Ricardo que, já longe, não conseguiam ressoar no piso nem reverberar pelas paredes. Foi atrás dele. Esbarrou na mãe e em Gustavo que estava na cozinha à procura de gelo. Alcançou o pai na entrada do quintal.

"Pai", berrou, já perto das mesas, no intervalo das músicas. "Eu também queria dizer que acho que sou *viado*."

O churrasco inteiro parou para ver Ricardo se virar e desabar a mão na cara do filho.

(Veja São Paulo, setembro de 1993)

CONHECIDO COMO "FURÃO" NO TEATRO, ATOR PARANAENSE TORNA-SE DISCÍPULO DE ZÉ CELSO
Ivan Santino ingressa no Teatro Oficina após performances que inflamaram classe artística e lhe fizeram colher fama e ódio entre colegas

Da redação

Em cena, Fernanda Montenegro arrancava de um só golpe a cabeça de Fernanda Torres, mas quem estava prestes a perder a sua, aos gritos, na mesa de luz do Teatro Sérgio Cardoso, era o diretor Gerald Thomas. Com um longo vestido e uma touca semelhantes ao figurino que as atrizes utilizavam na noite de estreia de *The Flash and Crash Days*, o ator paranaense Ivan Santino, até então incógnito na plateia, invadia o palco em que mãe e filha, perplexas, saíam dos seus personagens e olhavam para as coxias em busca de socorro. "Tirem esse traveco de cima do meu palco!", gritou Thomas. Foram os atores Luiz Damasceno e Ludoval Campos que atenderam ao pedido. O invasor foi levado para fora do teatro à força, entoando calmamente os versos da Marselhesa. Saiu ovacionado pelo público, que aplaudia a cena aparentemente sem entender que ela não fazia parte do espetáculo. A apresentação transcorreu normalmente até o final da peça.

Não era a primeira vez que algo do gênero acontecia nos palcos paulistanos. No ano passado, Ivan Santino — ou Vânia Santino (como logo ficou sabido que era conhecido em Curitiba, cidade onde atuava como transformista) tentou fazer o que chamou de "ultra-intervenção-artístico-contestatória" várias vezes, colecionando alguns fracassos e pelo menos um grande sucesso. Em março, durante a temporada de *Nova Velha Estória*, de Antunes Filho, Santino escapou da vigilância dos funcionários do Sesc Consolação e entrou no teatro com uma cesta de vime a tiracolo. Dentro dela, havia uma capa vermelha que vestiu sem se levantar da cadeira. Em seguida pulou a primeira fileira de poltronas e se dirigiu para o palco numa tentativa frustrada de escalá-lo. Foi impedido pelo ator Luís Melo, que interpretava o Lobo Mau na releitura contemporânea da fábula da Chapeuzinho Vermelho. Melo (que também é paranaense) alegou que havia ministrado um curso em Curitiba no qual Santino estava presente e que o reconheceu na plateia pouco antes do incidente. "De alguma forma, eu sabia que ele ia tentar alguma coisa quando o vi de cima do palco, colocando a capa", declarou o ator na época, para a reportagem. "No curso, pude perceber que ele tinha uma ideia muito pouco convencional do que era teatro e uma vontade muito grande de expressá-la. Um *terrorismo estético*", ele definiu.

Depois de ser barrado na portaria de alguns teatros e executar suas performances na rua, para o público que chegava às casas de espetáculo, Santino voltou a agir em dezembro passado, no último dia em que a peça *As Boas*, adaptação de José Celso Martinez para *As Criadas* (1974), de Jean Genet (1910-1986), esteve em cartaz no Centro Cultural São Paulo. Trajando-se de mulher, uma constante em suas aparições, o ator conseguiu entrar no teatro sem ser incomodado, comprando o ingresso de um espectador desistente e chegando pouco antes de as portas serem fechadas. Próximo ao encerramento da apresentação, Santino se dirigiu ao palco. Dessa vez, porém, ninguém tolheu sua passagem quando caminhou com seus tamancos, cujo barulho se elevava à voz do estreante Marcelo Drummond e do veterano Raul Cortez. Ambos paralisaram em cena enquanto Zé Celso, para a surpresa do próprio Santino, recebeu o intruso no palco. "Não temas: para Dionísio, o público é o Olimpo!", disse o ator e diretor da peça, que chegou a contracenar com Santino por cinco minutos, tempo em que este tomou a frente de Cortez e lhe roubou o papel de Madame, citando falas do original de Genet. O episódio causou tamanho constrangimento que, ao final, Raul Cortez discutiu com Zé Celso e abandonou o palco, alegando ainda falta de pagamento no final de seu contrato. "Vou transferir o último pagamento pra conta desse rapaz", brincou o encenador, sem se importar com a debandada de Cortez.

Não era brincadeira. Na esteira da polêmica suscitada com a publicação de um texto de Gerald Thomas na Folha de S. Paulo, questionando o estatuto artístico das performances de Santino e condenando a imprensa por sua "vocação deplorável de confundir a verdadeira arte com bandalheira e a verdadeira bandalheira com arte", Zé Celso manifestou sua simpatia pelo jovem ator publicando uma réplica em sua defesa, no mesmo jornal. No texto, Celso não perde a oportunidade de soltar farpas a Thomas que, segundo ele, "adora falar de sua relação com Beckett ainda que não tenha entendido nada do que ele disse, perdendo de vista que a quarta parede foi quebrada não somente para o ator, mas também para o público, o único dono da arte".

Esta semana, nova reviravolta: o diretor do Oficina aproveitou a notícia da reinauguração do teatro, reconstruído com projeto de Lina Bo Bardi e Edson Elito, para anunciar também o ingresso de Santino no grupo, formado ainda por atores como Alexandre Borges (que migrou do grupo Boi Voador), Kate Hansen (uma das *Três Irmãs* da montagem que Zé Celso fez da peça de Tchekhov, em 1973) e Denise Assunção (que o ajudou a criar *Os Sertões*, em 1988). Segundo Celso, Santino estará junto com esses nomes no elenco da peça *Ham-let*, adaptação que propõe levar uma versão tupiniquim do príncipe da Dinamarca para o novo teatro, ainda um canteiro de obras. O ator também irá se engajar nos futuros e ambiciosos projetos do Oficina: os já anunciados *As Bacantes* e *Cacilda*. "*Ham-let* será um aprendizado para que todos cheguem ao enorme rito báquico que é para onde o nosso trabalho parece estar caminhando", disse Zé Celso, que saiu novamente em defesa do discípulo: "Santino é parte fundamental dessa nova etapa do Oficina, pela postura que demonstrou até aqui nos palcos e que coincide com o nosso conceito do que é teatro".

Ham-let estreia dia 01 de outubro sem cortinas (foram instalados varais no lugar) e sem o aval do Estado, que prevê que a sua reforma (que já está orçada em US$ 2,5 milhões e custará ainda US$ 1 milhão para a Secretaria da Cultura) só ficará pronto em novembro.

24.

SE FOSSE POSSÍVEL ENXERGÁ-LA no mapa, a cracolândia teria o formato de uma casinha com teto triangular, caprichosamente desenhada por uma criança que saísse traçando retas entre a rua Mauá e as avenidas Cásper Líbero, Ipiranga, Rio Branco e Duque de Caxias. Todo o projeto infantil seria coroado por uma chaminé instalada bem ali no viaduto General Couto de Magalhães, próximo ao ponto em que o táxi de Ricardo estaciona e o motorista cobra os cem reais devidos, previamente combinados por uma viagem feita com o taxímetro desligado. O automóvel percorre por mais de uma hora as principais ruas da região, retardando a velocidade quando passa pelas áreas de menor movimento. Os prédios comerciais estão com as portas fechadas e os muros pichados, e Ricardo tenta esquadrinhar os grupos de desabrigados estendidos nas calçadas sujas com o vidro aberto, a cabeça para fora da janela sob os protestos do taxista. Sempre se assusta com a aproximação de alguém pelo retrovisor, acelerando até virar na próxima esquina, onde a busca recomeçava e o taxista repete: "Não dá, eles ficam assim com a cabeça abaixada e, se o senhor descer, eu juro por Deus que vou te deixar aqui, sem nem esperar o dinheiro."

De nada adianta Ricardo argumentar que nenhum deles aparenta oferecer ameaça. "Estão drogados", diz. "Duvido muito que mexam com alguém que passe perto deles." Ao que o taxista responde: "Não me preocupam esses aí, mas os traficantes." E é preciso que Ricardo feche mesmo o vidro porque finalmente os nota. De fato, há alguém tentando discretamente se aproximar do carro, perto de um cruzamento. "Capaz de acharem que também estamos querendo droga", diz o taxista, mostrando uma movimentação suspeita entre os carros, encostados no meio-fio. "Muito pior é isso aqui à noite, mas nem pelo dobro desse preço eu voltaria aqui com o senhor à noite", comenta o taxista seguindo em frente, às vezes virando o volante e dando passagem a um outro motorista impaciente, que foi parar ali talvez por acidente, incauto, pego desprevenido, temeroso com o bairro. Ou talvez, por que não, um viciado, ansioso por consumir a droga recém-comprada ou chegar logo até algum traficante.

"Se não tem cara de zumbi, é traficante", avisa o taxista, Ricardo perscrutando alguns dos rostos esquálidos que se deixam entrever por baixo de bonés, gorros, capuzes, cobertores esfarrapados, golas de camisa. Alguns estão até desvestidos, os tocos dos braços e das pernas à mostra, as palmas das mãos ou dos pés encardidas, três crianças e uma adolescente dormindo jogados com o rosto virado para o chão, mochilas abertas, sacolas plásticas e embalagens vazias de produtos de supermercado, um carrinho de ferro carregado com caixas de papelão e um cão famélico por perto, vigiando.

"Desista, ainda que seu filho estivesse por aqui, muita coisa acontece nesses prédios abandonados", adverte o taxista. "O senhor me desculpe dizer assim, mas são como ratos, se enfiam em tudo que é buraco, nem eles mesmos se acham no final das contas." Ricardo se surpreende porque, perto da Estação da Luz, há uma viatura da PM paulista impavidamente plantada. "Ah, os polícias aí não fazem nada mesmo", o taxista fala por último, antes de parar o táxi e deixar Ricardo na praça. "Só querem garantir que não cheguem pra esse lado", e aponta para as vitrines do Bom Retiro, o fluxo abundante de pedestres entre as lojas de confecção. "Querem transformar tudo isso aqui em um outro lugar melhor, mas escuta o que eu tô dizendo, ou matam como fizeram no Carandiru ou tudo o que vão conseguir é espalhar essa praga pelo resto da cidade." O taxista conta as duas notas de cinquenta, as únicas graúdas que Ricardo leva no bolso e lhe entrega. Depois vai embora, obrigando Ricardo ou a localizar um caixa eletrônico, se quiser voltar de táxi, ou, o que é mais viável, voltar para casa de metrô.

Ricardo ainda se pergunta se seria realmente tão perigoso refazer parte daquele caminho a pé, num dia de semana em que mais pedestres estivessem caminhando pelas ruas. Vaga pelo Jardim da Luz, entra na Estação Pinacoteca e no Museu da Língua Portuguesa. Mas não está aqui para fazer turismo. Não consegue prestar atenção em nada e volta para casa, onde o livro do Louva-a-Deus o espera.

O livro escrito pelo Louva-a-Deus, na verdade, não é sobre alguém desaparecido sendo procurado, mas sobre alguém que reapareceu tentando se encontrar. É curto, Ricardo o lê quase todo na mesma tarde em que chegou do café, depois de tirá-lo da estante que já havia vasculhado, sem dar a devida atenção aos títulos nas lombadas. Diferente do livro de Kafka emprestado para Rafael, este não tem muitas notas. Há somente duas passagens grifadas: *"Todo labirinto tem uma saída"* (página 109) e *"Meu pai, fui eu que inventei"* (página 141). A dedicatória é simples: *"Para Guilherme. Que nada também lhe falte. Café Vila França. Década 01. Ano 08. Mário Tule"*.

Na última página, Ricardo reconhece o Louva-a-Deus num desenho que substitui a foto de orelha. Um desenho. Provavelmente do próprio artista, de próprio punho. Ricardo já não está mais convencido se o sumiço de Guilherme está de alguma forma relacionado a essas leituras — compondo uma espécie macabra de jogo que o filho previamente forjou —, ou se é algum rompante esquizofrênico provocado pelo impacto delas no seu estado emocional. Não descarta também o efeito de alguma droga, como a que viciara o irmão do Louva-a-Deus. São muitas hipóteses para poucos indícios concretos. Procura vestígios em todos os lugares. Numa pequena edição de bolso do *Hamlet*, de Shakespeare, um único grifo na cena dois do terceiro ato: *Que sangre o veado e ponha-se a fugir*.

Ricardo caça o encadernado que o Louva-a-Deus mencionou em todo o apartamento. Ao final da busca, literalmente no escuro, conclui que talvez se trate de tudo isso junto. Não lhe parece à toa que todos os livros que tem à mão tratem, de alguma forma, nos trechos grifados, ou de paternidade ou de desaparecimento. Nada disso ajuda Ricardo a descobrir onde o filho está. Por um lado, se aproxima da teoria de que o sumiço foi premeditado e tem alguma razão de ser, seja ela qual for. Por outro lado, todas as pistas que coletou podem não passar do que são: anotações em livros, pegadas de um intelecto que Ricardo só toma como pistas porque está à procura disso. Às vezes aqueles que sumiram não deixaram nada para ninguém, simples assim. Tudo o que coletou até agora pode não passar de fragmentos aleatórios.

Está andando em círculos. Passa o resto da tarde em casa esperando a visita da companhia de energia, mas o interfone permanece mudo. Ninguém o chama da portaria e, mais de uma vez, Ricardo vai até o interfone para se certificar de que não há ali nenhuma ligação elétrica que fizesse o aparelho depender de alguma fonte de energia para funcionar. Cochila por alguns minutos no sofá e, quando um barulho de campainha o desperta, pensa estar sendo acordado pelo interfone, mas é o celular já de novo quase sem bateria que toca, no visor um número de São Paulo. Atende esperando ser o casal amigo de Guilherme ou o locador ou a polícia. Espera ser qualquer um, menos o funcionário da assistência técnica onde havia deixado o aparelho de celular do filho — já nem se lembrava mais disso.

O funcionário informa que o serviço já havia ficado pronto desde ontem. "Eu fiquei tentando ligar pro senhor, mas só dava mudo", ele diz, e Ricardo pede desculpas pelo telefone tantas vezes descarregado, razão que ele usa também para justificar a si mesmo as tão poucas vezes que tem ligado para casa, para Ana e Gustavo. "Boas notícias", o funcionário diz: "Consegui recuperar os dados que estavam na memória", e informa o preço do conserto, que pagaria um celular novo de um modelo até melhor. "Eu avisei ao senhor", o funcionário se justifica. "Agora o serviço já está feito", e Ricardo fica de buscar o celular no outro dia porque o funcionário informa que a loja a essa hora já está fechando por causa da chuva, apesar de a chuva lá fora já ter dado uma trégua desde que voltou do Vila França.

Ricardo desliga, prepara um miojo, e finalmente toma coragem de esquentar a água e tomar um banho.

From: Diego (Laiz@) <+551197280098>
Date: Jan 8, 2009 08:54 AM
Message: Cara, desculpa, mas tivemos que fazer a mudança antes de você voltar. Lê o bilhete que a Laíza deixou na mesa e liga pra gente se der por falta de alguma coisa tua que foi por engano. Olha, obrigado apesar de tudo. Por acreditar no cachorro de duas cabeças e pelas vezes que foi bonzinho e mijou no lugar certo (foi mal, não resisti a piada!). [Cont. 1/2] Por não pagar aquela aposta maluca e beber todo o vidro de azeite. O resto... Bom, tem dias que é noite, não é meu amigo? E se cuida por favor. Conselho de adulto: liga pra tua família e conta a verdade. Vai ser um problema a menos pra lidar aqui. [2/2]

From: Lucia cafe <+551190842281>
Date: Feb 23, 2009 11:03 AM
Message: tranquilo, não se preocupa. Mas olha, sempre vai ter um pedaço aqui daquela torta esperando... rs

From: VÂNIA <+551192586345>
Date: Mar 03, 2009 06:20 PM
Message: Ensaio amanhã no Recreio com todo o elenco. Horário de sempre. V.

From: VÂNIA <+551192586345>
Date: Mar 03, 2009 06:23 PM
Message: OK.

From: VÂNIA <+551192586345>
Date: Mar 28, 2009 11:50 AM
Message: Nem pense em faltar. Ah, e esquece a porra desse teu projeto maluco. Terrorismo estético é algo que nem eu lembrava mais. O fomento entrou e você é pago pra atuar.

From: 27900
Date: Apr 01, 2009 01:04 PM
Message: BB informa: Guilherme, identificamos saque no dia 01/04/2009, às 13:03, no valor de R$ 1.500,00, caso não reconheça, entrar em contato no telefone 0800 729 5678.

From: 27900
Date: Apr 01, 2009 02:36 PM
Message: BB informa: protocolo n° 15190797. Cartão com final 0055 bloqueado. Dúvidas: 0800 729 5678

From: Rafs <+551195484874>
Date: Apr 04, 2009 10:22 PM
Message: Tá, entao eu passo lá na segunda. Tem ctz q n eh perigoso?

From: Rafs <+551195484874>
Date: May 11, 2009 11:49 AM
Message: mo fdp ese elias. n me deixou ficar, armou o maior barraco na porta. sabe como eu sou. n kero treta p meu lado. entreguei a chave p ele e voltei p meu cantinho. to t esperando. boa sorte ai. Rafildo

From: Rafs <+551195484874>
Date: Ago, 17, 2009 04:13 PM
Message: gui, deu algo errado? ese cel ainda ta ctg? posso t ligar? E o outro? q doidera mano... teu velho apareceu aqui do nada perguntando um monte. obvio q n falei nada p ele. Nem da gnt nem do projeto. ate falou c o vania ms ai n sei qq deu. to preocupado. ta td bem? Qto tempo essa parte ainda vai durar? To com sds. XXX rafa

25.

A IDEIA ERA SIMPLES: usando o chip de São Paulo no aparelho, Ricardo se passaria por Guilherme e escreveria uma mensagem para cada um dos contatos recuperados do celular do filho. Esperava assim, com as respostas, senão descobrir onde Guilherme estava, pelo menos ficar sabendo das verdades indesejadas que, desconfiava, algumas das pessoas com quem conversou estavam lhe ocultando. O primeiro desafio era tentar imaginar como o filho se expressaria depois de uma longa ausência. Como se sentiria, que palavras empregaria para expressar seus sentimentos. Se nunca foi capaz de entendê-los, como agora seria capaz de reproduzi-los? Lendo aquela dúzia de mensagens armazenadas num aparelho ainda mais precário que o seu, Ricardo pôde observar que havia formas e formas de se expressar numa mensagem, e que cada uma delas podia dizer algo sobre a sua personalidade. Rafael, por exemplo, uma pessoa jovem, abreviava as palavras. Guilherme também as abreviaria?

Oi, aqui é o Guido, resolvi mandar notícias. Mudei pra esse número agora. Vou demorar ainda a voltar e não posso atender ligações, mas qualquer coisa escreve pra cá.

Era um texto padrão, que com alguns ajustes o próprio Ricardo mandaria para os seus contatos caso ficasse ausente por um longo tempo, e não quisesse ser incomodado com alguma cobrança. Mas Ricardo sabe que ele não é Guilherme, e precisou de mais de meia hora para redigir a mensagem, indo e voltando da decisão de usar esta ou aquela palavra para dizer o que disse, imaginando como o filho se expressaria e se algum dos seus destinatários (Rafael, por exemplo) não estranharia uma suposta formalidade na maneira de escrever.

Por razões óbvias, evitou informações pessoais e expressões carinhosas. Não saberia o que dizer, nem como. A ideia de que Guilherme mantinha uma correspondência emocional com outro homem, com um carinho que ia além do limite do amistoso, aborrecia Ricardo e lhe impunha um silêncio cheio de amargura. Não era ingênuo. Leu as mensagens do filho e compreendeu o tom de algumas delas. Como imitá-las? Como dizer por

Guilherme palavras que preferia calar? Como evocar aquelas emoções que preferia sufocar no filho, extirpar dele e destruir?

Assim que envia a mensagem, Ricardo sente o aparelho vibrar na mão como um coração pulsando ou um animal abandonado, tremendo indefeso. O celular responde quase que de imediato, sem lhe dar tempo de largá-lo em cima da mesa. Não está esperando por uma ligação. Não tão rápido. A luz verde piscando revela o nome de Vânia em caixa alta. Justo ele, *VÂNIA*. Não sabe como reagir. Tem o ímpeto de atender a chamada, e por pouco não atende, num reflexo que estragaria todo o disfarce, todo o tempo que passou elaborando a mensagem. Espera que o celular pare de tocar. O animal indefeso adormece em sua mão e ressona. *Nova mensagem de voz.* Ricardo digita a sequência numérica e ouve a gravação da operadora. A voz do diretor irrompe logo após.

"Que merda é essa que tá acontecendo contigo, Guido? Some três meses e agora vem com essa mensagem. Cara, eu apostei em você, botei o meu na reta, e agora tive que colocar o Rafa no teu lugar com o guri ainda verde. Não sei se dá pra continuar contigo desse jeito não. O que é que tá passando pela tua cabeça, rapaz? Virou estrela? Ainda aquela ideia? Te falei, cara, falta chão, ainda, vai com calma, tá pensando que a vida é assim? Olha, desculpa por aquele dia, eu tava de cabeça quente mas você, sinceramente... Eu sei que a gente tem nossas diferenças e os últimos tempos não vêm sendo fáceis. Mas nada justifica isso de sair assim não. E teu pai por aí, porra, manda pelo menos notícias pra tua família. E atende esse telefone da próxima vez, que história é essa de que não tá podendo atender? Por onde é que você anda?"

Ricardo ouve o recado uma, duas, três vezes. Cada vez que repete, a raiva do diretor aumenta, imaginando a figura travestida largando todos aqueles desaforos na cara do filho. Seu raciocínio está embotado, não consegue achar entre as frases nenhuma que lhe dê algo além do que já tem. As perguntas que Vânia se faz são as mesmas que martelam a consciência de Ricardo, a cada dia. O que estava acontecendo com Guilherme? Por onde ele tem andado?

Fumaria, se tivesse um cigarro. Não devia ter aceitado a oferta do Louva-a-Deus. Vinte e cinco anos de abstinência haviam limpado suas artérias como se as tivessem secado. Nem todo o álcool que tomasse engrossaria o sangue, ajudaria aquele córrego a preencher as margens do que antes era um rio de nicotina, correndo pelo corpo. O cigarro que fumou ontem, porém, derreteu as calotas do peito. Se sentiu transbordando de novo. O sangue chegava a fazer barulho por dentro. Agora, privado daquilo, o rio volta a ser represado no coração. Precisa liberá-lo.

Vai até o quarto de Guilherme e abre a janela para conferir o tempo. A chuva parou lá fora, mas faz frio, um sopro de ar enregela as maçãs do rosto. Há pouca gente na rua, mas o Vila França ainda deve estar aberto. Nota pela primeira vez, ao pé de uma árvore, na outra calçada, uma espécie de monumento feito em pedra, que se parece com uma lápide, protegido por quatro pequenos mastros ligados por uma corrente. Um vulto agasalhado atravessa a rua a passos lentos, mesmo com o sinal aberto e os carros passando. A figura curvada, com o pescoço enfiado nos ombros, chama a atenção de Ricardo, faz lembrá-lo do vulto suspeito, do metrô. Ricardo o vê atravessar e desaparecer na esquina. Tenta fechar a janela, mas a guilhotina de madeira emperra por fora. Tenta fechar apenas a de vidro. Ela também emperra um pouco, e o esforço o faz respirar com dificuldade, embaçando o vidro quando a guilhotina cede. Dá uma baforada intencional e o ar quente se condensa na superfície fria, atravessada pela luz baça que vem de fora e ilumina precariamente o quarto escuro de Guilherme. Limpa o vidro com as costas das mãos. Por trás do embaçado, vê de novo a figura encapotada lá embaixo. Ela reaparece na esquina e parece olhar para cima, diretamente para a janela. Ricardo abre novamente a guilhotina de vidro para enxergar melhor, mas o vulto já não está mais ali, desapareceu mais uma vez.

Precisa daquele cigarro.

Restam poucas roupas limpas na mala, todas para noites menos frias que aquela. As sujas ainda estão jogadas na máquina, esperando a eletricidade para serem lavadas no tanque. Começa a cogitar usar as roupas do filho que sobraram na cômoda. O casaco de camurça abandonado no espaldar da cadeira, diante da escrivaninha. Até onde se lembra, vestem o mesmo tamanho, têm o mesmo corpo. Passa a mão pela camurça do casaco que está dura, os ombros assumindo o formato levemente abaulado das costas da cadeira ou das costas de Guilherme. Prova no corpo. O tecido demora a se ajustar nos ombros. Parece ainda estar suspenso por um cabide, reluta em acomodá-lo dentro dele.

Ajusta a lapela, fecha os três botões do casaco e deixa o apartamento, com a carteira e alguns trocados no bolso. No portão do prédio, tem a impressão de estar sendo vigiado. Olha para a outra esquina, para o mesmo lugar onde, do alto, viu a estranha sombra rondando. Ela está ali plantada ao lado do monumento-jazigo, como se fizesse parte dele, e tem um aspecto familiar agora. Ricardo atravessa a rua e tem finalmente a certeza de que está, de fato, sendo observado por aquele fantasma. Está a alguns metros da esquina quando ele se vira e atravessa a rua para o outro lado, apertando o passo em diagonal, sendo quase atropelado por uma moto que passa chispando pelo cruzamento, aproveitando o sinal que acabara de abrir.

Ricardo se certifica de que não vem nenhum carro e também atravessa atrás dele, mas o homem já ganhou distância, abriu uma vantagem que Ricardo não consegue recuperar nem correndo. Virou mais uma esquina. Ricardo tenta alcançá-lo, mas ao chegar no ponto em que o perdeu de vista, dá com as duas faixas da Vergueiro, os carros que passam velozes e a calçada deserta.

"Não adianta", Ricardo ouve atrás de si. Vira-se e vê um mendigo deitado no patamar de uma loja. Passou pelo mendigo antes, mas não o viu, deitado sobre folhas de papelão, um cobertor encardido cobrindo o corpo. "Não adianta", o mendigo repete. "Você viu?", Ricardo pergunta. "Você viu pra onde foi o homem que passou por aqui?"

O mendigo olha para Ricardo e abre uma bocarra de poucos dentes. "Quanto?", o mendigo estende uma mão suja, em que falta um dedo, na sua direção. "Quer dizer, quem?"

Ricardo tira uns trocados do bolso e dá ao mendigo. O mendigo sorri. Dá uma gargalhada horripilante. Ricardo sente nojo da boca banguela. "Tá vendo aquela caixa d'água ali?" Ricardo segue o dedo não faltante da mão suja do mendigo e vê a enorme caixa d'água imóvel do outro lado da Vergueiro, por trás das árvores do meio das pistas. "É de lá que eles vêm, é pra lá que eles vão."

"Eles quem?", Ricardo pergunta, intrigado.

"Eles", repete o mendigo. "Eles estão voltando."

Ricardo percebe que é inútil insistir. Sente ainda mais vontade de fumar agora. Daqui a pouco ficará tarde e não encontrará nada aberto. "O terceiro mundo vai explodir", ouve ainda o mendigo louco gritar. "Quem tiver de sapato não sobra!"

Ricardo desiste de tentar entender e atravessa a rua de volta para a França Pinto. No café Vila França, Sônia está sem clientes e se preparando para fechar. Ricardo entra perguntando se ela vende cigarros.

Sônia diz que não vende, mas que tem um maço com ela na bolsa e pode arranjar algum.

"Não imaginei que você fumasse", diz Ricardo.

"Não fumo", Sônia responde. "Não no horário de expediente."

Ricardo se oferece de novo para acompanhá-la ao metrô, quando ela terminar de fechar o café. Podem conversar um pouco no caminho. Fumar juntos. Sônia diz que pode servir um café ou outra coisa antes, se ele quiser.

"Desde que não se importe que eu feche as portas", ela diz. "Está frio e se eu deixar o café aberto pode aparecer outro cliente", justifica, arrumando as últimas mesas.

Ricardo concorda e vai se sentar no costumeiro lugar ao balcão. Sabe perfeitamente o que Sônia quer dizer sobre aparecer outro cliente: o café está para fechar, se mais alguém entrar, ela pode correr o risco de se demorar ali além do que pretendia. Mas Ricardo não consegue deixar de sentir um ânimo diferente por trás da frase, ouvindo uma cantada que só os seus ouvidos querem ouvir: o duplo sentido que pode haver ali, no fato de estar a sós com uma mulher, no que poderia fazer de censurável com essa mulher aos olhos de uma outra pessoa que chegasse de repente, naquele ambiente onde estão os dois a sós.

"E a conversa com o escritor?"

A pergunta de Sônia vem acompanhada do barulho da porta de correr sendo abaixada.

"Me fez pensar em algumas coisas", Ricardo diz, se virando. "Me fez voltar a fumar também", conclui, mirando as panturrilhas de Sônia.

Sônia volta para trás do balcão.

"Ah, você não fumava?"

"Parei por vinte e cinco anos."

"Já eu estou há vinte tentando parar", diz Sônia, e prepara a máquina de espresso, posicionando duas xícaras. "Mas já melhorei muito: era o dia inteiro acendendo um atrás do outro. Hoje é só antes ou depois do trabalho."

Ricardo repara no adesivo recém-grudado na parede, com o mapa do estado de São Paulo cruzado por uma tarja vermelha e o cigarro proibido no centro. "Não fuma mais aqui por causa da nova lei também?"

"Não", Sônia responde, servindo uma xícara para ele e outra para ela. "Porque ninguém merece comer num prato cheio de cinzas."

Ricardo a observa. Ela apanha a bolsa perto da caixa registradora e tira de dentro o maço de cigarros.

"Falando nisso...", ela lhe oferece um.

"Pensei que aqui dentro não se devesse fumar", Ricardo diz, aceitando.

"Eu não conto a ninguém se você também não contar", Sônia diz em tom de brincadeira, mas Ricardo volta a sentir aquela excitação interior.

Sônia acende o próprio cigarro e lhe passa o isqueiro. Ricardo repete o gesto. Fuma tomando o café. De quantos hábitos antigos afinal se esquecera? Fumar, tomando um café, desfrutando da companhia de uma mulher. Traga fundo. Tudo o que estava estancado volta a fluir de novo. O que aconteceu lá fora parece não fazer mesmo o menor sentido.

"Alguma notícia?", Sônia pergunta.

"Sabe que há pouco eu tive a impressão de que ele estava na frente do prédio, se escondendo perto daquele túmulo de pedra que tem ali, olhando pra mim, da janela do apartamento?"

"Parece mesmo um túmulo", Sônia ri. "Mas dizem que é um marco da cidade. Você acha que Guilherme estava se escondendo ali?"

Ricardo balança a cabeça afirmativamente.

"Mas você foi lá conferir? Era mesmo ele?"

"Não sei, eu desci e a pessoa sumiu."

Há uma cesta de bolinhos no balcão. Ricardo tira um. Mostra a Sônia. Começa a desembrulhar.

"Você tá começando a ver coisas", Sônia lhe entrega um prato. "Se ele aparecesse aqui na frente, eu teria visto. Tem uma certa hora que a gente começa a ficar preocupada com o movimento lá fora."

Sônia bebe o próprio café. Depois de passar o dia servindo mesas, permite-se beber aquela xícara de café como alguém que se dá um presente. Ricardo a vê relaxada, mas vê o que só os seus olhos querem ver: Sônia se agrada também de sua presença, quer a sua presença e de ninguém mais ali.

"Sabia que ele tem um irmão que sumiu também?"

"Ele quem?"

"Mário Tule, o escritor."

"Ah." Sônia fuma com o cigarro muito junto do corpo. O braço direito flexionado, o esquerdo por baixo, envolvendo o próprio busto. De onde está, Ricardo não pode ver as suas pernas, mas as imagina por baixo do balcão, cruzadas em perfeita harmonia com aquela posição.

"Era esquizofrênico, foi encontrado uma vez na rua. Eu já cheguei a pensar se o interesse de Guilherme nessa história não o levou a enlouquecer também e ir parar no mesmo lugar", Ricardo diz, pousando o cigarro no cinzeiro para terminar de comer.

"Credo."

Sônia termina o café e apaga o cigarro. Aparenta distração ou pressa. Ricardo compreende que tem que mudar de estratégia se quiser permanecer ali no café, por mais tempo, com ela.

"E você? Tem filhos?"

"Eu? Não, mas é como se tivesse."

Sônia começa a recolher as louças.

"Como assim?"

"Tenho uma mãe idosa. É como se fosse uma criança. Tem que uma vizinha ficar de olho nela enquanto tô aqui. Mas à noite eu tenho que cuidar e praticamente botar pra dormir. Fica me esperando. Depois de um tempo, a gente que vira mãe e pai dos nossos pais."

Ricardo perde menos tempo pensando na frase que concluindo que perdeu sua chance. Levanta-se para indicar que está de saída. Sônia não lhe faz objeção. Fumar não é a única prática que precisa recuperar. Desde quando perdera o tino com as mulheres?

"Posso ficar com mais um cigarro?", pergunta, tirando a carteira do bolso para pagar a comanda.

"Claro", Sônia diz, oferecendo o maço. "Mas guarda o dinheiro. Eu acabo de te abrir uma conta."

Ricardo agradece e se levanta. Sônia deixa os pratos na pia, contorna o balcão, conduz Ricardo até a porta. Desta vez aceita que ele vá com ela até o metrô. Ricardo recupera as esperanças no flerte. Sônia fala sobre o Alzheimer da mãe. Ricardo fala sobre o Alzheimer e o Parkinson do pai, com quem não fala há tanto tempo. "De qualquer forma, não saberia mais quem eu sou", ele justifica. A conversa esmorece a cada quarteirão percorrido, recuperam o fio da meada só para que o silêncio não torne ainda mais desconfortável o fato de os dois não saberem que papel assumir fora do café — ele sem condições de pedir, ela de atender. Ricardo quer inverter tudo. Forçar que Sônia peça. E gostaria muito de atendê-la.

Nas escadarias, se despedem. Ricardo olha para as panturrilhas de Sônia enquanto ela desce, com uma das mãos apoiadas no corrimão. Tira o cigarro do bolso para fumá-lo, e percebe que não tem isqueiro.

Compra um na banca de jornais ao lado. Compra também um outro maço de cigarros. O resto do que Sônia lhe deu dura somente o trajeto de volta até o prédio. Fuma-o imaginando que está com um pedaço dos lábios de Sônia entre os dedos.

No apartamento, tira do bolso o maço de cigarro que comprou junto com os cartões de contato que transbordam na carteira. A aliança do casamento, que não voltou a colocar no dedo desde que desembarcou do avião, tilinta na mesa. Confere os cartões de contato, pedaços de papel que são como troféus de uma glória passada, louros da vida profissional e das aventuras extraconjugais até aqui. Acha enfim o bilhete da desconhecida do avião e fica alguns minutos olhando para ele, as letras se cruzando como as pernas dela na poltrona. Ricardo fuma um cigarro atrás do outro se lembrando da conversa durante a viagem. Espera passar das dez horas até decidir enfim ligar para ela. Espera passar das dez horas para que a ligação não signifique outra coisa além do que ela realmente significa: o último chamado do cio, o último apelo do instinto que Sônia despertou antes que o seu corpo, embalado pelo vício, desligue como um animal apascentado, hibernando.

ções negativas pensamentos negativos atraem ações negativas pensamentos positivos atraem ações positivas pensamentos as pessoas subestimam o poder do pensamento semana passada fiquei todo tempo embaixo do chuveiro pensando em cura porque banho pra mim é cura curar a alma de tudo de ruim que aconteceu no dia e deixar que essa sujeira no corpo essa sujeira na alma essa crosta dura impenetrável que só a água com a sua liquidez penetra de verdade e vai largando do corpo inteiro primeiro o sabonete na mão duas três quatro vezes com as mãos espalmadas se esfregando uma na outra duas três quatro vezes entre os dedos entre as unhas a espuma endurecida cobrindo a crosta de branco a crosta branca e limpa se liquefazendo depois o resto do corpo com outro sabonete que tiro da caixa jogando o outro no lixo lavando as mãos que abriram a caixa depois duas três quatro vezes porque abriram a caixa o corpo lavado da cabeça aos pés nunca dos pés à cabeça duas três quatro vezes os pés calçados nas sandálias havaianas brancas ipanema não ipanema derrapa os pés calçados nas havaianas brancas limpas que não podem entrar em contato com a crosta a sujeira do dia a sujeira do corpo a sujeira da alma escoando livre pelo ralo se espalhando pelo box do banheiro os rejuntes dos azulejos um dois três ímpar os rejuntes ímpares dos azulejos por isso os pés se protegem sempre dentro do quadrado nunca fora do quadrado do tapetinho plástico o quadrado um dois três quatro quadradinhos menores quadradinhos pares que protegem dos ímpares quadradinhos que curam a cura do banho deixar que essa sujeira se liquefaça e leve embora os pensamentos negativos pensamentos as pessoas não sabem a força que eles têm semana passada fiquei pensando na cura do pensamento em todas as vezes que os meninos adoeceram e rezei forte e tomei vários banhos rezando e pedindo a ajuda de deus porque deus é o maior dos pensamentos positivos e todas as vezes que conseguia pensar em deus sem cessar embaixo do chuveiro do banheiro um deles melhorava para depois o outro piorar pegar a doença do outro que o outro tinha se curado pelo poder de deus e do pensamento isso porque o inferno às vezes é maior isso porque o diabo às vezes me em-

purra nos rejuntes dos azulejos nas bordas da pia nas alças dos sacos de lixo a mão esfregando não duas três quatro vezes mas uma duas três uma a menos ou uma duas três cinco uma a mais a espuma antes da crosta branca tocando primeiro os pés antes da cabeça a mão esquerda e não a direita no xampu a mão direita e não a esquerda no condicionador a fileira sabonete xampu condicionador fora da ordem sabonete condicionador xampu a tampa aberta a tampa aberta com a sujeira do corpo a sujeira da alma o pensamento negativo voltando o diabo e o fogo que só o chuveiro pode apagar Gustavo batendo na porta mãe a senhora já tá pronta já tá na hora já vou meu filho ele não sabe que estou salvando o irmão dele eu estou salvando seu irmão que está perdido e se eu sair da água agora ele não vai voltar eu murmuro mas ele não escuta o barulho do chuveiro na cabeça o barulho do chuveiro calando os pensamentos mãe abre essa porta eu coloco as mãos nos ouvidos direita esquerda as duas mãos tapando os ouvidos para não ouvir mãe por favor abre essa porta agora eu não posso meu filho eu grito eu não posso deixar o meu filho se perder murmuro se seu fechar os olhos agora e pensar em Guilherme ele vai voltar se eu esfregar os braços até arranhar a pele ele vai voltar se eu não tocar em nada nem no piso do banheiro com os pés ele vai voltar e me tirar daqui mãe eu juro que se eu não ouvir o chuveiro desligando agora eu vou arrombar essa porta e o barulho bum dele arrombando sem que eu consiga chegar até o fim

26.

DE TODAS AS SAÍDAS DO LABIRINTO, escolhe a mais insidiosa. Na manhã seguinte, responde somente a Rafael, a peça com mais arestas no quebra-cabeças, a narrativa que pelas mensagens lhe oferece mais caminhos a percorrer. Não é apenas o nome mais frequente na caixa de mensagens de Guilherme, mas também aquele com quem mantém uma correspondência mais sólida — se é que pode chamar assim alguns dos fragmentos melosos, de uma parte e de outra. Se alguém sabe de algo e está escondendo, esse alguém é Rafael, e antes de entender o porquê — algo que só pode ter a ver com a relação afetiva dos dois, que também precisará entender —, Ricardo precisa esclarecer alguns pontos das mensagens de SMS.

Que história é aquela de que o rapaz estivera no apartamento e deixara uma chave com Elias. Que projeto era aquele de Guilherme que envolvia Rafael, e que Vânia também mencionava, tentando desencorajá-lo. Se não fosse se sentir ainda mais humilhado, iria com aquelas mensagens à porta de cada um deles e arrancaria a verdade aos tapas. Mas sabe que precisa de mais informações antes de se arriscar a mergulhar ainda mais em mentiras, pistas falsas que já foram longe demais.

tá tudo bem,

                Ricardo acaba digitando no celular.

E vc?

                , acha melhor perguntar.

Sente-se ridículo. Como se alguém da sua idade fosse obrigado a passar um trote.
Termina a mensagem lembrando:

(Por favor não liga de volta. Pago deslocamento).

                Envia a resposta e espera.

Torce para que Rafael morda a isca e conduza a conversa, lhe dando mais dados do que quer que esteja acontecendo, lhe construindo pelo menos um cenário no qual possa se locomover, em meio a tantas dúvidas.

O celular não demora a vibrar.

finalmente cuzao, n to entendendo + nada
tu não ia ficar por aki e me avisar antes de viajar?
oq deu errado p sair do acordo?

Então Guilherme não saiu de São Paulo, Ricardo conclui com um certo alívio, sem saber o que responder diante das outras questões. O acordo é uma novidade. Uma parte desconhecida do todo desconhecido que julga ser o acordo. Não sabe como fazer Rafael falar dele sem denunciar sua posição. Digita. Apaga. Acha melhor se concentrar no entorno da questão, por enquanto.

Que história é essa da chave com o Seu Elias?

, pergunta por fim.

te falei meu, esse elias é o capeta… n me deixou entrar la nao…
tomou a chave quando eu quis abrir e me expulsou.
fiquei com medo de alguém achar q era assalto e vazei.

Ricardo se sente perdido ainda, mas menos perdido do que quando começou. Suas desconfianças quanto ao síndico então não eram de todo infundadas.

Mas ele devolveu essa chave pro dono do apartamento?

, tenta descobrir.

como q vou saber po?

, Rafael responde,

é isso msm q ta te preocupando agora?

, diz na mesma mensagem.

teu velho n falou nada sobre isso tive q dar uma de doido.

Ricardo se demora na resposta. Não sabe como se referir a si mesmo, como tratar do fato de estar em São Paulo procurando pelo filho. Rafael se adianta:

vc acha q ele ta desconfiado?

Ricardo decide apostar alto na próxima jogada.

ele não me disse nada.

A reação é quase instantânea:

como assimmm??? voltou a falar com o velho?
ta doido? como eh q vai ser agora o 2 ato de hamlet?

Ricardo não compreende o que *Hamlet* tem a ver com aquilo.

Digita:

Tive que falar pra ele.

Respira.

Não sabe muito bem o que está fazendo, é
como se uma mão invisível o guiasse.

Tive que contar toda a verdade.

Envia.

de vc? da gente?
do projeto? Como ele reagiu?
TU PERDEU A NOÇAO?

Agora que começou tem que ir até o fim.

De tudo.

E espera que Rafael avance.
Quer fazê-lo falar. Tem que fazê-lo falar.

foi pessoalmente isso?
tu tá me escrevendo aqui pra dizer que acabou
depois de todo trampo q deu?

Ricardo sente uma vertigem.
Já cruzou a fronteira de um território que não é seu,
agora cruza uma outra fronteira: de um território
do qual talvez não poderá mais regressar.

Não

, dá um passo para trás.

Vamos continuar.

Joga verde. Precisa manter a armadilha aberta até
capturar Rafael. Até capturar Guilherme.

dq tu tá falando? tem certeza?

, Rafael pergunta.

Tenho.

Não tem, não sabe do que está falando, mas já não
é ele quem responde, e sim Guilherme.

tá, pq ninguém tem te visto no hotel faz uma cara

Ricardo se sobressalta. Um hotel. Finalmente algo concreto.

E eu tô de novo c o q vc pediu da última vez.

Ricardo sai da tela da conversa e revira os arquivos das mensagens.
Não encontra nada, nenhum pedido.

então, posso levar lá hj?

, Rafael insiste.

Decide blefar:

Levar o quê?

Não funciona:

ah fica de zoera agora q dps t mostro. vo hj a tarde ta?
agora q quebro o acordo n tem + dsclp. tu ta mto longe?
a noite vai ta aquele corre aqui, tu sabe vania como eh.
Vai conseguir aparecer agora que hamlet desarmou a ratoeira?

Ricardo ainda não compreende o que Hamlet pode ter a
ver com aquilo.
Julga ser uma piada interna de ator.
Responde o que realmente espera que
aconteça, que Guilherme apareça:

Acho que sim.

E Rafael finaliza:

vai senao eu q te dou um sumico. S2
vo terminar o ensaio aki =*

Ricardo guarda o celular no bolso e levanta-se apressado do sofá, mas o aparelho insiste em vibrar como um terremoto na coxa. Saca novamente o telefone temendo uma outra mensagem amorosa de Rafael, um recado que não saberia como responder, mas não: trata-se sim de uma mensagem amorosa, não de Rafael e não para ele, Guilherme; e sim para ele, Ricardo.

Hoje à noite no Sujinho então =)

Quem enviou foi a mulher do avião. A desconhecida que ganhou, enfim, um nome: Vanessa. O nome ressoa agora como uma voz rouca nos ouvidos: Vanessa. Que na noite passada lembrou-se dele. "Sim, viajou do meu lado no voo, como não ia me lembrar". Não apenas se lembrava de Ricardo como também já havia desistido de esperar sua ligação. "Pensei que já tinha voltado pra Paraíba", ela disse, e foi fácil para ele afirmar que não, mentir que o filho andava mais paulista que um paulista e sem tempo para fazer companhia ao pai solitário. Que por isso ele decidira prolongar a visita, afinal tinha esperanças ainda de ter um tempo de qualidade com o filho por ali, não era sempre que podia tirar uma licença do trabalho e estar nesta cidade "que nunca dorme" — ele disse inventando uma desculpa por estar ligando àquela hora. Ligando para saber por que não tornar aquele tempo ali mais divertido — cuidou de usar exatamente esta palavra: "Divertido" — longe da sua "criança" e na companhia de alguém agradável. E Vanessa se riu, e disse "Obrigada, desculpas aceitas", e ele lembrou das pernas dela e do olhar dela e soube imediatamente que no dia seguinte iriam se encontrar, ela só iria confirmar se teria algum compromisso de trabalho e mandaria notícias.

Era uma deixa perfeita para Ricardo perguntar o que exatamente ela fazia, mas Ricardo não estava absolutamente interessado em prolongar a conversa. Para ele bastava a confirmação de que iriam se encontrar para acalmar seu corpo antes de dormir. Ricardo podia muito bem esperar por mais uma noite para pôr à prova aquele olhar que ela lançou na saída do avião, na esteira de bagagens. Nenhum deles era mais adolescente e sabiam exatamente o que estava rolando ali o tempo todo. Vanessa era uma mulher descomplicada. Não devia ser de dar falsas pistas, como Sônia.

Então Ricardo a fez prometer que escreveria confirmando o encontro e o lugar do encontro. E aquele agora era o lugar: um boteco na Consolação perto de onde Vanessa trabalhava e se ele quisesse podia ir de metrô, que era perto da estação. Ela podia dar uma carona na volta e... e Vanessa talvez fosse descomplicada *demais* — Ricardo pensou —, não estava acostumado com aquilo. Não gostava de deixar a situação nas mãos de uma mulher e até tentou tomar a iniciativa e recuperar o controle. Sugeriu que poderia buscá-la de táxi onde quer que ela estivesse, mas não adiantou. Vanessa tinha que estar de carro no trabalho, e o argumento do trânsito no final do expediente era incontestável. Além do mais, a Vila Mariana era perto o suficiente para Ricardo não precisar tomar um táxi, sugeriu ela, inocente de que, na mesma tarde, Ricardo planejava seguir Rafael e descobrir um lugar que nem ele saberia onde era. Se Ricardo fosse mesmo de metrô para o encontro, disse Vanessa, depois quem sabe eles não poderiam... E as reticências ficaram devidamente subentendidas, e de novo era Vanessa a roubar as rédeas da situação. As rédeas que, ao mesmo tempo, Ricardo tentava agora retomar, tendo que cuidar de outra situação fora do controle em sua vida. A outra mentira, a verdadeira razão pela qual estava em São Paulo e da qual fingia por enquanto se esquecer. A razão pela qual se afastou da família e passou a viver, naqueles poucos dias, uma vida de solteiro tardia e postiça, no lugar do filho, dormindo nos quartos vazios de um apartamento escuro e quase sem comida. A vida do filho perdido, o filho perdido e uma possível pista finalmente encontrada de seu paradeiro. A pista que precisaria seguir, antes de se encontrar com aquela mulher.

Consulta rapidamente a rua da Consolação no mapa. Felizmente, a rua é perto o bastante da praça Roosevelt e terá tempo mais do que suficiente para lidar com a busca de Guilherme antes de se encontrar com Vanessa à noite, acabando de vez com a tentação e calando os próprios demônios. Confirma o encontro antes de tomar o metrô às pressas, em direção à praça. O final da Consolação é praticamente o teto das galerias do formigueiro, do elevado interditado que viu ali da última vez e que se transformará no esconderijo onde logo mais ele se verá oculto, tentando superar o cheiro de urina enquanto espera que Rafael abandone logo o Recreio Cênico para segui-lo. O plano é acompanhá-lo até o tal hotel, onde imagina ser o novo endereço de Guilherme.

No metrô, pensa no filho se encontrando com outro homem num quarto de hotel. Pensa nos dois se drogando ou fazendo coisa pior num muquifo perto o bastante da praça para que Rafael possa ir e voltar ainda à noite para o teatro e dormir lá. Ricardo já tem parte do roteiro pronto na cabeça: irá atrás de Rafael e enfim, quando tiver a certeza de onde o filho está (se é que estará lá mesmo) fará o que tem que ser feito. E então a noite poderá ser uma criança de novo, a ordem precária de suas vidas será restaurada e outra aventura estará à espera nos braços de Vanessa, a mulher que possuiu desde que pôs os olhos nela no avião. Será o seu novo troféu, o prêmio que guardará quando uma semana ou um mês depois embarcar de volta para casa, com ou sem Guilherme — com o filho a tiracolo para alegria da mãe ou de novo morando no apartamento, ou internado numa clínica, ou espancado, morto e sepultado (porque é esta a vontade de Ricardo agora: agredi-lo, matá-lo, esganá-lo com as próprias mãos na frente de Rafael, quando chegar no hotel).

E então retomará o trabalho na universidade, dará as satisfações de praxe para Ana, que melhorará de saúde e a vida entrará enfim nos eixos, voltará à normalidade. O plano ideal. A vida e sua circularidade perfeita, apesar dos acidentes de percurso. A vida e a sua velha história que só arrodeia para chegar no mesmo lugar. É esta palavra, arrodeio, tão ausente no vocabulário da cidade, que resume tudo isso, pensa Ricardo. Que define o que ele faz agora, já arrodeando os canteiros da praça Roosevelt procurando um lugar melhor, menos malcheiroso e imundo, um ponto entre as árvores onde não possa ser visto, mas possa ver ainda a portinhola de metal do Recreio Cênico entreaberta, o flanelinha acenando para os carros que passam, indicando a posição das vagas com seu assobio medonho, que ecoa nas galerias, agredindo os ouvidos de Ricardo.

Ele se pergunta se Rafael já saiu. Divide a vigília entre a frente do teatro e o entorno da praça. Quer evitar o risco, que não parece pouco provável, de alguém surgir da escuridão profunda dos túneis e vir assaltá-lo, acusando sua posição. A praça está deserta àquele horário, não fosse por três pessoas instalando uma fileira de lâmpadas entre as árvores que circundam o centro. Uma fiação longa conecta-se a um gato puxado de um dos postes, por um homem que trabalha sem qualquer equipamento de proteção e sem temer o choque iminente.

Ricardo tenta evitar ser visto também por aquelas pessoas, que não possuem nada parecido com uniformes da prefeitura e devem ser funcionários de algum dos teatros, preparando talvez a praça para um evento que ocorrerá ali mais tarde. É por trás de um deles que Ricardo vê a portinhola do Recreio Cênico enfim se abrir e Rafael sair do teatro de camiseta, com uma mochila pequena pendurada nas costas, caindo na armadilha que preparou ao telefone.

Teve sorte de pegar o rapaz bem na hora. Rafael atravessa a rua e vai direto ao encontro das pessoas. Ricardo então se vira e se esconde em uma das árvores. Sente o coração palpitar com a possibilidade de Rafael tomar o caminho da praça e cruzar sua linha de visão, descobrindo a trapaça. Mas quando Ricardo se vira novamente Rafael não está mais ali, as pessoas já instalaram as luzes e tem total liberdade para olhar ao redor e se certificar de que não há mais ninguém, em nenhum dos quadrantes da praça, impedindo que ele se revele. Caminha se esgueirando por entre os arbustos em volta da rua, e só recupera a visão do garoto com a mochila nas costas quando ele já está prestes a virar a esquina e pegar o caminho que irá cruzar com o final da Augusta. Há uma boate em forma de castelo que já projeta uma sombra neon na calçada sobre a qual Rafael caminha, a uns vinte ou trinta passos de diferença de Ricardo. O perseguidor toma o cuidado de estar sempre na calçada oposta, numa linha transversal que lhe permita ficar de costas e tomar outro rumo ao menor sinal de que seu alvo irá se virar.

O rapaz fura semáforos, atravessa as ruas sem qualquer prudência. Inicialmente, Ricardo tem dificuldade de acompanhar o ritmo e até desconfia que foi descoberto, mas logo percebe que não é raro Rafael parar numa esquina e conversar com algum desabrigado, abrir a bolsa de forma furtiva e tirar algo de dentro, seguindo o caminho como se nada tivesse acontecido. Em todas as vezes que Rafael deixa alguma coisa com um dos mendigos, Ricardo cruza a rua e passa perto deles, retarda um pouco o passo enquanto as mesmas falas engroladas lhe pedem um trocado ou um fumo ou pelo amor de Deus um prato de comida no PF da esquina. Mas Ricardo se esgueira e não consegue ver o que Rafael lhes deu e eles logo escondem dentro dos casacos, entre trapos e cobertores ou no meio dos carrinhos de supermercado, repletos de pacotes plásticos e caixas de papelão.

Em certo ponto do caminho, Ricardo simplesmente desiste daquela inspeção suspeita e se dedica apenas a seguir andando com os olhos colados em Rafael. O rapaz ainda não desconfia que está sendo seguido. Ricardo sente fome e sede, pois não comeu desde a noite passada, e o cheiro da cidade o enoja, o faz enjoar e querer vomitar cada vez que Rafael avança por bairros mais e mais ermos, penetrando mais e mais na névoa de urina cujo odor rançoso começa a parecer familiar ao olfato de Ricardo.

São Paulo é provavelmente uma das poucas cidades do mundo que você reconhece mais pelo cheiro que pelas ruas, e Ricardo reconhece que está na mesma área que o taxista outro dia indicou. Estão se embrenhando no território da cracolândia e não é como se houvesse um pórtico ou coisa assim parecida... de uma hora para a outra você olha em volta e começa a cruzar o aglomerado de zumbis — Ricardo se lembra exatamente da palavra usada pelo taxista: zumbis —, e fica mais difícil de se esconder porque você claramente não é um deles ("Se não é zumbi é traficante", Ricardo se lembra da frase).

Rafael já não é mais o único a ser perseguido ali. Neste exato momento, Ricardo pode estar também sendo caçado enquanto tromba na próxima horda de viciados, no paredão de gente que se coloca contra os muros com suas tendas, feitas de lençóis e de lonas e de sacos pretos esburacados. São espécies de condomínios ou feiras livres de corpos esquálidos, de sexos indistintos e de lumes que, vez por outra, chispam dos dedos desprendendo uma fumaça escura. Ricardo não pode mais evitar cruzar estas calçadas, indo parar no meio da rua que é onde as pessoas transitam, porque nenhum carro passa ali. Lastima mais uma vez a forma tão contrastante como se veste, surpreendendo-se com o milagre de ainda não ter sido tragado pelas hordas, fagocitado por aquela gente, sendo devolvido depenado e cuspido no final da rua.

Vestido com uma roupa de ensaio que é quase um andrajo, Rafael caminha com desenvoltura — se desenvoltura fosse uma palavra que coubesse naquele ambiente. O rapaz retarda o passo que é apressado não por cautela, mas por uma agilidade de quem é familiar ao local. Seu passo vai retardando e as pichações vão rareando e dando lugar a uma fachada azul com uma marquise e uma porta temerosamente aberta. Rafael entra, revelando finalmente o que Ricardo supõe ser o tal hotel das mensagens.

Ricardo fica um tempo no meio da rua olhando para dentro do hotel, vendo Rafael conversar com um gordo enorme que veste uma camisa do Corinthians no balcão. Até que o rapaz se deixa engolir pela penumbra do prédio, o ventre de onde Ricardo se aproxima assim que Rafael desaparece nas escadas com sua mochila. O gordo olha para Ricardo e ri, um riso asqueroso e ambíguo do qual Ricardo não entende o significado, mas que seja qual for não quer compactuar. Esse riso lhe dá a vantagem de pelo menos ir entrando no hotel sem ser barrado pelo homem, muito maior que ele apesar de pesado demais para representar qualquer ameaça.

Ricardo sobe as escadas sem colocar a mão no corrimão, um pedaço de madeira grudento e riscado, não menos riscado que a parede cheia de desenhos pornográficos estampados. São como reproduções em miniatura das pichações que viu na rua. Tenta seguir Rafael agora pelo som dos seus passos nos degraus, olhando sempre para cima, tentando prever em que andar os passos vão passar a ser ouvidos dos corredores. Os andares são escuros e cheios de pequenos apartamentos que ele vê de soslaio, cada vez que um lanço de escada termina, revelando paredes e portas encardidas como o vão da escadaria, e o teto com suas lajes despedaçadas e as fiações expostas. Ricardo lembra-se de animais mortos em estradas, com as tripas para fora e moscas do tamanho de botões de camisas voejando ao redor.

Os passos de Rafael de súbito silenciam e Ricardo espera um pouco antes de entrar num dos corredores. Antes de se certificar de que o rapaz não está descendo de volta às escadas, ou esperando para surpreendê-lo quando os passos de Ricardo — que talvez também possam ser ouvidos lá de cima — o alcançarem. Há um quarto na frente dele com a porta aberta (na verdade a porta foi retirada, e está apoiada do lado de uma cômoda). O hóspede está desmaiado no único colchão sem lençol de um beliche. Aquilo parece mais a cela de uma prisão do que um dormitório. Há roupas e toalhas penduradas na parte de cima do beliche, como se estivessem secando ou fazendo uma espécie de cortina, todavia curta demais para não ver o homem ali dormindo, com as solas do pé para fora do colchão. Ricardo ouve o barulho de uma porta se fechando e isso pode significar o que mais receia: que Rafael tenha entrado em um dos quartos com portas e fechaduras, e que Ricardo não saiba exatamente qual é esse quarto, tendo que bater ou arrombar a porta ou esperar no corredor por horas e horas até que Rafael saia, inevitavelmente revelando-se e revelando que Ricardo o seguiu até ali.

Sobe as escadas de dois em dois degraus, escorregando com a sola dos sapatos na ponta dos patamares e tendo que grudar as mãos agora no apoio da escada, porque sente perder o fôlego. Sente-se fraco e tonto, como se a pressão tivesse baixado. Chega ao outro andar se agarrando à pilastra da parede, não porque precisa se manter emboscado, mas porque sente desfalecer. O passamento de consciência o faz se deter ali, e acompanhar de longe Rafael batendo numa porta com um grande cifrão talhado na madeira, formando a palavra $exo. Vários rabiscos confusos riscam a visão de Ricardo, e o rosto que ele vê assomar à porta não é o do filho, mas de um monstro. Um rosto que não é deformado, mas disforme, que só reconhece como humano pelo braço que vai apanhando o que Rafael começa a tirar da mochila aberta: vários e vários exemplares de uma mesma revista, um saco de pão de fôrma e uma lata de leite em pó, um maço de notas enroladas numa liga que o braço cheio de pelos da coisa segura, com a ponta do dedos femininos.

Rafael está prestes a entrar no quarto quando ouve Ricardo trocando as pernas no corredor, avançando a galope de besta fera até onde eles estão, assustando aquela máscara de gente que se confrange e fecha a porta como se fosse mesmo uma aberração prestes a ser descoberta. Rafael tenta deter Ricardo, mas, apesar de fraco, Ricardo tem mais força do que ele e do que o monstro — é isso que Ricardo parece gritar: "Quem é esse monstro?", "Onde está o meu filho?", e uma outra porta se abre e uma travesti se junta a Rafael tentando conter Ricardo, cuja testa agora sangra porque se chocou com um prego solto que servia de ferrolho para a porta, atrás da qual já não se vê ninguém, só a cama com as coisas que Rafael trouxe e um corpo frágil se refugiando ali como um animal acuado. Rafael grita "calma!" quando uma navalha aparece e brilha, refletindo a pouca luz que vem do quarto onde Ricardo agora é impedido de entrar, "ele tá comigo!", Rafael berra, e a porta já está se fechando com Rafael tentando debelar a fúria de Ricardo, agarrando seus braços por trás, imobilizando os membros que aos poucos vão cedendo e permitindo ao rapaz"que é muito menor conduzi-lo pelo corredor, onde outras muitas portas se entreabrem revelando olhos injetados à espreita. "O que porra tá acontecendo?", Rafael pergunta o que todos aqueles outros olhos perguntam. "O que é que o senhor tá fazendo aqui?", e Ricardo apenas se deixa conduzir, descendo as escadas, arfando, não vendo outra alternativa além de se deixar levar, passando pelo balconista do hotel que nem estranha quando os dois saem e Rafael enfim solta Ricardo, que apoia as costas num poste crequelento enquanto Rafael apoia as costas numa parede crequelenta; um exaurido de forças e o outro dos sentidos, na fadiga do colapso, no abandono da razão.

"Cadê meu filho? *Aquilo* era meu filho?", Ricardo diz, e Rafael apanha a mochila que ficou caída no batente do hotel com o zíper aberto, um tufo de algodão saindo de uma costura aberta do forro sintético. "Eu achei que ele tinha explicado pro senhor", diz Rafael, colocando o algodão para dentro e fechando o zíper. "Vim aqui também por causa dele", continua, arrumando a mochila nas costas. De uma das janelas, uma chuva de pó e fatias de pão começa a cair. "Puta merda!", Rafael resmunga, se afastando da parede e olhando para cima, apanhando os pães e colocando na sacola que também foi jogada. "Ajuda assim eu não quero!", grita da janela uma voz aguda, e o rebuliço atrai um esfomeado que vem e se atira nas migalhas como se catando gotas de chuva, implorando pelo pão de Rafael.

Ele entrega a sacola e se volta para Ricardo. "Agora me queimou com o Fofão", diz, e percebe o sangue que cai pelas têmporas do homem à sua frente, Ricardo, vestindo o casaco de camurça de Guilherme com um botão faltando e a camisa por dentro rasgada, um filete vermelho já lhe empapando a gola. "O senhor tá sangrando", ele tenta alcançar o ferimento, mas Ricardo o repele. "Caralho, agora vou ter que ligar pro Guido", diz Rafael.

"Não adianta ligar", Ricardo responde, respirando forte ainda, passando a mão nos cabelos.

"Como assim?", Rafael pergunta.

"Eu que mandei aquelas mensagens", Ricardo explica.

"Como assim?", Rafael repete. "Que merda é essa?"

"Que merda é essa pergunto eu!", Ricardo avança de novo. "Que merda é essa que vocês são? Onde merda tá o meu filho? Que porra vocês tão fazendo juntos?"

"Cacete", Rafael fala para si, como se compreendesse algo que Ricardo não compreende, mantendo distância dele e suspirando, tentando recuperar o equilíbrio da situação, gesticulando, apontando para o hotel. "Olha só, ele tava hospedado aqui e falou pra eu ficar trazendo comida e as revistas..."

"Que revistas?", Ricardo interrompe

"As revistas que deixam no teatro pro Fofão vender e tirar uma grana"

"Fofão? Quem é Fofão? O que diabos você tá dizendo?"

"Eu ajudo ele com as gorjetas do bar porque já estive na mesma situação e o Guido fez igual comigo", Rafael continua, sem responder às perguntas, sem conectar as conversas, agora que parece também preocupado. Nada faz sentido para Ricardo. "Acontece que falaram ali na recepção que o Guido nunca mais apareceu e tiveram que alugar o quarto pra outra pessoa."

"Qual quarto? Aquele quarto?", Ricardo volta a arfar, olhando para o sangue na mão e sentindo uma tontura.

"A gente tava trabalhando junto nesse projeto dele, ele tava fazendo o laboratório aqui no bairro depois que brigou com o Vânia e entrou de cabeça nisso de ser anônimo e sumir, puta que pariu, até o Fofão ia entrar na peça e, quando a gente terminasse, o Guido sonhava em contar tudo pra vocês e chamar pra estreia... Mas não sei, deve ter acontecido alguma coisa, não sei, só pode ter acontecido alguma coisa pra ele ir embora sem falar nada pra mim, pra ninguém... pra ninguém saber de nada..."

Ricardo começa a se sentir apagando.

"O senhor não parece bem."

Ricardo começa a cair.

"O senhor tá bem?"

Ricardo tenta se apoiar na calçada.

"O senhor

Ricardo desmaia.

Por alguns minutos, naquela quadra, Ricardo é só mais um corpo abrigado sob o imenso teto preto da Cracolândia.

Um manifesto (esboço para uma estética terrorista)
Por Guido Santos

1. O teatro não é uma arte, mas um pacto fatal e irrevogável que o ator assina com a vida, entregando-se a ela de corpo e alma (paga-se com o corpo o que se recebe com a alma);
2. Identidades são territórios cambiantes. Não somos donos de nossos próprios corpos ou formas ou lugares ou falas ou tempos ou termos ou modos ou usos ou motivos ou destinos: somos quem e quais e quantos e onde e quando e como e por quê e para quê e por quem e para quem, o teatro nos desejar;
3. Somos o amálgama de todo o passado, presente e futuro que nos constituiu, constitui e constituirá. O elo e o elã de origens e deslocamentos, conflitos e transformações, associações e dissociações. Somos um mosaico de pátrias, ideologias e religiões. Somos o nosso próprio teatro.
4. Ser ou não ser não é uma questão. Ser, sempre. E ser sempre um outro.
5. O real supera a ficção porque o real é ficção;
6. Fazer da cidade um palco. Da existência, um espetáculo. Nunca faltará espaço onde houver metrópole; nunca faltará atores onde houver público: desrespeitar/desrespeitável o público;
7. Produzir efeitos sem causa;
8. Quebrar a quinta parede até que não exista sexta parede. Até que não exista mais parede. Até que isso não seja uma parede. (*"C'est ne pas um mur!"*);
9. Morte a Sófocles. Morte a Shakespeare. Morte a Brecht. Morte a Stanislavski. Morte a Ariano Suassuna. Morte a Paulo Pontes. Morte a Plínio Marcos. Morte a Antunes Filho. Morte a Zé Celso. Morte a Gerald Thomas. Morte a Rodolfo García Vázquez. Morte a Ivan Santino. Morte a Vânia.
10. Viva

27.

LABIRINTITE, eram as suspeitas do médico. Agravadas pelo estresse, a hipoglicemia, o jejum prolongado, o alto consumo de álcool e o tabagismo — e não, Ricardo não conseguiu amenizar sua situação justificando que só havia voltado a fumar há alguns dias e também não vinha bebendo nada além de café desde que chegou. A cafeína também era um problema. Teve que sair do hospital com várias guias de exames e a promessa de que pararia imediatamente de fumar e voltaria a fazer três refeições ao dia — não os pacotes de macarrão instantâneo que vinha consumindo na casa do filho nem a comida congelada que Sônia lhe preparava no café Vila França, mas uma refeição decente, equilibrada. "Equilíbrio. Essa é a chave se não quiser perder o equilíbrio de novo", disse o médico de plantão, um jovem recém-formado meio dado àquele tipo de trocadilho — não bastasse a Ricardo a ironia de se falar em labirinto estando justamente dentro de um.

Rafael não se encontrava mais na recepção do hospital quando Ricardo saiu da emergência. Havia deixado seu número de telefone no balcão e a recomendação de que ligassem se o desmaio fosse mais grave que um caso de pressão baixa ou de reação à vista do próprio sangue. Ricardo não precisou levar pontos na cabeça. Apesar das roupas que estavam imprestáveis pelos rasgões da briga e pelas manchas vermelho-pretas, o corte havia sido superficial, e sequer foi preciso raspar o cabelo para tratar o ferimento que parecia mais grave a quem visse a múmia que agora retirava seus pertences na portaria, com a cabeça enrolada com uma faixa cobrindo todo o escalpo, como uma bandana.

Ricardo não se lembrava exatamente de como havia chegado ao pronto-socorro. Tinha flashes de um carro e de Rafael ao seu lado no banco de trás, explicando a confusão envolvendo Elias e a chave que Guilherme havia deixado em posse do amigo, na incumbência de ficar um tempo cuidando do apartamento. Desmaiou ou teve a sensação de que desmaiava mais de uma vez, ao longo da viagem. Faltavam trinta reais em sua carteira e com os vinte que restavam pagou um novo táxi, até a Vila Mariana. Não sabia exatamente que horas eram, mas julgava que não conseguiria chegar a tempo ao encontro de Vanessa como também não podia se permitir ir para lá naquele estado. O celular mais uma vez descarregara e não seria nenhuma surpresa se voltasse para o apartamento e não houvesse luz — já desistira de solicitar o religamento e perder toda uma tarde esperando pela companhia de energia.

Entra no Vila França aliviado por as mesas estarem vazias, Sônia preparando-se já para fechar.

"Nossa!", exclamou quando o viu entrar com a faixa na cabeça. "Cada dia que você entra aqui tá ficando pior. Foi atropelado por um caminhão dessa vez?"

Ricardo escolhe uma cadeira e coloca o celular para carregar. Ignora a recomendação do médico e pergunta se pode tomar uma cerveja dessa vez.

"Não vou contar a história porque ela é longa e você não fecharia hoje", diz.

Sônia serve a cerveja no balcão.

"Não dá pra resumir em uma garrafa?"

Ricardo dá um gole, mas a cerveja ainda tem para ele o cheiro que é uma mistura de éter, soro fisiológico e linóleo de hospital.

"Uma garrafa e um cigarro", ele diz, e vê sua imagem espelhada na estufa de salgadinhos do café, o formato de sua cabeça de velho coberta por panos. Sente repulsa pelo que vê e pelo ridículo que passa, naquele estado, esforçando-se para soar galanteador.

Sônia contorna o balcão e está se encaminhando para baixar a porta de metal quando Elias aparece com sua pastinha de documentos. "Estamos fechando", Sônia diz, Elias já entrando e sentando-se à mesa atrás da que Ricardo deixou o celular carregando. "Só vim tomar uma dose também", diz Elias, a voz meio alterada de quem já bebeu mais de uma, a pastinha atirada na mesa e o síndico já se sentando na cadeira, emitindo um gemido gutural seguido de uma tosse carregada de catarro. "Seu Elias", Sônia apela, segurando a porta de correr no alto, esperando a reação do homem. "Que foi, mulher?", ele diz. "O Paraíba ali pode entrar com você fechando e eu não posso?"

Ricardo se vira e encara Elias. Sônia não sabe como reagir e Ricardo assente, como se a tranquilizando. Não quer briga. Não mais uma. Não com Elias, com quem ainda tem uma pendência a resolver. Sônia se volta ao balcão e serve a dose de conhaque a contragosto. O silêncio que paira sobre o Vila França é o mesmo de todos os dias naquele horário, a sensação de perigo iminente também, não é nenhuma novidade. Sônia queria se sentir mais segura com dois homens conhecidos no café. Mas são dois homens. E ela uma mulher: foi assim que Elias a chamou e é isso que ela é: mulher. Para os homens, um indivíduo que serve. Só serve para servir. Serve Ricardo. Serve Elias que responde: "Obrigado", cínico, síndico, tudo naquele homem rima numa rima pobre, mesquinha. Sônia volta ao balcão e toma um gole do conhaque de costas para os dois.

"Eu fui procurar Guilherme num hotel hoje", Ricardo diz. Sônia não se vira, perdida naqueles pensamentos. Pouco interessada no que ele fala agora. "Meio barra pesada o lugar."

Elias dá um risinho seguido de uma tosse que prossegue mais e mais carregada, até não haver vestígio de riso. Ricardo se vira para encará-lo de novo, mas o acesso de tosse é castigo suficiente, Elias levanta deixando o copo de conhaque na mesa e vai até lá fora cuspir. Dá uma cusparada e retorna, pigarreando, a pastinha aberta na mesa esperando por ele e o celular de Ricardo por ali, apoiado numa outra cadeira, carregando.

"Ele por acaso veio aqui com um amigo chamado Rafael?", Ricardo pergunta a Sônia, que enfim se vira.

"Ele quem? Guilherme?"

"É."

"Não, só com o casal com quem morava."

Elias finge verificar os documentos da pasta enquanto termina a dose de conhaque. Ricardo fala em voz alta exatamente para que ele ouça.

"Ele deixou a chave do apartamento com esse amigo que ia ficar morando aqui enquanto ele trabalhava fora, em alguma coisa."

Elias bate o copo na mesa e chama a atenção para si.

"Mais uma dose aqui", ele diz. "Uma para mim e outra pro Paraíba aí."

Sônia não tem tempo de reagir. Ricardo se ergue da cadeira do balcão e vai até a mesa de Elias. Arranca o celular e o carregador violentamente da tomada. Depois aponta o dedo na cara do síndico.

"O senhor, por favor, pare de me chamar de Paraíba."

Elias não se levanta da cadeira.

"Mas não é de lá que você é?"

Sônia pressente o ímpeto de Ricardo e contorna o balcão agora. Sua presença do outro lado do balcão acalma Ricardo, que sente uma dor na têmpora e reprime a bofetada que daria em Elias, transformando o gesto num aperto no ombro.

"O senhor e eu precisamos ter uma conversinha", ele diz, e puxa Elias pelo braço, tirando-o da cadeira.

"Mas a dose...?", Elias diz, enfiando covardemente os papéis na pastinha.

"Ponha, por favor, tudo na minha conta", Ricardo diz a Sônia, e ela entende que não precisa intervir, se houver qualquer confusão ali será fora do seu café, e Ricardo sai arrastando Elias pela gola da camisa como um moleque malcomportado, esbarrando os dois nas cadeiras já empilhadas nas mesas que quase desabam, escorregando os dois no escarro do síndico na calçada, até que na frente do portão só não trocam murros porque a dor de cabeça de Ricardo aumenta e ele prevê outro desmaio, e apenas empurra Elias contra o portão e tenta não falar tão alto pra não chamar atenção de ninguém:

"Cadê a chave?"

"Que chave?", Elias responde, ajeitando a camisa, tentando se recompor.

"A chave do apartamento, não se faça de besta."

"Mas eu entreguei..."

"Não a cópia que eu lhe dei", Ricardo interrompe. "A *outra* chave. A chave que o senhor tomou da mão desse rapaz, Rafael, que Guilherme convidou pra morar aqui."

"Não sei de rapaz nenhum", Elias gagueja. Se faz de sonso ou está realmente meio bêbado, sem conseguir reagir desde que Ricardo começou a pressioná-lo.

"Eu sei que o senhor guarda uma chave do apartamento e não quero nem pensar se já entrou nele enquanto estava por aqui", diz Ricardo, abrindo o portão do prédio, empurrando o síndico para dentro do corredor. "Só sei que se essa chave não aparecer até amanhã na minha mão, eu vou estar com essa mesma mão fechada esperando o senhor abrir a porta pra quebrar a sua cara."

Elias recebe a ameaça dos punhos fechados já quase no chão, tentando se segurar no vaso de barro e nos galhos do fícus, tossindo e deixando cair as folhas da pastinha entreaberta. Ricardo sente pena dele quando pede o elevador e vê Elias pela porta de vidro do saguão, por trás da própria imagem refletida, patético, com aquela faixa na cabeça. Só a um idoso, mais velho que ele, poderia ameaçar, naquele estado. Deixa o síndico para trás e sobe pelo elevador. Só então Elias consegue abrir a porta porque treme como um covarde, segurando as próprias chaves na mão, balançando feito o chocalho de um recém-nascido.

28.

QUANDO OS TREMORES COMEÇARAM, Major Afrânio e Ricardo ainda se falavam com alguma frequência.

"Eu já falei pra vocês como chamavam 'manteiga' em Firenze?", o Major perguntava às noras na mesa, tentando disfarçar a mão já vacilante, besuntando o pão. "Burro", respondia em seguida, repetindo de boca cheia aquela anedota que os filhos já tinham ouvido mil vezes durante toda a infância. "Burro! Já imaginaram fazer burro com leite de uma vaca?"

Quando o esquecimento começou e histórias como aquela substituíram toda e qualquer interação à mesa, as conversas entre os dois foram escasseando como os cada vez mais ralos cabelos que cobriam a cabeça do velho pai. Major Afrânio era um homem cuja superioridade moral Ricardo só conseguiu alcançar no curto espaço de tempo entre a própria paternidade e o dia em que o filho lhe escapou pela primeira vez das mãos, antes mesmo do batismo.

Nunca se dirigira propriamente ao velho pai, desde o acidente. Nem depois que a doença provavelmente apagara aquele evento da memória ou o misturara com mais duas décadas de uma vida. Dona Noeli, a esposa do Major, se viu confundida ora com a mãe dele, ora com a sua enfermeira, a depender do dia e do humor do velho que já não conseguia se lavar nem se lembrar de comer, caso ela não lhe lembrasse.

"E como eu vou almoçar, criatura de Deus, sem a minha Noeli na mesa?", o velho perguntava para a própria Dona Noeli, que já não o corrigia mais e assumira os papéis atribuídos. Mãe e enfermeira. Provavelmente esses papéis eram mesmo os últimos que ainda a ligavam ao homem que um dia fora seu marido. Provavelmente esses papéis eram mesmo os únicos que, por toda a vida, construíram sua relação com aquele homem que um dia foi capaz de amar.

As histórias do Alzheimer, sim, eram novas anedotas que os irmãos de Ricardo agora contavam numa mesa rodeada de mulheres e de crianças, com o velho casal acompanhando tudo e o Major Afrânio, num mutismo confuso, participando na terceira pessoa, sendo citado como se já não estivesse mais ali.

Até o dia em que não esteve mesmo. E demoraram a dar por sua falta.

Gustavo e Guilherme deviam ser adolescentes, ainda. Estavam em João Pessoa, na cobertura que os Dornelles que moravam fora do Estado alugavam na praia de Tambaú, para passar o veraneio. O porteiro do edifício disse que não sabia para onde o velho tinha ido, saiu perguntando para onde ficava a praia, lhe deu cinco reais "para comprar um guaraná quando tivesse uma folguinha" e foi-se embora. Parecia lúcido e ninguém havia avisado a ninguém do prédio que não o deixasse passar, disse o porteiro alegando inocência, devolvendo o dinheiro e pedindo desculpas.

Cinco reais eram tudo o que deixavam o Major carregar na carteira desde que passara a voltar para casa em Várzeas com os bolsos vazios. Algumas notas de cinquenta reais iam sendo devolvidas pelos amigos da família que o encontravam no caminho do sítio, e desconfiavam dos rompantes de caridade do Major — que todos sabiam que não era Major coisa nenhuma, e nunca conseguira tirar a aposentadoria da FEB. Todos o respeitavam como se merecesse a patente, por ser uma figura folclórica em Várzeas — marchando sempre atrás da banda marcial, nas alvoradas da festa do padroeiro —, e por todo o duro que deu no comércio, com o seu caminhão de algodão.

Da última vez que saíra para fazer a barba, como sempre fazia, no dia da feira, entrou no salão pela porta da frente e o barbeiro que cuidava de sua aparência há pelo menos meio século, sabendo que ele morava vizinho e era um freguês antigo, pediu que voltasse dali a meia hora para não ter que fazê-lo esperar dentro do salão. O Major concordou e saiu pela mesma porta que entrou. Voltou depois pelos fundos, cheio dos desaforos, achando que estava em outra barbearia. "O senhor pode fazer minha barba aqui?", perguntou, sem perceber que falava com o mesmo barbeiro. "O filho da puta do seu colega ali de trás não quis me atender."

Histórias como aquela pareceriam cômicas, não fossem realmente trágicas. Não fosse a parte da tragédia estragar aquele verão, com o Major Afrânio perdido na capital depois de ter saído para passear na praia, numa cidade grande, dez vezes maior que Várzeas, que ele mal conhecia e na qual não conhecia ninguém.

Todos os homens foram procurá-lo. Uns a pé, na praia, junto com os filhos adolescentes; outros nos carros, pelos bairros de João Pessoa e pela orla. As mulheres ficaram na casa cuidando dos filhos mais novos. Guilherme devia se lembrar daquilo, embora tenha atuado num mutirão de buscas diferente do de Ricardo. Foi um dos últimos a chegar em casa, junto com o tio Renato, que já tinha celular e recebeu a ligação de um cliente amigo seu, da época de Várzeas ainda. Por sorte, o amigo reconheceu o Major Afrânio atravessando a faixa de pedestres já na frente do Busto de Tamandaré, a alguns quilômetros de onde se perdeu. Por sorte maior ainda, esse amigo teve o cuidado de parar a alguns metros do velho, dar a ré no carro, estacionar bem ao lado dele e perguntar, a fim de dar uma carona: "Tá indo pra onde, Major?".

Major Afrânio falou um nome que, dito daquela forma, ele não ouvia há mais de trinta anos: Manuel Putêncio. "Estou indo pra uma pensão no Expedicionários, encontrar Mané Putêncio", e já não havia mais pensão nem muito menos Manuel Putêncio, que por outra coincidência era pai falecido daquele amigo de Renato, que entendeu já no carro que o Major e seu pai morto tinham que voltar pro quartel na Epitácio ainda naquela tarde, sob pena de irem presos. "E já estava anoitecendo", Major Afrânio observou enquanto era levado para a casa desse amigo de Renato. Deram de jantar ao velho porque não sabiam há quanto tempo ele não comia, perdido, e ligaram para Renato avisando que os filhos podiam vir buscá-lo a hora que quisessem, e inclusive ficar pra jantar também, que eram seus convidados.

Renato apanhou o pai e não ficou para jantar porque seria muita desfeita. Já tinha dado trabalho suficiente para o amigo e todos estavam preocupados, sem saber por onde o velho andava. Não era desfeita nenhuma e não fosse por aquilo, o amigo disse. "Foi bom de ouvir o Major porque foi como se meu pai estivesse vivo de novo em algum lugar", o amigo falou. "Na memória dele pelo menos", o amigo disse e agradeceu, tentando mostrar alguma solidariedade.

Renato entendeu o sentimento porque quando achou o próprio pai foi como se ele tivesse ressuscitado também, e chorou abraçado ao Major como se fosse uma criança. Guilherme descreveu a cena para a mãe, e Ana descreveu a cena para Ricardo, que não teve a mesma reação de Renato nem dos outros irmãos, sendo o único a se trancar num quarto tão logo o Major Afrânio voltou são e salvo, sem entender o porquê de todo aquele escarcéu em torno de um passeio tão inocente. Dormiram ambos, Ricardo e o Major, um sono profundo à distância de uma parede, que não foi interrompido nem quando Ana e os meninos ou a Dona Noeli voltaram para os quartos.

    Major Afrânio voltara para casa, felizmente. Mas infelizmente olhava para todos os filhos não só como se não os reconhecesse, mas como se eles nunca tivessem existido.

29.

RICARDO NÃO PRECISOU BATER na porta de Elias no outro dia. A chave havia sido colocada no buraco da fechadura, pelo lado de fora do apartamento. Acordou tarde, o celular tocando com uma chamada de Gustavo reclamando que o pai não respondia mais ao telefone. Pedia autorização para usar o seu cartão de crédito para comprar remédios para a mãe. Perguntava do irmão. Se mais uma semana não seria suficiente para pensar realmente no pior. Para fazer finalmente a ronda pelos hospitais, abrindo as gavetas dos necrotérios, evitando os rostos dos mortos, procurando pelas tatuagens e cicatrizes do filho nos pulsos gelados dos cadáveres. Uma semana para poder enfim voltar para casa, deixando tudo nas mãos da polícia. "A polícia de São Paulo tem mais o que fazer que procurar por um debilóide como o seu irmão", Ricardo justifica, ganhando tempo. "Além disso, sua mãe não vai melhorar se eu voltar para casa de mãos abanando."

Ana era a menor das suas preocupações no momento. Havia as mensagens de Vanessa, revoltada por ter sido deixada sozinha no Sujinho na noite anterior. Liga para ela algumas vezes até que atenda, no meio do expediente. Custa até conseguir explicar-se, remarcando o encontro para aquela mesma noite, no mesmo lugar. "Não posso garantir que dessa vez eu vá aparecer", ela diz num tom pretensamente desafiador, que provoca uma ligeira ereção em Ricardo e o agrada pela falsidade, e por dar a perfeita noção de que, agora, é ele quem está no comando.

Passa o dia inteiro deitado no sofá, a preguiça concorrendo com a fome, a sede e a necessidade de tomar um banho gelado. No espelho do banheiro, tira a faixa e limpa o ferimento. Tenta fazer a barba com uma lâmina solta do barbeador, que ainda está por ali na pia junto com a faca de cozinha, mas acaba se cortando. Sente um prazer similar ao da ereção que o deixou em meia-bomba, quando estava falando com Vanessa. Faz outro corte de propósito na ponta dos dedos, e o leva à boca. Já não tem mais roupas limpas para vestir. A última camisa está rasgada. Veste uma das cuecas abandonadas pelo filho, uma de suas camisetas de lã, um cachecol que encontrou entre os cobertores, o casaco de camurça cada vez mais endurecido, faltando um botão, e um gorro que acaba tirando e deixando no metrô, quando se olha numa das janelas do vagão e constata que parece uma caricatura da própria criação. Uma versão velha e decrépita do filho — ou de si.

Desce na estação Consolação e pela primeira vez se vê na avenida Paulista, o nervo central da metrópole, a avenida principal da cidade. "Avenida principal", Ricardo murmura num tom triste e irritadiço, quase de deboche. Persiste a mania de se localizar por "avenidas principais", como se um lugar do porte de São Paulo não tivesse várias, mas só uma espinha dorsal. Como se a segunda maior cidade da América Latina não passasse de uma ampliação da Várzeas de sua infância ou da Viçosa da época do doutorado ou da Moreno onde passou a maior parte da vida. Como se a Paulista fosse uma Epitácio Pessoa com mais pessoas e mais prédios, e mais dinheiro a correr pelas veias de aço e capilares de concreto.

Chega ao Sujinho uma hora antes do combinado, com as pessoas apenas começando a sair do trabalho para o happy hour. Pede a primeira cerveja do dia e o bife malpassado, seu almoço que sangra como o fim de tarde lá fora, o pouco sol que faz neste dia frio ainda se recusando a se pôr, já depois das seis horas. A noite não chega e Vanessa não chega, e uma cerveja se tornam duas, três, até quando Vanessa chega de braços dados com outro homem para o lugar onde ela e Ricardo haviam combinado de se encontrar. Ela olha para a mesa onde Ricardo está com um ar provocativo, rindo de sua aparência, e indo sentar-se na mesa vizinha, muito perto dele. A afronta já lhe parece mais uma piada que uma provocação. Ele apenas permanece ali sentado, bebendo e vendo os dois conversarem. Vanessa está tão bem-arrumada quanto quando a conheceu, no avião. Acaricia a mão do homem que a acompanha e que não para de falar, alheio ao fato de ela seguir olhando para Ricardo, como se o convidando para aquele jogo do qual apenas eles dois estão a par. Ricardo se sente revoltado, ferido no seu orgulho de macho, mas reage respondendo ao olhar, entrando no jogo, bebendo uma cerveja atrás da outra, humilhando-se cada vez que Vanessa ri exageradamente do que a sua companhia, aquela nuca em movimento na frente dela, conversa com toda empolgação do mundo.

Até que a cabeça do homem se volta para Ricardo e se ergue e adquire um corpo, mas em vez de confrontá-lo como imagina que será confrontado, contorna a mesa e vai até o banheiro. Ricardo pensa que é a oportunidade perfeita para tirar satisfações com Vanessa, mas antes disso é ela quem tira da bolsa uma caneta e escreve alguma coisa num guardanapo e beija o papel, levantando-se e depositando o guardanapo no prato de Ricardo, cheio do sangue da carne misturada aos restos de comida. Depois, Vanessa passa a mão de unhas benfeitas e pintadas no seu no queixo malbarbeado e vai para o mesmo banheiro para onde o outro homem se encaminhou, e Ricardo lê no papel, manchado pela marca de batom,

Isso é por me fazer esperar ontem à noite.

  Vanessa entra no mesmo banheiro onde o seu homem está, obrigando Ricardo a segui-la antes de ela entrar lá, no intuito de alcançá-la, puxá-la pelos cabelos e arrancá-la do bar à força. Mas quando Ricardo chega no banheiro a porta já está fechada e cola o ouvido na madeira e tudo o que ouve de dentro é a gargalhada de Vanessa e do homem, e se sente ainda mais ultrajado. Finge lavar as mãos numa pia porque um garçom passa pelo corredor e o flagra com o ouvido colado na porta. Antes de esperar o garçom sair e antes de tentar arrombar a fechadura — entrando no banheiro à força, descarregando toda a raiva acumulada desde que chegou na cidade e conheceu o submundo do filho chegando ao cúmulo de ser ameaçado com uma navalha por uma travesti e quase quebrar a cara de um síndico bisbilhoteiro —, antes de perder a cabeça e despejar toda a sua fúria e frustração por ter sido rejeitado daquela maneira por Vanessa — sendo submetido a coisas que nunca em sua vida teria sido se não estivesse em São Paulo arriscando a pele por causa do seu filho —, antes de explodir naquele banheiro e de bater e de apanhar — e ir parar de novo no hospital ou numa delegacia de polícia, arrependido —, resolve pensar duas vezes e, na segunda, desiste e vai embora.

  "Parece que está rolando uma festinha ali dentro", reporta ao garçom, e Vanessa e o homem continuam gargalhando como se o ouvissem. Constrangido e humilhado, vendo que o garçom não tomará nenhuma atitude imediata, pergunta se ele não pode tirar a conta para que pague direto no caixa. Recebe a conta e paga o mais rápido possível. Sai dali também o mais rápido possível, levando consigo uma long neck que segue bebendo enquanto confunde o caminho de volta para casa. Desce a Consolação em vez de subir, sem rumo, no contrafluxo das pessoas que caminham em direção à estação do metrô. A alguns metros do boteco de onde saiu, avista um cemitério e os carros desviando porque o trânsito está fechado para um cortejo. Ricardo pensa ser um funeral, impossível estar acontecendo um funeral naquele horário, ainda mais saindo de um dos portões da necrópole puxado por uma mulher nua, montada num cavalo branco.

Ricardo duvida do que os olhos estão vendo e julga já estar bêbado, e atravessa a rua para chegar mais perto e observar, tirar a prova, do canteiro que separa os dois sentidos do trânsito. Constata que é verdade o que vê: um cavalo branco e uma mulher muito branca montada, ambos quase resplandecentes na noite que enfim cai, ambos nus em pelo — a mulher sem roupa e o cavalo sem sela —, e as pessoas vestidas algumas como Ricardo, incrédulas, parando nas calçadas e no canteiro, outras fantasiadas como se para um carnaval, caminhando, trotando junto com o cavalo, correndo nos bastidores daquela cena de um circo pornográfico.

A mulher chama a cidade para participar também do cortejo surreal. As pessoas estão tão mesmerizadas quanto Ricardo, que só pode estar bêbado, é certo, nada disso pode estar acontecendo depois da vergonha que passou no bar. Mas é isso que acontece e Ricardo enfim compreende, quando resolve como alguns acompanhar o cortejo de longe. Descem a ladeira, param diante da Igreja da Consolação que fecha suas portas — Deus se recusa a olhar para aquilo embora Ricardo possa jurar ter ouvido os sinos gemendo em protesto, e a multidão ululando porque enfim enxerga as luzes da Praça Roosevelt acesas.

Na praça, outra multidão os recebe batendo palmas, tirando fotos do cavalo e da mulher nua que acena para o público. Ricardo compreende, enfim, que aquilo é teatro. Estão ali no teatro e todos são atores. Não saberia dizer se a peça começou antes ou depois de chegarem na Roosevelt. Antes ou depois de o cavalo e a mulher serem tragados pela paisagem como um produto etéreo que talvez nunca tenha existido mesmo, as suspeitas de que está bêbado não foram ainda descartadas. A amazona sumiu da mesma forma que apareceu, de dentro do cemitério, atraindo todas as pessoas ali para as cadeiras de plástico dispostas ao redor da praça, como Ricardo viu mais cedo. Vê um canhão de luz pousar sobre Rafael, o jovem ator, o moço que ontem o salvou do desmaio e que hoje está fazendo o seu trabalho, maquiado e trajado com o pijama de uma criança pura e angélica. A criança dorme no cenário de um quarto e depois é acordado pelos empregados, sendo vestido como um príncipe por uma criadagem composta de outros vários atores. Ricardo reconhece alguns dos atores de quando visitou o Recreio Cênico e viu a trupe ensaiar o que ainda não sabe, mas é o clímax do espetáculo a que agora assiste. A peça que abre as Satyrianas daquele ano, o festival que seria o ponto alto da carreira do filho, a consagração se hoje estivesse ali.

Ricardo se dá conta disso vendo Rafael estrear no papel de herdeiro da realeza, da criança que, numa transição de cena, agora se torna um homem adulto, entediado com o cotidiano de futuro regente. O príncipe está sendo apresentado num baile formal à princesa de um reino distante que terá o dever de desposar. A peça tem um certo viés de conto de fada, só que com um homem como protagonista, um príncipe que acaba se apaixonando pelo mordomo da princesa. O personagem de Rafael tem visões de animais grotescos representados pelos atores mascarados que o atormentam, e é nesta cena que Ricardo, como num espelhamento do que acontece no palco improvisado, fora do palco, tem a impressão de estar sendo de novo observado de algum lugar ao redor da praça. Olha para as cadeiras ao lado, mas tudo o que vê são os rostos desconhecidos do público, de anônimos como ele que estão compenetrados, assistindo à peça. Há vultos por trás dos vultos com máscaras, em cena.

Ricardo os vê de pé, assistindo, mas estes não reconhece, porque as luzes tratam de esconder os rostos também, como máscaras. Há um vulto curvado que se move atrás deles, mas a visão de Ricardo logo passa, é ligeira como a miragem do protagonista: Rafael e sua quimera, a versão de príncipe atormentado, planejando se matar se jogando num lago, sendo salvo pela lascívia em forma de um cisne que é o desejo pelo mordomo da princesa. Uma lascívia antes reprimida, agora assumida, num outro baile em que o príncipe e o mordomo da princesa flertam abertamente. Revelam um amor proibido, e a rainha-mãe percebe o que está acontecendo. Tenta suplantar os sentimentos do filho ordenando que os soldados prendam o empregado e o executem. Os vultos mascarados então voltam e Ricardo sente um acesso de angústia novamente. Olha em volta e perto de uma das entradas da praça, numa elevação onde as pessoas que estavam de pé se afastam para entrar nos teatros — todos agora de portas abertas, com os bares prometendo funcionar por setenta e oito horas ininterruptas —, localiza finalmente o lugar para onde os atores vão depois de sair de cena.

Numa coxia improvisada atrás de um dos canteiros mais largos e altos da praça, reconhece Vânia, o diretor, assistindo à própria peça. Vânia olha para Ricardo na plateia e também o reconhece, mas não é o olhar de reconhecimento que o incomoda, é outro par de olhos que passeia agora pela praça e que ele tenta rastrear na multidão, distraindo-se da ação. Volta a si ou porque cochilou ou porque recomeçou a procurar aquele olhar na multidão, e quando volta a si e torna a olhar para o palco, lá está Rafael de novo de pijamas, numa cena muito parecida com a cena de abertura não fosse a criança agora o príncipe adulto, repousando não no quarto de infância, cercado por brinquedos, mas em um sanatório cercado por grades. Um príncipe, quase rei, preso e em degredo, doente pelo luto de um amor sufocado. É a última vez que os mascarados voltam, agora brotando das cadeiras, de onde o público está. Ricardo volta a sentir a vertigem, a vertigem que agora é a única companhia naquela cidade solitária. E quando um dos vultos mascarados esbarra em sua cadeira para chegar até o palco e começar a espancar Rafael, como no ensaio a que assistiu, Ricardo olha de novo para Vânia e reconhece, no olhar do diretor, o mesmo olhar de Vanessa, a mesma provocação, o mesmo convite para entrar no jogo.

Rafael é espancado pelos vultos não como os atores fariam, mas sim como homens frustrados e raivosos feito Ricardo estariam dispostos a fazer. Há um grupo de homens que não está ali para ver a peça, mas para agredir os atores, e Ricardo então se levanta junto com os mascarados e empurra dois deles que já formam uma roda para castigar Rafael. Alguém do público está vaiando, gritando alguma coisa, e dois seguranças estão prestes a entrar no palco. Mas Vânia os impede, pede que esperem. É a última coisa que Ricardo consegue ver de fora da cena, antes de entrar na roda e se curvar sobre Rafael, não o chutando ou o esmurrando, mas o protegendo, absorvendo o impacto dos golpes que realmente o machucam e estão sendo desferidos agora no corpo de Ricardo. Os seguranças enfim intervêm e os vultos mascarados enfim se afastam, e Vânia faz o sinal para que o canhão de luz ilumine o palco e mostre para o público o que acabou de acontecer.

Tudo o que se consegue ver no centro da Praça Roosevelt é um velho meio bêbado e um tanto amarfanhado ajoelhado no chão, com um jovem ator no colo, fingindo-se de morto não no leito do sanatório, conforme estava previsto no texto da peça, mas no leito improvisado dos braços do velho. Ricardo acredita agora estar embalando o filho desaparecido numa expressão estática, de êxtase e de dor, uma Pietá masculina que só é quebrada quando as luzes da praça se apagam por um instante e o abraço é desfeito. Ricardo é enfim retirado também do palco pelos seguranças, e ouve os aplausos do público já depois de se esquivar deles e deixar a praça ainda tonto e dolorido, sem entender plenamente o que acabara de fazer. Caminha o mais rápido que pode, não sabe muito bem para onde, mas para um lugar distante, para um lugar afastado o máximo possível daquele palco de loucos.

Uma saudação à primavera
Cortejo e releitura moderna do "Lago dos Cisnes" abrem Satyrianas este ano

Um dos festivais mais tradicionais do calendário teatral paulistano começa hoje, prometendo 78 horas ininterruptas de teatro, música, cinema e artes plásticas na Praça Roosevelt. As Satyrianas, evento anual que celebra o aniversário da Cia. de Teatro Os Satyros, será aberto nesta sexta-feira, às 19h, por um cortejo que parte do Cemitério da Consolação até a praça onde o grupo Recreio Cênico (do ator, diretor, dramaturgo e grande homenageado deste ano, Ivan Santino) estreia seu novo projeto: a transposição para os palcos do *Lago dos Cisnes*, versão contemporânea de Matthew Bourne para o ballet clássico de Tchaikóvski. Segundo Santino (que pela primeira vez não atua em um espetáculo no qual assina a direção e texto adaptado), a peça é um recorte mais dramático, embora simplificado, da trama protagonizada não por Odile e Odete, como no original, mas pelo Príncipe (papel delegado ao até então desconhecido Rafael Faro — substituindo Guido Santos, que abandonou os ensaios antes da estreia por "divergências criativas inconciliáveis com o grupo", nas palavras de Santino). A maratona de espetáculos se encerrará na madrugada da próxima segunda para a terça-feira, com uma sessão especial d'*Os 120 Dias de Sodoma*, dos Satyros. Todas as atrações são abertas ao público, que poderá definir o preço dos ingressos. A programação completa pode ser acessada no site da Cia. de Teatro Os Satyros.

30.

RICARDO SÓ SE DÁ CONTA de que acaba de se embrenhar na rua Augusta quando é abordado pelo primeiro homenzinho de gravata oferecendo drinks grátis em frente a um puteiro. A subida, a princípio mais íngreme que o que os seus joelhos estão dispostos a suportar sem reclamar no outro dia, é feita com ele discretamente na cola de um grupo de jovens que também parece buscar uma saída transitável do burburinho da Praça Roosevelt. Sente-se mais protegido perto daqueles rapazes, confiantes, mais novos que ele. Àquela altura, Ricardo já perdeu o último metrô e não tem a menor condição de caminhar até a Paulista, depois de tudo o que bebeu e da surra que levou naquela noite. A cada placa ou poste em que se planta uma prostituta, diminui o passo para se manter a uma distância não suspeita, mas ainda próxima do grupo. É um trio ligeiramente bêbado, que se reveza na tenaz missão de colecionar o maior número de recusas por parte das mulheres, nunca plenamente dispostas a aceitar a oferta de se deitar com todos eles, ao mesmo tempo, por uma cifra que se eleva a cada abordagem, mas não parece acompanhar a cotação das profissionais, subindo numa curvatura muito mais ascendente ladeira acima.

No primeiro boteco que aparece, com mesas de madeira largadas na calçada e outros jovens quase obrigando quem passa a invadir a pista para continuar caminhando, Ricardo se desmembra do grupo e perde os rapazes de vista. O movimento na rua agora é maior, ainda que mais pontuado pela presença de prostitutas e mendigos. Ricardo ainda não se sente à vontade entre eles, mas já se sente mais seguro — com a roupa suja e amassada, cheia das marcas dos chutes que levou. O ferimento da cabeça felizmente não sangra, e a bebida anestesia a dor do corpo. Não deixa de lhe intrigar o fato de que apenas em São Paulo se permite a pensar nessas coisas, prostituição e mendicância, como um indicativo de segurança, elegendo sem saber a Baixa Augusta como rota de fuga da verdadeira ameaça da qual está procurando se distanciar, e se distanciar desde já sabendo que terá que retroceder em algum momento e enfrentá-la, encarar o submundo para onde convergem todas as buscas por Guilherme.

Diante do Inferno, a boate que Diego e Laíza falaram que Guilherme frequentava, dedica um tempo a observar a fila que se forma paralelo à fachada, inteiramente pintada de preto. A fachada tem um ar funéreo de intenso contraste com o vermelho néon do letreiro. Há um revestimento de oncinha nas portas, tão horrendo e brega aos olhos de quem observa quanto as roupas dos frequentadores, aguardando o chamado da hostess para a revista na entrada.

Certo de que Guilherme o encurralou mais uma vez na sua ausência, pergunta-se se era mesmo ali que, depois do Recreio Cênico, o filho passava as noites, varando a madrugada. Ali ou em algum outro clube bar puteiro de uma rua como aquela, em que todos pareciam esperar o amanhecer para enfim pegar o primeiro metrô na avenida Paulista. É precisamente o que Ricardo cogita fazer agora que todos os táxis que passam por ele parecem destinados a pessoas que os chamaram pelo telefone, e os esperam se protegendo do frio nas pequenas marquises de prédios antigos onde não deve funcionar nada, com as portas fechadas por correntes enferrujadas e cadeados bojudos, empoeirados.

Ricardo tropeça num trecho que não está calçado e se apoia no poste, sentindo uma pontada no joelho, mas se obrigando a continuar. E é nessa hora que outro sujeitinho engravatado se aproxima: "Uma bebidinha grátis enquanto curte as meninas, patrão?"

Ricardo tenta se lembrar da última vez que frequentou um puteiro. Decerto não se lembra da última, mas se lembra perfeitamente da primeira, isso sim, o puteiro em Várzeas diferindo do de São Paulo, primeiro porque era um só: o Lupanar de Maria-Homem — era assim que chamavam na época — Maria-Homem sendo a dona do lugar, uma descendente de libaneses que tinha chegado na região ainda mocinha, extraviada da família por um minerador que tirara sua honra em Pernambuco, onde os pais da menina viviam de um próspero comércio no bairro do Pina.

Maria-Homem herdara o tino da família para o negócio, tanto que, depois da morte do minerador, encurralado em um garimpo de turmalina por um capanga a mando dos libaneses, começou a prestar seus serviços na própria casa onde morou com o falecido. Era a única forma que havia encontrado de levar a vida sem recorrer ao pai, que encomendou a vingança, mas não queria ver a filha novamente, nem se ela voltasse para

Pernambuco pintada de outro ou com os bolsos recheados do minério que, constava, Maria-Homem possuía em um cofre.

Ela logo passou a acolher mulheres até mais velhas e de mais experiência que a dela, em casa. Dizem que se amasiou com as moças, razão do apelido que, na Várzeas de então, depunha menos quanto à sua sexualidade que quanto ao pulso firme, naquele antro de prostituição. Uma rapariga mal saída das fraldas, já dando ordens em outras de reputação muito mais falada na cidade.

O Lupanar de Maria-Homem tornou-se mítico na comunidade do Cavalo Morto, uma área seca separada de Várzeas pelo rio, ainda hoje um bairro pobre na cidade. Mítico ao ponto de a zona atrair clientela dos municípios vizinhos e tornar-se um ponto de convergência de quem importava nos arredores. Muito mais que a feira aos sábados. Muito mais que os bailes organizados na Escola Cenecista, que curiosamente passaram a funcionar como prévias insossas das noites infinitas no bordel. Maria-Homem estava na flor da idade, mas já parava de trabalhar, se aposentando, limitando-se a sentar à mesa dos fregueses mais bem colocados socialmente. Usava do charme libanês e dos tira-gostos temperados para emitir opiniões ferrenhas sobre política, futebol, religião — opiniões que impressionavam pela virulência e pela capacidade de reunir alhos com bugalhos, agradar a gregos e troianos, sem jamais se contradizer, sem jamais assumir um tom ofensivo, fazendo de sua casa outra coisa que não o parlamento de camas onde todas as picuinhas eram esquecidas, e só se podia chegar a alguma desavença se alguém mordesse a língua e a chamasse de Maria-Homem. Ela mostraria o homem, então, e teria os culhões para afogar no tacho de leite o infeliz que cometesse o ato falho, transformando o atrevimento em tempero para sua famosa coalhada.

Outra diferença entre o puteiro de Várzeas e o de São Paulo era também esta figura engomadinha que agora Ricardo segue nas escadas do Babilônia, a casa que escolhe, já se acostumando com a cartilha de nomes de estabelecimentos da rua Augusta. O nome está impresso no tíquete que aceitou para desfrutar de um drink grátis, concordando em dar uma olhada sem compromisso lá dentro. Sobe os degraus tentando disfarçar o ferimento na testa do homem que vai adiante, alheio também do machucado no joelho, espinhoso como o bulbo de um cacto, que o força a claudicar e se ver refletido nas paredes espelhadas, subindo os degraus de um a um, dissimulando o esforço de chegar lá em cima.

Na portaria, o aguardam duas meninas, uma loira e outra morena, lubricamente curvadas sobre um balcão onde outro homem explica como funciona a casa. São explicações que o par de seios bem mais eloquente ao seu lado tenta distrair, se oferecendo a Ricardo por cima de um sutiã meia-taça azul. Ele entra acompanhado dessa mulher, deixando a morena na portaria fingindo uma decepção tão falsa quanto cada curva do seu corpo, que ela pediu que Ricardo apalpasse antes de entrar. O salão está praticamente vazio, com a maior parte das mesas desocupadas bem como a maioria das plataformas de pole dance. Num único mastro, uma dançarina negra se pendura apenas pelas coxas, hirtas a ponto de firmá-la muitos metros acima do chão. Outro mastro serve de apoio para as costas de duas meninas que conversam entre si, alheias, talvez contabilizando as histórias, os soldos de uma noite que para elas já terminou.

A loira de Ricardo se oferece para apanhar um drink no bar e ele a vê caminhar pelo salão, sem deixar de se insinuar para os homens de uma das mesas, que bebem uísques caros com outras garotas no colo. Foi numa mesa de homens como aquela que o Major Afrânio fez Ricardo sentar com Renato, este com onze e aquele com treze anos, cumprindo com eles um ritual outrora já cumprido com os outros três irmãos (Roberval ainda não tinha idade), no primeiro dia dos dois no Lupanar de Maria-Homem. Haviam, como de costume, saído bem cedo e passaram o dia ajudando o pai na pesagem do algodão, cuidando para não se atrapalhar nos cálculos porque, apesar de analfabeto, o Major Afrânio era muito bom de números, e questionava sempre a educação dos filhos se errassem as contas que ele, sem instrução, era capaz de fazer de cabeça.

Eram férias no colégio agrícola, mas o trato com a Dona Noeli era muito claro: "Nas folgas da escola, eles vão comigo pra lida", exigia o Major, porque de início rejeitava a ideia de que os filhos estudassem. Foi um imbróglio mandar os meninos para outra cidade tão cedo — primeiro Rogério, Reinaldo e Rodrigo; agora Renato e Ricardo. Dona Noeli já previa o trabalho que seria com Roberval, mais novo e mais frágil dos seis. Na época, o Major usava uns óculos escuros medonhos, com um degradê esverdeado que lhe conferia um ar de Waldick Soriano em permanente circunspecção. Apesar da ansiedade que aquelas saídas provocavam nos meninos, sabendo que iam ter que colocar à prova suas habilidades nas quatro operações matemáticas bem ali, vendo o próprio pavor temerosamente refletido nas lentes de vidro feito o fundo dos cascos de guaraná Antarctica, esses dias fatigantes de trabalho eram compensados pelos passeios na carroceria do caminhão. Às vezes, tinham que ajudar a carregar sacas de algodão com o dobro do tamanho dos dois, mas depois podiam brincar se equilibrando entre os fardos de algodão, muitos metros acima da poeira que as rodas do Ford F-600 levantavam, vendo o céu azul de Várzeas se abrir muito mais de perto, como se estivessem mesmo ali em cima, deitados sobre um colchão de nuvens.

Foi com imensa má vontade que, naquele dia específico, tiveram que acompanhar o Major Afrânio na boleia, porque o pai viera com a história de que já eram homens e ademais era muito perigoso viajar na carroceria, se segurando nas cordas. Passaram o caminho calados, tentando se distrair vendo aquele homem de óculos escuros conduzir o caminhão, engatando as marchas com uma neutralidade abissal, forçando os pedais com suas alpercatas de couro já um tanto desgastadas. Ao chegar no depósito, deixariam o caminhão carregado e estariam livres para passar o resto do dia descansando até a madrugada, quando ajudariam na entrega das sacas. Mas quando desceram, foram avisados pelo Major de que entrariam no Fusca porque precisavam resolver um outro assunto. O outro assunto foi afastando novamente os três da cidade, para além da propriedade do Major Afrânio, dirigindo agora o Fusca onde ele parecia um homem mais atarracado. O interior diminuto do carro obrigava Ricardo a ficar mais perto do pai, afundado no banco, Renato atrás com as costas descoladas do assento, as duas mãos cada uma na lateral de um dos bancos da frente e a cabeça quase na mesma linha da do pai e do irmão.

Viram o rio meio seco de Várzeas da janela do Fusca e o Major então pronunciou a única frase que disse no interior dos dois veículos: "Parece que ano que vem vai chover um pouco mais." Ao que Ricardo e Renato assentiram debilmente com a cabeça, ao mesmo tempo. O pai seguiu dirigindo ainda alguns quilômetros por uma estrada de terra, buzinando amistosamente para outro carro, na única vez que um outro carro cruzou na mão contrária com o deles, cumprimentando com um menear de cabeça os homens a cavalo que o conheciam e que eventualmente já haviam trabalhado no seu sítio.

Óbvio que tanto Ricardo quanto Renato já tinham ouvido falar do Lupanar de Maria-Homem. Era uma referência distante, impalpável, um código de estrito pertencimento ao universo dos adultos, que só invadia o das crianças para inspirar as chacotas dos mais espertos e cruéis. Desaforos que eles reproduziam sem conseguir completar o sentido oculto que havia neles. Sem entender muito bem o significado que permaneceria inacessível até aquela tarde em que o Major Afrânio estacionou o Fusca subitamente diante da casa de amplo terraço, e mandou que entrassem junto.

Havia mesas com propaganda de cerveja, muita música e outros homens — alguns conhecidos do Major — bebendo por ali. Aos treze anos, Ricardo já havia bebido e fumado com os veteranos do colégio agrícola, emulando reuniões como aquelas de que o Major Afrânio participava em festas de casamento, batizados e até no funeral de Manuel Putêncio — onde por exigência do morto se bebeu e se comeu como numa comemoração. Para Renato, entretanto, aquilo ainda era uma novidade. Não que tivessem compreendido de imediato que estariam ali para dividir a mesa com os mais velhos, quanto mais para dividir as meninas que iam se sentando no colo dos compadres de Major Afrânio e do próprio Major, na mesma posição que Ricardo agora vê algumas delas na mesa perto da sua mesa, no Babilônia.

Na mesma posição que Ricardo agora recebe a loira que tinha ido buscar seu drink grátis e volta com dois copos. "Esse outro você se incomoda de pagar para mim?", ela pergunta, e Ricardo fica sabendo que ela também é do Nordeste. "Maragogi, Alagoas", ela diz. "Tão perto da Paraíba e fomos nos encontrar justo aqui", ela provoca, se remexendo no colo de Ricardo, sem detectar volume algum de excitação porque a dor no joelho volta a incomodá-lo, e pede que ela se sente ao lado dele. Pagará o drink, pagará até mais de um, se ela quiser, mas prefere que ela peça para ele antes de pedir no bar, ele avisa, e ela sorri um sorriso de dentes charmosamente falhos, o canudinho ocupando o pequeno estilhaço faltante de um incisivo lateral. Ricardo se lembra por alguma razão de Sônia, a mulher que o atende no Vila França, e se lembra também de Maria-Homem, que tinha os dentes perfeitos, que ele conheceu na tarde em que viraram, Renato e ele, o xodó da mesa do bordel. As mulheres todas queriam saber o que eles faziam ali. Major Afrânio brandia o copo de uísque doze anos que pediu. Que a libanesa trouxesse o litro e deixasse na mesa, pois era uma ocasião especial.

"Vieram virar homens!", celebrou Major Afrânio erguendo o copo, brindando com os compadres, servindo duas doses com muito gelo e água de coco para os filhos. "Bebam e escolham uma das meninas que o resto elas vão ensinar a vocês", o pai disse, ao que os outros homens riram, um deles com um hálito de carne de bode cujo odor fez Ricardo engulhar o primeiro gole de uísque que deu. Major Afrânio teve que afastar o copo e dizer "não é como se fosse guaraná, tem que degustar na língua", e Renato bebeu seu primeiro gole roendo depois um caroço de umbu, para disfarçar a careta que, em Ricardo, começou a se formar no cenho e interrompe-se na testa. Tudo para o pai não se irritar. Tudo para não irritá-lo diante dos amigos como Ricardo agora acabara de fazer, se engasgando.

Os adultos falavam do comércio de algodão e da nova ponte que o governador pretendia construir lá pros lados da mineradora. Falavam da despedida de Pelé da seleção e do surto de poliomielite. Do caminhão que descera desgovernado na ladeira da igreja e atropelara meia cidade na procissão. Mas nem Ricardo nem Renato participavam da conversa, olhando para as meninas sob a vigilância das lentes degradê do Major Afrânio. O pai degustava seu uísque e comia aqui e ali um palitinho salgado. Viam as meninas cochichando com Maria-Homem, ela que na época devia ter pra lá dos seus trinta anos e conservava o brilho ainda puro dos olhos de quando chegou na cidade. Tinha os olhos mais claros que Ricardo já vira e um cabelo furioso que permitia deixar solto, serpenteando muito abaixo dos ombros. Ricardo intuiu a impossibilidade de escolhê-la, embora somente ela de verdade o apetecesse, despertasse nele um desejo que já havia resolvido algumas vezes sozinho, trancado nos reservados do banheiro coletivo do colégio agrícola. Ou de manhã, bem cedo, quando dava a sorte de acordar antes dos outros irmãos na República. Era um desejo que ele associava à autoridade que ela tinha sobre as outras mulheres, que não sabia se o animava ou amedrontava. Ou precisamente misturava as duas coisas num só frenesi eufórico, o pânico de ser flagrado em ação no reservado ou na cama. A autoridade sempre rondava, fossem os veteranos do colégio que às vezes enfiavam a cabeça pela mureta dos reservados; fosse o vigilante com o molho de chaves que sacudia, anunciando sua aproximação; fossem os irmãos mais velhos ressonando ao seu lado, de papo pra cima; fosse aquela maneira de estalar os dedos do Major Afrânio, acordando o seu batalhão para a primeira revista do dia.

Renato escolheu a prostituta mais nova que viu, era de se dizer que os dois sairiam para brincar no quintal quando se levantaram da mesa, por iniciativa da menina. A adolescente havia chegado há pouco tempo no bordel e Maria-Homem já havia preterido dois clientes importantes naquele dia, alegando que a garota estava em treinamento. "E que maneira melhor de treinar que não indo direto pra cama, mulher?", insistiam os marmanjos. E Maria-Homem dava de ombros, desconversava, servia uma rodada de tira-gostos ou bebida por conta da casa. Queria ir devagar com a menina, amaciá-la, carne nova não era coisa assim que se jogasse sem preparo pra um bando de raposas arregaçar. Perderiam logo o interesse, comeriam e depois ainda sairiam arrotando saliências, espalhando aos quatro ventos que o atendimento ali já não era mais o mesmo, que a libanesa já não tinha mais o critério, o faro pra achar um cabaço que ainda valesse a pena terminar de furar praquelas bandas.

Diferente do irmão, Ricardo não fez muita escolha e se acostou na obediência com a primeira rapariga que Maria-Homem lhe ofereceu, ciente de que, privado dos serviços da cafetina, só lhe restava confiar cegamente nos seus desígnios, já endossados por Major Afrânio e pelo restante da mesa. Quase aplaudiram quando os dois irmãos saíram em fila para o quarto compartilhado em que iam virar homens, como lhes foi dito, para ingressar de uma vez por todas no panteão das calças longas, longe da barra da saia de Dona Noeli, aparando o buço na barbearia que o pai frequentava, jogando sinuca nos bares que o pai frequentava, quem sabe até aprendendo a dirigir o caminhão e o Fusca que o pai dirigia. Voltariam ali no bordel sozinhos, quem sabe, para falar sobre os assuntos que ainda deviam correr na mesa enquanto o Major Afrânio esperava se consumar o que lhes esperava, atrás da porta para onde os levavam pelas mãos duas fêmeas seminuas, uma delas ainda uma criança.

Ricardo termina o drink grátis e pede mais um. Paga também mais um para a loira do Babilônia e logo estão subindo mais um lanço de escada rumo a um quarto com mais espelhos, e uma cama com um colchão de revestimento impermeável que, para Ricardo, se assemelha ao de um hospital. Sente um cheiro de álcool impregnando o quarto sem janelas. Uma iluminação baça, nenhuma decoração, um quarto muito diferente até mesmo de um quarto de motel, sem um mísero frigobar, sem um banheiro à vista. Um quarto que ele terá de pagar por fora, somando as despesas dos drinks no bar e ainda o cachê da mulher, que o deixa sozinho na cama.

"Vou trazer os lençóis novinhos pra gente", ela diz antes de sair pela porta, e Ricardo descalça os sapatênis e massageia um pouco os pés por dentro das meias. Toma mais um gole do drink, uma caipirinha com uma cachaça de gosto duvidoso que ele deixa na mesa de canto, onde há somente um pacote de camisinhas. Tira o casaco de camurça puído de Guilherme e não sabe onde colocar, e o ajeita também ali, sobre a mesa de canto, perto do pacote de camisinhas — um pacote com três camisinhas, duas delas lubrificadas, uma delas prazer prolongado, desta Ricardo nunca ouvira falar. A bem da verdade, as vinha usando pouquíssimo desde que Ana ligara as trompas. A bem da verdade, nunca se acostumara a usá-las. Coisa que não havia antigamente. Coisa que se tivesse usado na primeira vez, no Lupanar de Maria-Homem, evitaria os crancos precoces, mas só teria contribuído para requintar ainda mais o desastre daquela tarde.

Entraram no quarto compartilhado e as duas meninas tiraram a roupa sem cerimônia. Foram cada uma para uma cama, e Ricardo e Renato se entreolharam perplexos. Ricardo tirou a roupa de baixo, mas não tirou a blusa, e o pau já estava duro só de olhar, antes, a curva dos peitos de Maria-Homem pela cortina de seus cabelos soltos, enquanto estavam na mesa. Agora, então, ele levantava ainda mais e apontava para o lado, torto como nunca antes estivera em suas mãos, sinalizando para Renato ali à esquerda, ainda vestido, sem saber muito bem o que fazer e só lhe restando imitar o irmão. Tirou a roupa de baixo, mas não a de cima, e se sentou também na ponta da cama esperando que alguma coisa acontecesse.

Foi a de Ricardo quem começou primeiro. E não era preciso haver espelhos no quarto porque todo o sexo ali foi de início um jogo de espelhos, partindo do que acontecia na cama de Ricardo para o que acontecia depois na cama de Renato. Elas e eles se imitavam sem precisarem se olhar, até um certo momento. Até um certo ponto fatídico, não muito distante do começo, para ser franco, quase que instantaneamente depois de Ricardo se deitar de comprido e ser tocado pela mais experiente, que se deitou com ele. Pediu que não enfiasse logo, mas que chupasse antes seus peitos porque mulher gostava daquilo, e Ricardo naquele segundo apertou os peitos da mulher e sentiu apertar também algo dentro dele, as pernas se enroscando, não as dele nas dela, mas as dele nelas mesmo, duas cordas se amarrando no pequeno fardo de algodão entre elas.

Ricardo gozou e gozou bem nas mãos da mulher. Uma porra rala, exígua, que ela ficou esfregando no seu pau um pouco mais murcho. Ricardo não tinha mais forças para penetrar nela. Ricardo não tinha forças senão para ficar chupando o seu seio direito como um bebê, e espiar enfim como ia se saindo o irmão, na cama ao lado. Renato tinha a blusa enfim tirada pela menina mais nova, quase sem pelos, que ele acariciava como a uma novilha descarnada. O pinto de Renato era menor, branco e fino como um dedo médio em riste procurando o buraco liso da menina. Ela foi se deixando montar, e Renato foi permanecendo em cima, se empurrando na menina, devagar e rápido, rápido e devagar, gemendo os dois, a companhia de Ricardo já desistindo de montar em cima dele e assistindo também, admirada, às crianças brincarem, rindo da menina:

"Esse aí aprende rápido!", disse ela, Ricardo com ciúmes e com inveja da cena, abrindo as pernas da mulher de novo e tentando enfiar ali dentro seu pedaço murcho de pele. Ela revirava os olhos menos por prazer que por deboche, e Ricardo tentava beijá-la, "Quer beijinho é?", dizia a puta, limpando agora a mão na camisa de Ricardo e começando a boliná-lo, inutilmente. "Ei vocês dois aí", gritou para Renato e para a menina. "E se a gente trocasse?", ela propôs, e Renato demorou a largar de cima da menina, mas aceitou, e a menina veio para Ricardo ainda se contorcendo, ainda com o cheiro do suor do irmão dele, e continuou se contorcendo, tão exageradamente que Ricardo recuperou a ereção e conseguiu meter nela um pouco. Ouvia a outra mulher, agora nos braços de Renato, dizendo "Não se acanhe não, filhinho, a mamãe aqui também cuida de você", e Renato não se fez de rogado, se deixou acolher nos braços da outra e chupou o mesmo seio que Ricardo havia chupado mas não como um bebê, como um homem chuparia, metendo no buraco que Ricardo não tinha metido. Ricardo não conseguia agora fazer o mesmo na menina, que começou a sentir dor porque Ricardo insistia em entrar nela e queria agora usar as mãos. Mas a menina tirava suas mãos e seus dedos sujos de algodão e já não se contorcia mais com Ricardo. Parecia assustada ou cansada ou querendo voltar para a cama de Renato, e ficaram ali os dois olhando Renato e a outra puta terminarem. Ricardo se sentiu meio enjoado com o uísque, querendo vomitar, e foi ele quem primeiro botou as calças e saiu do quarto procurando o banheiro que a menina, já se metendo na outra cama com o irmão e a mulher, lhe disse que ficava fora da casa, no quintal. Atravessou um corredor com alguns quartos, ouvindo homens arfando, mulheres gritando e o latido de um cachorro lá fora. Entrou sem querer numa cozinha separada do resto da casa com uma cortina trançada de sisal e miçangas, atrás do que viu uma puta gorda comendo um prato de arroz com tutu de feijão. Voltou ao corredor e achou enfim o caminho do quintal cercado, vendo o cachorro magro preso por uma corda num toco de madeira, as três casinhas de banheiro todas ocupadas e a vontade de vomitar passando à medida que respirava o ar fresco de Várzeas, soprando pouco antes de anoitecer, dando lugar à vontade de mijar, de botar pra fora o resto de alguma coisa que não botou com o pau murcho.

Deu a volta nas casinhas e mijou no espaço entre o chão e o muro de reboco, um chão úmido de terra preta repleto de caroços de milho pastorados por um galo e três galinhas. Voltou por onde chegou e viu, saindo do banheiro, amarrando as calças com um cinto, o homem do bafo de bode que se aproximou dele e bateu no seu ombro. "Cuidado nessas horas pra não mijar na testa, garoto", gargalhando muito perto dele. A vontade de vomitar voltou, obrigando Ricardo a golfar ali mesmo, um vômito ralo, exíguo como a porra que deixou na mão da puta, no quarto. O homem contornou a pequena poça de vômito, ciscando um pouco de areia em cima dela pra secá-lo. "Comeu a puta e deu de comer pro cachorro agora", foi dizendo, e Ricardo esperou até que ele se afastasse, levando com ele a fetidez daquele hálito, deixando apenas o cheiro de seus bofes com uísque ali derramados no chão, sob o olhar de fato interessado do cão. Só quando parou de sentir o estômago se dobrando em espasmos foi que seguiu de volta pro quarto, mas Renato já não estava mais lá. Os lençóis estavam amarrotados e com algumas manchas, as provas cabais do que acontecera ali. Eram homens, ou pelo menos o irmão era. O irmão que ele foi encontrar na mesa, bebendo entre homens e putas.

"Olha ele aí", disse o bafo de bode quando o viu chegando. O Major Afrânio olhava desconfiado pra Ricardo, porque a puta dissera ali a quem quisesse ouvir que "o mais velho não, mas esse aqui vai dar muito trabalho pra gente mais pra frente", devolvendo Renato para a mesa onde foi cumprimentado por cada um dos homens. Aquela reentrada, Ricardo foi saber depois, tinha alcançado um efeito ainda mais notório porque Renato chegava à mesa encangado na mulher e na menina, feito um gigolô, enquanto ele agora chegava ruminando sua humilhação de ter passado mal lá atrás.

A loira do Babilônia chega ao quarto com um lençol de elástico e o coloca por cima do colchão azul, arrebitando a bunda já sem a calcinha por baixo da saia para que Ricardo a veja. Começa a tirar a roupa, mas Ricardo ainda quer vê-la um pouco mais, pede que se levante nua, que fique de quatro na cama, que se deite, o corpo no colchão impermeável agora coberto com um lençol branco, o corpo se revirando no lençol branco, o corpo parado, esperando por ele, inerte, como se aguardasse uma autópsia. E Ricardo passa a mão nela e fala de seu corpo tentando calar a lembrança de um silêncio. De como foi voltar do Lupanar de Maria-Homem no Fusca, o Major Afrânio reservando as poucas palavras que tinha a dizer exclusivamente para Renato, que dessa vez sentou no banco da frente, evitando olhar para o lado onde Ricardo permanecia miúdo, em sua vergonha. Os olhos já sem as lentes dos óculos escuros do Major olharam direto para os olhos do filho pelo espelho, no banco de trás, olho no olho, homem pra homem, os três chegando em casa e reencontrando a mãe e os irmãos mais velhos.

Na mesa de jantar, o silêncio, o Major Afrânio evitando olhar para ele, e Ricardo usa os dedos para penetrar na mulher, esta que enfim lhe deixa à vontade e aceita aquilo porque já está quase amanhecendo e sabe que aquele é seu último cliente, que pode extrair algum dinheiro daquele homem de meia-idade sem muito trabalho, porque ele bebeu demais e está visivelmente brochado, não terá ereção alguma nem se ela o chupasse sem capote, algo que não faz nem com tesão, quanto mais por um acesso benevolente de compaixão, um misto de caridade e de pena que a obriga, sim, a gemer, gemer, gemer, cumprindo a sina de suas antepassadas, fingindo estar se satisfazendo com aquele dedo toscamente a explorando.

Ricardo ouve aqueles gemidos agônicos, mas eles só lhe reforçam a perturbadora impressão de que está numa cama de hospital, velho, com o joelho apodrecido, não é mais uma criança que está para se tornar um homem, mas um homem que está para se tornar um velho, arruinado, senil, decrépito, o cheiro de álcool das paredes convenientemente acobertando o próprio fedor, enxotando os vermes à espreita de roer sua carne, um velho impotente em busca de um filho perdido, um filho que não virá visitá-lo na hora da morte, que o afastará dos seus para que enfrente o inevitável fim naquele lugar estranho e daquela maneira vil e degradante, tentando se agarrar aos últimos fios de juventude, tentando enganar a falência do corpo e a vida que, como o filho, insiste em lhe escapar.

Pai?

...

Pai...?

...

(*Esta é a caixa de mensagens de Ricardo Dornelles. No momento não posso atendê-lo. Deixe seu recado após o sinal...*)

...

***

...

Pai...?

...

... Pai, aqui é Gustavo...

...

Olha só... (*Eu não sei como dizer isso pra ele.*) Olha só, eu não quero te preocupar ainda mais, mas é que —

...

Pai, acho que a gente não tem muito tempo, então é melhor te dizer logo. Olha só, é o Major. É isso, é o Major. Ele não tá nada bem, pai, acabei de voltar do hospital, tive que deixar a mãe sozinha...

...

Atende, pai, por favor. É sério. Retorna essa ligação.

...

Desculpa, eu não quis dizer ontem porque parecia que ele ia melhorar, mas agora...

...

(*Suspira*)
Pai, não sei, acho melhor o senhor voltar. Estão todos aqui já. Até o tio Renato que não é de acreditar nessas superstições tá achando que ele tá só esperando o senhor pra se despedir.

...

É isso, pai. A gente tá precisando de você aqui. É realmente urgente, então venha o quanto antes, por favor. Eu preferia falar numa ligação, mas é que o senhor... o senhor não responde...
...
Enfim, é isso.
Pai? Eu sinto muito, viu?

31.

UMA CONVERSINHA *de homem para homem*. Foi assim que Ricardo definiu o que estava para acontecer na edícula que transformou em escritório para escrever a sua tese, na casa que alugaram em Viçosa. Era o último ano do doutorado e Ricardo, que antes passava as noites no laboratório fazendo alguma coisa que nem Guilherme, nem Gustavo, nem mesmo Ana tinham uma noção muito clara do que era, agora estava na edícula, *escrevendo a tese*.

Escrevendo a tese era uma frase que, para Guilherme, tinha o mesmo peso implícito daquele *de homem para homem*.

"O pai de vocês está escrevendo a tese, então escolham outro lugar pra brincar", dizia a mãe quando os meninos corriam para o quintal.

Mudavam-se então para a varanda, e foi de lá que Ricardo puxou Guilherme pelo braço quando a mãe saiu para o supermercado para terem aquela conversinha *de homem para homem*.

A mão pesada cheia de dedos parecia que ia deslocar os ossos do menino. Caminharam em direção à edícula, onde iam ter uma conversa que não era uma conversa *entre dois garotos*, Guilherme pensou, não era uma conversa *de pai para filho*. Era uma conversa *de homem para homem*.

E na edícula, o lugar proibido.

Guilherme entrou seguindo o pai. Havia uma cadeira de plástico no meio do quarto que Ricardo havia posto ali justamente para que o filho sentasse. E foi o que ele fez, olhando imediatamente para o 486, no qual se recordava com saudades do game de basquete que jogava com o irmão, assim que o pai adquiriu o computador de segunda mão de um colega do doutorado. A condição para que os meninos usassem o computador era que concluíssem um curso de informática e outro de datilografia. Concluíram o curso e se fartaram do jogo por semanas. Agora o computador também estava proibido.

Como também a entrada na edícula.

"Seu pai está escrevendo a tese, então não perturbem", repetiu Ana antes de sair para as compras.

Guilherme olhou para o 486 e descobriu *a tese*: a página do Word impressa no rolo de papel com buraquinhos na borda, uma língua comprida que saía da impressora matricial até uma caixa de supermercado debaixo da mesa. O pai sentou na cadeira giratória em frente a Guilherme. Havia encadernados amontoados, papéis empilhados com tabelas e gráficos coloridos de todos os tipos.

"Você já deve saber por que eu te trouxe aqui, Guilherme..."

Guilherme estava com as mãos espalmadas embaixo das coxas. Secava a barriga para evitar que ele notasse o sobrepeso e não queria arriscar colocar as mãos na cintura. O pai talvez quisesse falar sobre isso ou saber como estavam as suas notas ou se ele estava finalmente fazendo futebol na escola.

"... e não pense que eu não vou conversar com você sobre o assunto", continuou Ricardo, sem dar trégua.

Guilherme abaixou a cabeça. O pai interpretou como sinal de assentimento e se ajeitou na cadeira. O assento rangeu. As rodinhas se aproximaram, invadindo a linha de visão de Guilherme. *De homem para homem*, Guilherme pensou. E então começou a suspeitar sobre o que o pai exatamente queria conversar. Não podia ser mesmo sobre outra coisa.

"Guilherme, você é meu filho. Todos esses anos, sua mãe e eu batalhamos pra botar você no melhor colégio, pra te dar a melhor educação. Curso de inglês, computação, livros, excursão de colégio, todas as oportunidades que nós mesmos não tivemos quando tínhamos essa idade."

Guilherme sentiu a parte de baixo das coxas suarem nas palmas das mãos e no plástico da cadeira. Não olhava para o pai. Não se atrevia a olhar para o pai enquanto ele falava.

"Eu sei que você está numa certa idade e eu até posso imaginar como acontecem essas coisas."

Lá fora, na varanda, Guilherme ouvia o barulho dos patins inline do irmão baterem na grade de ferro. Em dias como aquele, de sol, colocavam o roller de duas rodas e ficavam treinando manobras entre as latinhas de cerveja amassadas que recolhiam do clube, no fim de semana. Esperava muito que o irmão tivesse caído e se machucado. Que gritasse pedindo socorro. Que o salvasse daquela conversa.

"Os seus desenhos... aquele seu amigo..." Pausa. "Eu já falei mil vezes, Guilherme. E sei muito bem o que anda acontecendo. Eu achei o bilhete."

Guilherme mexeu os dedos por baixo da coxa direita e cravou as unhas nela. O bilhete. Esquecera de jogar fora o bilhete que circulou na sala de aula. Tentou arranhar a pele sem que o pai percebesse. Era bom nisso. Já fizera o mesmo mil vezes com o estilete escondido da professora na carteira da escola, mas nunca antes assim, com as próprias unhas, frente a frente com alguém, sem uma mesa os separando, sem a mãe ou o irmão para distrair a atenção quando os olhares do pai se concentrassem nele. Mexeu um pouco a outra perna. A cadeira do pai não parava de ranger.

"Aquele seu amigo, qual é o nome dele?"

"Miguel?", Guilherme respondeu, baixinho.

"Mais alto, Guilherme. Qual é o nome dele?"

"Miguel."

Engoliu o choro. Aproveitou que tinha que responder alto para beliscar a pele. Tentou ir até o limite, até a pele ficar fininha na ponta dos dedos e finalmente poder sentir as duas unhas colarem uma na outra, como se pudesse atravessá-la. Sentiu a dor. O mais difícil era sempre disfarçá-la no rosto. Trincou também os dentes. Morderia a parte interna da bochecha, mas aí seria mais difícil não crispar toda a cara em uma expressão de desespero. Guilherme evitava olhar, mas sabia que o pai o encarava de frente. Frente a frente. *De homem para homem.*

"Eu sei que ele... ele *é.* Você também sabe." Pausa longa em que o pai parecia esperar uma reação. "Você não é mais nenhuma criança pra não saber dessas coisas, pra não saber também do que eu sei, do que todo mundo sabe."

Guilherme ousou levantar um pouco a cabeça. Não olhou diretamente o pai. Havia um papel de parede por trás dos ombros de Ricardo e o mofo abria um rombo ali. Antes que o pai ocupasse a edícula, a mãe prometeu que iam tirar o papel e pintar todo o quarto de colorido. O papel agora caía sozinho, não havia ninguém para pintar a parede.

"Eu só queria dizer que não criei filho meu pra esse tipo de coisa, Guilherme, e que se você resolver se meter por esse caminho, não é mais filho meu. Você sai dessa casa, está me ouvindo? Está me entendendo? Vai pra rua. Vai sumir. Vai desaparecer. Você não vai ter mais nenhuma família pra cuidar de você."

Guilherme ousou olhar o pai. Agora ele podia. Os olhos de Ricardo se desviavam para um ponto vago daquele quarto onde dois homens conversavam.

"Você me entendeu, Guilherme?"

Guilherme tirou as mãos de baixo da coxa. Os dedos estavam doídos, sentia as falanges como se presas por anéis que lhe impediam a circulação. Tentou movê-los, articulá-los, abrir e fechar a mão.

"Você me entendeu, Guilherme?", repetiu Ricardo, agora pousando um olhar implacável para o filho que o contemplava, imóvel.

"Entendi."

"Entendeu como, rapaz?"

"Entendi, sim, senhor."

Arrastou-se um pouco para a frente da cadeira porque sabia que a conversa terminara. Logo seria liberado. Sentiu os arranhões e os pequenos cortes na parte de baixo da coxa. A ardência formigando na pele. As mandíbulas também lhe doíam.

"Então pode ir. Foi ótima a conversa."

Guilherme levantou-se e ajustou o cós do short para que a barra cobrisse as marcas. O pai se virou e mexeu o mouse no desktop. A tempestade de asteroides da proteção de tela do Windows cessou e, em seu lugar, voltou a página de Word que o pai destacava da impressora.

"Leve essa caixa e mande sua mãe corrigir as folhas quando ela chegar do supermercado."

Guilherme recolheu a caixa e saiu do quarto. Deixou-a sobre a mesa da cozinha, o lugar que a mãe iria ocupar quando chegasse com as compras. Esqueceu Gustavo e os patins. Tudo o que importava era ir ao banheiro tentar ver as marcas na perna e o tamanho do estrago silencioso que fez nas próprias coxas.

32.

COMPROU A PASSAGEM PARA CASA às pressas, assim que ouviu o correio de voz de Gustavo. Despediu-se do Vila França tomando um último café, pagando a conta atrasada e deixando uma gorjeta para que Sônia lhe fizesse um último favor: entregar as chaves do apartamento para um rapaz que iria buscá-las ainda naquela tarde. Falaram-se ao telefone, Ricardo e Rafael. O síndico não seria mais um problema se o rapaz quisesse permanecer no apartamento de Guilherme como haviam combinado, só que agora com os próximos seis meses de aluguel já adiantados. A única pendência que ficava era o religamento da luz.

"Boa sorte com isso", Ricardo disse, melancolicamente, mas com uma ponta de sarcasmo. "Você vai precisar."

Rafael não sabia o que dizer.

Limitou-se apenas a perguntar por que Ricardo estava fazendo aquilo por ele. Por que fez o que fez no palco, na noite anterior.

"Porque era o que meu filho faria", ele disse, logo se corrigindo e dando a resposta definitiva, que respondia às duas perguntas: "Porque era o que um pai deveria fazer."

O transporte até Guarulhos custaria uma pequena fortuna, mas está num táxi na avenida 23 de Maio, bem no meio do Corredor Norte-Sul, quando o carro freia e o corpo de Ricardo é projetado para o vão entre as poltronas. O carro para a centímetros de atropelar o vulto que parece curvar-se sobre si mesmo, as pernas à vista e o tronco parcialmente oculto pelo guarda-chuva que recebe rajadas implacáveis de chuva e de vento.

A testa de Ricardo quase se choca contra o ombro direito do motorista. Sente a presença maciça daquele bloco de ossos, a tensão gerada pela mão firmemente agarrada ao volante percorrendo a linha horizontal do braço até se concentrar na articulação. Ricardo ergue a cabeça ao mesmo tempo que o guarda-chuva do pedestre cambaleia sobre o capô. Por trás das hastes tortas e da tela que se verga pelo avesso, pensa reconhecer o próprio rosto mais jovem, os cabelos molhados riscando o olhar assustadiço, a palidez do pavor ou simplesmente do frio, a expressão de morte que só viu antes no bebê caído no chão, na barata pisoteada no azulejo do banheiro.

Ricardo sente o repuxo violento da freada e as costas colam novamente no banco de trás. O rapaz apanha o guarda-chuva fraturado e o vento arranca a tela, que tremula como uma bandeira. Olha parva e alternadamente para o sinal verde e para o interior do carro que por pouco não o atropela. O motorista buzina. Ricardo não acredita quando pensa reconhecer Guilherme no rosto do rapaz que olha para dentro do carro quando trombas d'água desabam sobre o para-brisa e os limpadores estão descansando, encharcando a visão. Quando os limpadores trabalham em sua velocidade máxima e jogam toda a água para os lados, o vulto de dromedário atravessa a pista a galope e desaparece, manejando o guarda-chuva como quem pilota um barco a velas.

O táxi arranca com um rangido furioso do motor e começa a virar a esquina, a derrapadas. "Pare o carro", Ricardo diz, e o motorista dá outra freada pensando estar prestes a atropelar mais alguém que, agora, só o passageiro vê. Ricardo enfia as mãos trêmulas no bolso da calça sob protestos do motorista, e das buzinas dos outros carros, em uníssono. Tira uma nota de cinquenta reais e a entrega por cima dos ombros que concentram uma nova onda de tensão. Não espera o troco e empurra a mala com o corpo para descer do táxi. Estão parados no meio da curva e os outros motoristas compensam a falta de visibilidade descendo os vidros das janelas e quase se jogando para fora dos carros, bradando com os punhos e largando impropérios no vazio.

Não seria uma coincidência. Não devem estar tão distantes da Cracolândia, dos teatros.

O táxi acelera assim que Ricardo fecha a porta de trás e vai embora antes mesmo que ele ponha os pés na calçada, as rodinhas da mala prendendo no meio-fio. Vai perder aquele voo, mas vai achar o filho. No cruzamento, demora para localizar a direção que Guilherme tomou ao atravessar a pista antes de desaparecer na chuva. O sinal volta a fechar e ele arrasta a mala pela faixa de pedestres. Chega gotejando ao canteiro que divide as duas faixas, o casaco puído de camurça de Guilherme que ainda usa endurecendo debaixo da chuva e exalando um cheiro de mofo, o cheiro do filho que escapa pela última vez das suas mãos.

Olha para o outro lado da pista para procurá-lo e tudo o que vê são cabeças cobertas por capuzes, cabeças cobertas por guarda-chuvas, um manancial sombrio de gente que corre pela calçada. Os guarda-chuvas pairam a centímetros do chão e se lembra do áspero tapete de nuvens que o avião raspou antes de pousar em São Paulo. O avião que, na volta para casa, está fadado a perder, ainda que encontre Guilherme.

O sinal abre e atravessa a pista procurando pelo guarda-chuva com as hastes quebradas, pedaços de ferro retorcidos em meio àquele horizonte impermeável.

Sente-se em algum dos quadros que Guilherme pendurou no quarto onde dorme há uma semana. De tão longa, a semana já parece meses. Cruza com pessoas que tropeçam em sua mala de rodinhas e tem que se refugiar embaixo das marquises lotadas de pessoas. Como Ricardo, aquelas pessoas não estavam preparadas para o temporal, foram surpreendidas no meio do caminho, nunca se viram antes, mas partilham da intimidade de estar no mesmo lugar e na mesma hora e nas mesmas condições, como se a chuva lhes concedesse a súbita certeza de que não estão sozinhas no mundo.

"Eu estava indo pra casa...", diz uma mulher segurando a filha com galochas rosas, crivadas de florzinhas, até a altura da canela. "Eu tenho que encontrar uma pessoa no...", diz um homem de terno ajustando o fone do celular no ouvido. Ricardo também estava indo para casa — mas que casa? — e também tinha que encontrar uma pessoa — mas quem? — e perscruta o rosto de cada um esperando reconhecer o seu rosto mais jovem, ver Guilherme impiedosamente molhado, o esqueleto de um guarda-chuva nas mãos e o desastrado do filho tentando consertar os fragmentos partidos de algo que já foi, e que agora não é mais. "Meu filho...", ele diz de repente, tocando num ombro que se vira e levanta a vista e olha para ele como se fosse um louco, sem nada entender.

Um caminhão de lixo é cortado na pista por uma moto, o corpo do piloto coberto por uma capa e os pés enfiados em dois sacos plásticos de supermercado. O caminhão invade a vala rente à calçada e os pneus chapinam a água em cima dos pedestres. Uma onda fétida mistura o lodo podre dos bueiros entupidos e os miasmas do lixo que o caminhão transporta. Os guarda-chuvas baixam para tentar impedir o avanço do tsunami e expõem as faces daqueles que seguem enfrentando a tempestade, as biqueiras dos prédios molhando as cabeças agora desprotegidas.

Ricardo larga o ombro do homem e pensa ver Guilherme mais adiante, entre aquelas cabeças. Apressado, muito mais além. Quer gritar pelo filho, mas sabe que se gritar corre o risco de ser ouvido e Guilherme então fugirá de novo e sumirá de vez. Permanecerá sumindo para sempre.

"Onde estou?", pergunta rapidamente à mulher, segurando a menina de galochas nos braços. Ela protege a filha e finge não dar ouvidos. Aproveita que a chuva amainou para correr com a pequena até uma banca de jornais na esquina. A menina dá pulinhos e a galocha reproduz o barulho do plástico cedendo, e do calcanhar sem meias deslizando no cano alto. Se ao menos Ricardo soubesse onde está, caso não alcançasse o filho, poderia recomeçar a busca um outro dia, talvez. Plantaria ali e desta vez seria Guilherme a atropelá-lo na calçada, a caminho do metrô, do ponto do ônibus, o caminho que faz todos os dias no novo bairro onde mora com o seu guarda-chuva quebrado. "Pai", diria Guilherme, abrindo espaço para ele embaixo daquele guarda-chuva. "Filho", diria Ricardo, reconhecendo enfim a negada paternidade.

Ofegante, chega a uma praça ao final da rua e vê o carro de lixo parado e homens fosforescentes recolhendo sacos pretos inundados de líquido viscoso, derramando matéria orgânica nos postes. Entra na praça ao encalço de Guilherme, só pode ser ele agora, a vista se espraiando pelas ruas de pedra que margeiam os jardins e escolhendo percorrer uma delas, seguindo o rastro das únicas pernas que caminham àquela hora sob um guarda-chuva empenado e sob as copas das árvores centenárias, presentes ali desde muito antes de Guilherme extirpar seu caule das raízes do pai.

Do tronco ancestral de uma dessas árvores, um mendigo espreita o caminhão de lixo se afastar, recolhe seus andrajos e senta no banco da praça. O mendigo aponta para cima e esboça com os dedos um desenho incompreensível, imerso em uma idiotia alheia à jornada de Ricardo. "Não adianta", parece murmurar, de novo. Será que o mendigo também se sentia como Ricardo agora se sentia — um lixo, passível de ser recolhido pelo caminhão que passava? Em que momento o mendigo também arrancou o seu caule das raízes de alguém, escondendo-se nos troncos de outras árvores e se tornando ele próprio um galho podre, sem folhas?

Ricardo se deixa guiar pelo barulho das rodinhas da mala se chocando contra as pedras, como se tirassem delas lascas faiscantes. Guilherme, o fantasma de Guilherme, está enfim a uma distância segura. E se na fração de segundos em que quase foi atropelado, Guilherme olhou para dentro do táxi e, entre o lusco-fusco do farol de neblina, entre o para-brisa alagado do táxi, também identificou o próprio rosto mais velho e reconheceu Ricardo? E se Guilherme está fugindo, continua fugindo, permanecerá fugindo para sempre?

O vulto que se dobra sobre si retarda a marcha e apalpa os bolsos. Estanca. Guilherme esqueceu a chave, pensa Ricardo, a chave de casa. Volta-se com o guarda-chuva ainda empunhado e retoma o trote no sentido contrário ao de Ricardo, que o olha de perto, mas ainda de muito longe. Como pode alguém fechar a porta de casa e depois esquecer-se da chave?, Ricardo se pergunta. "Meu filho", ele diz, mas o rapaz já não está mais ali.

Ricardo olha ao redor e constata que está perdido.

Perdeu o avião. Não há mais nada que possa ser feito.

CAI O PANO.

Este livro foi composto em Fairfield LT Std no papel
Pólen Soft para a Editora Moinhos.